행복
예감

행복
예감

초판 1쇄 찍은 날 § 2010년 5월 7일
초판 2쇄 펴낸 날 § 2011년 4월 30일

지은이 § 정미림
펴낸이 § 서경석

편집책임 § 유경화
편집 § 조수희

펴낸곳 § 도서출판 청어람
등록번호 § 제1081-1-89호
등록일자 § 1999. 5. 31
어람번호 § 제5-0260호

주소 § 경기도 부천시 원미구 심곡동 163-2 서경B/D 3F (우) 420-010
전화 § 032-656-4452 팩스 § 032-656-4453
http://www.chungeoram.com
E-mail § chungeoram@chungeoram.com

ⓒ 정미림, 2010

ISBN 978-89-251-2171-0 03810

행복 예감

정미림 지음

사랑 예감 ······ 그리고 **행복** 예감 ······

도서출판
청어람

차례

＊행복(幸福, Happiness): 욕구가 만족되어, 부족함이나 불안감을 느끼지 않고 안심해하는 심리적인 상태를 의미. 단, 그 상태는 극히 주관적이라 할 수 있다. 사람뿐만 아니라 여러 가지 생물에게도 이에 상응하는 상태가 있다고 한다. (예: 개는 행복감을 느낄 때 꼬리를 흔듦. — 위키 백과)

"그니까 오늘부터 비상이란 말이지? 겨우 과학자 한 사람 오는 걸 가지고 이렇게까지 소란을 떨어야 해?"

휴게소 입구에 붙은 포스터를 건성으로 훑어보던 한지가 툴툴거리며 자리로 돌아왔다. 어깨까지 오는 단발머리를 한 가닥으로 묶어 올린 그녀는 흘러내린 머리카락을 귀 뒤로 넘겨가며 소프트 아이스크림을 핥아먹는 중이다.

"아침부터 아주 난리다, 난리. 모르긴 몰라도 오늘 새벽시장에 나온 꽃들이 전부 시청으로 배달됐을걸. 그나저나 너 오늘 쉬는 날이라며? 여긴 어쩐 일이야?"

시청 공무원인 현숙이 종이컵에 든 커피를 삼키며 말했다.

"내 피 같은 세금이 잘 쓰이는지 둘러보러 왔지."

“니 세금, 오늘 꽃값으로 다 날리게 생겼다.”

“젠장. 내 이럴 줄 알았어. 우리 같은 서민들이 뼈 빠지게 세금 내면 아껴들 써야지, 지들이 이런 호사나 누리고 말이지. 내가 이러려고 세금 내는 건 아닌데. 에이씨. 기분도 꿀꿀한데 밥이나 사.”

“밥을 사? 팔자 좋은 소리 하고 앉아 있다. 오늘은 화장실 갈 시간도 없어. 그리고 서한지, 너도 좀 양심이 있어라. 아이스크림을 두 개나 먹고 밥을 또 먹어? 니 위장에게 미안하지도 않아? 대체 그놈의 위장은 어떻게 생겨먹었기에 그리 쏟아붓는데도 티가 안 나냐? 너 살 더 빠졌어.”

복스럽게 생긴 현숙이 날씬한 몸매와 쭉쭉 뻗은 팔다리를 가진 한지를 부러운 눈으로 바라보았다. 중학교 때부터 단짝이었던 한지와 현숙은 서른이 된 지금까지 비밀이 없는 친구 사이를 유지 중이다.

“살만 빠지면 좋은데 자꾸 가슴까지 쪼그라드는 느낌이야. 나이가 먹어서 이런가 봐. 이현숙 넌 괜찮아?”

“미꾸라지 용트림하는 소리 하고 있다. 나 바쁘니까 쓸데없는 소리 하지 말고 어서 가.”

“우쒸. 모처럼 밥이나 얻어먹으려고 했더니 가는 날이 장날이구나.”

한지가 투덜거렸다. 오늘이 월말이라는 것을 생각지 못했다. 시청이라는 곳이 월말이면 잠시의 틈도 내지 못할 만큼 일이 많은 모양이었다. 더구나 오늘은 외국에서 귀빈이 오는 일로 시청 전체가 시끄러웠다.

"미안해. 나중에 밥 살게."

현숙이 일어서며 전화 거는 시늉을 해 보였다.

"알았어. 어여 가."

한지는 멀어지는 친구에게 손을 흔들었다. 다른 사람들이 일하는 날 쉬는 것은 장점과 단점이 반반씩이다. 혼자 여유롭게 보낼 수가 있어서 좋기도 하고, 같이 놀아줄 사람이 없어서 심심하기도 하다.

"흠. 권 여사랑 민화투나 칠까?"

할 수 없이 집으로 향하던 한지는 골목 어귀에 붙은 마산슈퍼 앞에서 걸음을 멈추었다. 가게 앞 가판대에 진열되어 있는 동그란 배가 꼭 막둥이 한철의 머리통 같다.

"과일이라면 자다가도 벌떡 일어나는데……."

동생이 마음에 걸려 윤기가 자르르 흐르는 과일들을 들여다보는데, 방 안에서 졸다 깨어난 마산할매가 한지를 발견하고는 퉁명스럽게 묻는다.

"퇴근혀냐?"

"아니, 오늘 노는 날이야."

"노는 날이면 데이트나 하지 추운데 왜 싸돌아 댕겨?"

"할매나 춥지. 난 안 추워."

"미친년. 니 살가죽은 금피를 둘렀냐? 겨울이 코앞이구만 안 추워?"

"내가 아직 청춘이잖아."

"청춘 같은 소리 하고 자빠졌네. 서른이나 처먹은 년이 서방도 없이 살면 옆구리가 허전해서 더 추운 겨."

"그건 할매 생각이지. 요즘은 서른이 청춘이야."

"입만 살아서는. 아, 맞다!"

한지에게 눈을 흘기던 마산할매가 갑자기 몸을 돌려 방 안으로 들어갔다.

"지야, 너 안으로 좀 들어와."

"왜? 나 귤 살 건데."

"낮에 니 엄마가 사갔어. 쓸데없는 데 돈 쓰지 말고 들어와 봐."

"할매 물건 팔아주는 게 쓸데없는 데 돈 쓰는 거야?"

"엄마가 산 걸 또 산다니까 그렇지. 니년 특기잖아. 쓸데없는 데 돈 쓰는 거. 여 들어와 잠시만 기다려."

"쭈쭈바 주려고?"

"쭈쭈바 같은 소리 하고 자빠졌다. 잠시만 있어."

플라스틱 의자에서 몸을 일으킨 한지가 어슬렁거리며 방으로 다가가자 할매가 부산스럽게 냉장고를 뒤지고 있는 모습이 보인다. 용수철처럼 탱글탱글한 파마머리와 펑퍼짐한 엉덩이를 보고 있으려니 웃음이 났다.

"할매, 파마했어?"

"그래. 예쁘냐?"

"응. 동네 할배들 밤잠 설치겠어. 근데 할매, 너무한 거 아냐?"

"뭐가?"

"일흔이 넘었는데 궁디가 너무 탱탱한 거 아니냐고. 동네 할배들 애간장 녹이려고 그러는 거지? 만지지도 못하게 할 거면서 그렇게 탱글탱글하면 안 되지.”

“지랄하고 있다.”

한지의 농담에 마산할매가 바람 빠진 풍선 같은 소릴 내며 웃었다.

“어허. 민들레교회 집사들은 하나같이 왜 그래?”

“저년이. 왜 생트집이야? 우리가 어때서?”

“우리 집 권 집사도 그렇고, 할매도 그렇고, 방앗간 집 순복 이모도 그렇고 다들 욕을 달고 살아. 그 교회는 목사님이 설교 대신 욕을 가르치시나 봐.”

“지랄하고 자빠졌다.”

마산할매는 새어 나오는 웃음을 참아가며 한지에게 검은 비닐봉지를 건넸다.

“쓰잘데기 없는 소리하지 말고 이거 엄마 갖다 줘.”

“이게 뭔데?”

“미꾸라지하고 나물. 추어탕 맛있게 끓여서 할매도 한 그릇 갖다 주고, 너도 새벽에 한 숟갈 뜨고 나가.”

“어허, 이 양반이. 돈 받고 파는 걸 왜 그냥 줘? 할매가 그렇게 부자야?”

“그러는 니년은 돈 받고 태워주는 차를 왜 맨날 공짜로 태워주냐? 쓸개 빠진 년.”

마산할매가 눈을 흘기며 말했지만, 입가에는 미소가 한가득이다.

“할매에게 돈 받으면 엄마가 다리몽둥이 부러뜨린대. 할매도 알다시피 우리 엄마 손이 무기잖아.”

“두 모녀가 속없기는 매한가지지.”

마산할매는 한지가 민들레 마을로 이사 올 때부터 슈퍼를 경영하고 있던 동네 토박이었다. 할매가 기억하는 단란했던 한지의 가족들. 소방관인 한지의 아빠와 엄마는 금실 좋기로 유명한 부부였다. 어린 한지와 한일이를 두고도 막둥이를 가졌다며 좋아하던 두 부부에게 불행이 닥친 것은 큰 화재가 일어난 어느 겨울이었다. 한지의 아빠 서 소방관이 불의의 사고로 세상을 떠나게 되었다. 세상을 떠난 남편을 그리워하며 식음마저 전폐하고 슬퍼하던 권 씨가 정신을 차린 것은 뱃속의 아이 때문이었다.

다음 해, 봄이 올 무렵 권 씨가 몸을 풀었고 예쁜 한철이가 태어났다. 아빠의 부재로 쓸쓸하던 한지네 집에서도 웃음소리가 조금씩 들리기 시작했다. 하지만, 여자 혼자의 몸으로 자식 셋을 키우기가 어디 쉬운 일인가? 한철이 일곱 살 되던 해, 자식 셋을 키우느라 바동거리던 권 씨마저 쓰러지고 말았다.

엄마가 쓰러졌다며 울먹이는 한지의 전화를 받고 부리나케 병원으로 달려가니 응급실 침대에 누워 있는 엄마 곁에서 억지로 울음을 참고 있던 한지가 들어서는 할매를 보며 결국 울음을 터트리고야 말았다. 바들바들 떨며 자신의 품에 안겨드는 한지의 작은 등을 두드려 주던 그때부터 할매에게 있어 한지는 남이 아니었다.

“괜찮아. 괜찮아. 괜찮을 거야.”

한지의 머리를 쓰다듬으며 주문처럼 되뇌었지만, 권 씨의 정밀 검사 결과는 심각했다. 간에 이상이 생겨 더 이상 일을 할 수 없다고 했다. 그때부터 한지는 집안의 가장이 되었다. 학교를 중퇴하고 작은 회사에서 경리로 일하면서 밤에는 엄마 병 수발에, 어린 동생들 뒷바라지까지 1인 3역을 억척스럽게 해냈다. 그렇게 시간이 흐르는 동안 다니던 회사가 부도가 나 실직자 신세가 되기도 했었고, 고등학교 중퇴라고 받아주는 곳이 없어 몇 달 동안을 풀죽은 모습으로 아르바이트를 뛰기도 했었다.

한철이가 중학교를 졸업하던 해, 운전을 해야겠다며 택시회사를 찾아다닐 때는 코끝이 찡하더니, 이제는 베테랑 기사가 되어 동네 사람들의 고장 난 차를 수리해 주는 실력에까지 이르렀다.

열여덟부터 시작된 가장 노릇을 강산이 변한 지금까지 떫은 내색 한 번 없이 해내는 속이 깊은 아이가 한지였다. 자리보전에 약을 달고 살아야 했던 엄마를 기어코 다시 일으키고, 초등학생이던 한일이는 교대를 입학시키고, 군대에 보내고, 코흘리개 한철이를 듬직한 고등학생으로 키워놓은 강한 아이. 긴 세월, 가족들을 위해 사느라 서른이 된 지금까지 변변한 연애 한번 못한 한지를 보며 마산할매는 항상 마음이 아팠었다.

'어디 인물이나 빠지면 억울하지나 않지.'

방앗간 순복이 말처럼 한지는 어디 한군데 미운 곳이 없었다. 적당히 큰 키에 말갛고 고운 피부, 윤기가 자르르 흐르는 머릿결이며 보일 듯 말 듯한 속 쌍꺼풀, 밤톨을 엎어놓은 것처럼 예쁜 코하며 도톰하고 애교스러운 입술과 한쪽 볼에 움푹 들어간 보조개까지. 탤런트나 영화배우처럼 눈에 확 띄는 미인은 아닐지 몰라도 보면 볼수록 예쁘고 고운 아이였다.

'이제 진짜 좋은 놈 만나 살림이나 차리면 좋을 텐데…….'

활짝 핀 복사꽃처럼 화사한 것이 세월 가는 줄 모르고 동생들 뒷바라지에만 매달려 있는 것을 볼 때마다 할매의 가슴이 먹먹해져 갔다.

"아차참! 깜빡할 뻔했다."

한지가 주머니 속에서 꺼낸 검은 비닐을 할매의 손에 쥐어주고는 씨익 웃었다.

"이게 뭐여?"

"동동구리무."

"동동구리무?"

"더 늙기 전에 쓸 만한 할배 하나 꼬셔야지. 경로당에 신참 할배 한 분 떴다며? 이거 발라봐. 화장품 집 언니가 그러는데 이거 밤낮으로 바르면 피부가 완전히 회춘한다네."

주름살 속에 숨어 있던 할매의 눈동자가 초롱거리기 시작했다.

"이걸 바르면?"

"응."

"돈, 돈이 어딨어서 이런 걸 샀어?"

"공짜야. 화장품 집 언니 차가 고장 났다기에 내가 고쳐 줬거든. 고맙다고 줬어. 무지 좋은 거래."

"느 엄마는? 엄마 갖다 줘."

말은 그렇게 하면서도 할매는 비닐봉지를 쥔 손을 놓지 않았다.

"엄마는 얼마 전에 샀잖아. 싫어? 싫으면 순복이 이모 줄게."

한지가 피식 웃으며 손을 내밀자, 할매가 비닐봉지를 등 뒤로 감추었다.

"이년이 어른을 놀리지? 치사하게시리 준 걸 또 뺏어?"

"흐흐. 진작 그럴 것이지. 할매, 나 진짜 간다."

한지가 미꾸라지 든 봉투를 빙빙 돌리며 돌아섰다. 하는 짓은 영락없는 선머슴아인데, 심성 고운 마음씨는 영락없는 맏며느리감이다.

"이년아, 미꾸라지 다 쏟아지것다. 얌전히 들고 가."

"알았어. 추운데 어서 들어가."

"너나 어여 가. 춥다. 옷 따숩게 입고 다니고."

"알았어. 할매도 문단속 잘하고 주무셔."

한지는 마산슈퍼를 뒤로하고 골목길을 걸어갔다. 손에 들린 추어탕거리를 생각하니 실실 웃음이 새어 나온다. 그렇지 않아도 요즘 들어 부쩍 기력이 없어진 한철이를 위해 곰거리라도 사야 하는 건 아닐까 고민했었다.

"흐흐. 잘됐다. 이걸로 한 방에……."

외진 모퉁이를 앞둔 한지가 걸음을 멈추고 입을 다물었다. 모퉁이 너머에서 들리는 귀에 익은 목소리 때문이다. 조심스럽게 담벼락에 귀를 기울이던 한지는 두런두런 들리는 목소리에 입맛을 다셨다.

"새끼, 뒤져서 나오면 십 원에 한 대씩이다."

"마음대로 해. 난 돈 없으니까."

불량기 가득한 시비에 퉁명스럽게 대꾸하는 목소리는 동생 한철이의 것이 분명했다. 가끔 동생의 얼굴에 있던 붉은 멍 자국을 떠올린 한지는 눈살을 찌푸리며 걸음을 옮겼다. 학원폭력이라……. 유난히 말이 없고 퉁명스럽던 동생의 행동을 사춘기가 길어진 것이라 방심했던 자신에 대한 후회가 밀려왔다.

"어라. 이 새끼 이거 진짜 개털인데……."

"재수 없게. 돈 좀 가지고 다녀라, 이 새꺄."

또래로 보이는 남자아이들 4명이 한철이와 친구를 둘러싸고 있었다.

"저것들이 하라는 공부는 안 하고."

한지는 미간에 내 천(川) 자를 그리며 그들에게 다가갔다.

"뭐야? 저 아줌씨는……."

낯선 여자가 다가오는 기척을 느낀 불량배들이 한지를 돌아보며 인상을 찌푸렸다.

"아줌씨, 뭐야? 진짜 어이없네. 어이, 가던 길 그냥 가지."

힘상궂은 불곰처럼 생긴 녀석이 한지를 돌아보며 비웃었다.

벽 쪽에 몰려 있던 한철은 다가서는 한지를 발견하고 두 눈을 꼭 감았다. 누나가 자신의 한심한 꼴을 봤으니 이제 조용히 살기는 글러 버렸다. 괄괄한 성격에 동생이 이러고 있는 꼴을 봤으니, 이제 누나는 아침저녁으로 체력을 기르라며 그를 들들 볶을 것이 틀림없었다. 휴우, 한철은 작게 한숨을 내쉬었다.

"누구야? 아는 여자야?"

옆에 있던 짝꿍 인수가 낮은 목소리로 물었다. 한철은 마지못해 고개를 끄덕였다.

“응.”

“누군데 저렇게 겁없이 나서냐? 어서 피하라고 해.”

“괜찮아. 우리 누나야.”

“헉! 누나? 누나라면 더 위험하지. 어서 도망가서 사람 불러오라 그래.”

“쓸데없는 걱정 하지 말고 다리 운동이나 해.”

“뭐? 너 미쳤냐? 다리 운동을 하라니 그게 무슨 소리야?”

“나중에 무릎 꿇고 오래 앉아 있어야 할 거야. 무릎관절이나 좀 풀어놔라.”

인수는 담담한 한철을 의아하게 바라봤다. 이 녀석이 공포로 돌아버렸나? 그렇지 않고서야 자기 누나가 불량배들에게 봉변을 당하게 생겼는데 무릎관절 걱정이나 하고 있을 턱이 없다.

‘제발 놈들이 한철이 누나를 곱게 보내줘야 할 텐데……’

인수는 마른침을 삼키며 그들을 바라보았다. 여차하면 자신이 나서서 누나를 구해야 할지도 모른다. 맞아 죽는 한이 있어도 연약한 여자가 저런 양아치들에게 당하는 꼴은 보지 못한다. 인수는 굳건한 결의를 다지며 두려움으로 흐트러지려는 마음을 다잡았다.

‘죽기 아니면 까무러치기야.’

“애들아, 공부하는 학생들이 이게 뭐 하는 짓이니?”

불안해서 어쩔 줄을 몰라 하는 인수와 달리 한지의 목소리는 나긋나긋하고 부드러웠다. 몰려오는 불량배들이 친한 동생이라도 되는 듯 여유로웠다.

“죄송해요. 저희가 잘못했어요… 이럴 줄 알았지? 아줌마. 풋.
이 아줌씨가 간뎅이가 배 밖으로 나왔나.”

뜻밖의 여성스러움에 앞서 나서던 홍칠이 주춤하더니, 자신의
일행을 둘러보며 피식거렸다.

“그러게 말이야. 우리가 아줌씨라고 해서 그냥 봐줄 줄 아나 본
데 아니거든. 후후, 우리가 말이지. 좀 오래 굶어서…….”

껌을 질겅질겅 씹고 있던 행동대장 준아 역시 피식거리며 앞으
로 나섰다.

“하룻강아지 범 무서운 줄 모르는 아줌마. 가진 거 다 내놓고 어
서 가시지.”

한지에게 겁을 주려던 준아가 한 걸음 앞으로 나서다, 얼음물을
뒤집어쓴 듯 흠칫거렸다. 자신의 앞에 서 깝죽거리던 홍칠이 벽
쪽으로 꼬꾸라졌기 때문이다.

“호, 홍칠아!”

뒤쪽에서 여유롭게 지켜보던 우두머리 재식과 말이 없이 과묵
하게 생긴 형동이까지 뛰어나왔다.

“깜짝 놀랐잖아. 야! 너 어떻게 된 거냐?”

재식이 쓰러진 홍칠이를 일으켜 세우며 물었다.

“불 싸다구를 맞았어.”

동공이 풀린 것처럼 멍한 홍칠은 빨갛게 부어오르기 시작하는
뺨을 만지며 중얼거렸다.

“허헉! 홍칠아, 너 코피 나.”

재식이 놀라며 말했다. 정말이었다. 홍칠이의 코에는 시뻘건 피

가 조금씩 새어 나오고 있었다. 재식은 자신들 중 가장 빠른 홍칠이를 따귀 한 방에 쓰러뜨린 묘령의 고수를 경이로운 눈으로 바라보았다.

"에이 시팔! 여자라고 봐줬더니. 덤벼!"

옆에 서서 재식의 눈치를 살피던 준아가 주먹을 휘두르며 튀어 나왔다. 솥뚜껑만 한 손을 붕붕 휘두르며 달려드는 모습이 먹이를 쫓는 한 마리의 야생 불곰 같았다.

탱크처럼 돌진하는 준아를 보면서도 피식 웃고만 있던 한지는 부우웅, 바람 소리를 내며 날아드는 주먹을 날렵하게 피하더니 준아의 널찍한 뺨을 향해 손바닥을 날렸다.

찰싹!

바람을 가르며 내리꽂히는 손바닥과 두툼한 볼 살이 부딪치는 소리가 날카롭게 울려 퍼졌다.

찰싹!

홍칠이 때와 달리 이번엔 양쪽 뺨이었다. 덩치 큰 준아 역시 한지의 손바닥을 견뎌내진 못했다.

"윽!"

쓰러진 준아의 코에서도 쌍코피가 흘러내렸다.

"주, 준아야!"

믿었던 준아마저 피를 보이자 일행은 숨을 삼키며 뒷걸음을 쳤다. 그들의 눈빛은 공포에 질려 있었다.

"상대를 잘못 고른 거 같아. 우리와 상대가 안 되는 엄청난 고수야!"

개중에 제일 똘똘해 보이는 재식이 안경을 만지작거리며 불안하게 중얼거렸다.

"또? 다음은 누구야? 누가 누나에게 혼날래?"

아무 일도 없었던 것처럼 평온하게 말하는 한지의 눈치를 살피던 재식이 한 걸음 앞으로 나섰다.

"자, 잘못했습니다."

"그래? 그럼, 다 꿇어야지!"

한지의 명령이 떨어지자마자 재식과 형동, 쓰러져 있던 홍칠과 준아까지 무릎을 꿇었다. 한지의 눈빛이 구석에 있던 한철과 인수에게 향했다.

"너네는?"

넋을 놓고 있던 인수가 후다닥 뛰어와 무릎을 꿇었다.

"서한철. 넌?"

"난 피해자야."

누나의 처사가 못마땅한 한철이 불만스럽게 툴툴거렸다.

"때리든 맞든 싸운 건 사실이잖아. 셋 셀 때까지 뛰어와."

"누나! 정말 너무한 거 아냐?"

한철의 말에 불량배들의 눈이 튀어나올 듯 커졌다. '누나'라니…… 그럼 저 무서운 여자랑 한철이 남매 사이란 말인가?

"우린 이제 죽었다!"

형동이 두 눈을 감으며 중얼거렸다. 홍칠과 준아가 날아갈 정도의 실력을 가진 분의 동생을 겁도 없이 괴롭혔으니 이제 자신들의 앞날은 바람 앞의 등불이나 다름없었다.

“안 오면 너희 모두 운동장 백 바퀴다.”

한지의 엄포에 무릎을 꿇고 있던 다섯이 일시에 한철을 쏘아보았다. 마지못한 한철이 천천히 걸어나오며 투덜거렸다.

“엄마에게 다 일러줄 거야. 누나가 애들 괴롭혔다고.”

“시끄럽고. 자, 다들 고개 숙인다. 실시!”

“실시!”

한지의 말에 여섯 명이 동시에 ‘실시!’를 외치며 고개를 숙였다.

“두 눈 감는다. 실시!”

“실시!”

조금 전까지 불량기를 철철 풍기던 아이들은 언제 그랬냐 싶게 단단히 기합이 들어 있었다.

“지금부터 내가 하는 말 잘 들어라. 너희들은 앞날이 구만리 같은 녀석들이다. 무슨 불만이 많아서 이러고 다니는지 모르겠다만, 너희들이 이런다고 달라질 게 뭐야? 뺏은 돈으로 흥청망청 놀다 보면 눈 깜짝할 새에 돈은 떨어질 거고, 더 큰 돈이 필요하게 되겠지. 너희들은 더 큰 돈을 구하기 위해 좀 더 크게 사고를 칠 것이고 그러다 잘못되면 소년원이나 교도소에 가게 될 거야. 정신을 차렸을 즈음에 너흰 전과자가 되어 있을 거다. 전과자가 뭔지 알아? 너희 호적뿐만이 아니라 너희 가족이나 친구, 사랑하는 사람들의 가슴에 붉은 선을 긋는 게 전과자라는 낙인이다. 전과자가 되면 번듯한 회사에 취직을 하기도 힘들고, 사랑하는 사람 앞에서도 떳떳하지 못하게 된다. 어때? 다들 전과자가 되고 싶나?”

한지의 말에 어느 누구도 고개를 들지 않았다. 전과자라는 단어가 그들의 가슴팍에 팍팍 새겨지고 있을 무렵 한지가 형동이를 가리켰다.

"너!"

"네."

"부모님 계시냐?"

"……네."

"부모님이 무슨 일 하시냐?"

한지의 물음에 형동은 목이 메어왔다. 길거리에서 노점상을 하는 아빠와 건물 청소부 일을 하시는 엄마가 떠올랐기 때문이다.

"노점상과 건물 청소를 하십니다."

옆에 있던 홍칠이 형동이를 대신해서 대답했다.

"그래. 좋아. 아주 훌륭한 일을 하시는구나."

한지가 형동의 머리를 쓰다듬으며 말하자, 형동이 반항하듯 한지를 노려보았다. 노점상, 청소부가 무슨 훌륭한 일이란 말인가? 형동은 괜한 동정심으로 자신을 불쌍히 여기는 한지의 태도에 반발심이 일었다.

"동정하지 마세요. 그런 하찮은 일이 뭐가 훌륭해요?"

형동이 신경질적으로 머리를 털어냈다.

"어라, 이놈 봐라?"

한지의 손바닥이 형동의 뒤통수를 내리쳤다.

"앗!"

형동이 머리를 감싸 쥐며 비명을 질렀다. 머리통에 불이 난 것처럼 화끈거리는 것이 정말 매운 손맛이다.

"못난 놈. 동정이라니? 노점상이나 청소부 일이 왜 하찮은 일이야?"

"그럼 그게 고귀한 일이에요?"

형동이 눈물을 글썽이며 그녀를 노려보자 한지가 재식을 가리키며 다시 물었다.

"너!"

"네."

"니가 대답해. 도둑질을 해서 번 돈과 청소 일을 해서 번 돈 중에 어느 것이 더 떳떳하냐?"

"처, 청소 일입니다."

"좋아. 그럼 너!"

이번엔 준아가 대답했다.

"네."

"열심히 장사해서 번 돈과 사기 쳐서 번 돈 중에 어느 것이 더 떳떳하지?"

"열심히 장사해서 번 돈입니다."

"좋아. 그럼 교회 다니는 놈 없냐?"

"저, 저요."

이번에는 한철의 옆에 있던 인수가 머뭇거리며 손을 들었다.

"좋아. 그럼 네가 대답한다. 예수님은 어디서 태어나셨지?"

"마, 마구간입니다."

"좋아. 예수님이 마구간에서 태어난 이유가 뭐야?"

“여, 여관 방, 방이 없어서…….”

“그렇지. 예수님도 돈이 없어서 마구간에서 태어났지만, 지금까지 많은 사람들의 존경을 받는 훌륭한 분이 되셨다. 돈이 많고 적고는 사람의 훌륭함을 나타내는 척도가 아니다. 돈 없이 태어난 예수님도 훌륭히 십자가에 못 박혀 돌아가셨고, 어…… 그래서, 그래서…….”

잘나가던 한지가 더듬거리기 시작하자, 뭔가 이상하다고 느낀 리더 재식이 머리를 긁적이며 물었다.

“저기, 그런데 말입니다. 형동이 부모님 직업이랑 예수님이랑 무슨 상관인지…….”

재식의 말에 한지가 답답하다는 듯 버럭 소리를 질렀다.

“왜 상관이 없어. 가난한 부모를 둔 예수님도 훌륭한 사람이 됐다는 거잖아.”

“그렇게 훌륭한 양반이 왜 십자가에 달려 죽었어요?”

이번에는 형동이 통명스럽게 물었다.

“그건 말이지, 예수님이 스스로 달린 거지. 한마디로 자수를 해서…… 그게…….”

말도 안 되는 열변을 토해내는 누나를 보며 한철은 작게 한숨을 내쉬었다.

‘논리가 부족하면 차라리 말을 말든가…….’

양아치 녀석들이 논리하고는 담을 쌓았기에 망정이지 다른 녀석들이라면 지금 이 상황과 노점상이 예수님과 무슨 상관이 있냐고 따지고 들었을 것이 뻔했다.

“한철아!”

안도의 한숨을 내쉬기가 무섭게 옆에 있던 인수가 한철을 불렀다. 열변을 토해내는 한지의 눈을 피해 나지막하게 한철을 부르는 인수의 얼굴에 드러난 안쓰러운 표정은 동정심이 분명했다. 가만히 생각해 보니 인수는 반에서 국어를 제일 잘하는 놈이었다.

‘젠장, 하필이면 인수와 함께 있을 게 뭐람.’

“왜?”

한철이 퉁명스럽게 대답했다.

“네가…… 고생이 많겠다.”

"오늘이다. 잊지 말고 나가도록 해라."

'곤란해요. 오늘 김 과장님 집도하에 수술이 두 건이나 있어요. 제가 어시를 해야 한다고요.'

경미는 입안을 빙빙 도는 말을 물과 함께 삼켜 버렸다.

언제나 이런 식이지. 명령하고 따르고, 또 명령하고 따르고. 행여나 거부라도 할라 치면 매서운 손바닥이 뺨으로 날아오곤 했었다. 어릴 때부터 겪어온 반복된 일상에 길들여진 경미는 마지못해 고개를 끄덕였다.

"대답을 해라. 어디서 버릇없이 고개만 끄덕이는 게냐?"

이 원장이 못마땅한 눈초리로 딸을 노려보았다.

몸서리나게 차가운 아버지의 호통에 경미는 치밀어 오르는 숨을 삭이며 겨우 입을 열었다.

"……알겠어요."

"누누이 일렀지만 경솔하게 굴지 마라. 최선을 다해서 모시도록 해."

"네."

'답답해서 체할 것 같아.'

어마어마한 크기의 대리석 식탁보다 더 무거운 분위기는 그녀의 숨통을 쥐어왔다. 하지만 아버지라는 사람이 숭늉을 찾아 자리를 뜨기 전에는 이 무거움이 사라지지 않을 것이다.

그녀는 아버지 몰래 작은 한숨을 내쉬며 또다시 물을 삼켰다. 물마저 제대로 넘어가지 않는다. 참을 수 없는 갑갑함이 밀려왔다. 급하게 역류하는 위산을 억지로 삭이자 속을 긁는 따가움에 저절로 신음이 터져 나왔다. 그녀는 그것마저 목구멍 깊숙이 넘겨버렸다. 이대로 1년만 더 가다가는 위장에 구멍이 뚫리거나, 운이 좋다면 머리가 돌아버릴 것이다.

"원장님, 밥이나 드시고 말씀 나누세요. 애 체하겠어요."

살가운 기운이라고는 조금도 느껴지지 않는 아침식탁에 앉아, 남편과 딸의 눈치만 살피던 엄 여사가 남편의 밥그릇에 굴비를 발라주며 곰살맞게 굴었지만, 이 원장의 굳은 표정을 풀지는 못했다.

"그분이요. 먼 길 오시느라 힘드실 텐데 신선한 과일주스라도 딸려 보낼까요?"

"그것참 좋은 생각이군."

아내의 말이 마음에 드는 모양인지 이 원장이 고개를 끄덕였다.

"그럼 이러고 있을 게 아니라 과일을 좀 사와야겠어요."

평소라면 식탁 앞에서 부산스럽게 구는 아내에게 불호령이 떨어졌을 것이다. 하지만 웬일인지 오늘은 너그럽기만 한 이 원장이다. 아니, 도리어 엄마를 도와주라며 딸에게 명령을 내리자 경미는 실소를 금치 못했다.

"휴. 숨 막혀. 내가 도무지 숨을 쉴 수가 없어. 대체 얼마나 대단한 사람이기에 아빠가 저러는 거야?"

경미는 차에 오르자마자 불평을 토해냈다. 평생 황제처럼 살아온 아빠에 대한 불만은 그녀의 숨통을 바짝바짝 죄어오고 있었다.

"조용히 해. 아버지 앞에서는 꼼짝도 못하는 것이."

엄 여사가 핀잔을 줬지만 아버지 이 원장이 없는 곳에서는 아무것도 두렵지 않은 경미였다.

"맞아 죽을까 봐 그러는 거지. 그나저나 얼굴도 모르는 인간 마중을 왜 내가 나가야 하는 거야?"

"나도 몰라."

"엄마가 모르는 게 말이 돼?"

경미가 짜증을 내자 엄 여사는 한숨을 내쉬며 딸의 시선을 피했다.

"아이고, 내 팔자야. 젊어서는 서방 눈치 보느라 전전긍긍해, 늙어서는 딸 눈치까지 살펴야 하니. 내 팔자가 왜 이런지 몰라."

"엄마!"

경미가 버럭 소리를 지르자 엄 여사가 마지못해 입을 열었다.

"……그 사람이 총각인가 보더라."

경미의 눈이 휘둥그레졌다.

"그러니까 누군지도 모르고, 어떻게 생겨먹었는지도 모르는 그 남자가 단지 총각이라는 이유만으로 내가 나가야 한다는 말이야? 내가? 이경미가?"

"천재에다 엄청난 부자라잖아. 그러니까 잔말 말고 나가서 괜찮다 싶으면 잘 잡아."

경미는 속물처럼 구는 엄마의 말에 반발이라도 하듯 애꿎은 액셀러레이터만 밟아댔다.

어디 이 인간을 만나기만 해봐라. 내 정나미가 뚝뚝 떨어지게 만들어주리라. 굳은 다짐을 했건만 그녀는 결국 다소곳한 핑크색 투피스 차림으로 공항 대합실에서 대기하고 있어야 했다. 2시에 도착한다던 비행기가 40분 연착되었다. 사람들이 우르르 쏟아져 나오고 인적이 뜸해졌지만 그 인간은 나타나지 않았다.

한참을 더 기다린 경미가 시간을 확인했다. 벌써 4시가 가까워지고 있다. 이 인간이 오지 않을 모양이다.

'환영. 정지후 박사님!'

커다란 환영 종이를 들고 있던 경미는 치밀어 오르는 분을 삭이지 못해 파르르 떨었다. 오늘 꼭 참관하고 싶었던 수술을 두 건이나 캔슬하고 달려왔는데…….

"미치겠네."

그녀가 알고 있는 과학자들 중, 그러니까 사촌오빠와 학교 선배들을 통틀어 제대로 된 사람들은 하나도 없었다. 개념 없고, 게으르고, 시간관념 없는 멍청한 족속들이 대부분이었다.

"내가 대체 뭘 하고 있는 거야?"

아버지의 엄명을 거절하지 못해 귀한 시간만 낭비했다는 생각이 든다. 경미는 분풀이라도 하듯 들고 있던 종이를 가방에 쑤셔 넣었다. 빳빳하던 종이가 너덜하게 구겨졌다. 그 인간의 인생도 이렇게 구겨졌으면… 그녀는 가방 속을 바라보며 차갑게 웃었다. 그리고 미련없이 뒤돌아서 그곳을 벗어났다.

"아야!"

마음이 급한 탓일까? 계단을 내려가던 경미가 발을 헛디뎌 넘어졌다. 발목으로 찌릿한 고통이 밀려왔다. 아픔을 참아가며 걸음을 옮기려 했지만 발을 디딜 때마다 느껴지는 통증은 날카로운 송곳처럼 그녀를 괴롭혔다. 오늘은 여러 가지로 일진이 나쁜 날이다. 경미는 절뚝거리며 벤치로 향했다.

"미치겠다, 정말."

발목을 돌리던 경미의 앞에 긴 그림자가 드리워졌다. 이건 또 뭐야? 경미는 미간을 찌푸리며 고개를 들었다.

"왜요? 무슨 일……."

수작을 걸기 위해 다가온 양아치라면 말 붙일 엄두도 내지 못할 만큼 차갑게 쏘아붙이려던 경미가 멈칫거렸다.

"……이에요?"

자신의 앞에 서 있는 남자…… 유행은 아니지만 세련되게 걸친 burberry 카디건, 실용적으로 보이지만 고가의 hermes 구두는 평범한 양아치가 살 수 없는 것들이다. 더구나 남자에게서 느껴지는 근사하고 기품있는 분위기는 오만한 경미마저 인정하지 않을 수가 없었다.

남자는 고개를 약간 기울인 채 그녀를 바라보았다. 그림자를 드리울 정도로 긴 속눈썹과 그 아래에 있는 칠흑같이 검은 눈동자가 흔들림 없이 경미를 응시하고 있었다. 깊이를 알 수 없는 남자의 눈은 주술을 부리는 것처럼 그녀를 혼란스럽게 만들었다.

"무, 무슨 일이세요?"

남자의 분위기에 압도된 경미가 저도 모르게 말을 더듬었다.

남자가 아무 말 없이 스카프를 내밀었다. 경미는 황급히 자신의 목덜미를 쓸어보았다. 목이 허전하더니 급히 오다 어딘가에서 흘린 모양이었다.

"고, 고맙습니다."

남자가 고개를 까닥거리며 돌아서 갔다. 남자가 등을 보이자 경미는 이상한 기분에 사로잡혔다. 우습게도 왠지 버림받은 사람처럼 우울하고 허전했다.

"이름이라도 물어볼길."

멍하니 앉아 남자의 뒷모습을 쫓던 경미는 남자가 완전히 사라지고 나서야 겨우 전화기를 꺼내 들었다.

"민들레 마을이 고향이십니까?"

택시기사의 물음에 지후는 눈살을 찌푸렸다. 비록 3살 때 입양이 되어 미국으로 보내졌지만, 서류상의 출생지는 분명 서울로 되어 있었다.

지후는 창밖으로 보이는 도시를 무심한 눈으로 응시했다. 고향이라고는 하지만 그에게 있어 서울은 지나치게 복잡하고 인구가 많은 하나의 도시일 뿐, 그 이하도 이상도 아니었다.

낯선 곳을 찾아가느라, 다소 복잡했던 지후의 심경은 산과 나무가 많은 한적한 시골 마을에 이르자 비로소 편안해졌다.

지도상으로 볼 때, 민들레 마을은 동그란 호빵처럼 생긴 운봉시의 가장 끝에 위치한 작은 동네였다. 다소 무뚝뚝한 기사의 인사를 뒤로한 채 택시에서 내린 지후는 천천히 마을을 살펴 나갔다.

누나와 함께 살게 된 민들레 마을은 여러 개의 작은 산이 겹겹이 둘러싸여 포근하고 아늑한 기분이 드는 곳이었다. 마을 입구에서 시작된 가로수 길은 시린 하늘 아래로 끝없이 이어져 있었고, 나무가 심겨진 흙길 한 뼘쯤 옆으로 촘촘한 블록이 깔려 있었다. 한 발자국, 두 발자국, 걸음을 옮길 때마다 발바닥에 닿는 푹신한 감촉이 그를 흡족하게 만들었으며, 길가에 늘어서 있는 큰 나무들도 마음에 들었다. 공기가 맑고, 차분한 분위기에 소음이 적은 것도 좋았다. 복잡한 연구를 하다 고즈넉한 동네를 한 바퀴씩 산책하는 것도 좋을 것 같았다.

동네의 이모저모를 살피며 10분쯤 걷자 옹기종기 모여 있는 주택들이 보였다. 녹색과 붉은색 지붕들이 조금 바래 있었지만, 대신 아늑하고 평화로운 기분이 들었다.

이곳에서 부모님의 꿈을 대신 이루고, 누나가 안정을 찾도록 돕는 것이 그가 할 일이다. 잘할 수 있을까? 걸음을 멈춘 지후는 작은 한숨을 내쉬며 길가의 벤치로 향했다. 딱딱한 나무 의자에 앉아 이차선 도로 건너편을 보니 엄청나게 커다란 나무가 있었고, 나무 옆으로 이십 미터쯤 거리에 택시와 소형 승용차가 나란히 세워져 있었다.

'한성택시' 유니폼을 입은 여자가 빨간 승용차의 보닛을 열어 뭔가를 만지작거리더니, 이윽고 고개를 들고는 두 손을 탁탁 털어 냈다. 하얀 얼굴 가득 득의양양한 미소를 띠고 있는 그녀의 표정을 보니 아마 차를 고친 모양이었다. 수리를 끝낸 택시기사가 차를 몰고 사라지는 모습을 물끄러미 바라보는데, 품속의 휴대전화가 요란하게 시간을 알려왔다. 6시. 누나와의 약속 시간이 7시니, 지금쯤 움직여야 했다. 누나와 함께 돌아가신 부모님이 쉴 곳을 찾아봐야 했고, 목사님도 찾아봬야 했다.

이럴 줄 알았으면 저 택시를 타고 가는 건데……. 지후는 멀어지는 택시를 아쉬운 눈으로 바라보았다.

전화 왔다! 전화 왔어!

한지는 익숙한 벨소리에 피식거렸다. 민들레 마을 사거리를 지날 때마다 어김없이 걸려오는 권순희 여사의 전화. 안방에 도로교통 상황판이나 CCTV가 있는 것도 아닐 텐데 이곳을 지날 때마다 귀신같이 걸려오는 전화는 아무리 생각해도 신기하기 짝이 없다. "이년아, 내가 도사야. 앉은자리에서 구만리를 내다보는 권 도사!"라고 외치는 엄마의 말이 맞을지도 모른다고 생각한 한지는 터져 나오는 웃음을 참으며 일부러 퉁명스럽게 전화를 받았다.

"권 여사님! 왜?"

[돈 많이 벌었냐?]

휴대전화를 통해 걸걸한 목소리가 들려왔다.

"겁나 많이 벌었지. 이대로 가다간 백 년 안에 재벌되것어."

[장하다, 내 딸. 근데 지금 니 입장에서는 돈만 벌어서 되는 일이 아니지. 혹시 손님 중에 눈 삔 총각은 없디?]

"불행히도 없더만."

[머저리 같은 녀석들. 니 짝은 대체 어느 구석에 처박혀 있는 거야?]

"후아아아아. 글쎄올시다."

[팔자 좋은 년. 저녁은?]

"샌드위치로 대충 때우긴 했는데 영 허전해. 난 아무래도 여사님이 해준 맛난 밥을 먹어야 힘이 나나 봐."

[넌 어째 밥 한 끼 같이 먹을 놈도 없냐? 언제까지 늙은 엄마가 해주는 밥만 먹고 살 거야? 불쌍한 엄마 그만 좀 부려먹어.]

"밥 먹을 놈은 많지만 어디 엄마랑 같이 먹는 밥만 하겠어? 딸내미가 제비 새끼마냥 눈앞에서 쩝쩝거리고 잘 먹어야 부모 맘이 편안한 거지. 자식들이 잘 먹으면 부모 안 먹어도 배부르다잖아. 다 엄마를 생각해서 이러는 거야."

[지랄허고 자빠졌다.]

한지의 너스레에 가차없는 대답이 돌아왔다.

"지랄이라니. 명색이 교회 집사라는 양반이 그런 욕을 해도 돼?

지랄이라는 말을 들은 성도들이 지랄이라는 단어만 들으면 지랄을 입에 달고 사는 엄마를 떠올릴 거야. 성도님들 지랄 같은 시험 들어."

[입만 살아서는. 네년은 내 십자가야.]

"아멘!"

[쓰잘데기없는 소리 그만 하고 오늘은 일찍 들어와. 긴히 할 얘기가 있으니까.]

"왜? 또 머리 벗겨진 총각 집사 만나보라고?"

지난달에 긴히 할 얘기가 있다며 분위기를 잡은 권 여사가 꺼낸 본론은 선 자리였다. 장래가 유망한 총각을 만나보라며 하도 압력을 넣기에 마지못해 나간 자리에는 이마가 시원하게 벗겨진 대머리 총각이 수줍게 앉아 있었다.

"맞벌이는 꼭 해야 합니다. 요즘 같은 세상에 혼자 벌어선 집 장만하기 어려우니까요. 그리고 시골에 계신 부모님을 위해 아이는 셋 이상을 낳았으면 좋겠습니다. 하하하."

웃을 때마다 치아에 누렇게 낀 프라그가 살짝살짝 엿보이던 남자의 기억이 새록새록 되살아나자 한지는 온몸을 부르르 떨었다.

"으으으으."

[웬수. 토종닭 고아놨어.]

웃음기 가득한 권 여사의 목소리에 미안한 기색이 섞여 있었다.

"오우! 알았어요. 내 마치자마자 부리나케 달려갈게."

신이 난 한지는 콧노래를 흥얼거리며 손님을 찾아 나섰다.

꼬르륵. 꼬르륵.

마감 시간이 다가올수록 한지의 배꼽시계는 요란하게 울어댔다. 집에서 기다리고 있을 토종닭이 그리웠다. 속이 꽉꽉 채워진 채, 얌전히 기다리고 있을 토종닭을 생각하며 서둘러 회사로 향하던 한지는 가로등 불빛 밑에 서 있는 남녀를 발견하고 순간적인 갈등에 빠졌다.

마감 시간이 다됐긴 했는데, 태워야 하나 말아야 하나.

잠시 고민하던 한지는 반대편 차선을 지나칠 때부터 그 자리에 있던 그들을 기억해 냈다. 유달리 키가 큰 남자가 긴 그림자를 드리우고 있었다.

"꼬꼬야, 잠시만 더 기다리렴. 언니가 금방 가서 먹어줄게."

한지는 차의 속력을 줄여가며 그들에게 다가갔다. 택시가 서자 남자가 다가왔다. 빛이 나는 남자의 머릿결, 노란 가로등불 파편이 남자의 머릿결 위로 몽땅 내려앉은 것 같았다. 한지는 군침을 삼키며 남자에게 시선을 고정했다. 우와! 굉장한 미남이야. 성큼성큼 긴 다리가 움직일 때마다 한지의 심장도 덩달아 두근거렸다.

'모델인가? 아님 영화배우?'

단정한 얼굴과 근사한 몸매, 길쭉한 팔다리, 거기다 남자에게서 풍기는 지적인 느낌은 평소 한지가 그리던 이상형에 가까웠다. 고등학교 중퇴의 콤플렉스 때문인지 한지는 평소에도 학구적인 외모를 가진 남자들에게 쉽게 끌리곤 했었다.

남자의 외모에 감탄하고 있던 한지의 시야에 굳어 있는 눈매가 들어왔다. 택시를 기다리다 화가 난 모양이다. 화가 난 모습마저도 그림 같은 남자를 보며 한지는 화가 나면 헐크같이 변하는 수민이를 떠올렸다. 세상을 누가 평등하다 그랬는가, 따지고 보면 참으로 불공평한 세상이 분명하다.

"어서 오세요. 제가 좀 도와드릴게요!"

남자의 기분을 의식해 상냥하게 인사를 건넨 한지가 차에서 내리는 사이, 뒷좌석의 문을 연 남자가 여자에게로 돌아갔다. 화난 얼굴과는 달리 휠체어에 탄 여자를 대하는 태도는 한없이 부드럽다.

'연인인가?'

남자가 여자를 번쩍 안아 올려 뒷좌석으로 태우는 사이 한지는 능숙하게 휠체어를 접어 트렁크에 실었다. 손에 묻은 먼지를 탁탁 털고는 차에 오르려는데 남자의 시선이 느껴진다.

"고맙습니다."

낮은 울림이 있는 목소리는 친근한 느낌이 들었다. 아침잠이 많은 딸의 머리를 쓰다듬으며 나지막이 속삭이던 아빠의 음성을 다시 듣는 것 같았다.

"다, 당연한 거죠. 어서 타시죠."

권 여사의 성화에 거동이 불편한 교회 할머니들을 모시고 다니다 보니 휠체어를 접고 싣는 것쯤은 식은 죽 먹기였는데, 이렇게 유용하게 쓰일 줄은 그녀 자신도 몰랐었다.

"어디로 모실까요?"

운전석에 오른 한지가 미소를 머금고 물었다. 볼 아래쪽으로 잡히는 작은 보조개가 그녀를 어려 보이게 만들었다.

"민들레교회. 부탁합니다."

"아, 민들레교회요?"

한지가 반갑게 되물었다. 민들레교회는 권순희 여사가 다니는 교회다. 정작 자신은 교회를 다니지 않지만 엄마가 다니는 교회로 가자니 이 멋진 손님이 곱절로 반갑게 느껴졌다.

"출발합니다."

한지는 힘차게 사이드 브레이크를 내렸다.

"날이 춥죠?"

"……."

한지의 물음에 두 사람은 약속이나 한 듯 창밖으로 고개를 돌렸다.

"이 근방 사시는 분들은 아니죠? 잠시 다니러 오신 거예요?"

"……."

한참을 달리던 한지가 다시 용기를 내어 물었지만 뒷좌석의 남녀는 말이 없었다.

조금은 기분이 나빠진 한지가 백미러로 뒷좌석의 남녀를 살폈다. 뭐야? 사람 말을 무시하는 것도 아니고……. 눈살을 찌푸리며 백미러를 고치던 한지의 눈에 창밖을 보고 있는 여자가 들어왔다. 연예인처럼 예쁘고 근사하긴 했지만 멍한 눈빛으로 창밖을 바라보는 얼굴은 무척이나 슬퍼 보인다. 그런 여자를 바라보는 남자의 눈빛 또한 더없이 쓸쓸해 보였다.

'뭐라 말하려 해도, 기억하려 하여도…… 허한…….'

　무겁게 가라앉는 차 안 공기를 바꾸려 튼 라디오에서 구슬픈 노랫소리가 흘러나왔다. 허전한 겨울의 문턱에서 듣는 죽은 가수의 노랫소리가 가라앉은 분위기와 절묘한 조화를 이루었다. 스쳐 지나가는 가로등 불빛도, 밤하늘의 어두움도, 모든 것이 우울해 보이는 마법 같은 밤이다.

　한지는 생전 처음 보는 남녀에게 자꾸만 신경이 가는 자신을 꾸짖으며 운전에만 집중을 하기 위해 애썼지만 왠지 모르게 마음이 가는 두 남녀는 그녀를 혼란스럽게 만들었다.

　'남매 사인가? 하나도 닮진 않았는데…… 그래도 연인 같지 않은 걸 보면 틀림없이 남매 사일 거야.'

　그들의 관계를 짐작해 보는 사이, 택시는 민들레교회가 있는 산 입구에 다다랐다. 왠지 모르게 아쉬운 마음이 들었다. 한지는 차를 세우고 그들을 돌아보았다.

　"손님, 죄송합니다. 차는 여기까지밖에 들어올 수가 없습니다. 여기서부터는 걸어가셔야 합니다."

　남자가 알겠다는 듯 고개를 끄덕였다. 그의 음성을 다시 듣고 싶었는데, 유난히 말을 아끼는 사람인 모양이다. 한지는 아쉬움을 삭이며 재바르게 차에서 내렸다. 내릴 때도 휠체어는 한지의 몫이었다. 그사이 남자는 여자를 안아 차에서 내렸다. 헝겊인형처럼 가벼워 보이는 여자는 생기 잃은 모습으로 남자의 품에 얌전히 안겨 있었다. 축 늘어진 여자를 지켜보던 남자의 눈빛이 흐려졌지만, 그는 금세 어두운 표정을 지워 버렸다. 여자에게 걱정스러운 모습을 보이기 싫은 모양이다.

"여기서 5분 정도 쭉 올라가시면 민들레교회가 나올 겁니다."

한지의 설명에 남자가 고개를 끄덕이며 요금보다 훨씬 더 많은 돈을 건넸다.

"이러실 필요 없는데……."

한지가 주저하자 남자가 말없이 고개를 끄덕였다. 어서 받으라는 신호처럼 느껴졌다.

"고, 고맙습니다."

한지가 마지못해 돈을 받자 남자는 휠체어를 밀기 시작했다. 천천히 걸어가는 남자의 뒷모습이 쓸쓸해 보였다.

"힘내요. 살다 보면 좋은 일도 있을 거예요."

한지가 멀어지는 남자를 보며 조용히 중얼거렸다.

부르릉!

시동을 걸고 출발을 하려던 한지가 머리를 긁적이며 생각에 잠겼다. 어둠 속으로 걸어가는 그들이 마음에 걸렸다. 그녀는 핸들 옆에 달린 헤드라이트 막대를 올렸다.

스르르르.

택시의 전조등에서 눈부신 금빛 조명이 쏟아졌다.

좁고 어두운 길을 가는 그들의 뒤로 환한 빛이 따라붙자, 걸음을 옮기던 남자가 움직임을 멈추고 천천히 뒤돌아보았다. 시린 불빛 덕분인지 미간을 모은 남자의 시선과 한지의 시선이 어슴푸레함 속에서 마주 닿았다. 그 순간을 신호로 벌써부터 수상쩍던 그녀의 심장이 요란스레 뛰기 시작했다.

쿵쿵쿵. 쿵쿵쿵.

비정상적인 두근거림에 당황한 그녀는 어색한 웃음을 지으며 한 손을 들어 힘차게 흔들었다. 금세 등을 돌리고 걸음을 옮긴 그가 볼 수는 없었겠지만 한지는 멈추지 않았다. 거무스레한 형상들이 완전히 어둠 속으로 사라지고 텅 빈 불빛만이 남자, 한지는 천천히 차를 움직였다.

"한 번만 더 찾아오면 아주 형사질을 못하게 해줄 테니 알아서 들 하라고. 등신들."

닫힌 문틈 사이로 백민기가 낄낄거리는 소리가 들렸다.

"저 새끼가."

"참아. 참으라고."

울컥하는 성격을 이기지 못하고 나서던 병실로 다시 들어가려는 김수민을 송 반장이 막아섰다.

"저런 인간을 그냥 둬야 합니까?"

수민은 병실 문에 선명하게 새겨진 금빛 이니셜을 노려보았다.

VIP.

호화로운 특실에 누워 꾀병을 앓는 백민기를 반쯤 죽여놓고 싶었지만, 형사라는 직업이 그의 발목을 잡았다.

"저놈을 그냥 두려니 주먹이 웁니다."

"나도 저놈 버릇 고치는 데 기꺼이 동참하고 싶지만, 머리에서 열나게 참고 있는 중이다."

"젠장. 반쯤 죽여놓고 개 값 물어주면 안 될까요?"

안 될 것을 뻔히 알면서도 미련을 버리지 못하는 수민의 얼굴에는 이성과 본능 사이의 치열한 갈등 흔적이 역력했다.

"아서라. 증거 없이 움직이다 괜히 고소당한다. 하나밖에 없는 도련님 건드려 봐라. 백 의원이 가만있겠냐?"

"그렇게 말씀하시니 더 열이 납니다. 그냥 미국에서 조용히 살 것이지 왜 다시 와서는."

"어허. 그만 해. 쓸데없이 흥분하지 말고 냉정하게 증거를 찾자고."

붉으락푸르락하는 수민의 얼굴을 바라보던 송 반장이 차분하게 말했지만 솔직히 그 역시 발가락이 저릴 정도로 온몸에 힘을 주며 화를 참는 중이었다. 속마음을 드러낼 수도, 수민의 말에 맞장구를 칠 수도 없는 그의 속은 수민보다 더하면 더했지 절대 못하진 않았다. 하지만, 그마저 감정대로 움직인다면 다혈질인 수민은 깝죽대는 백민기를, 그의 말처럼 반쯤 죽여놓는 대형사고를 치고 말 것이다.

"저런 양심 없는 개새끼는 처음 봅니다. 애비가 국회의원이지 지놈이 국회의원입니까? 내 이번 참에……."

앞서 나가던 수민이 분을 참지 못하겠는지 다시 돌아섰다. 씩씩거리는 그를 보니 이대로 두다가는 큰일을 칠 것처럼 위험해 보였다.

"아이고, 두야! 수민아, 제발 참아라. 우리 이러지 말고 어서 병실이나 가보자. 지금으로서는 미상 씨가 호전되길 기다리는 수밖에 없어."

송 반장은 투덜거리는 수민을 끌고 외과 병동 601호로 향했다. 중환자실로 들어서자 음습한 냄새가 코끝으로 스며든다. 직업이 직업이니만큼 어쩔 수 없이 가끔 찾는 곳이긴 하지만 왠지 발걸음조차 꺼려지는 곳이었다.

쿵쿵, 냄새를 맡으며 콧등을 찌푸리던 송 반장은 유일한 목격자를 간호하고 있는 권순희를 보며 언제 그랬냐는 듯 얼굴 가득 반가운 미소를 지어 보였다.

"권 선생님, 수고 많으시죠?"

"어서 오세요, 송 반장님. 수민이도 어서 와."

흰 수건으로 환자의 얼굴을 정성스럽게 닦고 있던 권순희는 들어서는 송 반장과 수민을 반갑게 맞이하였다.

"어머니, 고생이 많으시죠?"

여태 얼굴을 찌푸리고 있던 수민도 금세 안색을 바꾸고는 권 여사의 어깨를 주무르며 살갑게 굴었다.

"아이고, 우리 어머니 어깨 뭉친 것 좀 봐."

"내 걱정 하지 말고 자네 몸이나 챙겨."

"어휴. 저야 너무 잘 챙기죠. 전 너무 건강해서 탈이라니까요."

수민이 덩치에 맞지 않게 애교를 떨자 권순희는 인자하게 웃었다.

"식사는 제때 하고 계신 거죠?"

"응. 지난번에 자네가 사다 준 어리굴젓이 어찌나 맛있던지 내한 끼도 안 굶고 잘 챙겨 먹었어."

"아이고, 우리 어머니 너무 잘하셨네."

산만 한 덩치의 수민이 살갑게 굴자 권 여사의 눈가가 부드럽게 휘어졌다. 한지와 고등학교 동창인 수민은 반듯하고, 씩씩하고, 훤칠하게 잘생긴, 정말 탐이 나는 사윗감 후보였지만 부족한 딸을 부탁하기에는 너무 잘난 총각이었다.

"백 의원 아들 보고 오는 길이야?"

"네."

송 반장과 수민이 씁쓸하게 웃자 권순희는 작게 한숨을 내쉬며 누워 있는 환자를 바라보았다.

약 보름 전에 교통사고를 당한 20대 초반의 여자가 응급실로 실려왔다. 혼수상태에 빠진 그녀는 신분증이나 휴대전화도 없는 신원미상의 상태였다. 가족이나 친척을 찾지 못한 그녀를 난감하게 여긴 병원 측에서 지역복지센터에 연계를 시켜주었고, 그곳에서 간호 도우미인 권순희를 내보낸 것이다.

"미상 씨는 어때요? 혈색은 많이 좋아진 것 같은데."

수민이 누워 있는 환자를 보며 묻자, 권순희는 애정 어린 시선으로 환자를 바라보았다. 처음 환자의 상태를 본 권순희는 분노를 참을 수가 없었다. 희고 맑았었음이 분명했을 피부는 여기저기 터진 상처와 울긋불긋한 멍으로 가득했고, 팔과 다리, 몸통까지 붕

대로 칭칭 동여맨 가녀린 몸을 보고 있자니 하도 딱하고 불쌍해 아무런 상관이 없는 남인데도 눈물이 날 지경이었다.

"처음보다 많이 좋아졌지?"

"다 어머니가 애써주신 덕분이죠."

"나야 뭐, 돈 받고 하는 일인걸."

"에이. 아무리 그래도 어머니처럼 애정으로 돌보진 못하죠. 정말 어머닌 날개 없는 천사 같아요. 어머니를 위해서라도 빨리 범인이 잡혀야 하는데……."

"그래야지. 앞날이 창창한 아가씨를 이렇게 만든 범인이 활개 치고 다니는 건 공평하지 못해."

하루하루 환자를 간호하다 동정심을 느낀 권순희는 앞날이 구만리 같은 아가씨를 이렇게 만든 범인에 대한 분노를 느끼며 하루빨리 범인이 잡히길 기도했다. 며칠 뒤, 사고 현장에서 나온 유일한 단서인 지퍼라이터의 주인이 밝혀졌다. 뺑소니 사고의 범인이 잡힐지도 모른다는 소문에 경찰들은 고무되었고, 사람들은 역시 하늘은 무심하지 않다며 수군거렸다. 그런데 라이터의 주인은 국회의원의 아들인 백민기로 밝혀졌고, 신망이 두터운 백 의원이 개입됐다는 소문이 돌자 들끓기 시작하던 흥분은 일순간 잠잠해졌다.

경찰로 소환이 된 백민기는 잃어버렸던 라이터라는 말밖에 하지 않았고, 시종일관 모르쇠를 고수했다. 어떤 증거도, 물증도 없는 상태에서 결국 귀가 조치된 백민기는 심신허약을 이유로 며칠 전부터 병원에 입원을 해버렸다.

사건 담당자인 송 반장과 수민은 분노했다. 심증은 가는데 물증이 없으니 뭐라 할 수도 없는 노릇이었고, 아버지를 등에 업은 백민기의 자세는 점점 안하무인이 되어갔다. 억울하면 그의 범죄를 밝혀낼 방법밖에 없었지만, 워낙 외진 길이라 그 흔한 CCTV도 없고, 목격자도 없었기에 어떤 증거도 찾을 수가 없었다.

"수고스럽지만 조금만 더 고생해 주십시오. 환자가 깨어나기만 하면 조속히 마무리가 될 겁니다."

송 반장과 수민이 돌아가고 난 뒤, 권 여사는 물수건으로 환자의 얼굴을 닦아주었다.

"조금만 힘을 내요, 아가씨. 꼭 다시 일어나게 될 거야."

권 여사가 부드럽게 중얼거렸다.

병원 측에서는 중환자실에서 간호하는 이들을 위해 6층 베란다에 작은 야외 정원을 휴게실로 만들어놓았다. 교대를 하고 집으로 가려던 권 여사는 커피가 생각나 휴게실로 발걸음을 돌렸다. 날씨가 쌀쌀해서인지 휴게실은 한산했다. 손님이라고는 맞은편 구석에서 등을 돌리고 앉아 커피를 마시고 있는 젊은 남자 한 사람뿐이었다.

"아, 시원하다."

권순희는 시원한 공기를 한껏 들이마시며 커피를 한 모금 삼켰다. 소독 냄새가 희미하게 풍기는 정원 공기였지만 중환자실과는 비교할 바가 못 된다. 맑은 공기를 음미하며 천천히 커피를 마시고 일어서려던 권 여사는 마침 휴게실로 들어서는 백민기를 보며 미간을 살짝 찌푸렸다.

'나이도 어린 녀석이 왜 저리 탁한 공기를 풍기는지.'

거만하고 버릇없는 행동은 그렇다 쳐도 음습하고 어두운 눈동자를 보면 안타까운 마음이 절로 드는 권 여사였다.

"몸은 좀 괜찮아?"

그녀가 묻자 백민기가 코웃음을 치며 버릇없이 지껄였다.

"남 일에 신경 끄시고 댁 일이나 잘하시지."

"넌 정말 버릇이 없구나. 내 아들이었으면 때려서라도 버릇을 가르칠 텐데."

권 여사가 백민기의 두 눈을 바라보며 말했다. 잔잔하지만 흔들림없는 그녀의 눈빛을 견디지 못한 백민기가 두 눈을 번뜩이며 미간을 구겼다.

'내일이면 피노키오처럼 코가 자라나 있을 거야.'

'그렇게 거짓말하다 보면 커서 나쁜 사람이 된단다.'

백민기는 자신의 귓가에 속삭이며, 죄책감을 불러일으키던 엄마를 떠올렸다. 남편의 부재를, 그 원망을 아들에게 쏟아부었던 엄마. 남편의 소홀함에 대한 분풀이로 아들을 괴롭히며 묘한 희열을 느끼던 엄마. 엄마라는 존재는 다 마귀할멈 같은 거야. 두려움으로 감정이 폭발한 그는 울분을 참지 못하고 권순희의 멱살을 틀어쥐었다.

"씨팔. 지랄하지 말고 꺼져. 나이 많다고 봐줬더니 눈에 뵈는 게 없지? 이 동네에서 살기 싫어?"

백민기는 협박으로 안 되면 정말 매운맛을 보여줄 심산인 듯 힘악하게 굴었다.

"이참에 허리라도 부러뜨려서 다시는 귀찮게 하지 못하도록 만들어줘? 까짓 병원비쯤이야 물어주면 그만이야!"

"이, 이거 놓지 못해?"

"안 놓으면? 안 놓으면 아줌마가 어쩔 건데?"

백민기가 권순희를 거칠게 밀치려는 찰나였다. 갑자기 다가온 키 큰 인물이 그의 팔목을 움켜잡았다. 여태 등을 돌리고 앉아 있던 구석자리의 남자가 번개같이 달려온 것이다.

"아악!"

꽉 틀어쥔 강한 악력에 백민기는 외마디 비명을 지르며 손아귀 힘을 풀고야 말았다. 백민기의 손이 풀리자 권순희가 털썩, 땅바닥에 주저앉아 버렸다.

"씹새끼! 너 뭐야?"

백민기가 소리를 지르며 자신의 팔을 잡고 있는 인물을 노려보았다. 178인 자신이 올려다볼 정도로 키가 큰 남자는 매끈하게 잘 빠진, 낯선 놈이었다.

"아주머니 말씀이 맞아."

남자가 나지막이 중얼거리자 백민기는 인상을 찌푸렸다.

"뭐, 뭐라는 거야?"

"정말 버릇이 없다고. 이참에 허리라도 부러뜨려서 다시는 버릇없게 굴지 못하도록 만들어줘? 까짓 병원비쯤이야 나도 물어줄 형편은 되거든."

권태로운 남자의 목소리에 장난기라고는 하나도 없어 보였다.

백민기는 덜컥 겁이 났다. 자신을 노려보는 남자의 눈빛에 살기가 가득했기 때문이다. 그는 두려움을 감추기 위해 일부러 더 크게 소리를 질렀다.

“너, 너 내가 누군지 알아? 넌 이제 죽었어. 이 비서! 이 비서!”

백민기가 떨리는 음성으로 이 비서를 목청껏 부르며 몸을 움직이자 남자가 다시 힘을 가했다.

“아아악! 이거 놔, 놓으라고! 우욱.”

백민기는 인상을 쓰면서 신음을 흘렸다. 무엇보다 민기를 두렵게 만든 것은 남자의 차가운 눈빛이었다. 자신의 잘못을 고스란히 다 알고 있는 것처럼 냉엄하고 날카로운 눈빛. 깊이를 알 수 없는 두려움으로 오줌을 찔끔거릴 정도로 무서웠다.

“도련님! 무슨 일이십니까?”

때마침 휴게실로 달려온 이 비서를 보며 백민기는 죽다 살아난 기분이었다.

“어디 갔다 이제 오는 거야! 이, 이 새끼 좀 치워봐!”

“비서가 와도 사과는 해야지.”

민기의 귓가에 남자의 비웃음이 들렸다. 낮고 서늘한 목소리. 온몸의 솜털이 곤두서며 냉기가 흘렀다.

“무슨 일입니까? 이것 봐요, 이 손이나 놓고 말씀하십시오.”

이 비서가 나서려 했지만, 남자에게서 느껴지는 위엄에 본능적으로 몸을 움찔거렸다.

“사과부터 하도록.”

“이 새끼. 이거 놔!”

남자가 다시 손에 힘을 주었다. 이번엔 충격의 강도가 더 센지 하얗게 질린 백민기의 이마에 식은땀이 흐르기 시작했다.

"아아악! 미안해요. 미안해요!"

백민기가 아픔을 참지 못하고 소리를 질렀다.

"잘했다, 꼬마야."

"이 씹새끼! 두고 봐, 내가 가만두나!"

남자에게서 풀려난 백민기가 이 비서 뒤에 숨으며 소리를 질렀다. 남자는 백민기를 보며 피식 웃더니 이 비서에게 자신의 명함을 건넸다. 옅은 파란색이 은은하게 도는 비단 명함에는 '정지후'라는 이름이 선명하게 박혀 있었다.

"백 의원님께 안부 전해주십시오."

이 비서가 백민기를 데리고 허겁지겁 나가 버리자, 지후는 뒤로 피해 있던 권순희에게 다가갔다.

"괜찮으십니까?"

백민기를 대할 때와는 전혀 다른 부드러운 목소리였다.

"네. 괜찮아요. 덕분에 험한 꼴은 면한 것 같아요."

"다행입니다. 그럼 전 이만."

"고맙습니다."

권순희는 인사를 하고 사라지는 남자를 바라보며 흐뭇함에 젖어들었다. 얼굴도 잘생긴 청년이 예의도 바르고, 경우도 바르다. 게다가 나직하게 듣기 좋은 음성은 꼭 죽은 남편을 떠올리게 한다. 그녀는 참 잘생긴 청년이라고 중얼거리고는 집으로 향했다.

민들레 마을 입구에서 시작된 가로수 길을 따라 산책하듯 10분을 걷다 보면 완만한 삼각형을 이룬 녹색 지붕들이 옹기종기 모여 있는 고즈넉한 주택가가 나타난다. 가장 끝에 있는, 낮은 담장 사이로 유난히 나무가 많이 심겨져 있는 붉은색 벽돌집이 바로 한지네 집이다. 전세에다 조금 낡고 오래된 느낌이 들었지만, 그만큼 세월의 정이 묻어 있는 집은 권순희 여사가 가꾸고 있는 작은 텃밭과 오래된 감나무, 대추나무, 배나무가 나란히 줄을 이뤄 서 있다. 아이들이 태어날 때마다 한 그루씩 심겨진 나무들은 막둥이 한철의 나무를 마지막으로 더는 늘어나지 않았다.

아버지가 돌아가시고, 막둥이가 태어나고, 둘째 한일이를 군대에 보내는 동안 가족과 함께 울고 웃은 붉은 벽돌집의 하루는 택시기사인 한지 덕에 다른 집보다 일찍 시작된다.

"춥다. 뜨끈하게 한술 뜨고 나가."

새벽 4시가 조금 넘은 시각, 출근 준비를 마친 한지는 이른 아침상을 차려주는 엄마의 수고에 감사함과 죄스러움을 동시에 느꼈다.

"잘 먹겠습니다."

이른 새벽이라 입맛이 없었지만 부드러운 계란찜은 별다른 거부감 없이 그녀의 속을 든든하게 채워주었다.

"먹는 게 왜 그 모양이야?"

"아니. 요즘 밤마다 너무 잘 먹어서 그렇지 뭐. 나 이러다 살찌것어."

"지랄한다. 하루 이틀 달고 다닌 것도 아니면서. 살이 대수야?

몸이 건강해야지. 그리고 넌 딱 보기 좋아. 걱정하지 말고 팍팍 먹어."

권 여사가 따뜻한 숭늉을 한지의 앞으로 밀어주었다. 하루 종일 일하는 딸이 항상 안쓰럽다. 씩씩한 척, 강한 척하지만 여리디여리고 착한 딸의 마음을 가장 잘 아는 이가 바로 엄마다. 말이 없어도, 표현하지 않아도 깊고 깊은 엄마의 정을 뻔히 아는 한지가 장난스럽게 씩 웃었다.

"새벽부터 실없이 웃긴."

"아침부터 왜 이리 다정 모드야? 불안한데. 엄마 나한테 뭐 시킬 일 있지?"

"아니. 오늘 말고 다음 주쯤에."

"다음 주?"

"응. 사모님이 부탁한 일이 있어."

사모님이란 말에 한지의 눈가가 살짝 찡그려졌다.

"경미 엄마가? 또 무슨 일인데?"

"호수 옆에 있는 하얀색 이층집."

한지는 호수 옆에 있는 대저택을 떠올렸다. 오랫동안 비어 있던 대저택에 새로운 주인이 오는 모양인지 얼마 전부터 보수공사를 하느라 야단이었다.

"그 집이 왜?"

"으응. 그 집에 원장님 아는 사람들이 들어올 모양이야. 그분들 입주하시기 전에 대청소를 부탁하더라고."

"아, 증말. 그 아줌만 왜 엄마에게만 부탁을 하고 그래? 그 아줌마 괜히 돈 쓰기 싫어서 엄마에게 시키는 거 아냐? 돈 많이 주고 전문 인력업체서 사람 사라 그래."

경미 엄마가 아는 사람이란 핑계로 적은 보수를 주며 엄마를 종종 부려먹는 것을 알고 있던 한지였기에 그녀의 입에서 좋은 소리가 나올 리가 없었다.

"떽! 그래도 틈틈이 일거리 챙겨주시는 게 얼마나 고마운데. 그리고 놀면 뭐 하니? 내년이면 철이도 대학교 입학해야 하고, 한일이도 제대할 테고. 그 비싼 등록금을 어떻게 감당해. 틈날 때 벌어놔야지."

엄마의 말이 맞았다. 내년이면 집안에 대학생이 2명이 된다. 속상하지만 경미 엄마가 의뢰한 일을 하는 수밖에 없었다.

한지의 중학교 동창인 이경미는 운봉시에서 가장 큰 종합병원장의 딸이었다. 좋은 집안과 똑똑한 머리, 예쁜 얼굴, 늘씬한 몸매로 들어가기가 바늘귀보다 어렵다는 의대에 당당하게 합격한 경미는 현재 민들레병원에서 전문의로 근무하고 있었다. 차갑고 쌀쌀맞은 경미를 떠올리며 한지는 인상을 찌푸렸다.

"어휴, 그 엄마나 딸이나……."

"누나 지금 질투하는 거지?"

때마침 화장실에 가기 위해 일어난 한철이 비틀거리며 지나다 엄마와 누나의 대화 내용을 듣고는 참견을 했다.

"넌 오줌이나 누러 가셔."

"우리 선생님은 이상형이 경미 누나라던데. 차갑고 도도한 게 무지 매력적이래. 누나도 좀 닮아……."

"사랑하는 동생, 요즘 도장 열심히 다니고 있지?"

잠결에 진심을 말하려던 한철은 자신을 쏘아보는 누나를 보며 반사적으로 입을 다물었다.

"그, 그럼."

"그래야지. 참, 무한도전 멤버들은 잘 있지? 요즘도 걔들이랑……."

한지의 말이 채 떨어지기도 전에 한철이 황급히 말을 막았다.

"우리 선생님도 참 그래. 이상형이 경미 누나가 뭐야. 뭐가 매력적이라고. 단연 누나가 최고지. 암, 우리 누나만 한 사람이 없지. 내가 보기엔 대한민국에서 누나가 최고로 매력적이야. 그치, 엄마?"

"엉? 무한도전 멤버들이라니?"

엄마가 묻자 한철은 눈을 찡긋거리며 급히 화장실로 도망갔다. 불량배들에게 맞은 것도 창피한 일이지만 엄마가 알게 되면 속상해하실 것이기 때문이다.

"있어. 쟤 친구들 별명이래."

한지가 시금치를 씹으며 말했다. 사실 경미가 매력적이라는 동생의 말이 사실이긴 했다. 하늘도 알고, 땅도 알고, 동네 사람들도 알고, 그녀도 아는 일이었다. 집안 좋지, 인물 받쳐 주지, 능력까지 되니 경미는 민들레 마을 최고의 신붓감으로 대접받고 있었다.

한지는 입맛을 다시며 한숨을 내쉬었다.

"나중에 전화할게."

"왜? 벌써 다 먹었어?"

“응.”

“좀 더 먹지 않고.”

“다 먹었어. 나가볼게요.”

“그래. 오늘도 운전 조심하고. 혹시나 이상하게 구는 놈들이 있으면 남자 구실 못하게 거시기를 날려 버려.”

“오호. 거침없는 가르침. 알았어!”

운전대를 잡고 사는 딸에게 걱정의 당부를 전하는 엄마를 보며 한지는 든든하게 웃어주었다. 하루 종일 환자 시중드느라 힘이 들 텐데도 자식들을 위해 내색 않는 엄마를 위해서라도 더 열심히 살아야겠다는 생각이 들었다.

오전 내내 시간에 쫓기는 직장인들을 태워 날랐다. 각양각색의 손님들을 실어 나르며 짧게는 안부 인사부터, 정치, 경제, 문화, 살아가는 이런저런 이야기들을 나누었다. 사람과 어울리고 교감하길 좋아하는 한지는 자신의 일이 참 좋았다. 경리 일도 좋았지만, 지금 하고 있는 택시 일은 그녀의 적성에 딱 맞았다.

서울 사는 딸집에 가기 위해 기차역을 찾는 노부부를 내려 드리고 돌아나가던 한지의 눈에 낯익은 남자가 들어왔다.

“그 사람이다.”

이런 기막힌 우연이. 한지는 길가에 서서 택시를 잡으려는 키 큰 남자의 앞에 차를 세웠다.

“어서 오세요.”

힘차게 인사를 건네자, 습관적으로 고개를 끄덕이던 남자의 눈빛이 살짝 흔들렸다. 아마도 자신을 알아본 모양이라고 한지는 생각했다.

"자주 뵙네요. 이사 오셨어요?"

"네."

남자가 짧게 대답했다. 이 남자는 정말 입이 무거운가 봐. 간혹 이렇게 차가운 손님들이 있긴 했다. 한지는 머쓱한 기분이 들었지만, 남자에 대한 호기심에 굴복하고 말았다.

"어디에 사는데요?"

"……."

"저기, 무슨 일을 하시는지 물어도 돼요?"

"……."

무슨 말인가를 할 것처럼 하면서도 멈칫거리는 남자는 결국 아무런 대꾸도 하지 않았다. 아빠처럼 수줍음이 많은 사람일까? 아니면 말을 하기 싫은 걸까? 직접 묻고 싶었지만, 후자라고 대답할까 봐 겁이 났다. 한지는 다시 용기를 내어 조심스럽게 말을 걸었다.

"오늘은 하늘이 참 맑죠?"

남자가 대답 대신 창밖을 바라보았다. 먹구름이 잔뜩 낀 날이었다. 한지의 등줄기로 식은땀이 주르륵 흘렀다.

'젠장, 집안에 말 많이 해서 억울하게 죽은 조상이라도 있는 거야? 왜 이렇게 말이 없어.'

한지는 곤혹스러웠다. 민망함에 억지웃음을 웃느라 입가에 자잘한 경련이 일어날 지경이었다.

"……기사님."

남자가 드디어 입을 열었다. 한지의 입장에서는 너무도 고마운 일이 아닐 수 없었다.

"네, 손님. 무엇을 도와드릴까요?"

'이번에야말로 민들레 마을에서 가장 친절하고 유능한 기사의 모습을 보여줄 테야.'

한지가 두 눈을 빛내며 남자를 바라보자 남자가 무뚝뚝하게 내뱉었다.

"어디까지 가는지 안 물어보십니까?"

이런 젠장. 한지의 얼굴에 열이 올랐다.

"그, 그렇지 않아도 지금 여쭤보려고 했는데…… 저기 손님, 어디로 모셔 드릴까요?"

"시청으로 가주십시오."

"……네."

끝까지 무뚝뚝한 남자를 보며 그녀는 씁쓸하게 대답했다.

기분 좋게 웃어주면 좋으련만. 사람 무안하게 만드는 남자의 곱상하고 매끈한 얼굴이 얄밉게 느껴졌다. 하지만 무표정한 남자의 얼굴을 훔쳐보노라면 얄미웠던 마음이 금방 녹아버린다. 참 잘생기긴 했다. 향기도 진짜 근사해. 정말 연예인이 아닐까? 한지의 가슴은 눈치 없이 두근거리기 시작했다.

남자에게만 신경이 곤두서 있어서일까? '드르르르르' 거리는 남자의 휴대전화 소리에 한지는 숨을 죽인 채 귀를 기울였다.

"네."

남자가 짧게 대답하고는 인상을 찌푸렸다.

"결과는?"

한참 동안 듣기만 하던 남자가 물었다. 전화기 너머에서의 대답이 마음에 들지 않는지 남자의 미간이 좁혀졌다.

"백민기를 만났어."

남자가 다시 미간을 찌푸렸다.

"언제 올 수 있는 거야?"

대답을 듣는 남자의 콧잔등으로 세 줄 주름이 잡혔다.

"이 주일. 그 안에 해결하고 와. 안 되면 아예 그곳에서 새 직장을 찾아보던가."

차갑게 말을 한 남자가 전화를 끊었다. 잠시 눈을 감고 생각에 잠겼던 남가가 갑자기 눈을 떴다. 백미러로 남자를 살피던 한지는 그의 시선과 마주치자, 가슴이 덜컥 내려앉을 것만 같았다.

"급히 기사가 필요합니다. 혹시 2주 정도 운전을 해주실 분 없습니까?"

한지는 전화 내용을 떠올렸다. 2주 안에 오라더니 아마도 기사와의 통화였나 보다. 한지는 한철이의 등록금을 모으기 위해 남의 집 일을 해야 하는 엄마의 모습이 떠올랐다.

투 잡! 보름 정도 알바를 하면 등록금을 모으는 데 큰 도움이 될 것이다. 한지는 백미러를 통해 의미심장한 미소를 날렸다.

"글쎄요. 여기 기사님들은 다들 바쁘셔서……. 저, 정 급하시면 제가 도와드릴 수가 있긴 한데."

한지의 말에 남자의 표정이 굳어졌다.

"왜요? 제가 마음에 안 드세요?"

“네.”

너무도 솔직담백한 대답이 돌아오자 팽팽하던 한지의 희망도 남자의 이마처럼 구겨졌다.

“왜요? 저 이래 봬도 베스트 드라이버라고요.”

“말 많은 사람 좋아하지 않습니다.”

한지의 입이 벌어졌다. 대놓고 말 많은 사람을 싫어한다니. 당장이라도 ‘됐어요. 나도 필요없어요’ 라고 소리치고 싶었지만, 엄마의 모습이 아른거려 차마 그러지 못하는 자신이 싫어질 지경이었다.

“……그렇군요.”

기운이 빠진 한지가 보기에 안됐는지 남자가 짧은 한숨을 내쉬며 말했다.

“나쁜 뜻이 아니라 일일이 대답해 드리기가 곤란해서입니다.”

“저기요, 여태 그러신 것처럼 아무 말 안 하시면 되잖아요. 전 그냥 혼잣말을 잘하거든요. 그러니까 저 혼자 혼잣말한다고 생각하시면 안 될까요?”

한지의 부탁에 남자는 창밖으로 시선을 돌리며 낮은 한숨을 뱉어냈다.

“동생 등록금 때문에 그래요. 막둥이가 내년이면 대학생이 되거든요.”

거듭되는 한지의 부탁에 남자의 표정이 조금씩 흔들렸지만, 쉽사리 허락이 떨어지지는 않았다. 남자는 차가 시청에 도착할 때까지 어떤 대답도 하지 않았다.

젠장. 싫다는 거구나.

한지가 한참 의기소침해 있을 때였다.

"좋습니다. 그럼 그렇게 하도록 하죠."

차에서 내리려던 남자가 무슨 마음에서인지 고개를 끄덕였다.

"고맙습니다. 진짜 후회하지 않으실 거예요."

한지는 자신의 행운을 믿을 수가 없었다. 이렇게 이 주일 정도면 등록금의 1/3은 충분히 채울 수 있을 것이다. 엄마의 기도가 드디어 효력을 발하는 것일까? 한지는 자꾸만 귓가로 벌어지는 입술을 다물기 위해 애를 쓰며 자신의 명함을 남자에게 건넸다.

"언제든지 불러만 주세요. 바람처럼 날아와서 모실게요. 저기, 돌아가실 때도 제가 모실까요? 콜하시겠어요?"

그가 무덤덤한 얼굴로 한지와 명함을 번갈아 보았다.

"그럽시다, 서한지 기사님."

남자가 낮은 목소리로 대답했다. '한지'라는 이름이 이렇게 들릴 수도 있구나. 남자가 불러준 이름을 듣는 순간 한지의 등줄기로 짜릿한 전율이 흘러내렸다.

"그럼."

남자가 긴 다리로 성큼성큼 걸어갔다. 그를 쫓던 햇살이 유난히 반짝거렸다. 초겨울 빛이 원래 이렇게 눈부셨나? 멍하니 그를 바라보던 한지는 황홀함에 눈을 깜빡였다.

전화 왔다! 전화 왔어!

마침 울리는 전화벨 소리만 아니었다면 사라진 남자가 다시 돌아올 때까지 그렇게 멍하니 있었을지도 몰랐다. 한지는 휴대전화를 꺼내 들었다. 액정에 '김 형사'가 떴다.

"왜?"

[뭐 하냐?]

그녀의 고등학교 동창인 수민의 씩씩한 목소리가 흘러나왔다.

"응? 그냥. 휴식 중."

[휴식? 좋지. 점심은 먹었냐?]

수민의 우렁찬 목소리를 들으며 한지는 시청 지하 계단으로 걸음을 옮기기 시작했다. 오늘 하루 일당도 벌었겠다, 시간적 여유도 생겼으니, 떡 본 김에 제사 지낸다고 현숙과 밥이나 먹을 생각이었다.

"아니, 이제 먹으려고. 넌?"

[나도 안 먹었지. 사랑하는 조국과 국민을 지키다 보니까 밥 먹을 시간도 없다야. 내가 시민들의 평화와 안녕만 생각하면 음식이 목에 걸려서 말이지…….]

"장해. 참 장해. 나라 걱정은 혼자 다 하는 우리 김 형사님. 그렇게 밥을 못 먹으면 어째? 범인이나 잡것어? 고기라도 먹어야 하는 거 아냐?"

[그렇지? 그런 의미로다가 우리 만나서 육즙이 풍부한 삼겹살이나 먹을까? 시원한 쐬주 한잔 걸치면서. 어때? 마아악 쐬주가 땡기면서 침이 꼴딱꼴딱 넘어가지? 동하지? 으응?]

수민의 남자다운 웃음소리가 전화기를 통해 들려왔다. 귀청이 떨어질 정도로 큰 웃음소리다. 얘는 대체 뭘 먹고 살기에 365일 내내 혈기가 왕성할까? 한지는 자신의 귀를 파고드는 그의 웃음소리를 피해 전화기를 멀찍이 떼어놓았다.

"벌건 대낮에 육즙이 쫠쫠 흐르는 고기를 먹자고? 거기다 에미 애비도 몰라본다는 낮술까지 곁들여서?"

[에미 애비? 하하핫!]

호탕한 웃음소리와 함께 전화기 너머 큰 입을 벌리고 헤헤거리고 있을 수민의 얼굴이 떠올랐다.

"니가 나랏밥 그만 먹고 싶어서 아주 환장을 했구나? 누난 지금 시청이거든. 현숙이랑 자실 거니까 넌 범인들이랑 선지 해장국이나 처드셔."

[허허. 이 처자 말하는 꼬락서니하고는.]

"야, 나 지금 현숙이 사무실 앞이야. 그만 끊자."

[알았어. 대신 나중에 한잔 사라.]

"응."

언제나처럼 힘이 넘치는 수민과의 통화를 끝낸 한지가 여권계로 들어서자, 하얀 블라우스에 검은 조끼를 입은 현숙이 눈에 띄었다.

"현숙아!"

입모양으로 친구를 부르자 현숙이 용케 알아보고는 손목시계를 가리키며 손을 쫙 편다. 5분 동안 기다리라는 말이다. 찰떡같이 말하면 꿀떡같이 알아듣는 사이답게 한지가 고개를 끄덕였다.

"벌건 대낮에 시청엔 웬일이야?"

오전 업무를 끝내고 식당으로 자리를 옮긴 현숙이 뚱한 표정으로 물었다.

"손님 모시고 왔어."

"휴, 우린 완전 전쟁터였어. 하루 종일 정신이 없었다."

"그 대단하신 귀빈이 왔나 보네. 근데 귀빈이 맞긴 한 거야? 주차장도 그렇고 건물 전체가 조용하던데?"

"나도 몰라. 거물이 온다니까 오는 줄 아는 거지. 그런데 진짜 조용하긴 하다. 그나저나 넌 어쩜 이렇게 먹을 복이 많냐? 우리 식당메뉴 오늘 완전 작살이잖아."

원님 덕에 나발 분다고, 귀빈 덕에 맛난 음식이 나올 것이란 기대감에 부푼 한지가 고개를 끄덕이며 헤헤거렸다.

"잘됐네."

"니가 기뻐할 줄 알았다."

"헤헤. 현숙아, 나 있지. 진짜 근사한 사람 봤다."

하얀 종이 덮개에서 젓가락을 빼내던 현숙이 움직임을 멈추고 한지를 쳐다보았다.

"근사하다니? 어떤 기준으로?"

현숙이 호기심을 드러내며 물었지만, 한지는 갑자기 꿀 먹은 벙어리가 된 듯 입을 다물어 버렸다.

"……."

"뭐 하냐?"

현숙이 한지의 코앞에서 손을 흔들어댔으나 한지는 벽에 걸린 액정 TV에 시선을 꽂은 채 미동도 하지 않았다.

"야! 서한지."

“저, 저 남자.”

여전히 화면에 시선을 고정시킨 한지가 멍하니 중얼거렸다.

“뭐?”

“저 남자. TV에 나온 남자.”

“뭐라는 거야?”

현숙은 등을 돌려 한지가 눈을 떼지 못하는 화면을 바라보았다. 시사뉴스가 진행되는 가운데 젊은 남자의 모습이 화면을 가득 채우고 있었다.

“와! 모델인가? 무지 잘생겼네.”

중얼거리던 현숙은 텔레비전에서 흘러나오는 ‘정지후’란 말에 두 눈을 휘둥그레 뜨며 혀를 내둘렀다.

“정지후? 금방 저 남자에게 정지후라고 한 거 맞아?”

“응.”

현숙의 말에 한지는 겨우 고개를 끄덕였다.

유명한 사람인가?

“와우. 그럼 저 남자가 정말 천재 정지후란 말이네.”

“천재 정지후? 아는 사람이야?”

“응. 얼마 전 인터넷 기사에서 읽었어. 하나도 힘든 의대, 공대 과정을 다 밟은 사람이야. 의대 재학 시절 의료 분야에 나노 기술의 적용을 개발해 낸 천재 팀원 중 한 명이야. 피 한 방울로 수천에서 수만 개의 질병을 동시에 진단할 수 있는 바이오칩을 생각해 낸 팀인데, 몸속 암세포와 염증을 빠르고 정확하게 찾아주는 첨단 의학영상 등 나노 기술을 적용한 질병 진단법을 처음으로 고안해

낸 사람들이잖아.”

화면을 바라보는 현숙의 표정에는 경이로움이 가득했다.

“그렇구나. 그런데 정지후가 왜 우리 마을에 나타난 것일까?”

한지가 물 컵으로 손을 뻗으며 멍하니 중얼거렸다.

정지후.

전직은 천재 과학자, 현재는 사업가. 이사를 왔다고 하지만 현재 거주하는 곳은 시내에 있는 호텔. 또 시청을 뜨겁게 달구었던 주인공. 뭔가 큰 공사를 준비 중이라고 했으나 정확하게 아는 바는 없음. 키가 크고 근사한 몸매에다 기가 막히게 잘생겼지만 지나치게 말이 없는 타입.

아주 잠깐 동안이지만 한지의 마음을 온통 뒤흔들었던 손님은 천재과학자 정지후였다.

'그가 천재 과학자라는 사실을 빨리 알아서 얼마나 다행이야.'

그를 기다리던 한지가 혼자 중얼거렸다. 그가 천재라는 사실은 겁도 없이 그에게 마음이 흔들렸던 자신의 우스꽝스러운 모습을 뒤돌아보게 하고, 그와 2주간 매일 만날 수 있다는 설렘에 들떠 있던 멍청한 정신을 번쩍 돌아오게 하는 사건이었다.

2주간의 계약 첫날, 화양호텔 주차장에서 대기하고 있던 한지는 지후가 모습을 드러내자 능숙한 운전기사답게 뒷좌석의 문을 열고 그를 맞았다.

"어서 오세요. 즐거운 아침입니다."

"……."

민망스럽게도 지후는 밝게 인사하는 그녀를 쓰윽 지나쳐 차에 올랐다. 잘생긴 얼굴이 잔뜩 굳어 있다. 아무래도 지난밤 잠을 잘 못 잔 모양이라고 믿고 싶었지만, 그간의 행동을 보아 쌀쌀맞은 것은 그의 성격임이 틀림없었다.

"어디로 모실까요?"

"시청으로 가주십시오."

지후가 낮은 음성으로 말했다. 고약한 성격과 달리 목소리 하나는 정말 끝내주는 사람이라고 한지는 생각했다. 어쩌면 아주 가끔 듣는 음성이라서 더 듣기 좋을지도 몰라. 한지는 지후의 목소리를 들을 때마다 가슴이 설레는 이유에 대해 스스로 결론을 내리며 차를 출발시켰다.

호텔 입구를 벗어나 도로에 오르는 동안 라디오에서는 혈액형에 관한 우스개 사연이 소개되고 있었다. DJ와 게스트가 나누는 이야기에 간간이 웃음을 터트리던 한지가 지후에게 물었다.

"전 A형이거든요. 손님은 무슨 형이세요?"

역시나 대답은 없었다.

"전 사자자리예요. 사자자리 A형은 못하는 게 없는 타입이래요. 아주 타고난 별자리라는데 전 못하는 것투성이죠. 아, 혹시 조용히 음악 감상하고 싶으시면 말씀하세요. 전 음악도 좋아하거든요."

백미러로 지후와 눈이 마주친 그녀가 겸연쩍게 씩 웃었다.

"전, 상관없습니다."

그의 대답에 한지는 기분이 좋아졌다. 그가 자신의 수다에 대해 묵인을 했다는 것 자체가 왠지 모르게 한층 더 친밀해진 느낌이 들게 했다.

"오늘 스케줄은 어떻게 되세요? 제가 동선을 미리 알아야지 손님을 더 안전하고 능률적으로 모실 수 있을 것 같아서요."

"시청, 병원, 도서관 순이 될 겁니다."

감정 없는 목소리로 하루 일과를 말하는 그를 보며 한지는 고개를 끄덕였다. 그래도 꼭 필요한 말은 다 하잖아. 이렇게 차차 친해지는 거야. 한지는 자신과 전혀 다른 세계에 사는 무뚝뚝한 천재 손님을 정말 이해하고 싶었다.

"2시간 정도 걸릴 겁니다. 시간 지켜주십시오."

시청 입구에 도착하자 지후가 시계를 들여다보며 말했다. 고개를 살짝 숙인 덕분에 부드럽게 넘긴 머리 윗부분을 볼 수 있었다. 머리꼭지도 어쩜 저렇게 예쁜지……. 조그만 움직임 하나하나가 다 그림 같은 남자였다.

"네. 주차장에서 얌전히 기다리고 있을 테니까 걱정 마시고 다녀오세요.”

한지는 가볍게 고개를 끄덕이며 성큼성큼 사라지는 지후의 뒷모습을 물끄러미 바라보았다.

‘꼭 필요한 말만 하고 사는 것도 그다지 나쁘지 않아.’

어쩌면 말을 많이 하지 않아서 더 똑똑한지도 몰랐다. ‘익은 벼가 고개를 숙인다’ 라는 말처럼 많이 배우고 많이 아는 사람들이 겸손하고 과묵한 법이라 했다.

“여러모로 대단한 남자지 뭐야. 똑똑한 거야 두말할 것도 없지, 사업성공해서 돈 많이 벌었지, 사생활 깨끗하지, 자선사업 많이 하지. 모델 뺨치게 잘생겼지, 버릴 데가 없어.”

한지는 지후에 대해 궁금증이 많은 현숙을 만나 시간을 보내려 했지만, 현숙의 자리는 비어 있었다.

“경기도청으로 외근 나갔어요.”

동그란 얼굴을 가진 공익이 사무적으로 말했다.

역시 가는 날이 장날이야. 발걸음을 돌려 매점에 들른 한지는 바나나 우유와 스포츠신문을 사 들고 공원으로 향했다. 여유롭게 신문이나 읽을 요량으로 연예 면을 펼쳐 드는데, ‘끼익’ 거리는 브레이크 소리가 들려왔다.

“꺄아악!”

“사고야!”

“사고가 났다!”

한지는 웅성거리는 사람들 속을 헤치고 사고 현장으로 달려갔다.

"허억!"

땅바닥에 쓰러진 사람을 발견한 한지는 놀란 숨을 들이마셨다. 쓰러진 사람은 '오백 원 꼬마'였다. 부모 없이 고모와 둘이 사는 꼬마가 길 가는 사람들에게 "오백 원만" 하고 손을 내밀어 생긴 별명이 '오백 원'이었다. 기사봉사단체에서 꼬마의 집에 들러 쌀도 사주고 옷도 사주었기에 한지도 안면이 있는 아이였다.

"유환아!"

한지는 아이를 들쳐 업고 뛰기 시작했다.

다행히도 병원이 가까워 금방 도착할 수 있었지만, 사고 환자를 업고 뛰는 것은 부러진 뼛조각을 영영 못 맞출 수도 있는 '대단히 위험한 행동'이라는 것을 응급실 담당 선생님의 훈계를 통해 알게 되었다.

한지는 자신의 잘못 때문에 아이가 더 다치지는 않았을까 염려스러웠지만, 다행히도 아이는 뼈에 금이 간 상태이기에 더 큰 부상으로 연결되지 않았다고 했다. 한지는 비로소 안도의 한숨을 내쉬었다.

유환이는 갈비뼈 3대와 왼쪽 팔이 골절되었고 뇌진탕과 타박상, 이마가 찢어지는 부상을 입었다.

유환이가 응급치료를 받는 동안 보호자인 고모에게 연락을 했으나 연락이 되지 않아 메시지를 남겼다. 보호자가 없어 고모 대신 입원 절차를 밟고 아이가 잠드는 것을 보느라 2시간이 훌쩍 지나 버린 것을 깨닫지 못했다. 한지가 정신을 차리고 시계를 본 것은 지후와의 약속 시간보다 40분이 지난 후였다. 시간을 꼭 지키라던 엄한 표정의 지후를 생각하니 한지의 마음은 더 조급해졌다. 다행히 병원과 시청의 거리는 걸어서 10분 거리, 뛰어가면 3분 만에 도착할 수 있을 것이다.

"저기요."

서둘러 병원을 나서려던 한지를 젊은 간호사가 불러 세웠다.

"씻고 가셔야 할 것 같아요. 거울 좀 보세요."

간호사의 말에 한지는 출입구 거울에 비친 자신의 모습을 확인해 보았다.

"헉! 미친년이다!"

한지는 거울 속에 비친 자신의 모습을 보며 혼자 중얼거렸다. 아이를 업고 뛰느라 산발이 된 머리 하며 유환이의 찢어진 이마에서 흘러내린 붉은 피가 여기저기 묻어 있는 얼굴과 시간이 지나면서 검붉게 변해 버린 유니폼의 핏자국이 불쾌하게 느껴졌다.

이대로 갈 순 없어. 한지는 근처 옷가게로 뛰어들었다.

30분 뒤, 새 옷을 사 입고, 머리도 감아 피의 흔적을 말끔히 지운 한지는 서둘러 시청 주차장으로 달려갔다. 기다리다 지친 지후가 가진 않았을까 염려스러웠지만, 다행히도 그는 주차장 벤치에 앉아 그녀를 기다리고 있었다.

"손님!"

한지는 손에 들린 쇼핑백을 흔들며 열심히 뛰어갔다. 늦은 주제에 활짝 웃으며 뛰어오는 한지를 바라보는 지후의 깊은 눈매가 아침보다 더 서늘하게 느껴졌다.

"쇼핑을 하셨군요. 쇼핑을 하다 보면 시간 가는 줄 모르죠."

그가 감정 없는 목소리로 말했다.

"아뇨. 그게 아니라……."

한지가 멋쩍게 웃으며 고개를 흔들었지만 지후는 한지의 축축한 머릿결을 살피며 미간을 찌푸렸다.

"새 옷도, 샴푸 냄새도 나쁘진 않습니다만 제 취향은 아닙니다. 아무래도 제가 사람을 잘못 본 모양입니다. 2주간의 계약은 없었던 걸로 하겠습니다."

한지의 머리와 새 옷, 손에 들린 쇼핑 가방까지 훑어 내린 지후가 느릿한 음성으로 말했다. 늦은 이유를 설명하면 될 것이라고, 너무나 안일하게 생각했던 한지는 정신이 번쩍 들었다.

"없었던 걸로 하겠다뇨. 손님, 늦어서 죄송해요. 진짜로, 너무너무 죄송한데 쇼핑을 하느라 늦은 게 아니고요, 그럴 만한 이유가 있었어요. 저기, 제가 왜 늦었느냐면요……."

"궁금하지 않습니다. 그럼 전 이만."

지후가 차갑게 말하며 돌아섰다.

"저기요, 손님! 손님! 이유가 있었어요. 저기요!"

한지가 외쳤지만, 그는 멈추지 않고 계속 걸어나갔다. 긴 다리 덕에 한지와의 거리가 금세 벌어졌다. 다급해진 한지는 뛰어가 그를 잡았다.

"손님, 정말 죄송해요. 제가 늦으려고 그런 게 아니라, 저 앞에서……."

"제가 상관할 바는 아니지만, 시간과…….."

말을 잠시 멈춘 지후의 시선이 자신의 옷을 잡은 한지의 손에 꽂혔다. 어이없다는 듯 피식 웃는 그의 시선에 손등이 따가웠다.

"위생관념이 철저하지 못한 사람은 성공하지 못합니다."

헉 소리가 날 만큼 한지의 얼굴이 달아올랐다. 민망함에 재빨리 등 뒤로 손을 숨겼지만, 그가 자신의 손톱 끝을 봤다는 데 한 달치 월급을 걸 수도 있었다.

손톱 밑의 기름때……. 스스로 차를 정비하는 한지의 손톱 밑에는 까만 기름때가 종종 끼어 있곤 했다. 차를 움직여 주는 기름이 손톱 끝에 박힌 것을 부끄럽게 생각한 적은 한 번도 없었지만, 오늘은 달랐다. 정지후가 손톱을 바라보며 청결을 들먹이자 창피해 죽을 것만 같았다. 한지는 민망함에 뭐라 대꾸할 말을 잃어버렸다.

"그럼 이만."

지후가 서늘한 눈빛을 남기고 돌아섰다. 눈빛으로 이렇게 상처를 줄 수도 있구나. 점점 멀어지는 그를 보고 있으려니 한지의 가슴속에서 쓰디쓴 무엇인가가 차올랐다. 속이 상하다 못해 허해지기까지 했다.

"웃겨, 진짜. 아무리 씻어도 지지 않는 걸 나더러 어떡하라고……."

힘이 풀린 다리 덕에 걸을 수가 없었다. 한지는 옆에 있던 벤치에 주저앉았다. 조금 전까지 사람이 앉았던 자리임에도 맨바닥처럼 차가웠다. 꼭 이 자리에 앉았던 사람의 성격같이 차고 냉랭하다.

쇼핑 때문에 늦은 것이 아닌데…….

씻지 않아서 더러운 게 아닌데…….

자신의 말을 들어볼 생각도 없이 단정 짓는 그의 행동에 화가 나고, 한마디 대꾸도 하지 못한 자신의 멍청함이 부끄러웠다. 속이 상해 눈물마저 빙그르르 돌았다.

전화 왔다. 전화 왔어!

그녀의 기분과는 아랑곳없이 가방 속의 휴대전화가 방정맞게도 울어댔다.

“네.”

[김유환 어린이 보호자님?]

낯선 여자의 날카로운 목소리가 들려왔다.

“아, 제가 보호자가 아니라…….”

[서한지 씨 아니세요?]

“네. 맞긴 한데.”

[김유환 어린이 데리고 온 분 아니세요?]

뭐라 말할 틈도 없이 날카로운 재촉이 돌아왔다.

“네, 맞습니다만…….”

[환자를 혼자 놔두고 다니시면 어떻게 해요? 지금 울면서 엄마 찾고 있으니까 다른 환자들에게 더 이상 피해 가지 않도록 해주세요.]

간호사가 짜증스러운 투로 말했다.

“죄송합니다.”

한지는 전화를 끊으며 '일복이 많은 년은 슬퍼할 겨를도 없다'
는 마산할매의 말이 떠올랐다.
"후유."
이런 기분으로는 꼼짝도 하기 싫었지만 어쩔 수가 없었다. 그녀
는 깊은 한숨을 내쉬며 병원으로 향했다.

태어날 때의 태양 위치와 임의로 결정된 별자리에 의해 성격이
형성된다는 대중문화의 허상에 빠진 택시기사 덕분에 1시간가량
이 늦긴 했지만, 지후는 병원 측의 고마운 배려로 누나를 만날 수
가 있었다. 잠이 든 누나를 뒤로하고 나선 지후는 나긋나긋한 간
호사들의 인사를 받으며 에스컬레이터로 올랐다.
"안녕하세요. 정지련 씨 보호자 되시죠?"
그의 앞에 서 있던 간호사들이 그를 힐끔거리다 아는 체를 했
다. 지후는 굳은 얼굴로 가볍게 고개를 끄덕였다. 자신이 누구인
지를 알게 된 사람들의 호기심 어린 시선도, 노골적인 관심도 피
곤하기 짝이 없다. 거기다 내일부터 새로운 택시를 알아봐야 하
는 것도 그의 피곤을 가중시켰다. 알렉스가 없다는 것은 여간 불
편한 일이 아니다. 그가 올 때까지 이 낯선 병원에 누나를 있게
해야 하는 것도 마음에 들지 않았다. 그나마 다행스러운 일이라
면 이곳의 치료 수준과 시설이 작은 소도시답지 않게 만족스럽다
는 것이다. 그가 생각에 잠겨 있는 사이 지후의 대답을 기다리다
무안해진 간호사들이 시선을 교환하더니 앞으로 몸을 틀어버렸
다. 그리고는 지후를 무시하기로 작정한 듯 자기들끼리 수다를

떨기 시작했다.

"너 오백 원 꼬마 알지?"

"오백 원 꼬마?"

"시청 앞에서 오백 원만 줘! 하고 손 내미는 애."

"아, 그 꼬마. 개가 왜?"

앞서 가던 간호사들이 수군거리는 소리가 지후의 귀에까지 들려왔다. 피곤해……. 간호사들의 수다를 고스란히 듣게 된 지후는 짧게 한숨을 내쉬었다.

"오늘 사고 났었잖아. 낮에 병원에 실려왔어. 그 괄괄한 여자 기사 있지? 너희 동네 사는 그 여자 기사. 그 여자가 아주 산발을 해서는 업고 왔더라. 응급실 김샘이 막 뭐라 그러니까 자기가 뭘 잘못했는지도 모르더란다. 교통사고 환자를 업고 뛰는 사람이 어디 있니? 무식하게스리. 그 여자 땜에 더 큰일 날 뻔했잖아."

"우리 동네 사는 여자 기사? 서한지?"

"몰라. 시청에 자주 왔다 갔다 하는 젊은 여기사. 아까 나갈 때 보니까 등이랑 옷에 피가 잔뜩 묻어서는 아주 귀신이 따로 없었다니까. 내가 씻고 가라 그랬는데도 뭐가 급한지 막 뛰어가더라."

"큭큭. 한지 맞네. 너무 그러지 마. 그래도 개가 얼마나 착한데. 우리 동네 고장 난 차는 개가 다 고쳐. 나도 얼마 전에 도움받았는걸."

간호사들이 쿡쿡거리며 하는 이야기를 듣고 있던 지후는 미간을 찌푸렸다. 자신이 해고했던 서한지가 떠올랐다. 그러고 보니 처음 만났을 때도 자동차를 수리하고 있었는데…… 손톱 밑의 기름을 청결 운운하며 비웃었던 자신의 경솔함에 화가 났다. 거기다 샴푸를 한 머리, 새로 산 옷, 희미하게 풍겨오던 비릿한 피 냄새…….

"손님 덕에 동생 등록금이 해결됐어요. 진짜 복 받으실 거예요."
"손님, 정말 죄송해요. 제가 늦으려고 그런 게 아니라, 저 앞에서……."

환하게 웃던 얼굴과 어쩔 줄 몰라 하던 얼굴이 겹쳐졌다.
"젠장."
자신의 멍청함을 깨달은 지후는 짧게 한숨을 내뱉으며 주머니 속에 손을 넣었다. 반쯤 구겨져 있던 명함이 기다렸다는 듯 손끝을 건드렸다.
공중전화 부스와 쓰레기통 사이의 갈림길에서 고민하던 지후는 뒤에서 들려오는 목소리에 황급히 돌아섰다.
"호출하셨습니까?"
인자하게 생긴 오십대 운전기사가 그를 보며 웃고 있었다.
"아, 네."
주머니 속의 명함을 반으로 접으며 지후는 택시에 몸을 실었다.
"민들레 마을로 이사 오셨습니까?"
잔잔한 클래식 음악이 들려오는 가운데, 머리가 희끗한 기사가 친절하게 물었다.
"……네."

"참 살기 좋은 동네죠."

호기심 가득한 질문 대신 가벼운 인사말. 시끄러운 대중음악 대신 차분하고 완성도 높은 음악이 울려 퍼지는 아늑한 차 안. 이것이야말로 지후가 원하는 차 안 분위기였지만, 이상하게도 그의 마음은 편치 않았다.

차를 타고 오는 내내 마음이 찜찜하더니, 커다란 중형택시마저 그와 같은 컨디션인 모양이었다. 민들레 마을을 코앞에 두고 덜컹거리던 택시가 갑자기 길가에서 멈춰 버렸다.

"아, 손님. 죄송합니다. 잠시만 기다려 주십시오."

차에서 내려 보닛을 열어보던 기사가 머리를 긁적이며 휴대전화를 꺼내 들었다. 통화를 마친 기사가 차 안으로 돌아와 지후에게 양해를 구했다.

"손님, 대단히 죄송합니다. 사람을 불렀으니 곧 올 겁니다. 5분만 기다려 주십시오."

"무슨 일입니까?"

"워터 펌프에서 일이 난 모양입니다."

지후는 고개를 끄덕이고 들고 있던 책을 펼쳐 들었다. 잠시 후, 차가 오는 소리가 들렸지만, 책에 열중해 있던 지후는 고개를 들지 않았다.

똑똑. 창밖에서 문을 두드리는 소리에 지후는 고개를 들었다.

"손님, 죄송한데, 워터 펌프 누수가 맞다는군요. 정비소로 옮겨야 할 것 같은데, 저 차로 옮기시겠습니까?"

귀찮긴 했지만 어쩔 수가 없으므로 지후는 차에서 내려 뒤쪽에서 있는 택시로 향하려다 걸음을 멈추었다. 이런, 젠장.

"0816."

그를 기다리고 있는 택시는 오후에 자신이 해고했던 서 기사의 차였다. 운전석이 비어 있는 것으로 보아 고장난 택시의 보닛 뒤에서 차를 살피고 있는 사람은 서 기사가 틀림없을 것이다.

"부동액이 새는 거 맞긴 한데 장비가 없어서 못 봐드려요. 정비소 가봐야 할 것 같은데요."

그의 확신을 굳히기라도 하려는 듯 밝고 씩씩한 목소리가 들려왔다.

"네가 못 고치는데 정비소에서 고칠 수 있겠어? 이거 뽑은 지도 얼마 안 됐는데 바꿔야 하는 거 아닐까?"

"그러게 진작 가보시……."

보닛을 닫던 그녀의 얼굴이 지후를 발견한 순간 딱딱하게 굳어 버렸다. 입가에 걸려 있던 미소는 바람과 함께 사라져 버렸다.

"자주 뵙습니다."

머쓱해진 지후가 먼저 인사를 했다.

"또 뵙네요."

서 기사가 퉁명스럽게 고개를 끄덕였다. 함께 있던 내내 싱글벙글하던 그녀의 인상은 어두웠고, 반짝반짝 빛나던 눈동자는 그를 외면하고 있었다. 죄책감이 지후를 괴롭혔다.

"손님, 죄송합니다. 서 기사가 잘 모셔다 드릴 겁니다."

"가시죠."

인사를 마친 오십대 기사가 정비소에 전화를 하러 간 사이, 그를 비켜가던 서 기사가 무뚝뚝하게 말했다.

"저기, 기사님."

오후 내내 그를 괴롭히던 죄책감이 결국 지후의 발목을 붙잡았다.

"왜요?"

차에 오르려던 그녀가 퉁명스러운 시선으로 그를 바라보았다.

"오펜하이머가 원자폭탄 개발에 공헌한 것을 후회했던 것과 같은 심정입니다."

"오펜……? 뭐라고요?"

그녀의 멍한 표정에 지후는 잠시 말을 멈추었다. 사과를 받아들이지 않겠다는 뜻일까? 하긴 그렇게 심한 말을 했으니 그녀가 화를 풀지 않아도 할 말이 없었다.

"그러니까 제가…… 제가 오해를 했습니다."

"오해?"

"서 기사님이 저에게 이상한 감정을 품고 있는 줄 알았습니다."

"이상한 감정이라뇨?"

그녀가 흥미로운 표정으로 되물었다.

지후는 난처한 듯 이마를 만졌다. 미국에 있을 때, 그의 차를 몰던 자넷이 노골적으로 접근을 하다 뜻대로 되지 않자, 실험기밀을 빼서 도망을 가버린 이야기를 시시콜콜 하고 싶진 않았다. 밝은 웃음으로 접근하던 자넷에게 넘어갈 뻔한 기억도 되살아났다.

"결론은 제가 한 말과 행동을 후회하고 있다는 겁니다. 그래서 다시 제 일을 해주실 순 없을까 부탁하고 싶습니다."

그를 유심히 바라보던 서 기사의 입가에 서서히 엷은 웃음기가 떠올랐다. 아이처럼 감정 변화가 빠른 여자다.

"정말이에요?"

"네."

"이번엔 번복하기 없기예요."

"네."

"저도 늦지 않을게요."

"당연하죠."

"좋아요! 콜!"

금세 기분이 좋아진 서 기사가 활짝 웃으며 손을 내밀었다. 낯선 여자의 손을 잡아도 될까? 잠시 갈등을 하는데, 서 기사의 안색이 어두워지더니 황급히 손을 거두려 한다.

"죄, 죄송해요. 기계를 만지고 손을 안 씻어서……."

"아, 아닙니다."

지후는 재빨리 손을 뻗어 그녀의 손을 마주 잡았다. 자신의 손과 맞닿은 손이 따뜻하게 꿈틀거렸다. 느낌이 나쁘지 않다. 아니, 솔직히 말하면 썩 괜찮은 기분이었다.

"앞으로 진짜 잘 모실게요."

동그란 두 눈과 말간 두 볼이 잘 익은 복숭아처럼 붉어지던 서 기사가 수줍게 말했다.

"그럽시다."

서 기사는 자신의 말처럼 충실하고 정직한 사람이었다. 그녀는 성격과 달리 차분하고 조심스럽게 차를 몰았고 약속한 시간을 정확하게 지켰으며, 여전히 밝고 명랑하며 잘 웃는 사람이었다. 아쉬운 점이라면 그가 하는 말을 잘 못 알아듣는다는 것과 유달리 식탐이 많다는 것이었는데, 전자는 대부분의 사람과 같은 반응이므로 대수롭지 않은 문제였고, 두 번째는 별다른 불이익을 끼치지 않으므로 그냥 넘어가도 무방한 부분이었다.

운전을 쉬는 동안의 그녀는 항상 무엇인가를 먹고 있었는데, 그렇게 먹는데도 살이 찌지 않는 것을 보니 몸의 신진대사가 상당히 활발한 편이거나, 그 반대일 거라는 생각이 들었다. 아무튼, 그녀의 입 주위에는 과자 부스러기나 초콜릿 따위가 자주 묻어 있었고, 그녀에게서는 달콤한 향기가 떠나지 않았다.

지후는 가끔, 저렇게 먹다가 배탈이라도 나지 않을까 염려하기도 했었는데 별 탈 없이 왕성한 식욕을 자랑하던 그녀에게 드디어 변고가 생기고야 말았다. 그녀의 차를 타기 시작한 지 일주일째 되는 아침, 그녀의 안색은 전에 없이 어두웠다.

꾸르륵. 꾸르륵. 서 기사의 뱃속에서 나는 소리가 지후의 귀에까지 들려오고 있었다.

"아이씨, 배 아파!"

여태 놀라운 능력을 보여주던 장들이 요동을 치는 모양인지 서 기사의 얼굴은 울긋불긋 물이 들었다가, 노랗게 변했다가, 또 하얗게 질려가기를 반복하고 있었다.

"잠시만요."

더는 참지 못한 그녀가 길가에 차를 세웠다.

"화장실 좀 다녀올게요. 창피하지만 차 안에서 싸는 것보다는 훨씬 낫잖아요.”

흥미로운 그녀의 언어세계에 조금씩 적응되어 가는 자신을 대견하게 생각하며 지후는 고개를 끄덕였다. 그의 승낙이 떨어지자 후다닥 바람을 가르는 소리가 나더니, 서 기사는 벌써 사라지고 보이지 않았다.

‘참 재밌는 여자야.’

지후가 혼자 중얼거렸다. 그녀는 세상만사가 좋은 게 좋은 거라고 살아가는 스타일이었다. 많이 웃고 떠들다가도 라디오에서 딱한 처지에 놓인 사람들 이야기를 들으면 세상이 무너질 듯 한숨을 내쉬거나 눈물을 훔쳤다. 그녀가 전해주는 각종 드라마—정확한 줄거리를 전달해 주기보다는 감정에 치우친 감상평이 많았지만—는 대부분 한 귀로 듣고 흘렸지만, 간혹 재미있는 것도 있었다.

깜박이를 켜지 않고 끼어드는 차들을 보면 여자답지 않은 거친 말들을 쓰기도 했지만, 그녀의 심성이 고운 것을 의심하지는 않았다.

서 기사가 들어간 곳을 바라보던 지후는 가판대 앞에 놓인 과일들을 살피며 차에서 내렸다. 혹시라도 누나가 좋아하는 멜론이 있진 않을까 찾아보았지만 보이지 않는다. 사과, 귤, 배. 단출하게도 딱 세 종류뿐이다. 그는 귤 쪽으로 시선을 돌렸다.

“귤 사게?”

가게를 나서던 뽀글머리 할머니가 퉁명스럽게 물었다. 친절함이라고는 눈곱만큼도 보이지 않는 주인 할머니의 태도가 우스꽝스러웠지만, 지후는 진지하게 고개를 끄덕였다.

“서너 개 공짜로 줄게.”

“네?”

“공짜로 줄 테니까 가게 좀 보고 있어.”

“제가요?”

“가게 좀 보고 있으라고. 내 저 앞에 있는 노인정 가서 똥 좀 싸고 올 테니까.”

할머니의 거침없는 말에 지후는 흠칫거렸다. 자신이 너무 오래 외국생활을 해서 단어를 잊어버린 것이 아닐까 순간 헷갈렸지만, 똥이라고 말한 것을 분명히 들었다.

“내가 막 화장실 들어가려는데 정신 나간 년이 나를 밀치고 들어가지 뭐야. 그니까 나 대신 가게 좀 보고 있어. 알았지?”

저분이 말하는 ‘정신 나간 년’은 분명히 자신을 태워온 서 기사일 것이다. 지후는 우습기도 하고 당황이 되기도 했지만, 적절한 거절의 말을 찾지 못했다.

“고마워.”

그의 망설임이 승낙이라 생각했는지 할머니가 빠르게 사라졌다. 서 기사보디 더 빠른 걸음으로 사라져 가는 할머니를 지후는 멍하니 바라보며 중얼거렸다.

“재밌는 동네네.”

민들레 마을.

누나의 고향이자 양부모님을 죽음으로 몰고 간 사고의 유력한 용의자가 사는 이곳. 지난겨울, 라스베이거스에서 쇼를 보고 돌아오던 부모님의 차가 사고를 당했다.

이미 알고 경험했던 일이지만, 가족을 잃는다는 것은 끔찍한 경험이었다. 엄마가 해주시던 맛있는 애플파이를 다시는 먹을 수가 없었고, '너를 믿는다'라며 어깨를 두드려 주던 아버지의 손길을 다시는 느낄 수가 없는 것이었다. 미소가 예뻤던 누나의 웃음을 볼 수 없었고, 추운 겨울 찬 기운을 없애주던 집안의 훈훈함을 다시는 느낄 수가 없는 것이었다.

'이 악마! 넌 불행의 씨앗이야. 내 눈앞에서 당장 꺼져.'

첫 번째 양아버지의 악에 받친 비명 소리가 기억났다. 어쩌면 알코올 중독자였던 그의 말이 사실일지도 몰랐다. 그래서 친부모도 그를 버린 것일까? 다시는 느끼고 싶지 않던 절망감과 소외감은 서른이라는 나이를 무색하게 만들었다.

"우울증이 심각해. 뭔가 신나는 일을 찾아보라고."

의사에 말에 지후는 포기를 떠올렸다. 모든 것을 놓아버리면 이 고통에서 자유로워질 수 있을까? 자유의 유혹에서 그의 발목을 잡은 것은 몸이 불편한 누나였다. 아픈 누나를 버리고 혼자 포기를 할 순 없었다. 그래서 지후는 복수를 결심했다. 그의 가정을, 힘들게 얻은 가정을 파괴한 범인을 찾아 복수하고 싶었다. 4개월 동안 조사한 끝에 가장 유력한 용의자를 찾았다.

용의자가 한국으로 몸을 피했을 무렵, 누나가 운명처럼 고향을 들먹였다. 사업체를 한국으로 옮기기 위해서는 여러 가지 불편이 따르겠지만, 지후는 고민하지 않았다. 그에게 가정이라는 울타리

를 만들어주었던 사람들을 위해 삶의 장소를 바꾸는 것쯤은 아무
것도 아니었다.

"무슨 생각을 그렇게 하세요?"

사라질 때와 마찬가지로 바람처럼 서 기사가 나타났다.

"고즈넉하고 조용한 마을일 줄만 알았는데 의외의 반전이 있는
마을이구나, 이런 생각을 했어요."

"의외의 반전?"

그의 말을 따라 하던 서 기사가 멋쩍은 듯 머리를 긁적이며 웃
는다. 매번 느끼지만 웃는 모습이 아이처럼 천진난만한 여자다.

"할매가 가게 보라 그러죠?"

"할매?"

"네, 할매요. 아, 미국에 오래 사셨으니까 모르시겠다. 할머니
요, 할머니."

"조금 전 그분이 서 기사님 할머니 되십니까?"

"네. 피는 섞이지 않았지만, 마음으로는 진짜 혈육인 할머니예
요. 아, 저기 오시네요."

그녀가 밝게 웃으며 손을 흔들었다.

"피가 섞이지 않은 가족이라……."

지후는 그녀의 말을 따라 하며 멀리서 부리나케 쫓아오는 할머
니를 보았다. 가족…… 그에게도 그런 부모님이 계셨었다. 돌아가
신 양부모님이 그리워진 지후는 인상을 찡그리며 고개를 흔들었
다.

"이제 갑시다!"

"저기, 뭐 하나만 물어봐도 돼요?"

시동을 걸고 백미러로 지후를 살피던 서 기사가 조심스레 물었다.

"네."

"소문에 무슨 테마파크를 지으실 거라면서요?"

"네."

"그러니까 놀이동산 같은 건가요?"

"아닙니다. 환자들을 위한 의료 테마파크를 지을 예정입니다."

"그건 왜 지으시는 거예요?"

한지의 물음에 지후는 생각에 잠겼다. 휴양과 함께 건강을 유지하고 병을 치료할 수 있는 테마파크를 짓는 것은 돌아가신 부모님의 꿈이었다. 인류의 건강한 미래와 행복과 안녕을 위한 의료 테마파크. 부모님과, 적어도 지금까지 의료 테마파크를 세운 사람들의 이유는 봉사정신에 입각한 것이리라. 하지만 그는 달랐다. 인류를 위한 마음이나 희생이나 봉사하는 마음 따윈 없었다. 그는 그저 자신이 진 빚을 갚기 위해서였다. 두 번이나 파양을 당해 피폐해진 자신에게 가정을 준 부모님의 유언을 기억하며 계획 중이었다.

뭐라고 대답을 해야 할까? 빚을 갚기 위해서? 누나를 위해서? 지후는 미간을 찌푸렸다. 차라리 그녀의 입가에 묻은 과자 부스러기가 운전석 아래로 떨어질 때의 정리체계에 대해 설명을 하거나 호이겐스의 이중 슬릿 실험에 의해 판명된 빛의 파동에 대해 설명하기가 쉬울 것 같았다.

"아픈 사람들을 위해 지으시는 거 맞죠? 지후 씨는 참 훌륭하신 분이세요."

그녀가 천진난만한 목소리로 말했다. 단순, 명료한 것은 그녀만의 장점이다. 대답하기 어려운 질문을 한 뒤, 너무도 간단하게 대답을 하는 그녀의 특별함에 대해 지후는 자주 감탄을 하는 중이었다. 지후는 그녀의 독특함에 대해 심각하게 연구해 보아야겠다고 생각을 했다.

지후가 시장과 만나 '의료 테마파크' 부지에 대해 이야기를 나누었다는 소문이 쫙 퍼져 나갔다. 더구나 그의 거처가 운봉시로 정해질 것이란 소식은 도시 전체를 들뜨게 하였다. 소문의 중심인물인 지후를 태우고 다니는 한지로서는 신나는 일이 아닐 수 없었다. 워낙 바쁜 사람이라 차 안에서는 눈을 감는 것이 대부분이었지만, 아무리 임시직이라 해도 그의 개인 기사가 되어 그를 태우고 다니는 것은 대단히 자랑스러운 일이었다.

"오늘이 마지막 날이니?"

이 주일째 되는 날 아침 권 여사가 물었다.

"응."

"그동안 참 좋았었는데……."

권 여사가 아쉬운 듯 말했다. 엄마의 처지에서는 딸이 야간과 주간을 번갈아가며 혹사당하는 것보다는 이대로 지후의 개인 기사가 되어 출퇴근 시간이 일정했으면 하는 바람이 있었다.

"그러게 말이야."

“마지막이라고 대강하지 말고, 오늘은 특별히 더 신경 써서 모셔! 아차, 그리고 너 오늘 호숫가 집 청소하는 거 잊어버리면 안 된다.”

“알겠다니까. 나중에 봐요.”

집을 나선 한지는 아쉬운 마음으로 택시에 올랐다. 오늘이 지후를 모시는 마지막 날이라 생각하니 왠지 기운이 다 빠져나간 것 같았다.

“다음에 또 볼 날이 있겠지.”

스스로에게 희망의 메시지를 전한 한지는 그가 묵는 호텔을 향해 차를 출발시켰다.

[그동안 수고하셨습니다. 수고비는 계좌 이체시켜 드리겠습니다.]

전화기로 들리는 사무적인 목소리에 한지는 섭섭한 마음을 참을 수가 없었다. 적어도 얼굴을 보고 작별인사를 나눌 수 있을 줄 알았다. 하지만 오늘은 일이 없으니 그냥 쉬어도 된다는 지후의 말에 한지는 기운이 빠졌다.

“그동안 감사했어요. 안녕히 계세요!”

그가 없는, 혼자만의 이별을 마친 한지는 오랫동안 차 안에 앉아 있었다. 즐겨 듣던 라디오 프로도 우울할 때면 듣는 발라드도 귀에 들어오지 않았다. 섭섭한 기분, 허한 기분, 이런 기분을 뭐라고 표현해야 할까? 몇 번인지 모를 한숨을 내쉰 한지는 다섯 번의 콜을 넘긴 뒤에야 겨우 차를 돌렸다.

새로운 손님을 태우는 내내 묻는 말에 대답도 없이 당황한 표정으로 자신을 바라보던 지후의 모습이 자꾸만 생각났다.

"이래서 든 자리는 몰라도 난 자리는 안다니까……."

한지는 씁쓸하게 혼잣말을 중얼거렸다.

10시간이 100시간처럼 느껴지는 하루였다. 온종일 몸이 무거웠다. 3년 동안이나 한 일임에도 일과를 마칠 즈음에는 온몸의 기운이 다 빠져 버린 것처럼 기진맥진했다. 아무것도 하지 않고 쉬고 싶었지만, 엄마와의 약속을 어길 수는 없었다.

지칠 대로 지친 한지가 호숫가 집을 찾았을 때는 벌써 7시 30분이었다. 유럽의 성처럼 넓은 집을 종일 혼자 청소했을 엄마에게 미안한 마음이 들었다.

"서한지. 엄마를 위해서라도 힘을 내야지."

그녀는 저 밑바닥에 있는 힘까지 끌어올려 가며 대문 안으로 들어섰다. 누가 살 집인지는 모르지만 집은 근사했다. 조명이 들어온다면 아주 멋진 풍경일 것이다. 끝없이 펼쳐진 정원과 야자수에 둘러싸인 야외수영장, 고풍스러운 건물과 주차장까지. 영화에서 본 대서택보다 더 좋아 보였다. 아마도 대단한 사람이 오기로 한 모양이라고 생각하며 집 안으로 들어섰다.

"우와! 안이 더 좋아."

실내로 들어선 한지의 입에서 탄성이 터졌다. 어두운 실외보다 불이 있는 실내는 더 아름다웠다. 숨이 탁 트이는 넓은 거실에는 화사한 크리스털 조명이 눈부시게 반짝이고 있었고, 대리석으로 된 바닥은 반질반질 윤이 났다. 가구 하나하나가 고풍스러운 앤티

크가구로 잘 꾸며진 거실이었다.

"한지냐?"

격자무늬 주방문 안에서 엄마의 목소리가 들렸다.

"어, 엄마. 미안! 혼자서 힘들었지?"

"아니야. 피곤할 텐데 좀 쉬었다 할래?"

"아니. 얼른 하고 돌아가야지. 난 어디 하면 돼?"

"1층은 다 했고 이제 2층만 하면 돼. 참, 2층 화장실에 전구가 나갔더라. 정리함에 예비용 전구 있으니까 갈아 끼워라."

"알았어. 먼저 올라가 있을게."

2층으로 온 한지는 부지런히 청소기를 돌리고, 바닥을 닦으며 뿌연 먼지들을 제거해 나갔다. 정신없이 몸을 움직인 덕에 생각보다 빨리 마칠 수가 있었다.

"이제 전구만 갈아 끼우면 되네."

청소를 마친 한지는 화장실 스위치를 눌러보았다. 노란 불빛이 부엉이 눈처럼 깜빡거린다. 욕조에 올라선 한지는 콧노래를 흥얼거리며 전구를 갈아 끼웠다. 전구의 베이스가 제자리를 찾자 노란 불빛이 주위를 따뜻하게 밝혀주었다.

"예쁘다."

"여기서 뭐 하십니까?"

안락한 욕실을 구경하느라 인기척을 느끼지 못했던 한지는 바로 뒤에서 들리는 지후의 목소리에 소스라치게 놀라 버렸다.

"여, 여긴 어쩐 일이세요?"

"이사 올 집입니다. 그러는 서 기사님은?"

“전 엄마를 도와드리려고요. 엄마가 이곳 청소를 맡으셨거든요.”

한지의 말에 지후가 고개를 끄덕였지만, 그의 시선은 조금 전 한지가 갈아 끼운 전구에 꽂혀 있었다. 나보다 전구가 더 반가운 걸까? 내심 섭섭한 마음이 한지를 괴롭혔다.

“전구를 갈아 끼우셨군요.”

“네.”

“한지야! 이게 무슨 소리니? 누가 왔어? 어머나. 그때 그 총각?”

멀뚱멀뚱 서 있는 두 사람에게로 다가오던 권 여사가 지후를 알아보고 반갑게 아는 체를 하자, 지후 역시 멋쩍게 인사를 했다.

“아, 안녕하십니까?”

한지는 고개를 갸우뚱거렸다.

“엄마가 이분을 어떻게 알아요?”

“으응. 엄마가 이분께 도움을 받았었어. 병원에서.”

놀라서 묻는 한지를 보며 빙그레 웃던 권 여사가 지후의 손을 꼭 잡으며 안부를 물었다.

“잘 지냈죠? 그렇지 않아도 꼭 인사하고 싶었는데 이렇게 만나게 되다니 정말 기쁘네요. 그런데 여긴 어쩐 일로?”

“이사 올 집입니다.”

“아, 그러시구나. 아무튼, 이렇게 다시 만나게 돼서 반가워요. 밥은 먹었어요? 우리 밥 먹을 건데 안 드셨으면 같이 먹어요.”

“엄마, 이분 무지하게 바쁘신 분이야.”

놀란 한지가 지후의 눈치를 살피며 엄마를 만류했다.

"넌 이분을 어떻게 알아?"

"내가 모신 그분."

"아! 이분이 바로 지후 씨였어? 잘됐네요. 그렇지 않아도 뵙고 싶었는데… 저녁 같이 할 거죠?"

권 여사의 말에 지후가 고개를 끄덕였다.

"네. 저녁 전이긴 합니다만……."

"좋아요. 그럼 우리 같이 밥 먹어요. 주방에서 준비하고 있을 테니까 손 씻고 오세요. 한지 너는 여기 마무리하고 얼른 도우러 와!"

신이 난 권 여사가 이것저것을 지시하고 1층으로 내려갔다. 한지는 민망함에 얼굴을 붉혔다.

"미안해요. 엄마가 괜히 저러시네요. 식사 생각 없으시면 제가 가서 말씀드릴게요."

"배고픕니다."

지후는 뒤통수를 치는 한마디를 남긴 채, 손을 씻은 후 1층으로 내려가 버렸다. 한지는 멍한 기분으로 사라지는 그를 보았다.

지후는 밥을 먹는 내내 의외의 모습을 보였다. '맛이 있느냐', '먹을 만하냐'라는 질문에 '네'라고 짧게 대답하긴 했지만, 권 여사가 먹어보라는 음식들을 빼놓지 않고 맛을 보았다. 천천히 꼭꼭 씹어 먹는 그의 모습이 말 잘 듣는 아이처럼 보였다.

"잘 먹었습니다."

김치찌개를 깨끗이 비운 지후가 엄마를 향해 정중히 고개를 숙였다. 만족스러운 얼굴을 보니 건성으로 하는 인사가 아니라 정말 맛있게 먹은 모양이다.

"잘 먹어주니 내가 다 고마워요. 입에도 안 맞았을 텐데 억지로 먹은 건 아니죠?"

권 여사가 교양있게 대답했다. 한지로서는 엄마의 온화한 모습 또한 낯설었다. 집에서는 결코 볼 수 없는 모습이다.

"이렇게 맛있는 김치찌개는 처음 먹어봅니다."

세트로 연극을 하는구나.

그릇을 치우던 한지가 피식거리자, 권 여사와 지후가 동시에 그녀를 노려봤다. 무언의 압력에 굴복한 한지는 등을 돌리고 설거지를 하기 시작했다.

"김치가 예술작품 같습니다."

지후가 다시 엄마를 칭찬했다.

무슨 음식을 좋아하느냐고 물을 때는 대답도 안 하더니, 지금은 세상에서 제일 예의 바른 청년이라도 된 듯 살갑게 굴고 있다. 한지는 입을 비죽이며 그를 훔쳐봤지만, 그는 그녀의 눈흘김은 신경조차 쓰시 않고 있었다.

"어휴, 별말씀을. 김치가 다 거기서 거기지 뭐. 저기, 괜찮으면 내가 김치 좀 싸줄까요? 호호호!"

"아닙니다. 그렇게까지 신세를……."

"아휴, 신세라뇨. 이렇게 이웃사촌이 된 게 어딘데……."

엄마의 말에 그가 기분 좋은 웃음소리를 냈다. 처음으로 듣는 그의 웃음소리에 놀란 한지가 고개를 돌려 그를 바라보자 그는 황급히 웃음을 지워 버렸다.

조금 더 웃어도 되는데…… 진짜 듣기 좋았는데…….

한지는 아쉬움에 그가 좀 더 웃어주기를 바랐지만, 그의 웃음은 그의 저택만큼이나 비싼 모양이었다.

"서 기사님!"

설거지와 청소를 마무리하고 집을 나서려는데 지후가 그녀를 불러 세웠다.

"네?"

"우리 계약, 일주일만 더 연장합시다."

한지는 자신의 귀를 의심하며 그를 바라봤다.

"저, 정말요?"

"조금 전에 비서에게서 연락이 왔습니다. 일에 차질이 생겨 귀국이 일주일 더 연기됐다는군요."

그의 말에 한지는 활짝 웃으며 거래 연장의 기쁨을 표시했다. 또다시 가슴 벅찬 일주일이 시작된다. 한지는 부풀어 오르는 기분을 억누르며 엄마와 함께 집으로 향했다.

이탈리아제 가죽 구두가 초콜릿색 카펫 위로 성큼성큼 걸음을 옮겼다. 잠시 움직임을 멈춘 갈색 구두가 시장 집무실로 들어가자 여태 쥐 죽은 듯 고요하던 복도가 갑자기 부산스러워졌다. 침묵은 아주 잠깐의 눈속임에 지나지 않았다.

후다다다닥!

휘이이잉.

구석구석에 숨어 있던 세 명의 남자는 약속이라도 한 듯, 재빨리 튀어나왔다. 일사불란하게 움직이는 그들은 역사적 사명이라도 띤 것처럼, 신속하고 정확하게 움직였다. 그리고는 시장 집무실 벽에 다닥다닥 붙어 귀를 기울였다.

"지후 씨가 좋은 주식 정보라도 흘려주면 좋을 텐데."

키가 작은 김 과장이 소곤거렸다. 김 과장의 말에 박 과장과 이 대리도 고개를 끄덕였다. 그들에게 있어 나노 기술의 천재인 지후를 이렇게 가까이서 볼 기회는 결코 흔한 것이 아니었다.

"지후가 펼쳐 놓을 값진 정보를 조금이라도 들을 수 있으면 대박일 텐데."

"그러게요. 이번에 우리 운봉시로 거처를 마련한 것도 국가적 프로젝트 때문이라는 소문이 있어요."

이 대리의 말에 김 과장과 박 과장은 입맛을 다시며 기대감에 부풀어 올랐다.

시장의 호출을 받고 한걸음에 달려온 경미는 시장 집무실 문 앞에 귀를 기울이는 세 남자를 보며 코웃음을 쳤다. 하여튼 모자란 남자들이 하는 짓이란 참 한심스러울 따름이다.

"저 좀 들어가야 하는데."

경미의 등장에 화들짝 놀란 그들은 번개같은 속도로 벽에서 떨어졌다.

"서, 선생님께서 여긴 어떻게……."

"시장님 호출이 있으셔서요."

차갑게 말한 경미는 무안함에 땀까지 삐칠 흘리는 남자들을 지나쳤다. 등 뒤가 따가웠지만 신경 쓰이지 않는다.

"흠흠."

시장실로 들어선 경미가 살짝 목을 가다듬었다. 긴장으로 목이 잠기는 것을 방지하기 위해서다. 겉으론 아무렇지도 않은 척을 했지만 사실 경미의 두 손은 땀으로 가득했으며 두 다리는 자꾸만 후들거리며 힘이 빠지고 있었다.

보름 전, 공항으로 픽업을 갔던 그 재수 없는 과학자가 자신의 스카프를 주워 준 남자였다는 사실을 알게 된 것은 그날 저녁이었다. 불 같은 아빠의 호령에 분을 삭이지 못한 그녀는 당장 컴퓨터를 통해 정지후라는 인간의 사진을 찾아냈다.

"뭐야, 이 남자였어?"

놀랍게도 그 남자는 자신의 스카프를 주워 주고 그녀의 마음을 흔들어놓았던 주인공이었다. 이 남자라면……. 짜증으로 가득하던 마음이 비로소 안정을 찾아가기 시작했다. 그때부터 상황이 뒤바뀌기 시작했다. 경미의 마음은 바빠지기 시작했지만, 이상하게도 이 원장은 다른 명령을 내리지 않았다. 괜히 조바심이 난 그녀는 혹시라도 그를 볼 수 있을까, 그가 묵는 호텔 커피숍으로 약속을 잡았지만 애석하게도 그를 볼 수는 없었다. 엄마에게 들은 소식으로는 그가 이곳에 터를 잡고 살기로 했다는 것뿐이었다. 그리고 또 한 가지 기쁜 소식은 병원에 입원한 환자 중에 그의 누나가 있다는 것이었다. 반가운 희소식에 오래된 재봉틀같이 달달거리던 그녀의 인생은 기름칠한 것처럼 활기를 띠며 돌아가기 시작했다. 조만간 자신이 부탁해서라도 지후와의 자리를 가지고 싶었던 차에 고맙게도 시장이 그녀를 불러주었다. 한 번도 실감하지 못했던 병원장의 딸이라는 그늘이 오늘처럼 고마웠던 적이 없었다.

그를 만난다는 생각만으로도 가슴이 두근거리는 경미였다. 그녀는 자신에게 찾아온 행운을 놓치지 않기 위해 긴장을 늦추지 않았다. 시장실로 들어서자 비서가 미간을 살짝 찌푸리며 인터폰으로 보고했다. 들어오라는 지시가 들려왔다.

콩콩콩콩. 미친 듯이 뛰는 심장을 진정시키기 위해 크게 심호흡을 한 경미는 시장실의 문을 조심스레 열어젖혔다. 지적이고 매력적인 얼굴이 보였다. 완벽하다. 정지후는 숨이 막히도록 근사한 남자였다.

"어서 와요, 이 선생."

호빵맨 같은 시장이 그녀를 반겼다. 반쯤 벗겨진 이마에 번들거리는 땀자국이 지금 그가 얼마나 긴장하고 있는지 잘 보여주고 있었다. 뻣뻣하게 굳어 있는 시장은 경미의 등장으로 조금이나마 숨을 돌린 모양이다.

경미는 예의 바르게 시장에게 목례한 뒤 옆에 있는 지후에게로 조심스레 시선을 돌렸다. 깊이를 알 수 없는 눈동자가 자신을 바라보고 있다. 경미는 떨리는 마음을 다잡으며 애써 미소를 지었다.

"흠흠. 지, 지후 씨. 여긴 우리 민들레병원의 이경미 선생입니다. 이 선생의 아버지가 이 원장님이세요. 누나를 치료해 주시는 분이시죠. 하하하. 제가 오늘 특별히 이 선생을 모셨어요. 같은 과학을 하는 사람이고, 또 워낙 출중한 선남선녀들이니 잘 통할 거라고 생각을 했어요. 앞으로 힘들거나 어려운 일이 있으면 이 선생이 많이 도와줄 겁니다. 하하하. 경미 씨, 뭐 해. 어서 인사드리지 않고.”

능구렁이 같은 시장도 지후의 앞이라 긴장했는지 부자연스럽게 큰 목소리가 자꾸만 튀어나왔다.

“안녕하세요. 이경미입니다.”

“반갑습니다.”

말과는 다른 그의 표정이 경미를 긴장시켰다. 그는 어서 이곳을 나가고 싶어하는 사람처럼 답답해 보였다.

“저, 전에 뵈었었죠?”

경미가 더듬거리며 물었다. 인터넷이 알려준 정보에 의하면 그를 만나본 사람들은 그의 속내를 알 수 없어 그가 어렵고 두렵다고 했다. 그가 풍기는 특별한 분위기를 불편해하는 것이리라. 지금 자신이 그런 것처럼.

“둘이 구면이구만. 하하하. 이래서 젊은 사람들을 따라갈 수가 없다니까. 경미 씨 집이 민들레 마을이라 그랬지?”

시장이 다시 끼어들었다.

“네.”

“서로 아는 사이라니 잘됐구먼. 우리 지후 씨가 아쉽게도 운전면허증이 없다니까 이 선생이 모시고 다니면서 민들레 마을 구경도 시켜주고, 또 지후 씨가 하는 일도 좀 도와주고. 내 이 선생만 믿어요. 흠흠.”

“밖에서 차가 기다리고 있습니다.”

느릿하지만 단호한 음성이었다. 단칼에 잘라 버리는 지후의 태도에 경미는 섭섭해졌다. 그와 좀 더 많은 시간을 가지면서 이야기를 나누고 싶었지만, 지후는 관심을 보이지 않는다. 경미는 그의 무심함에 애가 타기 시작했다.

"그럼 우리 식사라도 같이할까?"

고맙게도 시장이 다시 나서주었다. 아무래도 아빠의 부탁을 받은 것이 틀림없다고 경미는 생각했다.

"죄송합니다만, 점심 약속이 되어 있습니다."

"하하하. 그렇겠지. 바쁜 사람이니."

"죄송합니다. 대신 다음번에는 제가 대접하도록 하겠습니다."

"허허. 그래요, 그럼. 아쉽지만 다음을 기약하기로 하지. 자아, 나갑시다. 내가 안내하지요."

시장은 못내 아쉬워하는 척, 하면서도 다음 기회에 대접하겠다는 지후의 말에 흐뭇하게 고개를 끄덕였다. 경미는 시장마저 쩔쩔매게 하는 특별한 힘을 가진 지후가 점점 마음에 들었다.

"후유."

밖으로 나서자 비로소 숨통이 트였다. 크게 숨을 들이마시고 내쉬기를 반복하던 지후가 천천히 주차장으로 향했다.

운봉시장과 테마파크 조성에 관한 세부적인 사항들을 얘기 나눈 뒤로는 갑갑함의 연속이었다. 체질적으로 지후는 막힌 곳을 싫어했다. 거기다 시장이 소개해 준 이경미라는 여자에게서 풍기는 소독 냄새와 향수 냄새에 질식할 것만 같았다. 문득 서 기사에게

서 풍기던 달콤한 과자 냄새가 그리워졌다. 지후는 커다란 플라타
너스 밑에 앉아 오늘도 어김없이 무엇인가를 쭉쭉 빨아대는 한지
를 금세 찾을 수가 있었다.

"여기요!"

그녀가 씩씩하게 손을 흔들어댔다. 자신도 모르게 손을 올리려
던 지후는 이해할 수 없는 자신의 행동에 멈칫거리며 얼굴을 굳혔
다.

"밥 먹으러 갑시다."

"잠시만 있다 가면 안 돼요? 날도 이렇게 좋은데…… 여기 앉아
서 3분만 쉬었다 가요."

그녀가 자신의 옆자리를 손으로 툭툭 치며 앉기를 강요했다. 잠
시 망설이던 지후가 그녀의 옆에 조심스럽게 앉자 달콤한 커피향
이 코끝을 파고들었다.

"아, 이거 하나 사다 드릴까요?"

한지가 조금 전까지 마시고 있던 삼각형 투명비닐 음료를 흔들
며 말했다. 반 정도 남은 진한 커피우유가 그녀의 손을 따라 찰랑
거린다.

"됐습니다."

"그럴 줄 알았어요."

한지는 그가 거절하기를 기다렸다는 듯 다시 노란색 빨대로 입
술을 가져갔다. 짙은 향기를 내뿜는 액체가 그녀의 입안으로 빨려
들어가고 있다.

"맛있습니까?"

"이거요? 이 맛을 아직 모르신단 말씀이세요?"

그의 물음에 서 기사가 믿어지지 않는다는 듯 두 눈을 반짝이며 물었다. 지후는 그녀를 놀라게 만들고 싶어졌다.

"그 커피우유의 열량은 126kcal입니다."

"126kcal? 그래서요?"

칼로리 따위가 자신과 무슨 상관이냐는 듯 되묻는 한지를 보며 지후는 유쾌해졌다. 그가 아는 여자들은 하나같이 저칼로리 신봉자들이었다. 조금이라도 낮은 칼로리를 섭취하기 위해 시간과 돈을 아끼지 않았다. 지금 이 여자의 말을 누나가 듣는다면 무척 재미있어할 것이라는 생각이 들었다.

쭈우우욱. 그녀가 짙은 액체를 한 번에 입안으로 빨아들였다. 달콤한 향기를 내던 커피우유가 바닥을 드러났다. 지후는 그 진기한 광경을 보며 헛웃음이 나려는 것을 참아야 했다.

"웃음이 나면 그냥 팍 터트리세요. 항상 그렇게 웃을 듯, 말 듯 그렇게 웃지 마시고. 라디오에서 들었는데 남자들 수명이 짧은 이유가 잘 웃지 않아서래요. 많이 웃고 울고 그래야 오래 산다고 하더라고요."

그녀가 미간을 찡그리며 진지하게 말했다. 기억을 더듬으며 차분하게 말하는 그녀의 모습이 우습게도 귀여워 보였다.

"그렇군요."

지후가 고개를 끄덕이자 그녀가 두 눈을 동그랗게 뜨며 그를 바라보았다.

"지금 저 놀리시는 거죠?"

"제가 서 기사님을 왜 놀립니까?"

"천재가 그런 걸 몰랐을 리가 없잖아요."

"몰랐습니다."

"정말이요?"

"네, 정말입니다."

그녀의 얼굴이 환하게 밝아졌다.

"진실로?"

"그렇다니까요. 배고픕니다. 밥 먹으러 갑시다."

무뚝뚝한 그의 말에 그녀가 아, 소리를 내며 몸을 일으켰다. 차를 향해 가는 그녀의 발걸음이 마치 뛰어가는 것처럼 사뿐거렸다.

그들이 도착한 곳은 시청과 가까운 기사식당이었다.

청도 기사식당.

지후는 자신을 기사식당으로 데려온 한지의 눈에서 장난기를 읽을 수가 있었다. 대체 무슨 장난을 치려고 저런 눈빛으로 쳐다보는 걸까?

"여기 음식이 끝내줘요. 뭐 드실래요?"

한층 가벼워진 목소리가 된 한지가 물었다.

지후는 메뉴판을 훑어보다 처음 보는 메뉴를 결정했다.

"모둠 생선구이."

"예에?"

"고등어가 들어간 모둠 생선구이."

당장 청결하고 깨끗한 레스토랑으로 옮기자고 할 줄 알았던 그가 모듬 생선구이를 주문하자 그녀는 멍한 표정으로 그를 바라보았다. 지후는 속마음이 금세 드러나는 그녀의 표정 변화가 점점 재미있어졌다.

"저, 정말 생선구이를 드시게요?"

"저기 있지 않습니까? 모듬 생선구이."

"흠흠. 고등어를 좋아하시나 봐요."

"고등어에는 몸에 좋은 수많은 기능성 물질들이 들어 있습니다. 푸른색을 띠는 껍질 쪽이 영양소가 풍부합니다. 항산화작용을 하는 비타민E가 다량 함유되어 있으며 노화 예방에도 효과가 큽니다. 또한, 시력 회복에 좋은 비타민A가 쇠고기보다 16배나 많은 우수한 식품입니다. 또 EPA와 DHA가 많이 함유되어 있는데 불포화지방산인 DHA나 EPA는 모두 혈중 콜레스테롤 수치를 현저히 감소시켜서 고혈압, 동맥경화증 등의 성인병을 효과적으로 예방해 줍니다. DHA는 뇌의 발달과 활동을 촉진하고 유연성을 높여 두뇌 회전을 원활하게 하고요. 아이들에게는 명석한 두뇌와 시각, 운동신경 발달에 좋으며, 세포 재생 효과가 뛰어나 뇌의 기능이 쇠퇴해 가는 노인들 치매 예방에도 효능이 있습니다."

놀려주고 싶은 마음으로 고등어에 관한 이야기를 하니 서 기사가 벌린 입을 다물지 못한 채 그를 바라보았다.

"그쪽으로도 공부를 하신 거예요?"

"네?"

"고등어에 대해 따로 공부를 하신 거냐고요."

그녀의 말에 지후가 피식 웃음을 터트리며 차에서 들고 온 신문

을 가리켰다. 그녀는 놀란 토끼처럼 그와 신문을 번갈아 보고 있
었다.

"이걸 다 외운 건 아니죠?"

"글쎄요."

"허걱! 다 외운 거예요? 정말 대단하다."

한지가 초롱초롱한 눈빛으로 연방 감탄을 했다. 아이처럼 놀라
는 그녀의 반응이 지후는 싫지 않았다.

이 여자와 함께 있으면 지루할 틈이 없겠군.

시시각각으로 변하는 그녀의 얼굴을 감상하는 중 식사가 나왔
다. 커다란 접시에는 노릇노릇하게 구워진 고등어, 갈치, 꽁치, 조
기 등이 횡렬로 줄지어 누워 있었다.

"맛있게 드세요."

서 기사가 그의 앞쪽으로 접시를 밀어주며 말했다.

"이걸 그냥 먹습니까?"

지후의 물음에 그녀가 고개를 갸우뚱거린다.

"그럼 그냥 먹지 어떻게 먹어요? 발라 드려요?"

"네."

"……."

기가 막힌 얼굴로 멍하니 있는 그녀를 보며 지후가 다시 말했
다.

"생선가시."

"생선가시 못 발라요?"

"네."

그녀가 입을 반쯤 벌리고 지후를 바라보았다.

"아, 귀하게 자라신 도련님이라 주위에서 다 발라줬구나."

지후는 사실과 전혀 다른 판단을 내리는 그녀의 말을 바로잡을까 생각하다 내버려 두기로 했다. 어린 시절 가시를 발라먹을 만큼 큰 생선을 먹어본 적이 없다는 사실을 알게 되면 그녀는 어떤 표정을 지을까? 가뜩이나 정이 많은 그녀가 동정심 가득한 눈으로 자신을 바라보는 상상을 하자 입맛이 떨어질 것 같았다.

"제가 말이죠, 가정교육을 잘 받아서 마음이 좀 너그러워요. 좋아요. 뭐. 택시 값도 잘 쳐주시고 편하게 해주시니까 제가 특별히 서비스로 발라 드리죠."

이왕 발라주기로 한 거, 깨끗하게 발라주리라 결심을 했는지 그녀가 주저없이 젓가락을 들었다.

"생선은 말이죠. 이렇게……."

그녀는 고등어의 옆구리를 젓가락으로 살살 뜯어낸 후, 생선을 세워 능숙한 솜씨로 중앙을 갈랐다. 그리고 가운데 있는 큰 뼈대를 들어냈다.

"이러면 끝이에요. 다음에는 혼자 하실 수 있겠죠?"

지후는 아무런 대꾸도 하지 않고 고등어 한 점을 떼어내 먹었다. 입안으로 고소하면서도 짭짤한 맛이 번져 나갔다.

"맛있어요?"

"네."

서 기사의 물음에 그가 고개를 끄덕였다.

"미국생활을 오래하셨는데도 한식을 좋아하시는 편인가 봐요.

지난번 우리 엄마 김치찌개도 잘 드시고. 우리 엄마 김치찌개가 좀 매운 편인데."

"처음 먹어봤습니다."

"뭘요?"

"손으로 끓인 김치찌개. 한 번도 먹어본 적이 없습니다."

그녀가 믿기지 않는다는 표정으로 그를 바라보았다.

"김치찌개를 먹어본 적이 없다니. 그럼 뭘 먹고 살았어요? 미국에도 김치 많잖아요. 아, 햄버거랑 고기만 드셨구나? 완전 미국식으로 사셨나 봐요."

어떻게 대답해야 할지 몰라 망설이는데 그녀가 그녀만의 특기인 묻고 답하기로 결론을 내리고 있었다.

"……좀 드시죠."

"아침을 늦게 먹어서 생각 없어요."

한지의 사양에 그는 고개를 끄덕이고는 딸려 나온 밑반찬이며 시래깃국 등을 맛보았다.

"반찬 맛있어요?"

그녀가 군침을 삼키며 물었다. 그는 대답 대신 생선 접시를 그녀의 앞으로 밀어주었다.

"드시죠."

"그럼 맛이나 좀 볼까요?"

기다렸다는 듯, 젓가락을 들고 두툼한 생선살을 입으로 넣으려던 서 기사가 그와 눈이 마주치자 미안한 듯 살짝 웃었다. 가만 보면 말려 올라간 입술 끝이 매력적인 편이다.

그들의 점심은 30분 만에 끝이 났다. 여러 가지 생선이 반듯하게 누워 있던 흰 접시는 정체불명의 가시들이 뒤섞여 있었고, 가득했던 밑반찬들도 깨끗하게 비워져 있었다. 지후는 다 비워진 자신의 밥그릇을 보았다. 그녀는 함께 밥을 먹는 사람의 식욕을 돋우게 하는 능력이 있는 듯했다.

"이제 병원으로 가요?"

커피가 든 종이컵을 입에 문 채 시동을 걸던 한지가 웅얼거리며 물었다.

"가구점으로 가주십시오."

"가구 고르시게요?"

"가구점에 차 마시러 가겠습니까?"

서 기사가 그를 몰래 노려보는 낌새가 느껴졌다.

지후는 그녀의 반응을 기다리는 자신이 낯설고 어색했지만, 약간의 태클을 걸면 파블로프의 조건반사처럼 즉각 반응을 나타내는 그녀의 표정이 신기하고 재밌었다.

문득 기분이 좋아진 지후는 창밖을 통해 보이는 하늘을 바라보았다. 빠르게 스쳐 지나가는 쪽빛 하늘이 눈이 시릴 만큼 맑았다. 꼭 환하게 웃는 서 기사의 모습 같기도 하다.

"하늘이 정말 예쁘죠? 전 어릴 때 저 하늘을 꼭 한번 날아보고 싶었어요. 새처럼 두 팔을 쫙 펴고요. 그러다 적의 공격을 받고 떨어지면 진짜 슈퍼맨이 날아와서 저를 구해줘요. 두 팔로 저를 안아서……."

서 기사의 말에 지후는 작게 웃음을 터트렸다.

“왜 웃어요?”

“그 영화는 오류투성이예요.”

“네?”

“빅뱅이론을 보면 아주 잘 설명이 되어 있어요. 당신이 $9.8m/s^2$로 가속되면서 떨어지고 있다면, 떨어지는 속도가 시속 200Km/h라는 말이 돼요. 그 속력으로 떨어진 당신이 슈퍼맨의 팔에 닿는다면 당신 몸은 세 토막이 날 겁니다.”

그녀가 질린 표정으로 그를 노려보았다.

“영화는 그렇게 따지면서 보는 게 아니라고요. 그냥 느끼는 거라고요. 아무튼, 그런 상상은 생각만 해도 끔찍하군요. 저는 그냥 지상으로 다닐게요. 자, 여기가 운봉시에서 가장 잘나가는 가구점이에요. 천천히 구경하고 오세요. 저는 여기서 꼼짝도 않고 기다리고 있을게요.”

서 기사가 차를 세우며 말했다.

“함께 가죠.”

그가 동행을 제의했다.

“제가요?”

“누나가 쓸 가구를 좀 골라주십시오.”

잠깐 망설이던 그녀가 고개를 끄덕였다.

“마음에 들어 하실지 모르겠지만 힘닿는 데까진 도와드릴게요.”

그와 함께 매장에 들어간 서 기사가 진지하게 책상과 책장, 침대며, 소파 등의 가구를 살피기 시작했다. 그는 그녀의 취향이 마음에 들었다. 쇼핑을 할 때 유난히 들떠 필요 이상의 소비를 하는 누나에 비해 그녀는 차분하고 이성적이며 경제적으로 물건을 선택했다. 유행하는 디자인보다는 단순하고 깔끔한 디자인을 선호했으며 색도 요즘 유행하는 원색보다는 원목 그대로의 색을 선택했다. 그의 취향과 아주 잘 맞았다.

"누님에게는 이쪽 가구들이 편할 것 같아요."

서 기사가 고른 장롱은 다른 제품들에 비해 낮으면서도 수납공간이 잘되어 있었다. 화장대 역시 높낮이가 조절되어 개인의 키에 맞출 수 있는 제품으로 몸이 불편한 누나가 쓰기에 적합해 보였다.

"괜찮군요."

"단순한 스타일을 좋아하긴 하는데, 누님이 마음에 들어 하실지 모르겠네요."

"좋아할 겁니다."

지후는 고개를 끄덕이며 그녀가 고른 가구들을 사기로 했다.

"이젠 어디로 가요?"

자신이 고른 가구들을 사겠다고 하자 기분이 좋아진 서 기사가 들뜬 목소리로 물었다.

"서점으로 갑시다."

"이리로 오세요."

한지를 따라 서점에 들른 그는 신간코너에서 새로 나온 의학서적을 발견하고 버릇처럼 빠져드는 바람에 서 기사를 한참이나 기다리게 했지만, 그녀는 군소리 없이 그를 기다렸다.

얼마나 시간이 지났을까? 마지막 페이지를 덮으며 정신을 차린 그가 주위를 둘러보자 만화코너 옆에서 정신없이 잠들어 있는 서기사의 모습이 눈에 들어왔다. '저렇게 작았었나?'라는 생각이 들 정도로 왜소한 그녀가 몸을 동그랗게 웅크린 채 잠들어 있었다.

감기 걸리지는 않을까?

지후는 입고 있던 코트를 벗어 그녀의 어깨에 걸쳐 주었다. 아주 조심스레 움직였지만, 기척을 느낀 모양인지 그녀가 고개를 들었다. 아직도 꿈속에서 헤매는 듯, 파랗게 빛이 나는 그녀의 눈빛이 유달리 맑고 깨끗해 보였다.

"제가 잠들었나 봐요."

그녀가 허스키한 목소리로 말했다.

"8시가 넘었습니다."

"아, 죄송합니다."

그녀가 가까스로 정신을 차린 듯 일어났다. 지후는 자신이 고른 책들을 배달시키고는 그녀와 함께 서점을 벗어났다.

"이제 어디로 모실까요?"

다시 정신을 차린 그녀가 활기찬 목소리로 물었다.

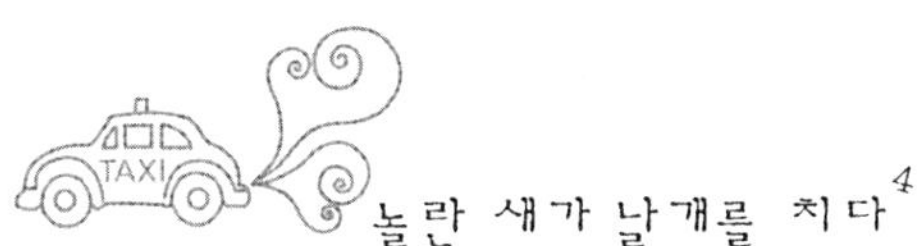

'일주일 연기를 했으니 50만 원 추가해서 받고, 이제 80만 원
만 더 모으면 되는 건가? 딱 이 주만 더 하면 좋은데. 이 주만 연기
해 달라고 부탁을 해봐?'

슈퍼 앞, 평상에 앉아 심각하게 계산을 하는 한지의 뒤에서 시
비조의 목소리가 들려왔다.

"아줌마, 과일이 왜 이 모양이야?"

한지는 가게 앞으로 다가오는 남자들을 보며 미간을 찌푸렸다.
검은 양복을 입은 두 남자의 앞에 서 있는 건달은 이 근방에서 꼴
통으로 소문난 백민기였다.

"여긴 이런 것밖에 없어요. 저 밑에 가면 큰 슈퍼 있으니까 그리
로 가봐요."

아버지 백이나 믿고 설치는 망나니. 익히 그의 명성을 알고 있는 한지가 떨떠름하게 대답했다.

"뭐야? 손님을 대하는 태도가 왜 이래? 이래 가지고 장사해 먹겠어?"

민기가 들고 있던 귤을 바닥으로 팽개치며 인상을 찌푸렸다. 자신의 앞에서 눈치 보는 사람들에게만 익숙해져 있던 민기의 처지에서는 자신을 보고도 눈썹 하나 까딱하지 않는 슈퍼 주인이 아주 못마땅한 모양이었다.

"귤 10개에 이천 원이니까, 이백 원만 주고 가심 되겠네요. 아, 가실 때 버린 귤도 주워가 주시고요."

건조하게 대답하는 한지를 바라보던 민기의 인상이 험악하게 구겨졌다. 그는 치밀어 오르는 화를 참지 못하고 귤 상자를 들어 바닥에 팽개쳤다.

"지금 뭐 하는 짓이에요?"

"돈 주면 되잖아. 얼마야?"

한지가 참지 못하고 소리치자 백민기가 야비하게 웃었다.

"이것도 포함시켜!"

백민기가 또다시 사과 상자를 향해 손을 뻗자 한지가 재빨리 그의 팔을 낚아채 뒤로 비틀었다. 방심하고 있다 한지에게 팔을 잡힌 백민기가 몸을 빼내려 했지만, 무술 고단자인 한지를 이길 순 없었다. 그녀는 잡고 있던 팔에 더 힘을 주었다.

"아아악! 이거 못 놔? 시팔!"

"그래, 놔줄 테니까 얌전히 돈 내려놓고 가라. 이 누나 지금 피곤해서 너랑 못 놀아주니까, 얌전히 집에 가서 발 닦고 자. 아님 공부를 좀 하든지.”

한지가 잡고 있던 팔을 풀어주었지만, 백민기는 여자에게 당했다는 창피함에 더 화를 내며 소리를 질러댔다.

“이 아줌마가 눈에 뵈는 게 없지? 오늘 임자 만난 줄 알아. 뭣들 해? 내가 책임질 테니까 다 부숴 버려.”

“손만 대면 아주 죽을 줄 알아!”

한지도 지지 않고 소리쳤다. 뒤에 있던 보디가드들이 어이가 없다는 듯 웃으며 다가왔다. 한지는 비장한 눈빛으로 그들의 앞을 막아섰다. 피해갈 수 없는 싸움이라면 저 못된 놈에게 버릇을 가르쳐 주고 싶었다.

“병원에서 봤던 버릇없는 꼬맹이로군.”

서로 노려보고 있던 백민기와 한지는 느닷없이 들려온 지후의 목소리에 똑같이 고개를 돌렸다. 그들의 뒤로 굳은 얼굴을 한 지후가 서 있었다. 그는 매서운 눈으로 백민기를 노려보고 있었다. 여태 그와 함께 다닌 지 꽤 되었지만, 지후가 이렇게까지 무서운 눈으로 사람을 노려보는 것은 처음 있는 일이었다. 그의 눈빛에서 풍기는 살벌함에 한지의 등골마저 서늘해졌다.

“뭐, 뭐야? 또 너야?”

지후를 발견한 백민기의 얼굴이 흙빛으로 변했다. 그는 지난번에 당한 모욕을 되갚아줄 심산인 양, 뒤에 서 있던 경호원들에게 날카로운 목소리로 명령했다.

“전에 내가 손봐줄 놈이 있다고 했지? 바로 저놈이야. 잘됐네.

이참에 다 같이 손을 봐주지 뭐. 가볍게 갈비뼈 몇 대만 나가게 하라고."

"네."

묵직한 대답과 함께 검은 양복들이 지후의 앞으로 다가왔다. 척 보기에도 힘깨나 쓸 법한 남자들이었다.

"여긴 남의 영업소야. 자리를 옮기지."

지후가 그들의 앞으로 나서며 말했다. 싸움이 커지면 가게에 피해가 갈 것이고, 지켜보고 있던 서 기사가 놀랄 것이 분명했으므로 그는 될 수 있으면 이 싸움을 피하고 싶었다.

"미친 새끼. 남의 영업소건 뭐건 그게 나랑 무슨 상관이야."

백민기가 코웃음을 치며 귤 상자를 엎었다. 와르르르 쏟아져, 떼굴떼굴 굴러가는 귤들이 민기의 발밑에서 퍽, 퍽 짓이겨졌다.

"그만두지 못해."

한지가 소리치며 백민기를 향해 달려들자 보디가드들이 막아섰다.

"가지가지 한다."

보디가드들의 뒤에 선 백민기가 코웃음을 치며 비웃었다. 야비한 눈으로 한지를 노려보던 그가 거만한 표정으로 사과를 들어 한 입 베어 물고는 인상을 찌푸렸다.

"퉤퉤. 이게 무슨 맛이야? 쓰레기들은 이런 걸 먹고 사나?"

백민기가 사과를 땅바닥에 집어 던짐과 동시에 한지가 몸을 날렸다. 오른쪽에 있던 경호원을 제치고 날린 옆차기는 백민기의 왼쪽 볼을 정확하게 강타했다.

“윽!”

“도련님!”

민기가 외마디 비명을 지르며 쓰러지자 보디가드들이 한지에게로 덤벼들었다. 만만찮은 남자들을 보며 단단히 준비를 하고 있던 한지는 요란한 함성과 함께 자신의 앞을 가로막는 아이들에 의해 잠시 움직임을 멈추었다. 지난번 만났을 때보다 훨씬 단정해진 모습으로 나타난 무한도전 아이들이 결의에 찬 표정으로 그녀를 보고 있었다.

“형동아…….”

지난번 일이 있은 후로 형동이가 자주 눈에 띄긴 했었다. 얼굴을 붉히며 마주칠 때면 간혹 아는 체를 하거나 자장면을 사주기도 했었는데, 오늘도 아마 이 주위를 맴돌고 있었던 모양이었다.

“형동이 녀석이 콜했어요. 누님이 곤경에 처하셨다면서요. 이제 저희들이 왔으니 안심하세요. 이 새끼들, 다 덤벼!”

주먹을 불끈 쥔 채, 제법 야무지게 공격 준비를 하는 아이들을 보며 보디가드들이 주춤거렸다.

“다 덤벼!”

이번에도 상황파악을 못하는 준아가 먼저 몸을 날렸다. 기합 소리와 주먹과 발들이 오갔다. 기세등등하게 나서던 아이들이 보디가드들의 발길질에 여러 차례 나가떨어지는 상황이 발생했지만, 그래도 아이들이 용감하게 덤벼준 덕에 보디가드들의 시선을 분산시킬 수가 있었고 한지와 지후는 손쉽게 그들을 제압할 수가 있었다.

"두고 봐, 아줌마. 후회하게 될 거야!"

여기저기 얻어터진 보디가드들 사이에서 백민기가 고래고래 소리를 질러대더니 결국은 도망을 가버렸다. 엉망이 된 마산슈퍼에는 한지와 지후 그리고 네 명의 아이들만이 남게 되었다.

"고마워, 애들아. 너희 아니면 정말 큰일 날 뻔했어. 그런데 말이지, 다음부터는 이런 싸움에 끼어들지 말고 그냥 신고를 해줘. 잘못하면 다치잖아."

한지가 타이르자 형동이 고개를 흔들었다.

"아니에요. 다른 사람도 아니고 누나가 위험에 처하셨는데 저희가 모른 체할 수 있어요?"

"헤헤. 그러게요. 그동안 누나가 저희에게 사준 자장면만 몇 그릇인데. 아, 절대 자장면 사달라고 드리는 말씀은 아니에요."

형동의 말을 이은 준아의 넉살에 한지는 웃음을 터트렸다.

"알았어. 그런 말이 아닌 건 알았는데, 그래도 너희 배고플 때 됐겠다. 가서 자장면 먹고 가."

"아니에요. 배 안 고파요. 누나 저희 정말 자장면 얻어먹으려고 누나 도와드린 거 아니에요."

자신들의 호의를 오해한 것은 아닌지 걱정하던 재식이 제법 심각하게 말했다.

"그래. 알아. 너희 마음 아는데, 나도 너희가 나 도와줘서 사주는 거 아니야. 그러니까 걱정하지 말고 가서 먹어."

한지의 말에 열심히 고개를 젓던 4명이 쭈뼛거리며 돌아섰다.

"준아는 곱빼기 먹어도 돼."

“네.”

씩씩하게 대답하는 준아를 보며 한지와 지후가 마주 보고 웃었다.

“정체가 뭐예요?”

아이들을 향해 열심히 손을 흔드는 한지를 살펴보던 지후가 물었다.

“네?”

“운전기사라면서요?”

“그래서요?”

“운전기사라면서 펄펄 날아도 다니고, 제법 의리있는 똘마니들도 있고, 정말 기사 맞습니까?”

“몸이 약해서 어릴 때부터 태권도를 꾸준히 했었어요. 택시 운전 시작하면서는 합기도를 했고요. 여자 기사라고 해서 밤 운전을 봐주는 것도 아니고, 강도들이 그냥 넘어가 주는 건 아니니까요.”

한지의 말에 지후의 얼굴에 있던 웃음기가 사라졌다.

“밤 운전에 강도라……. 생각도 못했던 위험이네요.”

“지금까지 별 탈 없이 잘해왔어요. 앞으로도 그럴 거고요. 그런데 그쪽이야말로 머리도 좋은 양반이 싸움까지 잘하면 어떻게 해요?”

“머리 좋은 사람은 맞고만 살아야 합니까?”

“일반적으로 천재는 약골이잖아요. 보통 사람들의 생각은 그렇다고요.”

"그러니까 제가 보통 사람들의 고정관념에 어긋난단 말입니까?"

말도 되지 않는 한지의 주장에 지후의 두 눈이 부드러운 곡선을 그리며 휘어졌다. 그 바람에 긴 속눈썹이 작은 물결을 치며 움직였다. 손을 뻗어 만져 보고 싶은 유혹이 일어났다. 만져 보면 어떤 느낌이 날까? 싸움의 흥분으로 빠르게 뛰고 있던 한지의 맥박이 더 급해지기 시작했다.

"그런 표정 하지 말아요."

한지가 말했다.

"왜요?"

지후의 물음에 한지는 망설였다.

'잘생긴 남자가, 돈도 잘 벌고, 싸움도 잘하고, 거기다 찡그리는 것도, 생각하는 것도, 웃는 것도 그림 같은데 함께 있는 사람이 반하지 않을 수가 있겠어요?'

라고 말할 수는 없었다.

"소, 손 괜찮아요? 빨갛게 부어올랐어요."

급하게 둘러댄 한지의 말에 그가 자신의 손을 보았다.

"아픕니다."

"어, 어떡해요? 파스나 뭐 그런 거 사올까요?"

한지가 울 듯한 표정으로 말했다. 걱정이 가득한 그녀의 눈동자에 지후의 마음이 흡족해졌다.

"괜찮습니다. 얼음찜질로도 충분할 것 같습니다."

"으ㅎㅎㅎ. 얼음찜질."

한지가 갑자기 웃음을 터트리며 냉장고로 달려갔다.

“그런데 이 시간에 여긴 웬일이세요?”

투명한 비닐 팩에 담긴 ‘탱크보이’라는 얼음과자 2개를 꺼내 하나는 입에 물고, 또 하나는 지후의 손등에 굴려주며 그녀가 물었다.

“가구가 들어왔다기에 확인하고 가는 길입니다. 이 앞을 지나다 소란스러운 소리가 들려서 웬일인가 했어요.”

“아, 싸움 구경하러 오셨다가 전 줄 알고 도와주신 거네요. 고마워요.”

환하게 웃으며 말하는 한지에게 지후는 긍정도 부정도 하지 않았다.

“주인 할머니는요?”

“고스톱 치러 가셨는데 영 안 오시네요.”

“지난번엔 화장실 가신다고 맡기시더니……. 그나저나 가게를 보고 놀라시겠는데요.”

“앗! 가게! 어쩌죠? 할매가 이 난장판을 본다면 전 100% 아작이 날 거예요.”

한지가 망가진 귤들을 주워 나가며 난감한 표정을 지었다.

“자초지종을 말씀드리고 물건 값을 내면 되지 않을까요? 설마 아작을 내실라고요.”

한지의 말투를 따라 하는 지후의 입가에 얼핏 미소가 비춰졌다.

“제가 할매 성격을 잘 아는데 절대 안 받아요. 내가 그랬다고 해도 믿지 않을 거예요. 그렇다고 솔직히 말씀드리면 그놈들 고발할 거라고 야단하실 거고. 차라리 돈을 받으시면 속 편할 텐데, 앞으

로 한 십 년은 계속 잔소리하면서 우려먹을걸요. 난 이제 꼬들꼬
들 말라 죽을 거예요.”

한지가 입술을 깨물며 말했다. 심각하게 고민하는 그녀의 뚱한
볼이 볼록하게 부풀어 올랐다. 그 모습을 지켜보던 지후의 입가가
조금 더 벌어졌지만 심각한 처지에 놓인 한지는 깊은 한숨만 내쉴
뿐이었다.

“꼬들꼬들 말라 죽으면 안 되죠.”

지후가 시계를 들여다보며 말했다.

“노인정 가서 잠시만 시간 끌어줘요. 나머진 내가 알아서 할게
요.”

“어쩌시려고요?”

“걱정도 안 하시고, 잔소리도 안 듣게 해야죠. 할머니 오시기 전
에 어서 가요.”

“알았어요. 그럼 부탁해요.”

한지가 노인정으로 향하는 것을 본 지후는 소매를 걷어붙이고
재빠르게 움직이기 시작했다.

삼십 분 뒤 마산할매와 함께 돌아온 한지는 깨끗이 치워진 가게
를 보며 일단 안도의 한숨을 내쉬었다.

“오매나, 세상에. 여기 있던 귤이랑 사과 박스가 어디로 갔어?
이년이 가게 보라고 했더니 고스톱은 왜 치러 와.”

마산할매가 비워진 가판대를 보며 소리를 질렀다. 온종일 팔아
도 다 못 팔 과일들이 다 없어져 버린 것을 보니 울화가 치민 듯했
다.

"할맨, 왜 소릴 지르고."

민망해진 한지가 딴청을 피우며 말했다. 그때 가게 안에서 지후가 나왔다. 여유로운 그의 표정을 보니 적잖이 마음이 놓이는 한지였다.

"미친. 뭘 잘했다고 큰소리여? 너 가게 물건 도둑맞고 겁나서 나에게 온 거지?"

면박을 하는 할머니에게 지후는 접어놓은 지폐를 내밀었다.

"할머니, 좀 전에 노란 봉고차가 와서 과일을 몽땅 사갔어요. 무슨 학원인가 본데 아이들 간식이 모자란대요. 제가 잘 몰라서 대충 9만 원 불렀는데요, 그분이 7천 원 깎자고 하시면서 이것만 주셨어요."

지후가 8만 3천 원을 할머니에게 내밀었다.

"뭐야? 못해도 십만 원은 받아야 하는데. 할 수 없지. 그래도 멍청하게 다 퍼주는 한지보단 낫네. 돈이나 이리 내."

퉤, 침을 뱉으며 돈을 세는 할매는 여전히 툴툴거렸지만, 그 표정만은 조금 전과는 완전히 달라져 있었다. 그 모습을 지켜보던 한지와 지후는 할매 몰래 눈빛을 교환했다.

"할매, 돈 보더니 금세 풀어지셨나 봐. 어허. 우리 할매 완전 속 보여."

"시끄러, 이년아. 이게 다 니가 고스톱 치러 와서 그런 거야. 얌전히 가게나 보지 오긴 왜 와. 너 혹시 저 양반 좋아하냐? 오라. 너 저 양반 때문에 부끄러워서 도망 온 거구나?"

"할매!"

얼굴이 붉어진 한지가 지후를 힐끔거렸다. 그는 먼 산을 보는 척 뒤돌아서 있었지만 캄캄한 밤에 산이 보일 리는 없었다.

"에이! 할매, 나 갈 거야."

"저도 가보겠습니다. 안녕히 계십시오."

투덜거리던 한지가 가게를 나서자, 지후도 그녀의 뒤를 따랐다.

"저기요, 고마워요. 과일 값은 일당에서 제하고 주세요."

"접수해 두죠. 참, 내일은 쉬도록 하십시오. 특별 휴갑니다."

"왜요?"

"오전에는 시장님과 보건복지부를 방문할 예정이고, 오후는 집으로 들어갈 예정이고요."

여느 때와 다름없이 지후가 자신의 스케줄을 알려주었다. 이제는 너무나 익숙해진 그의 하루 일과가 자신의 것처럼 느껴지던 한지는 내일 하루 그를 만날 수 없다는 생각에 가슴이 찔끔거렸지만 아무렇지도 않은 척 명랑하게 말했다.

"우와! 집으로요? 드디어 우리 마을 주민이 되시는 거네요? 제가 가서 이사하는 거 도와드릴까요?"

"이삿짐이 없습니다. 몸만 들어가면 됩니다."

"하하. 그렇군요. 그래도 제가 도울 일이 없을까요?"

"없습니다."

"아쉽네요."

잠시 눈이 마주친 두 사람은 약속이나 한 듯, 서로의 시선을 피하며 걸음을 옮겼다. 고즈넉하고 정겨운 골목길은 아쉽게도 금세 끝이 나버렸다.

"병원에 괜찮은 사람 없어?"

"미쳤어? 쥐꼬리만 한 월급에 언제 잘릴지 몰라 벌벌 떠는 찌질이들랑 무슨 결혼을 하란 말이야?"

엄마가 조심스럽게 물을 때마다 경미는 대꾸할 가치도 없다는 듯 코웃음을 쳤다.

'내 남잔 내가 선택할 거야.'

평소 경미의 생각이었다. 그녀는 자신을 명품으로 만들기 위해 끊임없이 노력해 왔다. 눈코 뜰 새 없이 바쁜 와중에서도 몸매 관리를 하고 백옥 같은 피부를 위해 아낌없는 투자를 했다. 수도 없이 되풀이되는 밤 진료 속에서도 고운 피부를 만들기 위해 충분한 수분 섭취와 쪽잠을 잊지 않았고, 1년 365일 다이어트를 생각하며 식단을 짰다. 조금이라도 기름진 음식을 먹은 날은 제니칼을 섭취했고, 회식 다음날은 줄넘기를 뛰며 칼로리를 소모했다. 매년 휴가 때만 되면 동료 몰래 일본으로 날아가 성형 수술을 받았다. 지난여름은 볼 살과 팔자주름, 코 등을 전체적으로 손보는 귀족수술을 받았고 올해는 입체감 있는 이마 윤곽술을 받고 왔다. 오랜 시간 노력과 투자를 아끼지 않은 결과 경미는 스스로 만족할 만한 미모를 갖게 되었고 많은 남자의 동경을 한 몸에 받아왔었다. 직장 내 남자들의 대시는 셀 수도 없이 많았고 적당한 자리의 중매도 끊이지 않았다. 하지만 그녀는 아무에게나 마음을 허락하지 않았다. 그녀의 포부는 크고 위대했으며, 원대한 꿈을 꾸고 있었다.

그녀는 스스로 부끄럽지 않을, 그녀의 이상을 만족시켜 줄 남자를 기다려 왔고 드디어 그 임자를 만나게 된 것이다. 숨 막히게 긴장되는 남자. 절제된 지성미와 섹시하면서도 강한 남자. 경미는 흡족한 미소를 지었다. 정지후는 바로 자신을 위한, 자신에게 어울리는 유일한 남자였다.

경미는 지후를 사로잡기 위한 첫 번째 계획을 세웠다. 바로 그의 누나인 지련을 공략하는 것이다. 서울의 뛰어난 대학병원을 두고 지련이 그녀의 병원에 입원한 것은 하늘의 도우심이었다.

차분한 베이지 톤의 복도를 지나 VIP 병실 앞에 선 경미는 부드러운 미소를 머금고 문을 두드렸다.

"지나가다 들렀어요. 몸은 좀 어떠세요?"

"어서 오세요, 선생님. 저는 아버님 덕분에 많이 좋아졌어요."

"퇴원 허락이 떨어졌다면서요? 그래도 꼬박꼬박 통원 치료는 하셔야 해요."

경미가 자상하고 다정하게 말하자 무표정하던 지련의 얼굴이 조금씩 부드러워져 갔다.

"안색도 많이 좋아지셨어요. 퇴원은 언제 하시는 거예요?"

"이삼 일 있다 나갈 것 같아요."

"민들레 마을로 가신다고요?"

"네. 원장님이 아주 좋은 곳을 구해주셨더라고요. 아버님께 감사하다고 꼭 좀 전해주세요."

"그럴게요. 저희 동네 주민이 되신 것을 열렬히 환영합니다. 혹시 생활하시면서 불편하신 점 있으시면 저에게 알려주세요. 힘닿는 데까지 도울게요. 제가 언니가 없어서 그런지 언니가…… 언니라고 불러도 되죠?"

지련이 살짝 고개를 끄덕였다.

경미는 두 손을 가슴에 올리며 다행스럽다는 듯 환하게 미소 지었다.

"휴, 다행이다. 사실 불안했어요. 전 언니가 첫눈에 마음에 들었거든요. 제가 귀찮게 하면 저를 부담스러워하실까 봐 걱정했었어요."

"그럴 리가요. 선생님은 참…… 다정하세요."

경미가 감격스러운 듯 두 눈을 깜빡였다.

"아니에요. 제가 얼마나 까다로운데요. 이렇게 부족한 저를 예쁘게 봐주셔서 제가 더 감사한걸요. 그리고 말도 놓으세요. 편하게 경미야! 이렇게 불러주세요."

"그래도 될까?"

"그럼요, 언니. 그래야 더 친해지죠."

경미의 말에 지련이 살짝 미소를 지었다.

"여기 주민 분들은 징이 많으신 거 같아."

"그런가요? 칭찬 감사합니다."

"아니야. 정말 다들 좋으신 분 같아."

지련이 호감을 드러내자 경미는 기분이 좋아졌다.

지련은 지후의 하나밖에 없는 법적 혈육이었다. 이복남매라고는 하지만 워낙 정이 두터워 둘도 없는 남매 사이라고 했다. 지련에게 호감을 얻어놓는다면 그녀의 계획에 큰 힘이 될 것이다. 경

미는 싹싹하지만 지나치지 않게, 부드럽고 온화하지만 저자세로
보이지 않도록 대화하는 법을 알고 있다. 경미는 진심으로 지련과
잘 지내고 싶었다. 틈틈이 상담학 과정을 밟아놓은 것은 스스로
생각해도 탁월한 선택이었다.

"식사는 하셨어요? 간단하게나마 뭐라도 드실래요?"

"별생각이 없어."

"어휴. 밥을 생각으로 드세요? 전 한 끼만 안 먹어도 배랑 등가
죽이 딱 붙는 것 같더라고요. 호호."

경미가 날씬한 배를 두드리며 명랑하게 말하자, 지련이 작게 소
리 내어 웃었다.

"정말 재밌는 사람이야."

"저희 어머니께서 항상 즐겁게 일하고, 즐거운 생각만 하고 살
라고 말씀하셨어요. 엄마의 가르침 덕분에 환자들에게 칭찬받고
있어요."

"정말 훌륭한 어머니를 두셨네. 과연 그 어머니에 그 딸이야. 경
미 씨 참 예뻐."

지련의 감탄에 경미는 부끄러운 듯 두 뺨을 붉게 물들였다.

"당연히 해야 할 일인걸요."

"앞으로 잘 부탁해."

"저야말로 잘 부탁해요."

지련의 하얗고 가는 손을 마주 잡으며 경미는 환하게 웃었다.

지련이 저녁을 먹을 때까지 병실을 지킨 경미는 만족스럽게 병
실을 벗어났다. 이것으로 지련에게 좋은 첫인상을 심어주는 데 성

공한 셈이다. 이제 지후에게 자신의 존재를 부각시키는 일만 남았다. 비상구 계단으로 온 경미는 엄 여사에게 전화를 걸었다.

"엄마, 아빠가 말씀하시던 김치. 어떻게 됐어요?"

아침식탁에 놓인 겉절이가 맛있었는지, 이 원장이 정지후씨에게도 가져다주라며 지시를 했었다. 평소 아빠의 강압적인 지시를 지독히도 싫어했지만, 지후에 관한 것이라면 달랐다. 내심 고맙기까지 했다.

[준비해 놨어. 병원으로 가져다주랴?]

"네."

엄마의 대답에 만족한 경미는 부푼 가슴을 안고 전화를 끊었다.

이대로 모든 일이 착착 진행되었으면……. 경미는 언제나 꿈꾸었던 미래를 그려보았다. 지겹기만 한 아버지의 영향력에서 벗어나 자유를 얻는 기분이 어떨지, 아빠와는 상대가 안 될 정도로 성공한 남자를 만나 당당하고 멋지게 의료사업을 펼치게 된다면 얼마나 행복할지, 아빠보다 더 큰 병원의 원장이 되거나, 학교를 설립하고 후진을 양성하는 것도 좋을 것 같았다. 무엇이 되든 간에 아빠를 뛰어넘어야 했다. 모든 것이, 그녀가 꿈꾸는 모든 것이 지후와 함께라면 가능한 일이었다. 그는 경미의 꿈을 이루게 할 능력이 충분한 사람이었다. 경미는 지후를 만나게 한 하늘에 감사했다.

평소보다 조금 일찍 퇴근을 한 경미는 엄마가 싸준 김치를 들고 지후의 집을 찾았다. 호숫가 옆에 있는 그의 집은 한 폭의 그림 같았다. 초록색호수와 조화를 이루는 흰색 이층집은 크고 웅장했으며, 가꾸어진 정원은 보기만 해도 숨통이 트일 정도로 넓었다. 정원 끝에 있는 중세 유럽풍의 다리마저 마음에 들었다. 언젠가는 이 집의 안주인이 되어 지후와 함께 걸어볼 생각을 하니 가슴이 부풀어 올랐다. 경미는 숨을 크게 들이마시며 초인종으로 손을 뻗었다.

"누구십니까?"

벨소리가 나고 한참이 지나서야 그의 목소리가 들렸다.

"이경밉니다. 지난번 시청에서 뵀었죠?"

탕 하는 소리와 함께 문이 열렸다. 경미는 조심스레 그의 공간으로 발을 들여놓았다. 그의 집 안을 구경하고 싶었던 경미의 소망은 정원으로 내려오는 지후 덕분에 무산되었다. 내심 차라도 대접받기를 기대했었지만, 트레이닝복을 입은 것을 보니 운동을 하러 나서던 모양이었다.

"죄송합니다. 잠시만요."

전화통화 중이던 지후가 기다려 달라며 손을 들어 보였다.

"네. 저 신경 쓰지 마시고 마저 하세요."

경미가 입모양으로 말하자 그가 고개를 끄덕였다.

"내일까지 입금시켜. 이름은 서한지. 그래, 알았어."

통화 중 나온 '서한지' 라는 말에 경미는 미간을 찌푸렸다.

"죄송합니다."

통화를 끝낸 그가 사과했다.

"아니에요. 예고도 없이 찾아와서 죄송하네요. 어머니가 이것 전해 드리라고 해서……."

경미가 손에 든 보자기를 내밀었다.

"감사합니다. 잘 먹겠다고 전해주십시오."

"저기, 좀 전에 통화하시던 분, 혹시 택시 운전을 하는 서한지를 말씀하시는 건가요?"

그의 눈썹 끝이 보기 좋게 휘어졌다.

"서 기사님을 아십니까?"

"네. 고등학교 동창이에요."

"그분 차를 타고 있습니다."

"아!"

경미가 고개를 끄덕였다.

"아주 씩씩하고 야무진 친구죠. 운전도 잘할 거예요."

한지와 별로 친하진 않지만 경미는 그와 함께할 대화거리를 찾아낸 것이 기뻤다. 하지만 한지의 이야기를 하며 밝아진 그의 모습이 왠지 거슬린다. 활짝 웃을 때마다 보조개가 잡히는 한지의 얼굴은 여자가 보기에도 매력적이다. 불현듯 찾아온 초조함에 경미의 마음이 조급해졌다.

"조금 계산적인 면이 있긴 해도 심성이 나쁜 친구는 아니에요."

그가 아무 말 없이 경미를 바라보았다. 그녀는 천연덕스럽게 말을 이어갔다.

"한지가 나쁘다는 게 아니라, 워낙 어렵다 보니 사람을 봐가며 친절을 베풀거든요. 왜 그런 사람 있잖아요. 도움을 줄 만하거나 뭔가 얻어낼 거리가 있으면 정말 잘해주는 스타일. 그런 사람에게는 입안의 혀처럼 살갑게 굴거든요."

"그래서요?"

"아니, 같이 일을 하시니까 그냥 알고 계시라고……."

"알았습니다."

지후가 낮게 말했다. 가타부타 말이 없는 그를 보니 경미는 자신의 치졸함을 들킨 것 같아 부끄러워졌다.

"저, 그럼 전 이만 가볼게요. 운동하러 나가실 모양이신데, 제가 시간을 너무 많이 뺏었네요."

안절부절못하던 경미는 그에게 인사를 하고 서둘러 그의 정원을 벗어났다. 이미 어둠이 내려앉은 공기가 눅눅하게 느껴졌다. 하늘마저 무겁게 내려앉은 것이 아무래도 오늘 저녁은 비가 올 것 같았다.

이른 겨울밤이 매서운 변덕을 부려댔다.

오후 무렵 개였던 밤하늘이 비를 머금은 검은 구름에 의해 불안 정해졌다. 대기를 뒤덮고 있던 숨죽인 공기 역시 거친 바람에 흐트러졌다. 평화롭던 적막 대신 숨이 막힐 것 같은 음산함과 초조함만이 남아 있었다. 운봉시 외곽에 자리 잡은 백성훈의 웅장한 저택에서 숨을 고르던 바람이 다시 속력을 내기 시작했다.

"아아아악!"

2층에서 들려오는 악에 받친 비명이 백성훈의 서재까지 들려왔다. 아들이 내지르는 분노의 괴성에 평화롭게 난을 치고 있던 백 의원은 눈살을 찌푸렸다.

"쟤가 왜 저러나?"

백 의원이 인자하고 부드러운 목소리로 물었다.

"외출을 하고 왔는데, 그때 안 좋은 일이 있었던 모양입니다."

복숭아 모양의 연적(硯滴)을 쥐고 있던 이 비서가 조심스레 허리를 조아렸다. 젊은 나이임에도 반백이 되어버린 그의 머리가 불빛을 받아 더 시리게 느껴졌다.

"어험. 이거 참……."

이 비서의 말에 깊은 탄식을 토해내는 백 의원이었다. 온화하고도 위엄있는 그의 얼굴에 근심이 은연히 드러나기 시작했으며, 반듯하고 넓은 이마에는 여러 줄의 주름이 잡히고 있었다.

운봉시를 대표하는 국회의원인 백성훈은 정치가 아버지와 사회사업을 하는 어머니 밑에서 엄격하고 혹독한 가르침을 받고 자랐다. 다행히도 그는 부모의 기대에 어긋나지 않는 아들이었다. 서른이 되기 전에 고시를 합격했으며, 5년이 지나고 아버지의 유지를 받들어 정치에 입문했다. 그 후로 지금까지 무려 20년간 운봉시를 대표하는 의원으로 누구도 무시하지 못할 권력과 위엄을 갖춘 채, 시민의 존경을 받고 있었다. 하지만 하나밖에 없는 늦둥이 아들 민기는 그의 바람대로 자라주지 않았다. 민기가 저지르는 잘못으로 난처한 처지에 빠진 적이 한두 번이 아니었지만, 아들에 대한 관대한 사랑은 절대 거두어지지 않았었다.

"우리 애가 좀 과격하지?"

"……."

머뭇거리며 대답을 피하는 이 비서를 향해 백 의원은 인자한 미소를 지어 보였다.

"괜찮네. 사실대로 말해보게."

"아직 어려서 그럴 겁니다."

"자네는 저 철없는 아이에게 휘둘리는 내가 한심하고 우습지?"

뜻밖의 물음이었는지 여태 아무 표정도 없던 이 비서의 얼굴에 난처한 기색이 역력히 드러났다.

"아, 아닙니다. 제가 어찌 감히 그런 불순한 생각을 하겠습니까. 의원님은 혼탁한 정치판에서 제가 존경하는 유일한 분이십니다."

비장하게 말하는 이 비서의 얼굴 위로 백 의원을 향한 진심이 고스란히 드러나 있었다.

"허허. 그런가? 그렇게 생각한다면 정말 고마운 일이지. 허나 자네가 우습게 생각해도 어쩔 수 없다네. 자네도 알다시피 근 백 년이 넘는 동안 나라와 민족을 위해 헌신한 우리 가문일세. 개인의 안위나 행복보다는 나라와 가문의 의를 이어가는 것이 중요했지. 저 아이를 갖기 전에도 혈육에 대한 정보다는 대가 끊기는 것은 아닐까? 조상님들께 씻을 수 없는 죄를 범하는 것은 아닐까? 하는 죄스러움만이 가득했었지. 그렇게 가슴 졸이며 애태우다 10년 만에 겨우 얻은 자식이었네. 그런데 말이지, 막상 아이를 가져보니 마음이 변하더군. 그렇게 귀하고 애처로울 수가 없었어. 내 저 아이에게만은 내가 지녔던 그 무거움을 물려주고 싶지 않더란 말일세. 그래서 자유롭게 키웠지. 그게 그 아이를 위한 최선의 길이라 생각했어. 그렇게 녀석의 마음을 헤아려 주면, 저 녀석 또한 아비의 마음을 알고 반듯하게 자라줄 것으로 생각했었네."

　이 비서는 자조 섞인 혼잣말을 중얼거리는 백 의원을 보며 코허리가 시큰거리는 것을 느꼈다. 흔들림없는 산처럼 강하고, 깨지지 않는 바위처럼 단단해 보여도 아들을 생각하는 아버지는 한없이 약한 존재였다.

　"저 아이도 언젠가는 철이 들 날이 있을 게야. 그렇지 않은가?"

　백 의원이 물었다. 아들에 대한 간절한 염원이 드러나 보이는 백 의원의 표정이 이 비서에게 전이된 듯, 이 비서의 얼굴에도 간절함이 깃들기 시작했다.

　"지당하신 말씀이십니다. 당연히 그렇게 될 겁니다."

　"휴. 그래. 제발 그렇게 되어야 할 텐데. 한데 저 녀석은 그게 안 되는 모양이야. 아직도 철없는 아이처럼 감정에 휘둘려 갈팡질팡하는 것이 영 미덥지가 않아. 그러니 자네가 옆에서 돌봐주게. 친동생처럼 말이야. 내 자네만 믿네. 자넨 꼭 내 아들 같아. 말썽꾸러기 아들을 대신한 반듯하고 믿음직한 아들. 허허허."

　이 비서의 얼굴 위로 결연한 빛이 드러났다.

　"저 같은 놈에겐 과분한 대우십니다."

　"아니야, 아닐세. 내 자네를 얼마나 믿고 있는지 자네가 더 잘 알지 않나?"

　백 의원의 말에 이 비서의 가슴은 걷잡을 수 없이 뜨거워졌다. 술주정뱅이 양아버지와 몸이 불편한 양어머니 밑에서 삼류인생을 살 수밖에 없었던 자신을 거두고 키워준 이가 바로 백 의원이었다. 백 의원이 아니었다면 자신의 처지 역시 일자무식 아버지처럼 살 수밖에 없었을 것이라 생각하니 백 의원의 은혜가 다시 한 번

새록새록 새겨지고 있었다.

"의원님의 은혜는 평생 갚을 수 없을 겁니다. 가난한 고시생이었던 저에게 물심양면으로 지원을 아끼지 않으셨던 의원님이 아니었다면 전 결코 이 자리에 서지 못했을 겁니다."

"허허. 자넨 충분히 갚았네. 지금도 우리 집안 변호사로서, 내 비서로서, 또한 맏아들로서의 역할을 충분히 하지 않나."

백 의원이 이 비서의 손을 토닥이며 말했다.

"의원님이야말로 제, 제겐 아버지 같은 분이십니다."

지난날의 회한과 감격으로 이 비서의 목소리가 조금씩 떨려오고 있었다.

"그래, 그래. 우린 부자나 다름없지. 그래서 내 더 부탁을 하는 걸세."

이 비서가 격앙된 표정으로 대답했다.

"걱정하지 마십시오."

"그래, 내 자네만 믿네. 고마워. 아, 그리고 정지후. 그 청년이 이곳으로 이사를 왔다고?"

"네, 그렇습니다."

"흠. 새로운 사업을 구상하는 건 아니라고 들었네만……."

"정지련이라고, 정지후의 누나가 사고로 다리를 못 쓰게 된 모양입니다. 그 누나의 고향이 이곳이라고 하더군요. 그래서인지 정지후는 조용히 칩거를 할 예정이라고 합니다. 시장님의 말씀으로도 테마공원 조성 외에는 별다른 사업은 생각지 않는 듯합니다."

"그런 일이 있었군. 누나 일로 지후 군의 상심이 크겠어."

인정 많은 백 의원이 지련의 일을 들먹이자 이 비서가 고개를 끄덕였다.

"미국이나 유럽에서 꽤 잘나가던 사업체까지 다 정리하고 낙향한 걸 보면 누나를 걱정하는 마음이 보통은 아닌 듯합니다. 그래도 정지후의 귀국 덕분에 국내 관련 주가는 빠른 상승세를 보이고 있습니다. 더구나 운봉시와 관련된 사업주들은 엄청난 호재가 있을 것으로 예상하고 있습니다."

"그래. 그래. 다행스러운 일이야. 이참에 일성화학을 이곳에 유치해야 할 텐데. 정직원만 3천이 넘어가는 일성화학만 들어온다면 지역 경제에 큰 보탬이 될 거야. 그들이 원하는 적당한 부지만 확정된다면 내 한시름 놓겠네."

백 의원과 이 비서가 이야기를 나누는 사이, 2층에서는 뭔가 묵직한 물건이 부서지는 소리가 또다시 들려오기 시작했다.

"휴, 녀석 성격도. 누굴 닮아 저 모양인지. 얼른 올라가 보게. 맘 다치지 않도록 다독여 주는 것도 잊지 말고."

"네, 잘 알았습니다."

백 의원의 지시를 받은 이 비서가 90도로 고개를 숙이고 2층으로 향했다.

"흠흠."

고뇌하는 눈빛으로 이 비서를 바라보던 백 의원이 창밖으로 시선을 돌렸다.

휘이이잉. 음산한 소리를 내며 불어오던 바람이 기세가 꺾인 듯 조금씩 사그라지고 있었다.

다음날, 출근을 한 한지는 회사에서 청천벽력과도 같은 소식을 전해 들었다. 마른하늘에 날벼락을 맞은 형상이었다. 기특하게도 1시간이나 일찍 출근을 한 그녀에게 회사에서는 해고 통지서를 건네주었다.

"서 기사, 내 그렇게 안 봤는데 사람이 그럼 못써."

얼굴이 붉게 물든 염 과장이 한지의 눈길을 피하며 웅얼거렸다.

"과, 과장님. 제, 제가 무슨 잘못을 했다고…… 이렇게 갑자기……."

갑작스러운 통보에 당황한 한지가 더듬거리며 항변을 했지만 이미 내려진 해고 통지는 번복되지 않았다.

"어허. 참 대책이 없는 사람이군. 자신이 잘못한 걸 모른단 말이야? 멀쩡한 사람을 그렇게 패놓고는 무슨 소리를 하는 거야."

"네? 제가 사람을 패다뇨? 그게 무슨 말씀……."

황급히 부인하던 한지의 머릿속에 불현듯 어제 백민기와의 다툼이 생각났다. 설마, 그 일로 해고 통지를 받은 것은 아니겠지? 믿어지지가 않았다.

"호, 혹시 백민기……."

"것 봐. 가만히 생각해 보니 찔리는 게 있지?"

염 과장이 그것 보라는 듯 그녀의 말꼬리를 잡고 늘어졌다.

"그 사건과 택시 일이 무슨 상관이라고요. 그 일은 어디까지나 백민기의 잘못이었어요."

백민기가 일방적으로 걸어온 시비였다. 그녀는 그저 가게를 지키기 위해 방어를 한 것뿐이었다. 그런 일로 해고를 통지하는 회사의 처사를 이해할 수가 없었다.

"허허. 답답하기는. 백 의원이 우리 회사에 얼마나 많은 도움을 주는 분인 줄 몰라서 그런 거야? 윗선의 지시야. 나도 어쩔 수가 없다고."

"과장님!"

염 과장의 이마에 송골송골 한 땀방울로 맺히기 시작했다. 성실하고 싹싹하고 손님들에게 인기 많은 한지를 잃는 것은 회사 측에서도 막대한 손실이었지만, 백민기의 불만을 모른 체할 수는 없는 노릇이었다.

"그러게 싸움을 왜 벌여? 백민기가 누군지 몰라? 백 의원의 아들이라고. 그것도 하나밖에 없는 외동아들. 그냥 오냐오냐 달래가면서 모르는 척할 일이지, 왜 싸움을 벌여서는. 쯧쯧."

"과장님, 이럴 수는 없어요. 저희 집 사정 뻔히 잘 아시잖아요. 지난 3년간 제가 얼마나 열심히 근무를 했는데요. 이렇게 내쫓으시면 어떡해요. 너무하잖아요."

속이 상한 한지가 거세게 항의를 했지만 재고의 여지가 없었다. 졸지에 실업자가 된 한지의 가슴속에서 천불이 올라오는 듯했다.

"그래, 그래. 서 기사 말이 다 맞아. 그래도 어떡해. 상대는 백 의원의 하나밖에 없는 아들인데. 그 양반이 아들을 얼마나 아끼는지 다 알잖나. 우리야 의원님 눈 밖에 나면 좋을 것도 없어. 그러니 이쯤에서 서 기사가 그만둬 줬음 좋겠어."

이제 희망을 기대하기는 어려워 보였다.

"죄송합니다. 그래도, 그래도 이건 너무 부당해요."

한지의 목소리에 힘이 빠져 가고 있었다. 그런 한지를 안타깝게 바라보던 염 과장은 자꾸 약해지려는 마음을 추스르려는 듯 헛기침만 해댔다.

"흠흠. 별수 없어. 아마 다른 곳도 마찬가질 거야. 이곳에서 백 의원 눈 밖에 나고 무사할 사람이 몇이나 되겠어."

한지는 자신과 눈도 마주치지 않으려는 염 과장의 모습을 한참이나 바라보았다. 일말의 틈도 없는 완고한 모습. 이럴 줄 알았다면 그냥 모르는 척 넘어갈 것 그랬다고, 후회를 해봐도 이미 늦은 일이었다.

"과장님……."

"흠흠."

아예 돌아앉아 버리는 염 과장을 보며 한지는 쓸쓸히 어깨를 내려뜨렸다.

'이건 너무 부당해.'

지금 당장에라도 백민기에게 달려가 고개를 숙여야 하나? 미안하다고 싹싹 빌어? 하지만 야비한 그의 앞에서 고개를 숙여야 한다고 생각하면 도저히 내키지가 않았다.

그래도…… 내년이면 한일이가 복학을 해야 하고 한철이도 입학을 해야 한다. 엄청난 등록금을 생각하면 자신이 고개를 숙일 수밖에 없었다. 아니, 백번이라도 숙여야 했다. 일단은 백민기를 찾아가 사과를 하는 것이 가장 시급한 일이었다.

한지는 깊은 한숨을 내쉬며 자신이 몸담고 있던 사무실을 둘러보았다. 작고 초라하지만, 항상 따스한 웃음이 넘치던 사무실은 어제와 다를 바가 없었다. 그녀가 즐겨 앉던 오래된 다방 소파와 박 기사님이 키우던 거북이 청라, 한라. 송 기사님이 주워놓은 인삼 모양의 벤저민과 이름 모를 화초들이 정겹게 놓여 있는 사무실을 지나며 한지는 차오르는 눈물을 애써 삼켜야 했다.

"서 기사, 그만두는 거야?"

한쪽 구석에 앉아 바둑을 두며 심상치 않은 분위기를 살피던 기사 두 명이 자기들끼리 속삭이는 소리가 들려왔다.

"어제 백민기와 싸움을 벌였다나 봐. 그래서 그만두는 모양이야."

"뭐야? 국회의원 아들과 싸움을 벌였다고 해고를 당하다니. 요즘 같은 세상에 그게 말이나 되는 일이야?"

"이 사람이 세상을 모르는구먼. 백 의원이 누군데 그래. 백 의원 눈 밖에 나고 이 바닥에서 제대로 사업이나 할 수 있는 줄 아나?"

"젠장. 엿 같은 세상! 결국, 없는 사람들만 죄인이야. 돈 없는 게 죄라고."

"맞아. 없는 우리가 기어야지. 이 더러운 세상을 살아가려면 별수 있겠어. 아니꼽고 더러워도 그저 잘못했습니다, 고맙습니다. 이러면서 기어야지."

기사들의 자조 섞인 목소리가 들려왔다. 그들의 넋두리가 그녀를 더 서글프게 만들었다.

사과를 하겠다는 일념으로 회사를 나섰지만, 불어닥치는 비바람이 그녀의 발걸음을 잡았다. 거세게 공격해 오는 바람에 휘청거리던 한지는 가방을 머리 위로 둘러맨 채 근처 포장마차로 뛰어들었다. 재수 없는 자식에게 무릎을 꿇을 생각을 하니 술의 힘이라도 빌려야 할 것 같았다.

또르르. 술잔에 술을 따를 때마다 괴로움이 더해졌다.

"난 잘못하지 않았어. 사과할 일도 아니야. 사과는 오히려 그놈이 해야 한다고."

또르르. 넉 잔이 들어가자 한지는 자신의 신세가 비 맞은 강아지처럼 서글퍼졌다.

"하지만 동생들을 생각하면…… 서한지, 니가 머리를 숙여야 해."

안주 대신 혼잣말을 중얼거리는 한지를 주위에 있던 손님들이 힐끔거리며 쳐다보았다.

"돈 없으면 아니꼽고 더러워도 참아야 해. 그게 현실이고 세상이 정해놓은 법칙이야."

한지는 깊은 한숨을 들이쉬며 머리를 테이블에 박았다. 자신이 가장 잘하는 일. 그냥 놓아버리는 일을 또 해야 했다. 자존심 따위…… 그냥 처음부터 없었다고 생각하지 뭐. 이제는 사라져 버렸다고 생각한 서글픔이 밀려왔지만 이번에도 잘 견뎌낼 수 있을 것이다.

"그래도 괜찮아. 자존심이 밥 먹여주는 건 아니잖아."

또르르. 마지막 잔이 채워졌다.

"세상에 못할 게 뭐가 있어. 목숨 부지하고 사는데, 뭐든 다 해야지."

한지는 할매가 자주 하던 말을 따라 중얼거려 보았다. 그래……. 살아 있는데 못할 짓이 뭐 있어. 도둑질하는 것도 아니고 머리만 숙이면 되는 일인데.

갑자기 시장 앞에서 꼿꼿이 머리를 세우고 있던 지후가 생각났다. 모든 것을 다 가진 정지후가 보고 싶어졌다. 지금쯤 집에 도착했을까? 오후에 내려온다고 했으니 지금쯤이면 이사를 마쳤을지도 몰랐다.

"그 사람은 나 같은 거… 생각도 안 날 거야."

그녀는 쓸쓸하게 웃으며 포장마차를 벗어났다.

알딸딸한 기운이 돈 한지가 집 앞에 도착하고 제일 먼저 든 생각은 '엄마가 모르게 해야 한다는 것'이었다. 정기적인 수입원인 자신이 직장을 잃게 되면 가정경제에 막대한 타격이 올 것이다. 더구나 싸움을 해서 해고당했다는 걸 알게 된다면 얼마나 기가 막혀 하실지 뻔히 알기에 말씀드리기가 더 어려웠다. 일단 술 냄새부터 없애야 했다. 그녀는 껌 한 통을 다 씹고서야 대문을 열었다.

"엄마……."

현관문을 열지 주방에서 저녁을 차리는 권 여사의 모습이 보였다.

"후유. 우리 딸 왔어?"

권 여사가 깊은 한숨을 내쉬었다. 한지는 엄마의 얼굴에 깃든 착잡함에 가슴이 철렁 내려앉는 기분이 들었다. 설마, 잘린 사실을 알고 계시는 건 아니겠지?

"엄마……?"

"불렀으면 말을 해? 왜?"

"아, 아니. 얼굴이 왜 그래? 무슨 일이 생긴 거야?"

"교회 재정을 담당하는 박 장로가 아무도 몰래 교회를 팔아넘겼어. 그리곤 잠적을 해버렸다."

"뭐? 정말? 장로가 그런 짓을 했단 말이야? 교회를 장로 마음대로 팔 수 있는 거야?"

박 장로가 교회를 팔고 도망을 가버렸다니……. 자신의 해고 소식만큼이나 놀라운 소식이었다.

"장로님 이름으로 되어 있었어. 원래 그 땅이 장로님의 아버지가 기증한 땅이었거든."

"기증했다고? 그럼 그때 바로 명의를 바꿨어야지."

"그 당시야 그냥 주먹구구식으로 '이 땅 쓰시오' 그럼 쓰는 거지 요즘처럼 문서로 만들고 그러니."

엄마의 말에 한지는 고개를 끄덕였다.

"그 양반이 정말…… 왜 그러셨을까?"

한지는 점잖던 박 장로를 떠올렸다. 박 장로는 대대로 이곳에 살아왔던 토박이로 오십대 중반의 사업가였다. 믿음 좋고, 신실하고, 겸손하기까지 해서 모든 사람이 그를 신뢰하고 존경했었다. 그러다 보니 교회 내 중요한 직분까지 맡게 된 것이다.

"이제 우리 교회는 어떻게 하면 좋니."

깊은 시름에 잠긴 권 여사가 딸을 보며 한탄을 했다.

"목사님과 교인들이 그렇게 믿었는데. 다들 충격이 보통이 아니야."

"그럼 교회는 어떻게 되는 거야?"

"목사님께서 땅을 산 사람과 여러 차례 만났었는데 그쪽도 사정이 있어서 곤란한가 봐."

"경찰에 신고는 했어? 일단 박 장로를 만나봐야 할 거 아니야."

한지의 말에 권 여사가 고개를 저었다.

"명의가 박 장로로 되어 있잖아. 법적으로는 문제가 없어. 재직들이 회의를 하긴 했는데, 소문이 퍼져 봐야 좋을 것도 없고. 대신 목사님 아는 사람 중에 박 장로 군대 친구분이 있나 봐. 그쪽을 통해서 알아볼 거라네."

"그럼 교회는 어떻게 되는 거야? 이사 가야 돼?"

"돈이 있어야 옮기지. 하루아침에 나앉게 생겼어. 나이 많은 분들이 많으니 새로 건축하기도 쉽지 않고……."

권 여사가 걱정스레 말끝을 흐렸다.

"곧 찾을 거야. 그런 분들은 며칠 못 가서 바로 거처가 드러나더라고. 나도 기사님들 통해서 좀 알아볼게. 너무 걱정하지 마요."

한지는 어머니를 안심시키며 당분간 자신의 해고 소식을 꼭꼭 숨겨야겠다고 거듭 다짐을 했다.

"그래. 그렇게 되겠지. 참! 지야, 너 심부름 하나 하고 와라."

"심부름?"

"그래. 주방에 가면 김치 싸놓은 거 있어. 그거 지후 씨 집에 좀 가져다주고 와라."

지후의 집이라는 말에 한지가 흠칫거렸다.

"지후 씨 집?"

“그래. 박 장로에게 교회 땅을 산 사람이 지후 씨라지 뭐니. 알고 산 것도 아니고 지후 씨도 얼마나 황당했겠어. 이거 좀 나눠주고 와.”

“뭐? 그 사람이 교회 땅을 샀다고?”

화들짝 놀라는 한지를 권 여사가 이상하게 바라보았다.

“뭘 그렇게 놀라. 그럴 수도 있지. 그리고 이건 교회 일과 상관없는 이웃 간의 환영 표시야. 이사를 왔으니 얼마나 정신이 없을 거야. 모르긴 몰라도 저녁도 라면으로 때울 거다. 이거 내일 아침에 드시고 우리 동네로 이사 온 거 환영한다고 인사 전해야 한다.”

“내, 내가 꼭 가야 하는 거야?”

한지가 머뭇거리자 권 여사가 눈을 흘겼다.

“그럼 내가 가리?”

“한철이도 있고…….”

“공부하는 앨 불러서 심부름시켜?”

엄마의 목소리가 점점 높아지기 시작하자 한지는 냉큼 주방으로 향했다. 이럴 땐 피하는 게 상책이다.

“당장 다녀와!”

“맨날 나만 시켜!”

어쩔 수 없이 김치 보따리를 챙겨 든 한지가 구시렁거리며 집을 나섰다. 엄마 앞에서 투덜거리긴 했지만, 사실 그를 만나고 싶었다. 이웃이 된 것을 축하한다고 환영의 말을 하고 싶기도 했다.

호숫가는 한지의 집에서 천천히 걸어 20분 거리였다. 분홍보자기에 싼 김치 통을 들고 터벅터벅 걸어가 그의 집 앞에 선 한지는 거대한 위용을 자랑하는 대문 앞에 서서 감상에 잠겼다.

"이 집은 여전히 셔리셔리 럭셔리네."

집 안 가구뿐만이 아니라 호위병처럼 서 있는 아름드리나무들도 새롭게 이사를 온 모양이었다. 청소하러 올 때는 보지 못했던 커다란 나무들이 하늘을 향해 쭉쭉 뻗어 있었고, 정원 곳곳에 설치된 은은한 조명도 새롭게 단 모양이었다. 지난번보다 훨씬 더 근사해진 지후의 집을 한지는 경이로운 눈으로 천천히 둘러보았다.

"우와. 잔디도 새로 깔았네. 뭐야? 이건 축구장이야? 정원이야?"

하얀 철문 틈으로 끝없이 펼쳐진 잔디정원을 바라보던 한지가 감탄을 뱉어냈다.

"정원입니다."

소리 소문 없이 등장한 지후 덕에 한지의 등으로 자잘한 소름이 돋았다.

"헉! 까, 깜짝이야! 놀랐잖아요."

"놀릴 사람은 따로 있는 것 같은데요. 지금 남의 대문에서 뭐 하고 계십니까?"

깜짝 놀랐다고 하면서도 지후의 말투는 차분하고 자연스러웠다.

'이 사람은 대체 언제 흥분하는 걸까?'

한지는 한결같은 그의 모습이 신기했다.

"어디 다녀오시는 길이세요?"

“공원을 둘러보고 왔습니다. 산책하기에 좋더군요.”

그가 시계를 가리키며 말했다.

“제게 태워달라 그러시지.”

“괜찮습니다. 저녁에는 기사님도 쉬셔야죠. 이왕 오셨는데 들어가서 차 한잔 하시겠습니까?”

“아, 아니에요.”

지후의 말에 놀란 한지의 가슴이 더 세차게 뛰기 시작했다.

‘술기운이 이제 도는 건가?’

열이 올라 가슴이 답답한 한지가 더듬거리며 말했다.

“시, 심부름 왔어요.”

한지가 손에 들린 김치 보따리를 들어 보이자 높은 콧마루에 숱이 많은 눈썹이 살짝 휘어졌다.

“그게 뭡니까?”

자신도 모르게 손을 들어 그의 눈썹을 만져 보는 상상을 하던 한지는 술기운을 떨쳐 내려는 듯 고개를 흔들었다. 그녀는 이 모든 환상이 술기운 때문이라 생각하며 스스로를 진정시키려 애썼다.

“기, 김치요!”

한지가 벌게진 얼굴로 대답했다.

“김치?”

“네, 김치. 전에 엄마가…….”

“아, 감사한 일이군요.”

그가 고개를 끄덕였다.

"이건 일종의 환영선물이에요. 민들레 마을의 주민이 되신 걸 환영한다는 뜻의 선물."

"교회 다닙니까?"

"네?"

"민들레교회 다니고 있었느냐고요."

"아뇨? 근데 왜요?"

"오늘 말입니다. 서 기사님이 오시기 전까지 총 다섯 분의 환영 사절단이 다녀갔습니다. 된장, 고추장, 간장, 멸치볶음, 미역 나물을 들고 오셨더군요. 다섯 분 모두 민들레교회 교인이었습니다. 좋은 일 하는 셈치고 교회 땅을 돌려달라고 은근슬쩍 무언의 압력을 넣고 가셨어요."

지후의 말에 한지는 흠칫 놀랐다. 발 빠른 아줌마들이 벌써 다녀가셨구나. 교회 이모들의 극성에 갑자기 피식 웃음이 나려 했지만 자신의 엄마까지 그 부류에 끼게 하고 싶진 않았던 한지는 열심히 고개를 내저었다.

"아, 저희 엄만 절대 아니에요. 잘 아시겠지만, 저희 엄만 100% 환영의 뜻으로 느리는 거예요. 전에 한 약속도 있으시고 해서."

"그러니까, 어머니가 교회에 다니시고 있긴 한 거죠?"

지후가 그녀의 손에 들린 김치 통을 바라보며 알겠다는 듯 고개를 끄덕였다.

"아뇨, 아뇨. 그러니까 그게…… 흠흠. 네, 교회를 다니시기는 하지만 절대 그런 뜻으로 드리는 건 아니라고요."

"먼저 오신 다섯 분도 다 그렇게 말씀하셨습니다."

“정말이라니까요.”

“알았습니다. 김치 이리 주시고 이제 그만 가시지요.”

지후가 의미심장한 표정으로 손을 내밀었다.

“자, 잠시만요.”

한지가 등 뒤로 김치를 감추자, 그가 오른쪽 눈썹을 찡긋거렸다.

“뭡니까?”

“저기, 테마파크를 만들 곳이 교회 부지였어요?”

“그게 무슨 문제라도 되는 겁니까?”

“거긴 인적도 드문 산인데.”

“제 맘입니다.”

지후가 한지를 지나치며 대문 안으로 들어섰다. 한지도 그의 뒤를 따랐다.

“워낙 돈이 많으시니 산 하나 사서 공원을 만드는 건 일도 아니시겠지만, 그래도 그 교회를 집처럼 아끼고 살아가시는 할머니들이 많아요. 또 그 산을 놀이터처럼 생각하는 아이들도 있다고요.”

“다음번 부동산 거래를 할 땐 꼭 고려하도록 하죠. 그런데 뭐 안 좋은 일이라도 있었습니까?”

김치를 향해 손을 내밀던 그가 물었다. 그녀에게서 나는 술 냄새를 맡은 모양이었다.

“술 냄새 나요?”

“그럼 안 날 줄 알았습니까?”

“헤헤. 안 좋은 일이 좀 있었어요.”

“무슨 일인지 모르겠지만, 안 좋은 일을 잊기 위해 술을 마시는 것은 좋은 방법이 못 됩니다.”

“그러게요.”

그의 말에 한지는 서글픈 미소를 지었다.

“그래서 해결은 됐습니까?”

“음…… 아마도 내일이면 해결이 될 것 같아요.”

내일은 그 인간을 찾아가 용서를 구해야지…… 생각하던 한지가 작은 한숨을 내쉬었다.

“내일 갑자기 지진이 난다거나, 홍수가 난다면…… 어떨까요?”

그래서 그 인간을 찾아가야 할 길이 끊어져 버린다면…….

“지진을 생각해야 할 만큼 끔찍한 일입니까? 다른 방법을 생각해 보십시오. 그런 일은 없을 겁니다.”

“후유…… 그렇겠죠?”

냉정한 지후의 말에 한지의 머릿속에 불현듯 좋은 생각이 떠올랐다.

'내가 이 사람을 잊고 있었네. 나의 또 다른 일자리. 이참에 임시직이 아니라 정규직. 그래, 지후 씨에게 정규직으로 삼아달라고 부탁을 해보자.'

지후는 다른 사람들과 조금 다른 독특한 면이 있긴 하지만 나쁜 사람은 아니니 그녀의 제안을 받아들일지도 몰랐다.

“저기요, 우리 시합할래요?”

“네?”

느닷없는 한지의 제안에 지후가 미간을 찌푸렸다.

“내기 시합하자고요.”

“내기 시합?”

“여기서 저기 현관까지 달리기해요. 지후 씨가 이기시면 김치 드릴게요.”

지후의 깊은 눈 속에 아주 조금씩이지만 흥미로운 빛이 나타나기 시작했다.

“제가 만약 지게 되면요.”

“그럼 저를 써주세요.”

“네?”

“저를 개인기사로 써달라고요. 운전도 잘하고, 싸움도 잘하고, 생선가시도 잘 바르는 기사가 흔하진 않거든요.”

당돌한 한지의 제안을 잠시 생각하던 지후의 입가에 얼핏 작은 미소가 비쳤다. 입꼬리를 살짝 올리며 수줍게 웃는 그의 모습에 한지의 가슴에 살고 있던 새가 놀란 나머지 파드닥, 세차게 날개를 치기 시작했다.

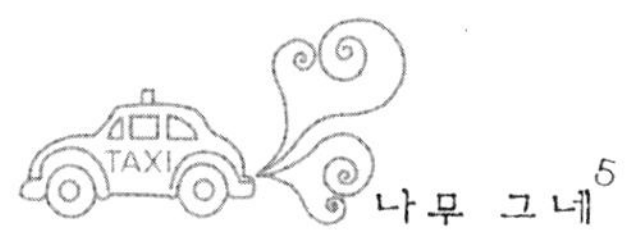

약국을 나선 지후가 공원 옆 포장마차를 찾았을 때, 전작이 있었던 것이 틀림없는 한지는 이미 취해 있었다. 지후는 테이블 위에 있는 빈 소주병을 바라보며 중얼거렸다.

"빛의 속도로 마시는군."

"흐흐흐. 지후님 변비 있으시구나? 대체 왜 이렇게 늦으신 거예요? 지후님, 이리, 이리 오세요. 어서 이리 오세요."

스테인리스 숟가락을 들어 그를 부르는 한지의 붉게 물든 볼과 커다랗게 일렁이는 눈동자를 유심히 바라보던 지후가 그녀의 앞자리에 앉았다.

"왜 이렇게 늦으셨어요? 전 똥간에 빠지신 줄 알았잖아요. 흐흐흐."

"약국에 들렀다 왔습니다."

제대로 들을 수 있을지 의심이 가는 상태였지만, 지후는 성실히 대답했다.

"흐흐흐. 혼자서 외로웠어요. 친구가 없잖아요."

"이렇게 급하게 마시면 취합니다."

지후가 테이블 위에 놓인 소주병을 가리키며 말했다.

"흐흐흐. 제가 취한 걸 어떻게 아셨어요? 혹시 정 도사님이셨어요? 앉아서 천 리를 보시는 정지후 도사님? 우리 집 권순희 도사님이랑 동문이신가? 흐흐흐."

무엇이 우스운지 한지는 흐흐거리는 웃음을 멈추지 않았다. 대체 그가 서울에 다녀온 사이 무슨 일이 있었기에 이 여자가 이러는 걸까? 김치를 들고 나타나서는 경주를 하자며 고집을 피우고, 몇 걸음 떼기도 전에 발라당 넘어져서는 '이 게임은 무효예요. 내일 다시 해요'라고 졸라대던 그녀를 보며 지후는 한숨을 내쉬었다.

"바지나 걷어 올리십시오."

자꾸만 한지의 페이스에 말려 휘둘리는 자신의 모습이 낯설고 이상했지만, 눈앞에서 알짱대는 그녀를 모른 체할 수가 없었다.

"어? 바지요? 왜요? 아, 무릎이 나와서 우스워요? 흐흐흐."

한지가 자신의 낡은 운동복 바지를 내려보며 다시 흐흐거렸다.

"술을 못 마시게 해야 해."

지후가 혼잣말로 중얼거리며 손에 들고 있던 약 봉지를 뒤적거렸다.

"아, 아뇨. 아뇨. 저 안 취했어요. 어머나, 어머나, 이러시면 안 되는데. 사람들 보는 눈도 많은데. 흐흐흐."

한지의 주정에도 아랑곳하지 않고 그녀의 추리닝 바지를 걷어 올리던 지후가 눈살을 찌푸렸다. 눈앞에 드러난 한지의 다리는 씩씩한 그녀의 모습과 달리 여기저기 크고 작은 흉터로 가득했다. 거기다 무릎은 달리다 넘어진 여파로 붉은 피가 맺혀 있었다. 반 뼘쯤은 되어 보이는 상처의 크기를 보니 꽤 쓰리고 아팠을 텐데, 여기까지 오는 내내 얼굴 한 번 찡그리지 않던 그녀였다. 지후의 눈길이 조금 전보다 더욱 깊어졌다.

"무릎이 깨졌습니다."

단지 그 말뿐이었다. 그는 백색 연고를 짜내 한지의 무릎에 조심스레 펴 발랐다.

"괘, 괜찮아요. 하루 이틀 넘어진 것도 아닌걸요."

그녀의 말에 지후가 눈살을 찌푸렸다.

"달리기 내기가 취밉니까?"

"아, 아뇨. 예전에 신문배달을 했었는데요, 그때 무서운 개를 키우는 집이 있었서든요. 그 집 개가 가끔 줄을 끊고 쫓아왔어요. 그때마다 죽어라 도망가다가 진짜 많이 넘어졌었어요."

연고를 펴 바르던 지후의 손이 멈칫거렸다.

"입은 뒀다 뭐 합니까? 주인 찾아가서 개 잘 묶어놓으라고 했어야죠."

"그러게요. 흐흐. 그땐 그런 주변머리도 없었나 봐요. 제가 그때 열여덟이었거든요. 아빠 돌아가시고, 엄마도 아프신데, 어린 동생도 둘이나 되고. 흐흐. 동생들 학비에 엄마 약값이라도 벌려면 신문이라도 돌려야 했거든요. 흐흐. 그땐 너무 서툴러서 쫓겨날까 봐 제정신이 아니었나 봐요.”

간간이 들리는 한지의 웃음소리가 지후의 가슴속으로 날아와 콱 박혀 버렸다.

“가족을 지키는 사람이었군요.”

그가 웅얼거리는 소리를 정확히 들을 수는 없었지만, 한지는 자신의 무릎에 닿는 그의 손길이 유난히 부드럽다는 걸 느낄 수 있었다.

“흐흐. 간지러워요. 이제 됐어요.”

“다 됐습니다.”

연고의 뚜껑을 덮고 화장지로 손에 묻은 잔재를 닦는 그의 눈빛은 차분하고 고요했다.

“흐흐. 고맙습니다.”

“아닙니다. 한지 씨가 넘어진 건 제 책임도 있습니다.”

경주를 하자며 무작정 달리던 그녀는 지후가 심어놓은 지리 채송화, 호랑이 발톱 따위의 야생초를 피해 달리다 넘어졌다.

“흐흐. 지후 씬 술 안 마셔요?”

“별로 좋아하진 않습니다.”

“저기요. 조금 치사한 것 같지만 제가 지후 씨가 아끼는 풀 때문에 넘어졌잖아요.”

한지의 물음에 지후가 고개를 끄덕였다.

“그니까 제 부탁 하나만 들어주시면 안 돼요? 제가 진짜 궁금한 것이 있거든요. 꼭 가르쳐 주겠다고 약속하세요? 네? 네?"

"부탁이라고요?"

"네. 꼭 들어주셔야 하는 부탁이요."

아첨하듯 수줍게 웃는 한지를 바라보던 지후의 안색이 점점 굳어졌다.

이름을 알리고 난 뒤, 그가 친구라 믿었던 대부분의 사람들이 그에게 무엇인가를 요구하기 시작했다.

"부탁이야! 한 번만 도와줘!"

"네가 아니면 난 더 이상 희망이 없어."

노골적인 요구에서 투자 제의, 비밀스러운 정보 제공, 소위 그와 친하다고 생각했던 대부분의 사람들이 하던 부탁을 서한지 역시 물을 속셈이었던 모양이다.

문득 김치를 들고 왔던 이경미의 말이 떠올랐다. 그때는 그런 말을 하는 경미가 이상하게 생각되었다. 그럴 수도 있다고 생각했었는데 막상 한지가 본색을 드러내려 하자 지후의 기분은 생각했던 것 이상으로 불쾌해졌다. 지후의 입가에 쓰디쓴 미소가 나타났다.

"당신은 좀 다를 줄 알았는데 실망이군."

그가 작게 중얼거렸다.

"예? 뭐가요? 뭐가 달라요?"

"아닙니다. 뭡니까? 황금알을 낳는 투자처나 대박을 터트릴 주식을 알고 싶다면……."

"시냇물 소리가 왜 나는 거예요? 전 어릴 때부터 시냇물에서 어떻게 소리가 나는지 정말 궁금했거든요. 그거 알아요? 왜 소리가 나는지?"

착잡한 마음으로 술잔을 향해 손을 뻗던 지후의 움직임이 영화의 한 장면처럼 멈춰졌다. 지후는 정말 궁금해 못 참겠다는 듯 쳐다보는 한지를 처음 보는 사람인 양, 유심히 바라보았다.

"왜요? 모르는 거예요? 흐흐! 몰라서 그러는구나?"

한지가 흐흐거리며 웃어대기 시작했다.

"대박 날 주식이나 펀드를 물어보는 줄 알았습니다."

"주식? 펀드? 난 그런 거 싫어하는데. 난 저금통이 젤로 좋아요. 빨간 돼지 저금통. 난 말이죠, 열여덟 살 이후로 돼지 저금통을 가져본 적이 없어요. 흐흐흐."

그녀가 또 웃었다. 그 웃음이 왠지 서글퍼 보였다. 지후는 그녀를 기쁘게 해주고 싶어졌다. 지후는 한지의 손을 잡고 자리에서 일어났다.

"어딜 가는 거예요?"

"따라오면 압니다."

지후의 의도를 몰라 두 눈을 동그랗게 뜬 한지는 몽롱한 상태로 그를 따랐다. 그가 인적이 드문 공원으로 들어선 뒤, 졸졸졸 흐르는 시냇물 앞에 설 때까지 한지는 아무런 말도 하지 못하고 있었다.

"여깁니다."

“여긴…… 왜 온 거예요?”

그녀의 물음에 지후가 씨익 웃었다. 그의 웃음을 신호로 열이 올라 뜨거워진 가슴을 식혀줄 시원한 바람이 불기 시작했다.

“쉿! 이리 와봐요.”

시냇물 옆, 넓적한 바위에 앉은 그가 그녀를 불렀다. 어둑해진 주위를 둘러보던 한지는 머뭇거리며 그의 옆으로 가 자리를 잡았다.

한지가 자리를 잡자 시냇물이 ‘졸졸졸’ 맑은 소리를 내며 그녀를 반겨주었다.

“시냇물 소리 들으러 온 거예요?”

주위의 정적이 깨질까 봐 그녀의 목소리도 속삭임으로 바뀌어버렸다.

“잘 들어봐요. 시냇물은 높은 곳에서 낮은 곳으로 흘러요. 그러는 가운데 물에 공기가 들어가고, 공기는 거품이 되었다가 소리를 내면서 터지게 되죠. 이 소리와 시냇물이 흐르면서 바위나 돌멩이에 부딪힐 때 공기를 진동하는 소리가 합쳐져서 물이 흐르는 소리가 되는 겁니다.”

술술 막힘없는 그의 대답에 한지의 두 눈에는 감탄의 빛이 떠올랐다.

“우와와와! 진짜 천재다. 진짜 천재!”

한지의 칭찬에 지후의 얼굴이 붉어졌다. 주변이 어두워졌기에 망정이지 그렇지 않았다면 술을 마신 한지보다 더 붉어진 얼굴을 들켰을지도 몰랐다.

"그럼 딱 한 가지만 더요. 저기요. 저기."

한지가 하늘을 가리키자, 지후도 하늘을 올려다보았다. 어느새 어둠이 내려앉은 하늘에 총총히 박혀 있는 별들이 유난히도 반짝거리는 아름다운 밤이었다.

"참새들 말이에요. 하늘을 나는 참새들. 개들은 전선 위에서 노는데 왜 감전이 안 돼요?"

그녀가 밤하늘을 가리키며 보이지도 않는 참새들의 안위를 진지하게 물었다. 지후는 터져 나오려는 웃음을 삼켜가며 천천히 설명을 하기 시작했다.

"날이 밝으면 참새를 잘 관찰해 보십시오. 두 발로 한 줄에 걸쳐 앉아 있습니다. 그것도 간격을 유지하면서요. 만약 참새가 두 개의 전선에 걸쳐 앉아 있다면 바로 감전이 되겠지만 똑같은 전압의 전선에 앉아 있으면 감전이 되지 않습니다. 전압의 차이가 없기 때문이죠. 됐습니까?"

"우와! 브라보! 브라보! 정말 멋져요. 아하하하."

궁금증이 다 풀린 듯 한지가 시원한 웃음을 토해냈다. 적막하던 공원 곳곳으로 그녀의 웃음소리가 퍼져 나갔다.

"이젠 돌아갈까요?"

"네. 그래야죠. 히히히."

두 사람은 공원을 벗어나 천천히 걸음을 옮겼다. 12월로 넘어섰음에도 이상하게 따뜻한 밤이었다. 어디선가 풍겨오는 군고구마 냄새가 겨울밤의 정취를 더하게 했다.

"한지 씨."

"네?"

"앞으론 술 마시지 맙시다."

지후가 말했다. 무뚝뚝하지만 따뜻한 음성이었다. 그 따뜻함을 느꼈는지, 한지는 아이처럼 열심히 고개를 끄덕였다.

"네에에에."

"저기요. 마지막으로 하나만 더 물을게요."

집으로 향하는 길에 한지가 조심스레 입을 열었다.

"네. 물어보십시오."

"혹시 특별히 연락 주고받는 친구 있어요?"

"왜 묻습니까?"

"사람들이랑 어울리는 거 싫어하시는 것 같아서요. 그래서 물어본 거예요. 속상하고 화날 때 누구랑 푸는지 궁금해서요."

"그러는 한지 씨는 누구랑 풉니까?"

"저야 뭐, 할매도 있고, 현숙이도 있고, 엄마도 있고……. 그렇죠 뭐. 지후 씬요?"

"전…… 혼자 풉니다."

앞서 가던 지후가 쓸쓸하게 말했다.

외로움. 한지는 화가 나고 속상한 일이 있을 때마다 혼자 삭이는 지후가 가엾게 느껴졌다. 어릴 때 읽었던 동화책 중에 친구가 없어, 외톨이가 되고 결국에는 남들이 다 행복해하는 크리스마스 전날 밤, 유령에게 끌려 다니던 외국 영감님이 생각났다.

"제가…… 제가 해드릴게요."

미처 생각할 겨를도 없이 불쑥 내뱉은 말에, 앞서 걷던 지후가 우뚝, 발걸음을 멈추었다.

"속상할 때마다 얘기 들어주는 친구. 제가 할게요. 그리고 지금 제가 드린 말씀은 취직을 떠나, 어디까지나 순수한 의도에서 하는 말이에요."

한지가 소심하게 중얼거렸지만, 지후는 아무런 대꾸가 없었다. 그저 비틀거리는 한지를 집 앞까지 바래다주었을 뿐이었다.

"조심해서 들어가요."

"오늘 무지 고맙습니다. 그리고 저……."

한지가 머뭇거렸다.

"말씀하시죠."

"저기, 우리 경주…… 내일 다시 하는 거죠?"

"그럽시다."

지후가 고개를 끄덕이자, 한지가 다행스럽다는 듯 웃었다. 그녀의 해맑은 웃음에 지후의 기분도 덩달아 좋아졌다. 어느새 그녀의 웃음에 적응이 되었는지, 그녀가 우울해 보이면 그의 기분도 가라 앉는 것 같았다.

"고맙습니다! 저 내일은 진짜 이길 자신 있어요."

"그래요. 내일 봅시다."

"오늘 무지 고맙습니다. 헤헤헤."

고개를 꾸벅 숙인 한지가 쑥스러운 듯 헤헤거리며 돌아섰다. 소녀처럼 가볍게 뛰어가는 그녀를 지켜보던 지후가 천천히 돌아섰다. 돌아서는 지후의 입가에 어렴풋한 미소가 걸려 있었다. 휘휘, 나지막하게 들려오는 휘파람 소리가 고요한 밤하늘에 작게 울려 퍼져 나갔다. 오후 무렵 비가 와서인지 유난히 밝고 청아한 달이 기분 좋게 그의 휘파람 소리를 감상하고 있었다.

삐비비빅!

전자음과 함께 아직은 낯설기만 한 현관문이 열리고, 지후가 들어서자 부드러운 조명이 막힌 공간 안으로 은은하게 퍼지면서 칠흑같이 어둡던 주위가 밝아졌다.

지후는 천연원목으로 길게 늘어진 복도를 지나 반짝반짝 윤이 나는 거실 앞에 섰다. 외롭게 서 있는 키 큰 기린 한 쌍이 소리없는 미소로 그를 반겨주었다. 기린의 알록달록한 피부를 보니 오늘 한지가 입고 있던 노랑과 갈색이 섞인 땡땡이 추리닝이 생각났다. 은은한 등불이 켜질 때마다 떠오르는 얼굴. 찰랑거리는 단발을 질끈 동여맨 채, 선한 눈웃음을 지으며 활짝 웃던 한지의 모습은 깜깜한 어둠 속을 밝혀주는 빛만큼이나 반가운 것이었다.

사람들도 만나고 여자도 만나보라고 지련이 걱정할 만큼 사람들과의 왕래를 싫어하던 지후는 자신이 생각해도 이해가 되지 않는 요즈음의 행동들은 아마도 그날 밤, 한지의 빛이 그에게 남겨준 후유증일 것이라 정의했다. 빛은 입자처럼 행동하기도 한다는 아인슈타인의 이론처럼, 마술같이 빠르고 작은 빛의 입자들이 그의 감정선을 흐트러트리고 있는 느낌이 들었다.

따르르릉. 따르르르릉.

요란한 전화벨 소리가 집 안의 고요를 흔들었다. 전화를 받자 누나의 목소리가 들려왔다.

[이제 들어오는 거야?]

"응. 아직 안 잤어? 내일 퇴원하려면 힘들었을 텐데 어서 자야지."

전화기 너머로 누나의 낮은 웃음소리가 들려왔다.

[기분이 좋아서 그런지 잠이 안 오네. 네가 보내준 메일 봤어. 집이랑 가구랑 다 마음에 들어. 그동안 너무 고생했다. 고마워.]

"누나 마음에 들어서 다행이야."

[알렉스도 없이 혼자서 다 한 거야?]

"아니. 임시 기사님이 도와주셨어."

[그랬구나. 알렉스는 언제 온대?]

"다음 주쯤에. 참, 미셸은 내일 아침 일찍 올 거야. 좋지?"

[응. 미셸을 다시 본다니 기쁘다. 지후야, 나에게도 좋은 소식이 있어. 병원에 새로운 친구가 생겼거든. 아주 좋은.]

"그새 친구도 사귄 거야? 대단하네."

지후의 말에 지련이 기분 좋은 듯 웃었다.

[참 좋아. 다정하고 따뜻하고. 너에게도 소개해 주고 싶은 친구야.]

"기대할게. 다음에 꼭 소개해 줘."

[알았어. 그런데 오늘은 어딜 다녀온 거야?]

"기분 좋게 한잔 마셨어."

[술을? 혼자?]

"아니, 그렇진 않고."

[그럼 누구랑? 너 사람들이랑 어울리는 거, 술자리 하는 거 다

별로로 생각하잖아.]

평소와 다른 동생이 이상한지 지련이 의아한 목소리로 물었다.

"으응. 임시 운전기사님이랑."

대답하는 지후의 한쪽 입가가 살짝 올라갔다.

[기사님? 기사님과 마셨다고? 젊은 분이시니?]

지련의 목소리에는 호기심이 가득 묻어나 있었다.

"응."

[마음이 잘 맞나 보다.]

"오늘 정식 면접을 봤어. 씩씩하고 용감해. 만나게 되면 누나 마음에도 들 거야."

내기를 하자던 한지는 달리기를 시작함과 동시에 보기 좋게 넘어지고야 말았다. 그 바람에 내기도 연기되었지만, 지후는 이미 결정이 난 것처럼 전하고 있었다.

[어떤 분이야?]

누나의 물음에 한지를 생각하던 지후의 입가가 조금 더 휘어지기 시작했다.

"뭐라고 해야 힐까. 그 기사님은 나를 편하게 생각해. 다른 사람들처럼 어려워하지도 않고, 농담도 하고, 운동도 같이 하고. 무엇보다 마음에 드는 건, 부양해야 하는 가족을 위해 최선을 다한다는 거야."

[정말 멋진 분이시네.]

동생의 마음을 읽은 지련이 작게 속삭였다. 어린 시절 부모에게 버림받고 미국으로 입양되어진 지후는 5살 때까지 말을 못했고, 7살 때까지 글을 읽지 못했었다. 그 바람에 상처가 많았던 지후에게 있어 가족을 지키기 위해 애쓰는 젊은 기사가 좋게 보였을 것이 틀림없었다.

"응. 괜찮은 사람 같아. 알고 지낸 지는 얼마 되지 않았지만 친구같이 편해."

[다행이야.]

"뭐가?"

[네가 밝아 보여서. 나 이렇게 되고, 나보다 네가 더 아파 보였거든.]

"그랬었나."

[넌 하나밖에 없는 내 동생이야. 난 항상 네가 행복했으면 좋겠어.]

"나도 그래. 나도 누나가 행복했으면 좋겠어."

지후의 말에 지련의 작은 웃음소리가 들려왔다.

[내가 행복해지는 길은 네가 행복하게 사는 거야. 현명하고, 지혜롭고, 착하고 좋은 여자 만나서 행복한 가정을 꾸미고 행복하게 사는 거. 그 모습을 보면 나는 정말 행복해질 것 같아. 내 동생 지후가 겉으론 차갑고 무뚝뚝해 보이지만 얼마나 따뜻하고 속이 깊은 사람인지 누난 잘 알거든.]

"누나……."

[네가 정말 행복하면 좋겠다.]

지후는 전화를 끊으며 작은 목소리로 중얼거리던 누나를 생각하며 깊게 한숨을 쉬었다.

한지가 눈을 떴을 즈음은, 빙글거리던 세상은 완전히 제자리를 찾은 뒤였다. 멍한 표정으로 눈만 깜빡거리던 한지가 습관적으로 발딱 일어나려다, 외마디 비명을 질러댔다.

"아흑, 머리야!"

예상치 못했던 두통에 신음을 토해내던 한지는 머릿속을 떠돌아다니는 낯선 단어들을 떠올리며 미간을 찌푸렸다.

'시냇물 소리가 왜 나는 거예요?'

'저기 전선요. 저 전선 위의 참새들은 왜 감전이 안 돼요?'

'우와! 브라보! 브라보! 정말 멋져요. 아하하하.'

'우리 경주…… 내일 다시 하는 거죠?'

한지는 지난밤 일들을 꿈이라 단정 지으며 눈자위를 꾹꾹 눌러댔다.

"무슨 꿈이 이리 생생하냐? 꿈속에서도 어찌나 해박하시던지……."

한지는 시답잖은 질문에도 성심성의껏 답변을 하던 지후의 모습을 떠올렸다.

"따뜻한 물로 샤워하면 끔찍한 두통이 사라질 거야."

혼잣말을 중얼거리며 욕실로 향하던 한지의 눈에 원피스 잠옷 위로 드러나 있는 까진 무릎이 들어왔다. 헝클어졌던 지난밤의 기억들이 그녀의 머릿속에서 완성되어 가는 퍼즐처럼 형태를 갖추기 시작했다.

'무릎이 깨졌습니다.'

무덤덤하던 그의 목소리가 기억 속에서 되살아나자 그녀의 얼굴이 하얗게 질리기 시작했다.

'오늘 무지 고맙습니다. 헤헤헤.'

주정을 받아주던 그가 무릎에 연고를 발라주던 기억에까지 이르자, 한지는 두 눈을 감아버렸다.

"미, 미쳤어. 정말 미쳤어. 그럼 어젯밤의 일이 꿈이 아니란 말이야?"

아침밥을 먹는 둥 마는 둥 하고 집을 나선 한지는 시청을 찾았다. 끔찍한 사태에 대한 의논이 필요했다. 이른 시간이라 아직은 한적한 시청식당에 앉아 커피를 마셔가며 한지의 이야기를 듣던 현숙의 도톰한 입술이 점점 벌어지기 시작했다.

"서한지, 너 지금 개구라 치는 거지?"

현숙의 두 눈은 그녀의 입처럼 더는 힘이 들어갈 수 없을 정도로 한껏 팽창되어 있었다.

"제발 나도 개구라였음 좋겠어."

"그럼, 그 개구라가…… 정말이란 말이야?"

현숙이 믿어지지 않는다는 듯 다시 물었다.

"응."

"니가, 서한지가…… 그러니까, 내 친구 서한지가 지후님의 기사가 되겠다고 선포하고는 야밤에 미친년처럼 뜀박질했단 말이지?"

"응."

"지후님도 따라 뛰고?"

"몰라. 그 말 하고 뛰다가 자빠졌거든."

"허헉! 미친년처럼 뛰다 자빠지기까지?"

"그 사람이…… 그러니까 지후 씨가 '조심해요. 그 앞쪽에 야생 초가 심겨져 있어요' 이럼서 소리를 치잖아."

"둘 다 세트로 정신이 나갔구나. 아니지, 아니야. 지후님이야 천재니까 일반 사람들과 다를 수도 있어. 천재는 원래 그렇거든. 근데 넌 뭐야? 서한지. 넌 천재도 아닌 것이 그렇게 정신 나간 짓을 하고 다녔단 말이야? 그 어마어마한 지후님의 앞에서."

"응. 그것도 부족해서 주정도 했다."

친구에 의해 이미 개념을 상실한 여자가 되어버린 한지가 자포자기의 심정이 되어 중얼거리자, 남은 커피를 삼키던 현숙이 검은 분수를 뿜어댔다.

"에잇, 더러!"

한지가 눈살을 찌푸리자 현숙이 눈을 흘겼다.

"니가 한 짓에 비하면 새 발의 피다. 이런 정신없는 년. 뜀박질에 주정까지? 니가 아주 가지가지 하는구나. 기억나는 대로 다 풀어봐."

한지는 자신을 흘겨보는 현숙에게 지난밤 자신이 저지른 만행에 대해 이야기하기 시작했다.

"헉! 차라리 대박 날 주식이나 물어보지. 그럼 최소한 자기 앞가림은 하는 똘똘한 여자처럼 보일 텐데. 대체 시냇물 소리가 왜 궁금했던 건데? 참새 새끼가 전선에서 감전사로 뒈지든지 말든지 니가 무슨 상관이야? 니가 허수아비야?"

"휴우, 나도 내가 왜 그랬는지 모르겠어."

“그 사람도 차암 독특하긴 하다. 술 취한 널 데리고 시냇가로 가서 설명을 했단 말이지?”

“응.”

“그 사람도 술 취한 거야?”

“아니, 아마 안 마셨을 거야.”

한지의 말에 현숙의 두 눈이 동그래졌다.

“그럼 둘이 많이 친해진 거네? 예전엔 묻는 말에 대답도 안 하고 그랬다며?”

“그게 말이지, 꼭 그런 것만도 아냐. 어느 날은 묻는 말에 몽땅 대답을 해주다가도 어떤 날은 한마디도 하지 않거든. 들판을 지나다 갑자기 차를 세우고는 두세 시간씩을 곰곰이 서 있기만 하다 들어오기도 하고. 어떤 때는 비가 쏟아지는 줄도 모르고 멍하니 서 있다가 비를 쫄딱 맞기도 해.”

그는 참 이상한 사람이었다. 비를 맞는 그를 보며 우산을 씌워줘도 눈치 채지 못할 때가 많았고, 모르는 게 하나도 없는 사람처럼 굴다가도 낯선 사람들과 어울리는 것을 꺼린다든지, 말을 하는 도중 멍하니 있는 것을 보면 영락없는 바보처럼 보이기도 했다.

“그러면서 어떤 날은 영어로, 어떤 날은 일본어로, 어떤 날은 프랑스 어로 통화를 하기도 하고…….”

운봉시에서 가장 높은 시장 앞에서는 눈살도 찌푸리며 퉁명스럽게 굴었고, 밥 한 끼 하자는 유명 정치인의 앞에서 시간이 없다며 단칼에 거절하다가도 청소를 하러 간 엄마에게는 부드럽고 온유하게 굴던 사람이었다.

“너…… 그 사람…….”

현숙은 말을 하려다 입을 닫아버렸다. 꿈을 꾸듯 지후를 말하는 한지가 걱정스러우면서도 전에 없이 예뻐 보였다.

“응? 그 사람 뭐?”

“아니. 아, 너 문자 온 거 아냐?”

불현듯 정신을 차린 한지는 부르르 떨어대는 휴대전화를 찾기 위해 가방을 뒤적거렸다.

“헉!”

휴대전화를 확인한 한지가 무엇인가에 홀린 사람처럼 가방을 들고 일어났다.

“왜?”

“현, 현숙아, 나 가봐야겠어.”

“어딜?”

넋이 나간 듯 허둥거리는 한지를 보며 현숙이 걱정스레 물었다.

“달리기!”

“응?”

“그 사람이, 정지후 씨가 달리기하러 빨리 오래.”

“야! 한지야!”

한지는 소리쳐 부르는 현숙에게 번쩍 손을 들어 흔들어준 뒤 카페를 벗어났다.

「11시까지 오십시오. 어제 못했던 내기. 오늘 마저 합시다.」

한지는 다시 한 번 그의 메시지를 읽은 뒤 가슴을 쓸어내렸다. 그의 얼굴을 어떻게 봐야 할 것이며, 민망했던 지난밤의 사건 사고를 어떤 식으로 해명해야 할까. 아무리 고민을 해봐도 적절한 해결책이 떠오르지 않았다. 그렇다고 그의 부름을 모르는 체할 수도 없는 노릇이었다.

"후우우."

땅이 꺼져라, 한숨을 내쉬던 한지는 이왕 이렇게 된 바에야 차라리 술에 취해 필름이 끊어졌다고 둘러대고는 아무것도 기억하지 못하는 척하기로 결심했다.

"기억이 안 난다고 하는데 뭐라 그러겠어. 눈 딱 감고 모르는 체하는 거야. 아자아자. 서한지. 넌 무슨 일이 있더라도 꼭 채용이 돼야 해. 택시회사에서 해고됐다는 소문이 퍼지는 건 눈 깜짝할 사이일 거야. 백민기가 압력을 넣었다면 어느 직장으로 옮기든 똑같은 결과가 올 거니까, 나를 받아줄 곳은 이제 그 사람밖에 없어."

지금 한지에게 있어서 이곳 소문에 어두운 정지후는 마지막 보루요, 생명의 동아줄이나 마찬가지였다. 한지는 두 주먹을 불끈 쥐며 의지를 다졌다.

큰 결전을 앞두고 있기 때문일까? 버스 안이 너무 고요해서일까? 시청에서 그의 집으로 향하는 동안 한지는 비정상으로 뛰는 자신의 심장 박동 소리를 차분히 가라앉히려 애썼지만 마음대로 되지 않았다. 40분 후, 떨리는 마음으로 버스에서 내린 한지는 가슴이 들썩일 정도로 깊은 심호흡을 하며 지후의 집으로 발걸음을 옮겼다.

"서한지, 파이팅!"

다부지게 중얼거리며 한 발짝 내딛던 한지의 얼굴이 순간적으로 어두워졌다. 막상 그의 집이 가까워지자 내기에 대한 압박감과 어젯밤 주사에 대한 오만 가지 생각이 한지를 혼란스럽게 만들었다. 장미 넝쿨 모양의 대문 앞에 도착한 한지는 떨리는 손을 들어 벨을 눌렀다.

[누구세요?]

인터폰을 통해 낯선 여자의 목소리가 들려왔다.

"서한집니다."

[서한쥐? 그렇지 않아도 기다리고 있었어요. 한쥐, 잠시만 기다리세요.]

초조한 심정으로 몇 분을 서성였을까? 어디선가 요란한 스쿠터 소리와 함께 풍만한 몸매의 중년 여성이 나타났다.

"한쥐?"

분홍색 스쿠터에서 내린 여성이 문을 열어 그녀를 반겼다.

"네."

"오 마이 갓! 한참 기다렸지 뭐예요. 전 이 집에서 일하는 미셀이랍니다. 집 안의 모든 일을 도맡아 관리하고 있지요. 자, 이쪽으로 오세요."

넉넉한 몸집에 어울리는 큼직큼직한 이목구비를 가진 혼혈여성이 환영의 미소로 한지를 반겼다.

"그런데 한쥐, 미셀은 이해가 되지 않아요."

어눌한 발음의 미셀이 호기심 가득한 시선으로 한지를 바라보았다.

"네? 뭐가요?"

한지는 황소 눈만 한 눈동자를 굴려가며 자신을 뚫어지게 바라보는 미셸의 시선에 침을 꿀꺽 삼켜야 했다.

"지후는 사람들을 가까이하지 않아요. 그런데 한지와는 금방 친해졌나 보군요. 집에 손님이 오신다고 해서 깜짝 놀랐지 뭐예요. 혹시 전부터 알고 있던 사이?"

"아니요. 우연히 알게 되었어요."

"오오. 정말 낭만적인 말이지요. 우연! 우연! 알았어요. 어서 타요."

미셸이 운전하는 스쿠터에 올라탄 한지는 주위를 두리번거리며 그의 행방을 찾았지만 그의 모습은 보이지 않았다.

정원을 지나고 각양각색의 모양으로 근사하게 가꾸어져 있는 조각상도 지났다. 여러 종류의 나무가 자연스럽게 담을 이루는 울타리도 지나고 아름답게 가꾸어진 연못도 지났다.

영화에나 나올 법한 큰 집을 돌아가자 뒤뜰이 펼쳐졌다. 말이 뜰이지 작은 동산이 병풍처럼 둘린 그곳은 민들레초등학교의 운동장만큼이나 널찍했다.

"우와! 멋지다."

감탄을 하며 주위를 둘러보던 한지의 시야에 차고 옆으로 길게 늘어서 있는 플라타너스가 들어왔다. 따스한 겨울 햇볕이 내리쬐고 있어서일까? 아니면 어린 시절의 행복한 추억 때문일까? 그의 문자를 받고 난 뒤부터 긴장한 기색이 역력하던 한지의 얼굴에서 딱딱함이 사라지고 추억을 곱씹는 듯 여유로움이 드러나기 시작했다.

"플라타너스다."

초등학교 시절, 학교 운동장에 있던 뚱뚱보 플라타너스는 동네
아이들 여럿이 둘러싸도 버거울 정도로 굵직했었다. 튼튼한 가지
에 묶인 나무 그네를 타고 하늘 높이 날아오르면 시리도록 파란
쪽빛이 그녀의 눈앞에 가득 펼쳐지곤 했었다. 그리고 다시 제자리
로 돌아오는 그녀를 따스하게 안아주던 강한 두 팔. 세상 그 무엇
보다 포근하고 따스했던 아빠의 품이 생각났다.

"플라타너스는 같은 나무에 암꽃과 수꽃이 피지만 서로 다른
꽃차례를 이룹니다."

낮고 그윽한 지후의 목소리가 들려오자, 안정을 찾았던 한지의
가슴이 또다시 두근거리기 시작했다.

"아, 안녕하세요."

짙은 밤색 운동복을 입은 지후의 주위로 기분 좋은 풀 향기가
따라왔다. 공기 사이사이로 빠르게 퍼져 나가던 지후의 향기에서
한지는 아빠의 냄새를 맡을 수가 있었다.

"좋아 보이는군요. 물론 제 덕이겠지만."

사무적이던 그의 음성이 오늘따라 다정하게 들려왔다. 착각일
까? 아주 찰나적으로 날카롭게 불어오던 바람이 그의 말과 함께
잠잠해졌다. 앙상한 가지를 흔들어대던 플라타너스도 움직임을
멈추었다. 바람이 멈춰 버린 덕분인지, 공기 중으로 퍼져 나가던
그의 향기가 그대로 남아 그녀의 코끝을 맴돌고 있었다. 그녀는
무의식적으로 집게손가락을 들어 올려 코를 비벼보았지만, 향기
의 잔재는 여전했다. 지워지지 않을 것 같은 흔적들. 한지는 초조
해지기 시작했다. 마치 눈에 보이지 않는 거미줄에 걸려 허우적거

리는 작은 나비가 된 기분이 들었다.

“사, 사람이 너무 잘난 척하면 인간미가 없어 보이는 거 아시죠?”

더듬거리며 말하는 한지의 눈빛이 윤슬처럼 일렁였다. 빠르게 사라졌던 바람은 한지의 눈동자 속으로 옮겨진 듯했다.

“……척이 아니라 잘난 겁니다.”

“네, 네. 어쩜 그리 손발이 오그라드는 말씀을 천연덕스럽게도 잘하시는지.”

한지가 핀잔 같지 않은 핀잔을 하자 지후가 피식, 웃음을 터트렸다. 보일 듯 말 듯한 웃음과 함께 그녀의 두 눈에 은근히 머물고 있던 수줍음도 썰물처럼 빠져나가 버렸다.

“속은 괜찮습니까?”

지후가 물었다.

“아, 네. 지난밤은 제가 실수가 많았죠? 여러모로.”

한지의 시선이 무릎으로 향했다.

“네. 제가 감사 인사를 받을 짓을 하긴 했습니다. 지난밤의 은혜는 잊지 마시고 꼭 갚으시길 바랍니다.”

입술 끝에 머문 지후의 얄미운 미소가 한지의 심장을 더 파닥거리게 만들었다.

흠흠, 숨죽여 가며 그들을 지켜보던 미셸의 의심스러운 눈초리도 지후의 뒤를 따랐다.

“미셸? 오늘 아주 바쁘다고 하신 것 같은데.”

숨죽인 헛기침을 들은 지후가 미셸을 노려보았다. 흥미롭게 지후와 한지를 바라보던 미셸의 얼굴 위로 아쉬움이 드러났다.

"미셸?"

지후가 다시 그녀를 불렀다. 의미심장한 눈빛의 경고를 알아챈 미셸이 고개를 끄덕이며 항복했다.

"오 마이 갓! 내 정신 좀 봐. 아가씨께 가기로 해놓고선."

미셸이 입맛을 다시며 돌아섰지만, 스쿠터까지 한발 한발 걸어가는 그녀의 발걸음이 덩치만큼이나 무거워 보였다. 더디게 움직이던 미셸의 모습이 요란한 스쿠터 소음과 함께 완전히 사라졌다.

"그럼 지난밤 끝내지 못했던 내기를 마저 해볼까요?"

지후가 오른쪽 눈썹을 올리며 물었다.

"그, 그럼요."

한지 또한 큰 숨을 들이쉬며 준비 자세를 취했다. 조금 전까지 그와 함께 나누던 여유로움은 흔적도 없이 사라진 듯했다.

"워낙 뛰어난 체력을 갖고 계시니, 시시하게 어드밴티지 따위를 드릴 필요도 없겠죠?"

입가에 미소를 띠고 있는 지후와 반대로 딱딱하게 굳어 있던 한지의 고개가 무겁게 끄덕여졌다.

"대신, 스타트를 외칠 수 있는 특권을 드리죠."

너무도 진지하게 구는 지후를 보며 한지는 소리없는 한숨을 내쉬었다. 정말 이길 작정인가? 그럼 안 되는데? 설마…… 나보다 잘 달리진 않을 거야. 책상 앞에만 붙어사는 사람이라고. 잠잠하던 바람이 언제부터인가 성질 사나운 말처럼 세차게 달리기 시작했다.

"자, 그럼. 시작하시죠."

지후의 외침과 함께 한지는 숨을 죽이며 마음의 준비를 마쳤다.

“준비! 시이이이작!”

한지의 외침과 함께 두 사람은 동시에 달려나가기 시작했다.

타다다닥. 타다다다닥. 한지는 미친 듯이 뛰었다. 바람을 가르고, 숨을 참아가며 단내가 날 정도로 내달렸다. 바로 뒤에서 그의 기척이 느껴졌지만, 일단 자신이 앞지르고 있었다. 이대로라면, 이대로라면 이길지도 모른다.

30m, 20m. 10m. 드디어 자신이 이겼다고 생각한 순간 한지를 앞질러 결승점에 도착한 얄미운 발이 있었다.

패배였다. 허망함이 밀려왔다.

“치사해요.”

한지가 숨을 헐떡이며 말했다.

“뭐가요?”

“…….”

한지는 대답할 말을 찾지 못했다. 억울했지만 애초에 어드밴티지를 거부한 사람은 한지 자신이었다. 하지만 그가 이렇게 빨리 뛸 것이라고는 상상도 하지 못했다.

“올림픽에 출전했어요? 좀, 살살하시지. 꼭 우…… 우…… 달리기 잘하는 그 우씨 같잖아요.”

한지가 볼멘 목소리로 투덜거렸다.

“우씨가 아니라 볼씨입니다. 우사인 볼트. 그리고 모든 일에 온 힘을 다하는 것이 제 좌우명입니다. 이건 놀이가 아니라 엄연한 경기니까요.”

지후가 진지하게 말했다.

“그럼 전 이제 지후 씨의 기사가 될 자격이 없어지는 건가요?”

당장 다음 달 엄마의 약값부터 걱정된 한지가 풀 죽은 목소리로 말했다.

“약속이니까요.”

“휴. 할 수 없죠. 안녕히…… 계세요.”

내일은 백민기를 찾아가야겠어. 모든 것이 끝이야. 절망과 낙심으로 힘없이 돌아서는 한지를 지후가 불러 세웠다.

“……이봐요.”

“왜요?”

“밥이나 먹고 가죠.”

저 인간이 지금 뭐 하자는 거야? 한지는 태연스럽게 말하는 그가 얄미워졌다.

“지금 뭐라 그러셨어요?”

“밥이나 먹자고요.”

“절 놀리시는 거죠?”

“전혀요.”

“아뇨. 안 먹을게요.”

“오늘 점심 메뉴는 민어조림입니다. 가시를 발라주면 한 번 더 기회를 드리죠.”

성큼성큼 걸어가던 한지가 우뚝 멈춰 섰다.

“새, 생선가시를 바르라고요?”

“네. 오늘 면접에서는 떨어졌지만 한지 씨만의 특별한 재능으로 다시 한 번 더 기회를 얻은 겁니다.”

소꿉장난 같은 상황을 설명하면서도 지후는 진지하기만 했다.

한지는 입술을 깨물며 생각에 잠겼다. 지후의 제안에 응하고 싶었지만, 너무 쉽게 설득당한 티를 내고 싶지는 않았다. 조금 전까지 치사하다며 화를 내다, 그가 한 몇 마디에 금방 태도를 바꾼다면 그가 자신을 우습게볼지도 모른다는 생각도 들었다.

"미셀 아줌마에게 시키면 되잖아요."

새침하게 말하는 한지를 보며 지후가 쿡, 웃음을 터트렸다.

"미셀은 생선 냄새를 싫어합니다. 그리고 그녀는 지금쯤 누나의 퇴원 준비를 하러 갔을 겁니다. 이 집에 도착한 순간부터 조금 전까지 누나만 찾았거든요. 아, 참고로 말씀드리자면 미셀도 면접에서 2번이나 떨어졌지만, 다시 도전해서 성공한 케이습니다. 그 뒤로 10년 동안 우리 집 일을 맡아주고 있지요. 미셀이 받는 연봉이 얼마인지 아십니까? 다시 한 번 말씀드리지만 전 모든 일에 전력을 기울이는 사람을 높이 평가합니다. 어떻습니까?"

입술을 잘근잘근 씹어가며 그의 설명을 듣던 한지가 못 이기는 척, 겨우 고개를 끄덕였다.

"좋아요. 다시 한 번 더 기회를 잡아보죠."

"그럼 가시죠."

한지는 의욕을 불태우며 앞서 가는 지후를 따랐다.

방금 취직 시험에서 떨어지긴 했지만 잘 가꾸어진 정원을 그와 함께 걷는 기분은 소풍을 가는 것처럼 설레었다. 미셀의 오토바이를 타고 빠르게 달려왔던 것보다 훨씬 좋은 기분이었다.

"……여깁니다."

한지는 지후를 따라 집 안으로 들어섰다. 으리으리한 거실을 지나 레몬색과 아이보리로 꾸며진 주방을 발견한 한지의 입이 쩍 벌어졌다.

"우와! 가구가 다 들어왔네요."

한지는 레몬빛 주방 가구 세트와 커다란 아일랜드 식탁, 그 앞으로 길게 뻗은 나무 식탁과 그 위에 세팅된 그릇들을 천천히 둘러보았다.

"무지 예쁜 그릇이네요? 나뭇잎들이 있는 이 그릇들, 홈쇼핑에서 봤어요. 저런 걸로 누가 밥을 먹나 했는데……. 헤헤. 이건 진짜 은은 아니죠?"

"미셸의 취향이죠."

크리스털 조명 아래서 반짝이는 촛대를 보며 묻자, 지후가 피식 웃으며 대답했다.

"우와! 무지하게 근사한 주방이에요. 동네 사람들 죄다 불러놓고 파티해도 되겠다. 그쵸?"

길게 이어진 식탁을 경이로운 눈으로 바라보던 한지가 갑자기 숨을 삼키며 자신의 목을 감싸 쥐었다.

"허어억!"

"왜 그럽니까?"

"저, 저건 무, 무슨 조림이죠?"

한지의 손끝이 커다란 접시에 소복하게 담겨 있는 생선과 정체불명의 흰 덩이들을 가리켰다.

"민어와 복숭압니다."

"민어와 복숭아……."

한지의 얼굴이 점점 붉어지기 시작했다.

"자, 앉으시죠."

그가 자신의 옆자리를 가리켰다.

"……네. 에취. 에취."

주저하며 자리에 앉은 한지가 연거푸 기침을 터트리자, 지후의 오른쪽 눈썹이 삐딱하게 올라갔다.

"감깁니까?"

"아뇨, 아뇨. 그럴 리가요. 어서 드세요."

한지가 억눌린 소리를 내며 생선을 바르기 시작했다. 그 손끝이 조금씩 떨리고 있었지만, 지후는 눈치 채지 못한 것 같았다.

"한지 씨는 안 먹습니까?"

"네. 전 배, 배가 불러서요."

"다이어트 중이신가 보군요. 그럼 저 혼자 먹겠습니다."

"……네에에. 어서 드시죠."

한지는 민어조림을 맛있게 먹는 지후를 원망스러운 눈으로 훔쳐보았다.

지후의 저녁식사가 끝이 나고 부리나케 집으로 돌아온 한지는 미친 사람처럼 욕실을 찾았다. 뱀 허물처럼 옷을 벗어 던지고는 따뜻한 물이 쏟아지는 샤워기 밑에 섰다. 오랜 시간 물을 흘려보내자 그녀를 괴롭히던 간지러움이 조금 덜해지는 것 같았다.

"잘했어. 잘 참았어."

한지는 쏟아지는 샤워 줄기를 맞으며 중얼거렸다. 간지러움과 기침을 참느라 현기증마저 돌았지만, 그 덕에 내일 다시 도전할 기회를 얻은 것이다.

흰 수건으로 머리를 털며 욕실을 나서던 한지는 온 집 안에 가득한 고소한 냄새를 맡으며 코를 벌름거렸다.

"킁킁. 뭐야? 이거 소고기 냄새 아냐?"

그녀의 발걸음이 자연스럽게 주방으로 향했다.

"지야, 어서 와라. 어서 와서 이거 먹어."

휴대용 가스버너 위의 불판에 고기를 굽고 있던 권 여사가 딸을 반겼다.

"우와! 고기다! 그렇지 않아도 무지 배고팠는데."

후다닥 달려와 식탁에 앉은 한지는 싱크대 위에 떡하니 자리를 잡고 있는 흰 스티로폼 상자를 보며 눈을 휘둥그레 떴다.

"이게 다 뭐야? 이렇게나 많이 샀어? 무지 비쌀 텐데."

"어서 와. 일단 와서 먹어."

권 여사가 불판에 놓인 노릇노릇한 고기 한 점을 한지의 입안으로 집어넣었다. 고기는 마치 아이스크림처럼 입안에서 녹아내렸다.

"쩝쩝. 죽인다. 죽여. 완전 입에서 살살 녹네, 녹아. 이거 어디서 난 거야?"

"지후 씨가 보내줬어. 세상에 사람이 어쩜 이렇게 예의가 바르니."

천진난만한 엄마의 대답에 커다란 고기 두 점을 입으로 넣으려던 한지의 젓가락이 입술 앞에서 멈추었다.

"지후 씨라니?"

“호숫가에 새로 이사 온 지후 씨 말이야. 세상에나, 너 샤워하고 있을 때 사람을 시켜서 고기를 보내왔지 뭐니. 김치 잘 먹었다고 답례라면서. 그래도 그렇지 비싼 한우를 이렇게나 많이 보내다니. 아무래도 깍두기랑 고들빼기김치도 좀 보내야 할 것 같아. 그리고 이건 너 주라고 하더라.”

흥분으로 들떠 있던 권 여사가 식탁 위에 있던 분홍 상자를 건넸다.

“이게 뭐야?”

“나도 모르지. 한 번 풀어봐.”

한지는 고개를 갸웃거리며 상자를 열었다. 상자 속에는 흰색 연고가 가지런히 누워 있었다.

“이게 뭐야? 연고 아냐? 알레르기 연고네? 웬 연고를 이렇게나 많이. 그 사람이 너 복숭아 알레르기 있는 걸 어떻게 알고?”

엄마의 호기심 어린 외침 속에서도 한지는 아무 말도 하지 않았다.

인내는 쓰고 열매는 달다.
당신의 친구가…….

쪽지를 읽은 한지는 어이없다는 듯 헛웃음을 내며 지글지글 구워지는 소고기를 노려보았다.

"지야, 이거 할매 갖다 드려. 무 삐져 넣어서 시원하게 국 끓여 드시라 그래. 그리고 올 때 간장 하나만 사와. 잊어버리지 말고. 떡 본 김에 제사 지낸다더니 고기 있을 때 철이 좋아하는 장조림 좀 해놔야겠다."

지후의 고기는 여러모로 활용도기 높았다. 환하게 웃으며 검은 비닐봉지를 건네는 엄마의 순진무구한 얼굴을 보며 한지는 '죄는 미워해도 사람은 미워하지 말아야지' 라며 혼자 중얼거렸다.

"아차차. 장조림에 넣을 메추리알도 있어야겠다. 지후 씨는 생각도 참 깊어. 우리 식구 입맛이 제각각인 걸 어떻게 알고 부위별로 저리 보냈다니."

"얼굴이 환하게 폈어. 엄만 고기가 그렇게 좋아?"

"넌 싫으냐?"

"그럼 내가 좋아? 한우가 좋아?"

한지가 어리광을 부리듯 입술을 삐죽이 내밀며 물었다.

"아주 지랄을 떨어요."

권 여사의 손바닥이 딸의 엉덩이를 내리쳤지만, 다 큰딸이 부리는 애교가 밉지 않은지 얼굴의 미소는 조금 더 번져 있었다.

"아야! 왜 대답을 피하고 그래? 좀 불리하다 싶으면 폭력이 나오지? 오홀. 권 여사, 뭔가 찔리는 게 있는가 보지? 혹시 딸보다 고기가 더 좋은 거 아냐?"

"그래, 이년아. 난 딸보다 고기가 더 좋다. 됐냐?"

"어허. 딸보다 고기라. 평소 사랑을 부르짖는 양반의 실체가 바로 이런 것이었어."

한지가 능글능글 웃으며 다가가서는 언제부터인가 딸보다 훨씬 작아진 엄마를 꼭 껴안았다. 고된 노동에 시달려 온 엄마의 몸은 예전처럼 따스하지 않았다. 자꾸만 차가워지는 야윈 몸이 한지의 마음을 아프게 했다.

"으흠. 엄마한테 고기 냄새 난다. 딸보다 더 좋아하는 고기 냄새."

"애가 왜 이래? 숨 막혀. 좀 떨어져."

싫다고 하면서도 권 여사의 얼굴에는 웃음 바이러스가 번지기 시작했다.

"근데, 너 얼굴이 왜 그래? 꼭 알레르기 돋은 사람처럼."

딸의 얼굴이 울긋불긋한 것을 발견한 권 여사가 걱정스레 묻자,

한지는 엄마에게서 재빨리 멀어졌다.

"아냐. 화장품을 좀 바꿨더니 명현현상이 일어나나 봐. 참, 간장 필요하다 그랬지. 나 얼른 댕겨올게."

미심쩍은 눈으로 바라보는 엄마가 더 캐묻기 전에 한지는 서둘러 집을 나서야 했다. 지후의 집에서 복숭아가 섞인 생선을 발라주다 알레르기가 돋았다고 말할 수는 없는 일이다. 오래된 철문을 열고 밖으로 나서자 상쾌한 공기가 느껴진다. 맑은 공기 덕분인지 자신의 몸에서 나는 고기 냄새가 더 강하게 느껴진 한지는 본의 아니게 고기를 보낸 문제의 인물을 다시 떠올리고야 말았다.

"흥. 병 주고 약 주는 인간. 지가 뭔데 나의 인내심을 시험하고 난리야. 암튼 기분 나빠."

입으로는 투덜거렸지만, 자꾸 삐져나오는 웃음은 참을 수가 없었다.

―당신의 친구가…….

정지후와 친구가 되다니…… 자신이 먼저 말을 꺼내긴 했지만 막상 그와 친구가 되었다고 생각하니 꿈만 같았다.

"현숙이에게 자랑해야지. 분명 거품을 물고 쓰러질 거야."

생각만으로도 신나는 일이었다. 들뜬 걸음으로 길을 걷던 한지는 뒤에서 빵빵거리는 소리에 무심코 뒤를 돌아보았다.

"한지, 어디 가니? 태워줄까?"

엄 여사였다. 예쁘게 화장을 한 경미 엄마는 새로 뽑아 반짝반짝 윤이 나는 하얀색 외제차 운전석에 앉아 자랑스러운 미소를 지으며 한지를 바라보고 있었다. 엄 여사의 목에 둘려 있는 명품 스카프를 바라보던 한지는 조금 전 안아보았던 엄마의 야윈 목덜미가 생각나 괜히 으스스해졌다. 들떠 있던 마음이 순식간에 가라앉기 시작했다.

"아뇨. 요 앞 슈퍼 가는데요 뭐. 그런데 차 뽑으셨나 봐요."

예의상으로 차에 대해서는 아는 체를 해줘야 할 것 같았다.

"그래. 우리 경미가 나 힘들다고 뽑아줬어. 애가 갈수록 엄마 생각하는 마음이 참 깊어져. 요즘 같아서는 내가 안 먹어도 배가 부르다. 참, 너 선 얘긴 들었지?"

"네? 선이라뇨?"

"이런, 엄마가 말 안 했구나. 너 선 자리 들어왔었어."

엄마가 말하지 않은 선 자리가 어떤 자리일지 짐작이 갔다.

"아…… 네."

"이혼남인데 나이가 좀 있긴 하지만, 애는 없어. 직장도 반듯하고 솔직히 네겐 넘치는 자리지. 우리끼리니까 하는 말이지만 너희 엄마를 생각해서 일단 경제적으로 좀 괜찮은 사람을 골라야지 않겠니."

엄 여사가 아무렇지도 않게 재취 자리를 들먹였다.

'경미나 소개시켜 주세요!'

라는 말이 목구멍까지 치솟았지만 한지는 용케 참아냈다.

"아차차. 한일이 문젠 어떻게 됐니?"

차를 출발시키려던 엄 여사가 사이드브레이크를 다시 올렸다.

"우리 한일이가 왜요?"

제발 그냥 가줬으면 했는데, 이번에는 한일이 얘기였다.

"쯧쯧. 엄마가 너 걱정한다고 말 안 했구나. 너희 집주인 아저씨가 전세금 올려달라고 했다던데. 너희 엄마가 천오백을 꾸러 오셨었어."

"어, 엄마가요?"

"응. 마침, 나도 돈 쓸 곳이 있어서 천밖에 못 빌려 드렸어. 넌 몰랐구나? 하긴, 너 알면 속상하다고 걱정하시긴 하더라. 그래서 한일이랑 한철이 등록금 모아놓은 돈으로 일단 해결은 하셨나 봐. 그래도 한일이가 장남이라고 생각이 깊더구나. 제대하면 휴학하고 돈 벌겠다고 해서 니 엄마가 그러라고 했나 보더라. 집도 그렇고 너 시집도 보내야 한다고."

이번에는 분노보다 가슴이 콱 막힌 듯 답답해졌다. 한지는 속에서 치솟아 오르는 불덩이를 삼키며 겨우 고개를 끄덕였다.

"……네."

"그래서 내가 경미에게 빌려서 융통해 주겠다고 니 엄마 말렸다. 공부는 다 때가 있는 거야. 앞으로 너희 집 형편이 나아질 기미가 보이는 것도 아니고, 이러다 어영부영 복학 못하면 걔 인생은 어쩔 거니. 가뜩이니 취직이 안 돼서 야단인데 대학교 2학년 중퇴를 누가 써주겠어. 그러니 너도 이참에 잘 생각해 봐. 그 남자네 사정 뻔히 알고 있으니까, 모르는 체는 안 할 거야. 한일이는 네가 말리고. 걔 휴학하면 안 된다. 알았지?"

"네."

"쯧쯧. 너도 참 그렇다. 엄마는 아프지, 그렇다고 반듯한 직장이 있길 하나. 줄줄이 딸린 동생들 공부시켜야지. 장가보내야지.

가뜩이나 물가도 장난이 아닌데. 그래도 주위에서 걱정하는 사람들 많으니까 힘내렴. 나도 너희 집을 위해 생각날 때마다 기도하고 있어."

"네."

한지는 내키지 않는 목소리로 겨우 대답을 했다.

"그래. 그럼 어서 들어가라."

부르릉. 흰색 외제차가 지나가며 엄마가 사준 분홍색 추리닝 바지에 흙탕물이 튀었다. 깜찍한 키티의 얼굴에 보기 싫은 얼룩이 져버렸다.

"젠장!"

한지는 낮게 중얼거리며 멀어져 가는 차를 바라보았다. 차의 꽁무니에서 희뿌연 연기가 뿜어져 나오고 있었다. 차 연기도 주인이 끼치는 영향을 닮는 걸까? 주변 공기가 시리도록 차갑게 느껴지며 한지의 마음도 급속도로 가라앉기 시작했다.

경미 엄마의 말은 모두 맞았다. 도무지 끝날 것 같지 않은 빠듯한 형편과 불안한 미래는 한지 또한 어떻게 해볼 도리가 없는 막막한 부분이었다. 이러다 엄마가 아프시기라도 하면, 갑자기 쓰러지시기라도 하면 어쩌지? 이렇게 무능력한 내가 동생들 공부나 다 시킬 수 있을까? 한지는 덜컥 겁이 나면서 가장으로서 턱없이 부족한 자신의 능력에 화가 나기 시작했다.

"바보. 멍충이."

때마침 겨울비까지 내리기 시작해서일까? 좋지 않은 일이 있어도 금세 회복하던 한지의 기분은 평소와 달리 자꾸만 가라앉고 있었다. 그녀는 삐져나오는 한숨을 몰아쉬며 마산슈퍼로 들어섰다.

"후우우. 할매."

가게로 들어선 한지가 손님들을 위해 마련해 놓은 플라스틱 의자에 자리를 잡고 앉으며 할매를 불렀다.

"할매, 나 간장이랑 맥주 한 병만."

"왜, 맥주에 간장 타서 먹어보려고? 새로 나온 폭탄주냐?"

언젠가 막걸리와 맥주를 섞어 폭탄주를 만들어 먹던 한지를 기억하며 할매가 눈을 흘겼다.

"할맨, 내가 그렇게 할 일이 없어 보여? 간장은 엄마 갖다 줄 거고, 맥주는 내가 먹을 거야."

"맥주는 왜?"

"몰라. 오늘은 그냥 맥주의 깊은 맛에 심취해 볼 거야."

"지럴한다. 시집도 안 간 년이 혼자 와서 맥주 처먹는 게 자랑이다."

퉁명스러운 목소리와 달리 할매는 시키지도 않은 오징어와 땅콩을 테이블에 내려놓았다.

"서비스야?"

"돈 내고 먹어, 이년아."

"치사하긴."

"맥주는 왜 찾아? 뭔 일 있냐? 어떤 빌어먹을 새끼가 요금 안 내고 토꼈어? 아님 오늘 입금할 돈이 모자라서 또 혼났어?"

할매의 말에 한지는 자신이 백수가 되었다는 사실을 불현듯 떠올렸다. 그러고 보니 회사에서 잘리기까지 했네. 엎친 데 덮치고,

갈수록 태산이구나. 이제는 사납금을 맞추지 못해 혼이 날 일도 없어져 버렸고 작지만 매달 나오던 월급도, 4대 보험이 되던 직장도 더는 존재하지 않았다.

한지는 피식거리며 맥주잔을 가득 채웠다.

"왜? 돈 모자라면 할매가 빌려줄라고?"

"뭐? 돈을 빌려줘? 벼룩의 간을 빼먹어라, 이년아!"

"할매가 벼룩이야? 파마한 벼룩도 있어? 거기다 이렇게 큰 벼룩이 어디 있어?"

"여기 있다, 이년아! 대체 무슨 일이여?"

"우리 동넨… 너무 좁아. 내가 말이지. 달밤에 체조하면, 권 집사 집 큰 딸내미 미쳐서 달밤에 춤춘다고 바로 담날 소문날걸……."

"우리 동네가 좁아서 그게 불만이야? 그래서 이렇게 분위기 잡고 앉았냐?"

"응. 동네 사람들끼리 너무 잘 아니까, 우리 집에 숟가락이 몇 갠지, 내가 어떻게 살아왔는지, 우리 형편이 어떤지 너무 잘 아니까, 그러니까 신비감이 없잖아."

"신비 같은 소리 하고 자빠졌다. 이년이 심심하니까 별게 다 트집이지? 너 뭔 일이 있긴 있쟈? 뭔 일이야? 왜 이리 기운이 빠졌어?"

"후우우. 일은…… 아무 일도 없어. 그냥 동네가 너무 좁아서 그렇다니까. 자자, 우리 할매도 한잔하셔요."

한지가 맥주를 따랐다.

“난 됐어. 아무 일도 아니라면서 얼굴은 왜 그랴?”

“그냥, 그냥…… 그냥 그래. 나도 이제 나이를 먹는 건가, 그렇게 생각하니까 왠지 서글프고 그래서.”

“잘한다. 남들 다 먹는 나이 땜에 그렇게 우거지상을 쓰고 지랄이야? 그것도 서른밖에 안 된 년이?”

“서른이나 처먹은 년이 시집도 안 간다며 욕할 땐 언제고.”

“그래. 서른씩이나 처먹어서 아주 좋것다.”

풀이 죽은 한지가 어디 아픈 것은 아닐까, 내심 걱정하고 있던 할매는 괜찮다는 한지의 말에 정겨운 욕을 퍼부으며 탁자 밑에 있던 먹다 남은 소주병을 꺼냈다. 흰 화장지로 입구를 꽁꽁 막아놓은 소주가 참 서글퍼 보였다. 김이 다 빠져 버릴 대로 빠져 버린 할매의 인생 같은 소주병…….

“할매!”

한지는 더 서글픈 눈빛으로 할매를 불렀다.

“왜?”

“할매.”

“아, 왜?”

“할매가 서른 살 땐 어땠어?”

“건 왜 물어.”

“그냥 궁금해서…… 할매의 서른 살은, 엄마의 서른 살은 어땠을까? 나처럼 이렇게 막막하고 암울했을까?”

이 아기가 또 속상한 일이 있었구나. 끊임없이 들어가는 생활비와 동생들 학비 덕에 항상 무거운 짐을 지고 살아가는 한지의 처지를 잘 아는 할매가 소주를 들이켜더니 짧은 한숨을 토해냈다.

"캬! 좋다. 비도 오고, 날씨는 춥고, 우리 한지도 있고. 한잔 더 따라봐."

"어허, 몸도 안 좋으신 양반이 왜 이렇게 급하게 잡숴. 김치라도 가져올까?"

"괜찮아, 괜찮아. 지 몸 챙기기에 급급해서 자식새끼 버린 에미가 속이라도 망가져야지. 안 그럼 하늘을 어찌 보고 살 거야."

"할매, 내가 괜한 얘기 꺼냈나 보다."

할매의 아픈 과거를 어렴풋이 알고 있는 한지가 비어버린 할매의 잔에 술을 따랐다.

"아니야, 아니야. 내가 니 나이 땐……."

가슴에 품은 한 때문인지 할매가 말을 잇지 못하고 소주를 한 잔 더 들이켠다. 한지는 할매의 입에 땅콩을 넣어드리며 할매 대신 말을 이어갔다.

"응. 하늘같이 믿고 살았던 남편을 여우 같은 년에게 뺏기고, 아침저녁으로 빽빽 울어대는 새끼 셋에 것도 모자라 뱃속에 하나를 품고 있었다며."

"그래. 그땐 먹고살기 힘들어서 눈에 아무것도 보이지 않던 시절이었지."

"응."

"내가 말했었냐? 그 시절엔 다들 찢어지게 가난했다고."

"응."

"그래. 그땐 애들 공부시키고, 밥 굶지 않는 게 소원이었어. 하

도 고깃국이 먹고 싶어서 주인집 개새끼 밥그릇에 있던 생선대가
리까지 훔쳐 먹었다. 그걸로 찌개 끓여 먹고살았어."

"응."

"아들놈들…… 생떼 같은 아들놈들 병으로…… 줄줄이 잃으면
서도 약 한 번 제대로 써보지 못하고 살았어. 마지막 남은 놈, 돈
벌어오겠다고 집 나가서는 여직 연락이 안 되고 있어."

할매의 목소리가 점점 낮아졌다.

"막내아들은 미국에서 잘살고 있다며……."

"후후. 그냥 그렇게 생각하고 살았어. 그렇게라도 생각하고 살
아야지. 그렇지 않으면 살아갈 희망이 없었거든."

할매가 무덤덤한 목소리로 아픈 과거를 토해냈다. 항상 보아오
던 깊은 주름과 강한 눈매가 오늘따라 더 깊어 보였다.

"할매의 서른 살은 참 아팠겠구나."

한지가 낮게 중얼거렸다.

"사는 게 바빠서 아픈 줄도 몰랐어. 지금도…… 막둥이 놈……
배고프다고 울던 걸 생각하면…… 가슴 한구석에 뭐가 걸린 것 같
아. 숨이 막혀와."

할매가 자신의 가슴을 탕탕 쳐가며 말했다.

"할매……."

"지야, 혹시…… 내가 죽고 없을 때 그놈이 나 찾아오면, 니가
삼촌같이 살갑게 맞아줘야 한다."

할매의 서글픔에 감전이 됐는지, 울컥 설움이 밀려왔다. 한지는
눈물을 삼키며 퉁명스럽게 말했다.

"할매가 하면 되잖아. 백 살까지, 이백 살까지 살면서 아들 오면 반갑게 맞아줘."

"지럴한다. 난 오래 안 살란다. 지금껏 산 것도 너무 힘들었어. 그러니 니가…… 니가 할매 대신 맞아줘. 응? 할 수 있쟈?"

아빠가 돌아가시고, 아무도 모르는 마음의 짐을 지고 살아가는 동안, 한지에게 힘이 되어준 이는 마산할매였다. 든든한 반석같이 강하고 강한 할매의 약한 모습에 한지의 심장이, 두 눈이 쓰라려 오기 시작했다.

"그래. 그래, 내가 할게."

"내 대신 따뜻한 밥도 지어주고."

"응."

"고깃국도 끓여주고."

"응."

"이 집도 물려주고."

"응."

"장롱 안에 있는 옷이랑 신발도 다 꺼내줘."

"알았어. 알았어. 할매가 못해준 거 내가 다 해드릴게."

"그래. 그래."

아들이 찾아온다는 생각만으로도 마산할매의 눈매가 그윽해지기 시작했다.

"우리 막둥이 보고 싶다. 꼬물꼬물 작고 예쁜 내 새끼. 한 번만 더 안아봤으면, 내 젖 한 번만 더 물려봤으면 소원이 없겠다. 한지야! 내 살다 살다 나처럼 박복한 년은 보질 못했어. 안 그러냐? 그렇제?"

주름진 할매의 볼 위로 굵은 눈물방울이 흘러내렸다.

"무슨 소릴. 할매가 왜 박복해? 이렇게 예쁜 손녀도 있고 한철이, 한일이 손자가 줄줄인데. 개들이 할매를 얼마나 좋아하는데. 그니까 속상해하지 마. 할매가 전에 그랬잖아. 아흔아홉 칸짜리 기와집에 사는 정승에게도, 한 칸짜리 초가집에 사는 농부에게도 다 아픔은 있다며. 너무 아파하지 마. 아드님은 아마 할매를 닮아서 잘살고 있을 거야. 할매가 맨날 기도한다며……."

오랜만의 약주로 꾸벅꾸벅 조는 할매를 보며 한지는 중얼거림을 멈췄다. 그리고 조심스럽게 손을 뻗어 할매의 눈가에 맺힌 눈물을 닦아주었다.

"미안해…… 괜히 나 땜에 아픈 기억을 끄집어냈구나. 나 그만 슬퍼하라고. 내가 다 알아, 할매 마음."

할매를 부축해 방 안에 눕혀 드리고 돌아 나오던 한지의 눈에 주인처럼 낡고 오래된 장롱이 들어왔다. 한지는 조심스레 농문을 열어보았다.

"이게 다 뭐야……."

장롱 안, 스테인리스 봉에는 애끊는 모정이 대롱대롱 걸려 있었다. 아들이 입었을 것이 분명한 낡고 변색한 아가의 옷과 신발부터, 한 번도 입지 않은 오래된 양복과 철 지난 재킷들. 색이 바란 채 외롭게 걸려 있는 티셔츠들. 추운 걸 유난히 싫어했다는 아들을 위한 오리털 파카와 보기만 해도 따뜻해지는 솜 점퍼들이 있었다.

"이걸 안 버리고 다 모아놨어?"

이것들을 하나하나 사 걸어두며 아들을 그리워했을 할매를 생각하니 여태 참았던 눈물이 울컥, 쏟아져 내렸다.

"우리… 동철이가 좋아하겠지?"

잠꼬대처럼 중얼거리는 할매의 목소리가 떨리고 있었다.

"응. 할매… 아주 멋져. 우리 할매 참 세련됐다."

할매를 따라 한지의 목소리에도 물기가 묻어났다.

"지럴한다. 너무 늦었다. 어서 들어가. 엄마 걱정하신다."

반듯하게 누워 있던 할매가 돌아누우며 웅얼거렸다. 할매의 여윈 어깨가 너무 가엾어 보여 한지는 고개를 저었다.

"싫어. 오늘 여기서 자고 갈래."

"가, 이년아!"

"안 가. 여기서 잘 거야. 술도 깰 겸 가게에 나가 있다 올게. 할매 먼저 자."

"엄마에게 전화해."

"응."

엄마는 '다 큰 년이 잘하는 짓'이라면서도, 아침에 일어나면 콩나물국을 끓여 드리라는 당부도 잊지 않았다. 할매를 걱정하는 엄마의 목소리가 너무 다정해서 한지는 괜히 눈물이 났다.

'외로운 사람은 서로를 용케도 알아보는 법이야!'

슈퍼를 지키고 앉아 있던 한지는 비가 그친 거리를 바라보았다. 인적 드문 거리가 할매의 삶처럼 구슬프게 느껴진다. 평생 아들을 그리워하며 살아온 할매의 삶을 생각하면 사랑하는 가족들에게 둘러싸인 자신은 행복한 편이었다. 비록 돈이 없고 직장도 잃었지만, 몸도 건강하고 아직 젊고 창창한 자신은 많은 것을 가진 편이었다. 여태 허하게만 느껴지던 가슴 안쪽이 조금씩 더워지는 느낌이 들었다.

"너를 낳은 건 내 평생 가장 잘한 일이야."

아빠가 돌아가시고 엄마가 한 말이었다.

그래, 그러고 보니 그때도, 정말 암울하고 아팠던 그때도 참고 버텨왔었다. 그때에 비하면 지금의 이 아픔은 아무것도 아니다.

"좋아. 이까짓 실직쯤이야."

그녀는 혼자 중얼거렸다. 이런 어려움쯤은 충분히 뚫고 나갈 수 있을 것이다.

"그래, 할매도 힘차게 살아왔는데 나도 그럴 거야. 넘어지면 또 일어나고. 또 일어나고. 난 오뚝이 서한지거든. 할매! 고마워."

한지가 두 주먹을 불끈 쥐며 큰소리로 외쳤다. 쩌렁쩌렁한 그녀의 다짐은 슈퍼로 들어서던 지후의 발걸음을 멈추게 했다.

그는 이제는 제법 익숙해진 목소리가 들려오는 가게 안을 살폈다. 역시나, 목소리의 주인공은 한지였다. 요즘은 고등학생들도 하지 않는 양 갈래 머리에 깜찍하고 귀여운 빨간 더플코트를 입고 있다. 게다가 코트 밑으로 보이는 분홍 추리닝 바지는 장난꾸러기 여고생이라고 해도 믿을 정도로 앳돼 보였다.

"난 할 수 있어. 아자. 아자. 파이팅!"

두 주먹을 불끈 쥔 채 비장하게 다짐하는 한지의 모습을 흥미롭게 바라보던 지후가 슈퍼 안으로 들어섰다.

"성탄절 연극 연습도 합니까?"

"앗! 깜짝이야!"

지후의 등장에 놀란 한지가 흠칫거리며 뒤로 물러섰다. 그 바람에 좁은 가게 안의 쌓아놓았던 과자상자와 내용물들이 우르르 떨어졌다.

"댁 땜에 다 떨어졌잖아요."

통명스럽게 중얼거린 한지는 요동치는 심장을 들키지 않기 위해 재빨리 그의 시선을 피했다.

떨어진 과자로 향하던 한지의 손과 거의 동시에 과자를 주우려는 지후의 손이 맞닿았다. 찌르르. 두 사람 사이에 전기가 통하는 것 같은 전율이 흘렀다.

"여긴 어쩐 일이에요?"

"미셸이 후추를 사오라고 시키더군요."

"네에."

여태 아무렇지도 않던 술기운이 갑자기 돌기 시작했는지 한지의 두 볼이 붉게 달아오르기 시작했다. 참 이상하게도 그와 함께 있기만 하면 멀쩡하던 그녀의 감정선은 미세한 변화가 생기곤 한다.

"요즘 부쩍 술이 잦습니다. 술을 마시면 행동이 둔해집니다."

속절없이 떨리기 시작한 한지와는 달리 지후의 음성은 무덤덤했다. 맞는 말이긴 하지만 인간미가 없는 그의 말투에 한지는 은근히 약이 올랐다. 가뜩이나 심란한 판에 자꾸만 영향력을 끼치는 그가 얄미워서인지, 속상한 김에 마신 술기운 때문인지 모르지만 그를 향한 한지의 감정은 삐뚤삐뚤한 곡선을 타기 시작했다.

"흥. 저 조심성 많거든요. 얼마나 조심성이 많으면 사람들이 저더러 '조신 서'라고 부르겠어요. 근데 후추 사러 나온 양반 옷차림이 왜 이래요? 또 뜀박질하는 거예요? 그래서 연약한 여자들 이기시게?"

한지가 후드 모자를 눌러쓰며 툴툴거렸다. 세모꼴 모자를 눌러쓴 채 반항적으로 말하는 그녀의 모습이 꼭 심통 난 사오정 같았지만 한지는 알 턱이 없었다.

"으흠."

오늘은 톡톡 쏘는 버전인가? 매일매일 달라지는 한지의 상태는 지후를 유쾌하게 만들었다. 그녀를 보고 있으면 자꾸 웃음이 났다.

"어라? 지금 웃어요? 제 말이 웃겨요?"

그의 웃음이 자신을 비웃는 것이라 생각한 한지의 기분은 더 나빠졌다.

"또 속상한 일이 있었습니까? 친구에게 말해보십시오."

한지에게서 풍기는 알코올 향을 맡은 지후가 부드럽게 물었다.

"친구?"

한지는 부드러운 목소리로 물어오는 지후를 멍하니 바라보았다.

'왜 이렇게 부드러운 거지? 왜 이렇게 다정한 눈빛으로 바라보는 거야?'

꼬맹이처럼 생선가시를 발라달라고 요구하더니 지금은 심통 난 막내 여동생을 달래는 큰오빠같이 포근한 느낌으로 다가온다. 그의 부드러움은 여기저기 난 생채기를 어루만져 주는 기분이 들게 했다.

아냐, 아냐. 이건 다 술기운 때문일 거야. 한지는 약해지려는 마음을 다잡았다. 그리고 더 퉁명스럽게 대답했다.

"왜요? 제가 술 마셔서 떫어요?"

"풋. 그럴 리가요. 그런데 오늘은… 좀 삐딱하십니다."

거칠게 물건을 정리하는 한지의 옆에 선 지후가 그녀의 손에 있던 과자를 가져가 그녀 대신 쌓기 시작했다.

"후우우."

작은 한숨을 내쉰 한지가 순순히 뒤로 물러나 의자에 앉았다.

"매운 새우깡이랑 그냥 새우깡이랑 섞으면 안 돼요."

"그렇게 하죠."

한지는 의자에 앉아 새우깡을 정리하는 지후를 묵묵히 지켜보았다. 긴 팔을 쭉쭉 뻗어 과자를 쌓는 그의 모습은 언젠가 보았던 무성영화의 한 장면처럼 소리없는 감동을 주었다. 그림처럼 우아한 몸짓과 절제된 움직임. 문득 그는 영화 속의 사람처럼 현실이 아닐지도 모른다는 생각이 들었다. 머리부터 발끝까지 자신과는 다른 세계의 사람. 한지의 가슴이 아릿하게 아파왔다.

"다 됐습니다."

과자 쌓기를 마친 그가 손을 털며 말했다.

"웬일이세요?"

"뭐가요?"

"오늘은 웬일로 이렇게 친절하신 거예요?"

"제가 가정교육을 좀 잘 받았습니다."

언젠가 한지가 했던 말을 지후가 그대로 따라 했다.

"참으로 훌륭하십니다."

한지의 빈정거림에 지후가 피식 웃음을 터트렸다.

"안 어울립니다."

"네?"

"요즘 들어 계속 어깨가 처져 있지 않습니까. 풀 죽은 모습 그쪽하고 아주 안 어울립니다."

"제게 어울리는 게 뭔데요?"

그의 눈에 비친 자신의 모습은 어떤 것일까? 한지는 궁금해졌다.

"대책 없이 밝지 않습니까? 운전을 하면서도, 생선을 발라주면서도, 가구를 고르면서도, 서점에서 책 읽는 사람을 묵묵히 기다리면서도 얼굴에 미소가 떠나지 않았습니다. 아, 속이 상해 술을 마실 때도 헤헤거리며 웃더군요."

그의 말에 한지는 할 말이 없어졌다. 그 때문에 화가 난 것도 아닌데, 그냥 아무것도 아닌 자신의 처지가 한심스럽고, 턱없이 부족한 자신에게 화가 났을 뿐인데 괜한 사람에게 짜증을 부린 것이 부끄러워졌다.

"그냥, 그냥 가슴이 꽉 막힌 것같이 답답한데, 솔직히 어떻게 풀어내야 할지 모르겠어요."

한지의 대답에 지후가 고개를 끄덕였다.

"좋습니다. 여태껏 저를 도와주셨으니 이젠 제가 빚을 갚을 차례 같군요."

지후가 느닷없이 한지의 팔목을 잡았다. 따뜻한 온기가 한지의 팔목을 통해 심장까지 곧바로 전달되었다.

"왜 이래요?"

"나갑시다."

"네? 어딜요?"

"일단 나가서 열 바퀴만 뜁시다."

그가 한지를 잡아당겼다.

"이, 이보세요."

"야간 운동은 부신피질호르몬과 갑상선호르몬의 분비량 증가로 인한 면역력 증진 효과도 높을뿐더러 스트레스로 지친 자율신경을 달래줍니다. 무엇보다 땀을 흘리면서 느껴지는 개운함과 성취감은 복잡하고 지친 정신건강에 탁월한 효과를 가져다줄 겁니다."

"부, 부신… 뭐라고요?"

"……아무 생각 없이 뛰고 나면 기분이 좋아질 겁니다."

지후에게 이끌려 나온 한지는 자신의 팔목을 잡고 앞서 나가는 그 때문에 어쩔 수 없이 뛰기 시작했다. 말 그대로 이끌림에 의해 억지로 뛴 것이다. 하지만, 10분, 20분, 30분이 지나가자 한지는 자신도 모르게 달리기에 열중하고 있었다. 처음은 발걸음도 떨어지지 않고 힘이 들었지만, 어느 순간 가슴이 터질 것 같은 답답함이 거센 맞바람 속에 녹아들고 있었다. 매서운 바람을 맞을 때마다 그녀의 마음은 거짓말처럼 가벼워지기 시작했다. 그렇게 정신 없이 1시간을 달리자, 체한 것처럼 막혀 있던 한지의 가슴이 뻥 뚫린 기분이 들었다.

"헉. 헉. 이젠 때려 죽여도 못 뛰어요."

허리를 굽힌 채 컥컥대는 한지를 바라보던 지후가 빙그레 웃음
을 지었다. 숨을 몰아쉬는 한지와 달리 아무렇지도 않아 보이는 그
는 오랜 시간 뛴 사람이라고는 믿기 어려울 정도로 평온해 보였다.

"기분은 좀 나아졌습니까?"

"헉헉헉. 숨이 막혀서 기분이고 뭐고 모르겠어요. 우리 좀 쉬었
다 가요."

두 사람은 공원 앞 벤치로 향했다. 헉헉거리며 숨을 몰아쉬는
한지 옆에 조용히 앉아 있던 지후가 낮은 목소리로 노래를 부르기
시작했다.

"학교 종이 땡땡땡! 어서 모이자."

빚어놓은 도자기 같은 그의 입술에서 어색한 음률이 흘러나왔
다. 그는…… 그는 지독한 음치였다. 대한민국 사람이라면 누구나
부를 수 있을 '학교 종' 의 음이 하나도 맞지 않았다. 그럼에도, 열
심히 부르는 그를 보며 한지는 숨을 쉴 수가 없었다. 너무 웃어대
느라 두 눈가에 눈물이 맺히고 허리가 끊어질 듯이 아팠지만, 그
의 노랫소리는 웃지 않고는 견디기 힘들 정도로 제멋대로였기 때
문이다.

"으하하하. 우하하하하."

"웃지 마십시오."

"우하하하하하. 노래를 진짜 못하시네요."

어두운 밤하늘로 그녀의 웃음소리가 번져 나갔다.

"누나에게 배운 노랩니다. 제 노래를 비웃는 건 누나를 비웃는
거라고요."

“하하하. 알았어요. 잘못했어요.”

지후 덕분에 기분이 한결 좋아진 한지가 밝아진 목소리로 말했다.

“고마워요. 덕분에 기분이 많이 좋아졌어요.”

“별말씀을. 지난번 신세를 갚는 거라 칩시다.”

“지난번 신세?”

“길을 밝혀주셨죠. 덕분에 누나가 감동했습니다.”

한지는 처음 만난 날, 그들 남매에게 불을 비춰주었던 기억을 떠올렸다.

“아아, 그렇군요.”

“알코올 섭취에다 밤 운동까지 했으니, 내일은 달리기 내기가 힘이 들겠군요.”

“아뇨. 그렇지 않아요.”

“좋습니다. 그럼 컨디션이 회복되시면 연락 주십시오. 기다리고 있겠습니다.”

그가 자리에서 일어나며 말했다.

“가시게요?”

“11시부터는 독서시간입니다.”

한지는 성큼성큼 멀어지는 그를 오랫동안 바라보았다.

한 발자국, 한 발자국씩 멀어질 때마다 뻥 뚫린 그녀의 가슴 밭에 그의 발자국이 깊게 새겨지고 있었다.

"오늘 쉬는 날이지?"

권 여사의 눈동자가 소녀처럼 반짝반짝 빛이 나자 한지는 덜컥 겁이 났다.

"으응. 아마도."

"아마도는 무슨 아마도. 그러지 말고 오랜만에 봉사활동이나 따라갈래?"

한지는 아득한 기분에 작은 한숨을 내쉬었다. 병원은 딱 질색이었다. 코를 찌르는 소독약 냄새와 불쾌한 기억들. 비명과 고통에 찬 신음들. 한지에게 있어 병원의 기억들은 죄다 불쾌한 것들뿐이었다.

"나 오늘 약속 있어."

"약속? 무슨 약속?"

"진짜, 진짜 중요한 일이야."

"지랄하고 자빠졌다. 대체 진짜 중요한 일이 그 일이 뭐야?"

"나중에. 나중에 말해줄게. 그니까, 좀만 참아줘요. 이왕이면 영영 잊어주면 더 좋고."

권 여사는 애교스럽게 웃는 딸을 보며 눈을 흘겼지만 더는 캐묻진 않았다.

집을 나선 한지는 어젯밤 지후와 함께 달렸던 공원을 찾았다. 드넓은 잔디밭에는 겨울답지 않게 따뜻하고 부드러운 바람이 불고 있었다. 정말 미친 소리 같지만 바람결에 지후의 향기가 묻어나는 것 같았다.

"미쳤어. 증말 미쳤나 봐."

나이 서른에 무슨 청승인지. 불쑥불쑥 치미는 그의 생각에 한지는 도리질을 치며 긴 한숨을 내쉬었다.

"미쳤어? 니가 미쳤어? 뭐야? 손담비 버전이야?"

"앗! 깜짝이야!"

갑자기 나타난 김수민 때문에 놀란 한지가 가슴을 쓸어내렸다. 검정색 운동복을 입은 수민은 능청스럽게도 한지의 옆에서 준비운동을 하고 있었다.

"간도 큰 녀석이 놀란 척하긴."

"진짜 놀랐단 말이야. 내가 말이지. 요즘 얼마나 심약해졌는데. 마음 약하기가 보들보들 비단보 같으니까 앞으로 기척 내고 다녀."

기대했던 누군가가 아닌 것에 대한 실망한 기색을 보이지 않기 위해 한지는 더 과장되게 투덜거렸다.

"기척 내고 다니다 범인들 다 토끼면 니가 책임질래?"

"범인 토끼는 걸 내가 왜 책임져?"

"인정머리 없긴. 그건 그렇고 공사가 다망하신 서 기사님께서 아침부터 여긴 웬일이야?"

수민이 큰 덩치에 어울리지 않는 유연함으로 발목과 손목을 스트레칭하며 물었다.

"아침부터 공원에 왜 왔겠니?"

"공부하러."

"썰렁한 자식. 니가 그러니까 여자들에게 인기가 없지."

"너만 빼고 다 좋아하니까 아주 걱정을 마셔."

"흥! 넌 웬일이야?"

"오프지. 몸도 찌뿌드드하고 기분도 꿀꿀하고 해서 기분도 전환할 겸해서 나왔다. 야! 우리 간만에 달리기나 한 판 뜰까?"

"좋지!"

두 사람은 앞서거니 뒤서거니 하며 공원을 달린 뒤, 공원 입구에 있는 해장국집을 찾았다.

"요즘 동네가 어수선해."

수민이 커다란 순대를 한 입 삼키고서 우물거리며 말했다.

"교회 문제 땜에?"

"응. 그 문제도 있고, 또 다른 왕건이도 슬슬 퍼지는데 말이지. 영 신빙성 없는 소리도 아니고, 그렇다고 믿기도 어렵고."

막 삼킨 순대가 뜨거웠는지 씹지도 못하고 삼켜 버린 수민이 찬 물을 마시며 눈살을 찌푸렸다.

"소문이라니? 무슨 소문이 도는데?"

"그게 말이지, 일성화학의 이전이 확실시 됐다는 소문이 있어."

"정말? 그렇게 큰 기업이 이곳으로 옮긴단 말이야? 여기 뭐가 있다고? 그렇게 큰 공장이 들어오려면 전기나 수도, 도로 등이 다 갖추어져 있어야 하잖아. 전기나 수도라면 몰라도 지금 도로 사정으로는 무리일 텐데."

"그렇지. 그러니까 믿기는 힘이 드는데, 그렇다고 그런 소문이 도는 걸 무시할 수도 없는 노릇이 너도 알다시피 일성화학 고 사장과 백 의원이 사돈이 될 거라는 소문이 있잖아. 거기다 일성화학의 이전 문제는 백 의원이 내건 선거공략이기도 하고."

"그렇지. 그렇긴 한데…… 아무도 그 공략이 현실이 될 거라고 믿은 사람은 없잖아. 그냥 그 사람이 우리 지역을 위해 얼마나 애쓰는지 알기 때문에 뽑아준 거라고."

한지의 말이 맞았다. 거대기업인 일성화학이 운봉시에 들어온다면 지역경제에는 커다란 이익이 되겠지만, 그의 말을 곧이곧대로 믿은 사람은 아무도 없었다. 경기도 파주에서 잘 운영되고 있던 공장을 굳이 이곳까지 이전할 필요가 없었기 때문이다. 아무리 고 회장과 백 의원이 막역한 사이라 해도 뭔가 납득이 되지 않는 문제였다.

"그러니까 다들 긴가민가하고 있는 거지. 솔직히 일성화학이 들어오는 것이 우리 마을에 득이 될지 실이 될지는 좀 더 고민을 해봐야 하는 문제고.”

“그렇지. 지역 경제는 나아진다고 해도 공기나, 물, 환경은 많이 나빠질 거야.”

“그게 문제지. 그런데 큰 기업이 들어오면 상대적으로 인구도 증가하고, 가구 수도 증가할 거니까 집값이랑 땅값도 오를 거고. 참 교회 문제 진전이 있냐? 별 성과 없으면 내가 좀 알아볼까?”

수민의 말에 한지는 고개를 저었다.

“법적으로 처리하는 거, 어른들은 반대야.”

“그렇담 할 수 없지만. 그런데 어쩌다 그렇게 됐다니? 돈 앞에서는 장로도 별수가 없구나.”

“장로가 별수가 없는 게 아니라, 사람이라서 별수가 없는 거겠지. 어떤 위치에 있든 우린 모두 사람이니까. 사람이란 돈의 유혹에 흔들리기 쉽잖아. 우리 모두 겉모습을 통해 마음을 감추고 다스리는 것뿐일 거야.”

“오올. 한지. 너 뭔가, 뭔가 변했다.”

수민이 새로운 발견이라도 한 듯 중얼거렸다.

“변하긴 뭐가 변해? 내가 원래 이렇게 감동스러운 멘트를 잘 날리잖냐.”

“아냐, 아냐. 너 뭔가 변했어. 왠지 사람이 말이야, 깊이가 있어 보이는 것이, 꼭 성숙한 여자가 된 것 같아.”

“웃기셔. 그럼 서른 살이나 먹은 여자가 성숙하지 미성숙하것냐?”

“허허. 그 미묘한 차이…… 뭔가 있는데, 뭐라고 표현을 못하겠다.”

지후 때문인지, 인생에 대한 막중한 책임감 때문인지 모르지만 요즘 들어 생각이 많아지긴 했었다. 한지는 자신을 날카롭게 훑어보는 수민의 시선을 마주 받으면서도 혹시라도 그의 예리한 레이더망에 걸릴까 봐 겁이 났다. 서른 살이나 먹은 여자가 자신과 어울리지 않는 사람을 짝사랑하는 것이 자랑할 만한 일은 아니었다. 거기다 장난기 많은 수민이 사실을 알게 된다면 아마 몇 년 동안 놀림을 받을 것이다. 여기까지 생각이 미친 한지는 절대 그에게 들키지 말아야겠다고 굳은 결심을 했다. 이럴 때는 뭔가 다른 화제를 찾는 것이 현명한 일이다.

“맞다! 수민아, 너 전에 노래방 점수 내기에서 백전백승하는 비법이 있다 그랬지? 그 비법이 뭐야?”

“어허. 그건 왜?”

수민의 눈빛 속에 자리하고 있던 예리함이 사라지고, 흥미로움이 들어섰다. 단순한 녀석! 한지는 쾌재를 불렀다.

“그럴 일이 있어. 넌 그냥 묻지도 따지지도 말고 대답이나 하렴.”

“오호라. 또 누구에게 사길 치려고?”

“죽고 싶지?”

과격하게 올라가는 한지의 손을 피하며 수민이 싱글거렸다.

“아, 알았어. 말해줄게. 대신 이거 먹으면…….”

“뭐?”

수민이 작고 예쁘게 생긴 고추를 한지의 코앞에 들이댔다.

“이걸 먹으라고? 맵지 않을까?”

“확률은 반반이지. 복불복! 모험을 해봐. 나의 필살기를 쉽게 줄 수 없잖아.”

한지는 고추를 입으로 가져가 아주 조심스럽게 씹어보았다. ‘아그작’ 소리와 함께 가벼운 청량감마저 느껴졌다. 별다른 매운맛은 없었다.

“오홀. 괜찮은데.”

자신감이 생긴 한지가 더 크게 베어 물었다. 무(無)감각. 한지의 혓바닥 위로 잠시 기분 나쁜 정적이 흘렀다.

처음은 정말 아무렇지도 않았다. 하지만 정체를 감추고 있던 고약한 고추 알갱이들이 혀를 지지는 흉기가 되어 한지의 혓바닥을 공격하기 시작했다.

“허억. 무우우우울!”

한지가 비명을 질렀다.

“크크크큭. 크크크큭!”

수민이 딱따구리 같은 소리를 내며 어깨를 들썩거렸다.

“나아쁘으은 때끼…….”

차가운 물컵에 혀를 담근 한지가 어눌한 발음으로 울부짖으며 수민을 노려보았다. 투명한 물컵 속에 길게 담겨 있는 한지의 혀는 불어난 가지처럼 괴상하게 보았다. 크크크윽. 크크크윽. 수민이 또다시 웃음을 터트렸다.

“우웃띠 마…….”

한지는 자신이 처한 굴욕적인 상황과 감각이 마비가 될 정도로 화끈거리는 혀 때문에 고통스럽게 웅얼거렸다.

"알았어. 알았어. 내가 안 웃뜨게… 어서 혀나 더 집어넣으셔."

수민의 얼굴이 웃음을 참느라 한지의 것처럼 붉어졌다.

"사아아악한…… 때끼…….."

"하하하하. 좋아. 니가 이렇게까지 나를 즐겁게 해주니 내가 점수가 잘 나오는 곡들을 가르쳐 주지."

수민이 거들먹거리며 말했다.

"열나 재수 없는 자식!"

"응. 고마워. 근데 한지야!"

"왜?"

"너 저 남자 아냐?"

수민이 미간을 찌푸린 채 한지의 등 뒤를 가리키며 물었다.

"남자라니?"

"지금 저리로 걸어가는 남자가 너를 유심히 보는 것 같아서."

한지는 고개를 돌려 밖을 바라보았다. 투명한 유리벽 밖으로 키가 큰 남자가 걸어가는 모습이 보였다. 익숙한 뒷모습이었다. 긴 팔다리와 옅은 갈색이 도는 머리카락까지. 지후가 분명했다.

두근두근. 속절없이 두근거리는 한지의 심장이 그녀의 입술보다 먼저 신호를 보내고 있었다. 한지는 허겁지겁 몸을 돌리며 두 손으로 얼굴을 감쌌다.

"야! 너 왜 그래? 아는 사람이야?"

수민이 놀란 얼굴로 한지의 표정을 살폈다.

"너 고추 먹었을 때보다 더 빨개."

“그 사람이 우릴…… 봐, 봤을까?”

제발, 보지 못했기를…… 한지는 실낱같은 희망을 품고 친구를 바라보았다.

“등신. 널 유심히 보고 지나갔다니까.”

수민의 퉁명스러운 대답이 돌아왔다.

“어흑.”

한지는 절망감에 빠져들었다. 길게 빼 문 혀를 물컵에 담그고 있던 자신의 모습이 얼마나 흉측했을까? 죽고만 싶어졌다.

“수민아!”

“왜?”

“남자들 말이야. 얼굴이나 교양은 떨어져도 개그감각 있는 여자들을 좋아하겠지?”

“웃기고 있다. 니가 잘 모르는 모양인데 남자들은 웃긴 여자들 싫어해. 더구나 얼굴도 못생긴 것들이 웃기려 들면 더 싫어해.”

“그런 법이 어딨어?”

“진짜야. 남자들은 못생긴 여자가 웃긴 것보다 예쁜 여자가 안 웃기는 걸 더 좋아해.”

“안 웃겨도 되니까 예쁜 여자가 더 좋단 말이야?”

“빙고! 바로 그거지.”

젠장, 혀를 담근 물컵을 개그로 넘기기도 글러 버렸다. 기껏 친구가 됐는데 없었던 일로 하자면 어떻게 하지? 성질이 난 한지는 사건의 발단인 수민을 노려보았다.

“이게 다 네놈 때문이야! 창피해서 어째.”

"어허. 매사에 쿨하신 한지님이 왜 남의 탓으로 돌리고 이러실까?"

"쓸데없는 소리 하지 말고 어서 곡이나 불러봐."

한지가 신경질적으로 외쳤다.

"자식이. 생긴 것도 비주류면서 승질도 지랄 맞아."

친구의 상태가 심상치 않음을 눈치 챈 수민이 투덜거리면서 몇 곡을 불러주었다.

"이것도 거짓부렁이면, 넌 내 손에 죽을 줄 알아! 아무튼, 일이 잘되면 이 웬수는 조속히 갚겠어."

"야! 밥 먹자며? 어딜 가?"

"급히 가야 할 데가 있어. 먼저 먹고 있어."

바람처럼 멀어져 가는 한지를 보며 수민은 쓸쓸히 한숨을 내쉬었다.

"아무래도 간이 나빠진 모양이야."

산책을 마치고 집으로 향하던 지후가 자신의 가슴을 쓰다듬으며 중얼거렸다. 조금 전부터 이유없이 밀어닥친 정체 모를 불쾌감을 곰곰이 생각해 보았지만, 아무리 생각해도 도를 넘는 불쾌감의 원인은 '간'이 나빠졌을 가능성밖에는 없었다.

"그래, 그럴 거야."

그는 스스로 찾은 결론에 고개를 끄덕였다. 사실 집을 나설 때까지만 해도 그의 컨디션은 평소와 별다르지 않았다. 건조한 대기는 때마침 내려준 겨울비 덕에 공정습도(公定濕度), 상대습도(相對

濕度), 습도혼합비(濕度混合比)까지 산책을 하기에 더없이 알맞은 조건이었다. 모든 것이 다 적절했다. 그 해장국집 앞을 지나기 전까지만 해도.

"젠장."

공원 옆에 있던 해장국집을 생각하자 지후의 미간이 다시 찌푸려졌다. 한지가 낯선 남자와 다정하게 장난을 치고 있던 모습이 파노라마처럼 지나갔기 때문이다. 한 번 본 것은 절대 잊어먹지 않는 그의 기억력은 한지를 바라보던 남자의 다정한 눈동자까지 세밀하게 기억해 냈다. 보통 이상으로 다정해 보이는 두 사람의 모습을 떠올리자 걷잡을 수 없는 불쾌감이 밀려오기 시작했다.

"설마……."

지후는 간이 위치한 우측 횡격막 바로 아랫부분을 쓰다듬었다.

"늑골과 늑연골로 이루어진 흉곽 안에서 안전한 보호를 받고 있을 간이 왜 나빠졌을까?"

이유를 곰곰이 생각해 보았다. 낯선 생활환경과 낯선 집……. 스트레스를 받을 만한 충분한 여건이었다. 그래, 이사 때문이야. 지후는 자신이 유추해 낸 결론에 만족했다. 불쾌감이 생긴 이유는 간이 나빠졌기 때문이며, 간이 나빠진 이유는 이사로 인한 과도한 스트레스 때문이다. 그렇게 만족스러운 결과를 음미하며 걸어가던 그의 시야에 혀를 길게 빼문 채 헉헉거리고 있는 동네 개가 들어왔다.

붉은 혀…….

붉은 혀…….

혀를 길게 빼문 채 웬 남자와 시시덕거리던 한지의 모습이 나타
났다 사라졌다. 감당하기 어려운 불쾌감이 혈관을 타고 온몸 구석
구석으로 퍼져 나가기 시작했다.

"이사 때문이야."

지후는 몇 번이나 '이사'를 중얼거리며 불쾌하고 찜찜한 느낌
속에서 빠져나오려고 애썼다.

목욕. 목욕을 해야 해. 석연찮은 기분을 단번에 날려 버릴 따뜻
한 거품목욕을 기대하며 발걸음을 재촉하던 지후는 자신의 대문
앞을 서성이는 노란 털 뭉치를 발견하고는 걸음을 멈추었다. 햇빛
을 받아 빛이 나는 노란 털 뭉치는 화사한 봄날의 개나리를 연상
시켰지만, 지후의 기분은 한겨울의 눈구름처럼 우중충하게 가라
앉았다.

······간 때문이었다.

한지가 다른 남자와 만나기 위해 입은 샛노란 앙고라 털옷 때문
은 아니었다. 자신에게는 제복이나 추리닝밖에 보여주지 않던 한
지가 다른 남자와 만난 오늘, 통통하고 앙증맞은 병아리처럼 보여
서 기분이 나빠진 것은 절대 아니었으며, 마주친 한지의 얼굴이
잘 익은 복숭아처럼 탐스러워 보여서 그런 것은 더더욱 아니었다.

"저렇게까지 열이 올랐다니······ 그 남자와 엄청나게 즐거웠나
보군."

두 눈을 가늘게 뜬 채 한지를 관찰하던 지후는 빨갛게 달아오른
한지의 볼을 보며 불쾌한 듯 중얼거렸다.

"간을 생각해야 해. 이러면 안 돼."

자꾸만 나빠질 자신의 간을 염려한 지후는 불쾌감을 떨쳐내려는 듯 고개를 흔들었다. 그리고 대문 가에 있는 털 뭉치로 다가가 냉랭하게 말했다.

"무슨 일입니까?"

벨을 누를까, 미셸을 찾을까 망설이던 한지는 지후의 목소리에 온몸을 경직시켰다. 그의 목소리에 불쾌함이 가득한 것은 친구라고 생각했던 자신의 민망한 모습에 실망했기 때문이란 생각이 들었다.

"아, 안녕하세요?"

"별로 안녕하진 못합니다만, 서 기사님은 아주 좋아 보입니다."

냉랭한 그의 말에 한지가 움찔거렸다. 그녀는 쥐구멍이 있으면 숨고 싶은 심정이었다.

"아, 그, 그러시군요. 저…… 어, 어젠 고마웠습니다."

"별말씀을요."

자신에게 실망했을 거라는 건 예상했지만, 그래도 생각했던 것 이상의 차가움에 한지는 당황스러웠다.

"저기, 저기 조금 이르긴 하지만, 지금 내기할 수 있으세요?"

지후의 오른쪽 눈썹이 살짝 올라갔다.

"내기를 하자고요? 지금?"

"네."

그의 쌀쌀함에 기가 죽은 한지가 겨우 고개를 끄덕였다.

"약속 시간은 11시가 아니었던가요? 흠. 전 지금 간이 좋지 않아……."

간을 들먹이던 지후의 얼굴에 불쾌감이 한층 더 짙어졌다. 그의 머릿속에 떠오른 연상작용을 알 길이 없는 한지의 입장에서는 더 없이 긴장되는 순간이었다.

"······전 지금 몹시 바쁩니다."

한겨울 바람처럼 쌀쌀맞게 구는 그를 보며 한지는 민망해졌다. 실추된 우정을 어떻게 회복시켜야 하는 걸까? 궁리를 하던 그녀는 자신을 지나치는 지후를 보며 다급해졌다.

"저, 저기요."

손을 뻗어 지후의 옷자락을 잡음과 동시에 한지의 휴대전화가 요란하게 울어댔다. 그녀에게 옷자락이 잡힌 지후가 거만한 표정으로 쏘아보며 턱을 움직였다. 전화를 받으라는 신호였다.

"······네."

한지는 지후의 눈치를 살펴가며 조심스레 전화를 받았다.

[내 따랑 한지, 꼬인 혀는 풀린 거야?]

전화기로 수민의 굵직한 목소리가 들려왔다. 항상 그렇듯이 전화기 너머의 목소리는 엄청나게 요란스러웠다. 경박한 수민의 매너 때문인지 지후의 표정이 더 나빠졌다. 한지는 암담함에 억눌린 목소리로 전화를 받았다.

"아, 왜?"

[밥 먹다가 도망간 놈이 왜라니? 좋아. 네가 사죄할 기회를 주마. 오늘 듬직하고 멋찐 오빠랑 짜릿한 영화나 한 편 땡기고, 거기다 육즙이 좔좔 흐르는 고기나 먹으러 갈까?]

이놈의 새끼가······ 한지는 입 밖으로 낼 수 없는 욕설을 마음속으로 퍼부으며 전화기를 노려봤다.

"나 지금 바빠. 끊자."

전화를 끊으려 하자 다급한 외침이 들려왔다.

[에잇! 잠깐. 끊지 마!]

"아, 왜?"

한지가 짜증스럽게 외쳤다.

[아따, 자식. 성격도 급하기는. 잔말 말고 오늘 오후에 시간 좀 내. 너 취직자리 알아놨어.]

"취, 취직자리? 나 일 그만둔 거 어떻게 알았어?"

날카롭기만 하던 한지의 목소리가 조금 누그러졌다.

[자식. 내가 누구냐? 내가 바로 서한지의 수호천사이자 백마 탄 왕자님 아니냐. 언제 만날래? 난 지금 봤으면 좋겠는데……]

전혀 생각지도 못한 친구의 말에 정신이 팔려 있던 한지는 지후의 얼굴에 떠오른 험악한 분기를 미처 알아채지 못했다. 우렁찬 수민의 목소리가 지후의 귀에까지 생생히 전해지는 사이 그의 얼굴은 몇 번의 감정 기복을 거치다 급기야는 폭발할 것 같은 분노를 담고 한지를 쏘아보고 있었다.

"지금?"

한지가 대답하려는 찰나, 지후가 휴대전화를 빼앗아 전화를 끊어버렸다.

"어, 어!"

"갑시다."

지후가 한지를 쏘아보며 냉랭하게 말했다.

“에, 예?”

놀란 한지가 멍하니 되물었다.

“내기하자면서요. 지금 가자고요.”

“지금요?”

“그래요. 지금!”

“바쁘시다면서요.”

“그래요. 바빠요. 엄청나게 바쁘지만 제가 특별히 시간을 내드리는 거니까, 영광인 줄 알고 어서 가시죠.”

지후가 한지를 노려보며 말했다.

“알았어요. 그런데…….”

“뭐요?”

지후가 퉁명스럽게 쏘아붙였다.

“안 좋은 일 있으셨어요? 왜 그렇게 기분이 나빠요?”

한지의 물음에 지후가 콧방귀를 뀌며 비웃음을 날렸다.

“기분이 안 좋을 일이 뭐가 있겠습니까. 전 괜찮습니다.”

“에이, 안 좋아 보이는데요.”

노란 털 뭉치가 쫑쫑거리며 그를 앞서더니 어깨를 으쓱거리며 ‘동해물과 백두산이 마르고 닳도록~’ 를 흥얼거린다.

그 사람과 통화한 게 그렇게 좋은 거야?

앞서 가던 한지의 모습을 가만히 바라보던 지후의 입가가 삐뚤어졌다.

“그렇게 좋습니까?”

“네? 좋다니요? 전 지후 씨 기분이 안 좋은 것 같다고 물었어요.”

노란 털 뭉치가 우뚝 멈추어 서더니 그에게 돌아왔다. 반짝이는 눈빛으로 자신을 바라보는 한지를 보며 지후는 '그 사람'이라는 말을 삼켜 버렸다.

"……기분보다는 간이 나빠진 모양입니다."

그녀의 얼굴에 떠오른 걱정스러운 기색에 지후의 불쾌감이 조금 엷어지는 듯했지만, 아직은 조족지혈(鳥足之血), 새 발의 피였다.

"간이요? 간이 왜요?"

"이사로 말미암은 과로 때문이겠지요."

"아하, 그러시구나."

걱정이 가득한 한지의 얼굴이 지후의 코앞으로 바짝 다가왔다. 갑작스러운 그녀의 행동에 놀란 지후가 미처 피할 새도 없이 한지의 맑은 눈동자와 동그스름한 콧방울, 앵두처럼 붉은 입술이 시야에 한꺼번에 들어차 버렸다. 급기야는 그녀의 엷은 숨결이 그의 얼굴 위로 부서지는 느낌이 생생하게 전해지기까지 했다.

"왜? 왜 이러십니까?"

지후가 뒷걸음질을 치며 당황스럽게 외쳤다. 그의 다급한 음성을 듣는 순간 자신이 무슨 짓을 했는지 깨달은 한지가 화들짝 그에게서 멀어졌다.

"죄, 죄송해요."

그녀의 얼굴이 멀어지자, 지후는 묘한 상실감을 느꼈다. 왜 이런 기분이 드는 거지? 뒤죽박죽. 모든 것이 다 헝클어진 느낌. 지후가 가장 싫어하는 불균형이 그를 괴롭혔다. 지후는 평안을 원했다. 이 모든 원흉은 시도 때도 없이 자신을 괴롭히는 한지 때문이라고 생각했다.

"앗, 죄송해요. 간이 안 좋으시다기에. 그래도 눈동자는 깨끗하신데……."

말을 하던 한지의 얼굴에 다시 열이 오르기 시작했다. 얼마나 가까이 그를 봤는지, 지후의 콧등에 난 엷은 주근깨 3개를 볼 수 있을 정도였다. 쑥스러워 가슴이 콩닥거린다.

'이대로 가다간 오늘 온 목표를 잊어버릴지도 몰라.'

위기감을 느낀 한지는 헛기침을 하며 마음을 가라앉힌 뒤, 자신의 요구조건을 말했다.

"저기, 어제 제가 무리를 해서요. 오늘은 달리기 말고 다른 걸로 하면 안 될까요?"

지후의 눈썹이 살짝 움직이더니 이내 본래의 자리를 찾는다.

"달리기 말고 다른 걸 하자고요?"

"네."

"좋습니다."

뜻밖에도 지후는 무슨 내기를 할 것이냐고 묻지도 않은 채 승낙을 했다.

한지가 지후를 데리고 온 곳은 시내에 있는 마로니에 노래방이었다. 오후 시간에, 그것도 멀쩡한 정신으로 노래방에 들어오기란 상당히 쑥스러운 일이었지만 한지는 취직을 위해 민망함을 감수하기로 했다.

"노래 대결 어때요?"

"노래를 잘하십니까?"

음치임이 드러난 마당에도 지후의 얼굴은 담담하기만 했다.

'설마 댁보다 못하겠어요.'

한지는 애써 겸손한 표정을 유지하며 고개를 끄덕였다.

"그러시군요. 그럼 한번 불러보시죠."

검은색 소파에 긴 다리를 꼬고 앉아 있는 그의 모습은 스타 발굴 오디션 장소에 나와 있는 사장님 같았다. 값싼 비닐 소파도 그가 앉아 있으니 고급가죽 소파로 탈바꿈을 한 것 같았다.

"흠흠. 좋아요. 그럼 먼저 시작합니다."

한지는 두 눈을 감고, 성심성의껏 노래를 불렀다. 장엄하고 거룩하고, 비장하게. 그리고 무엇보다 큰 목소리로 부르는 것을 잊지 않았다.

"동해물과 백두산이 마르고 닳도록……."

노래방 기기에 정통한 수민의 말에 의하면 금은반주기회사 제품의 애국가는 아무리 못 불러도 95점은 넘게 나온다고 했다. 조금만 제대로 불러주면 인심 좋게 100점은 쏘아준다는 말에 한지는 온 정성을 쏟아 애국가를 불렀다.

"……길이 보전하세에에에에."

좀처럼 듣기 힘든 한지의 열창이 끝이 나고 '빰빠라빰빰빰빰빰' 거리는 요란한 축하연주곡이 들려왔다. 한지가 마른침을 삼키며 초조해하고 있는 사이 화면에는 무려 97점이라는 점수가 매겨지고 있었다.

"흐흐흠. 이제 부르시죠."

자신의 점수에 만족한 한지가 여유롭게 마이크를 넘겼다.

"좋습니다."

한지의 권유에 지후도 노래를 불렀다.

"학교 종이 땡땡땡."

역시 지후는 한지를 실망시키지 않았다. 그의 노랫소리는 처음부터 끝까지 일정한 음이었다. 거기다 엇박자에 박자까지 엉망인, 참 듣기 거북한 노래 실력이었다.

완벽한 남자가 보이는 허점에 한지는 더없이 유쾌해졌다. 지후가 노래를 마치고 화면에 뜬 글귀는 '좀 더 노력하세요.' 였다.

"아하하하하."

그녀는 미친 듯이 웃어댔다. 웃고 또 웃었다.

"아하하하하. 아이고, 배야! 아하하하하."

"흠흠. 그, 그만 합시다."

"이번 내기는 제가 이겼어요."

한지가 기대에 찬 눈빛으로 지후를 바라보았다. 그의 노랫소리 때문에 자지러지게 웃느라 한지의 두 볼은 보기 좋게 달아올랐으며, 승리의 뿌듯함은 반짝이는 눈빛을 더 초롱초롱하게 만들었다.

"맞습니다. 서 기사님이 이기셨습니다."

지후가 순순히 패배를 시인했다.

"이제 저를 채용해 주시겠어요?"

"좋습니다. 이제부터 정식으로 채용된 겁니다."

"고마워요. 저 정말 잘할게요."

한지는 기쁨에 겨워 그를 향해 손을 내밀었다.

잘했어, 서한지. 이제 떳떳하게 택시회사를 그만뒀다고 엄마에게 말을 할 수가 있게 됐어. 이 모든 것이 다 당신 덕분이에요.

한지는 눈앞의 남자에게 무한한 감사를 느끼며 환하게 웃었다.

싱글벙글하던 한지가 돌아갔다. 홀로 남은 지후는 자신의 손바닥을 뚫어지게 바라보았다. 따스하던 작은 손이 힘차게 흔들어대는 느낌이 고스란히 남아 있는 생경한 손바닥. 작은 올챙이가 요리조리 헤엄치며 놀다가 빠져나가 버린 허전함이 빈 손바닥을 통해 심장까지 전달되었다.

사랑이 오는 소리[8]

"그동안 잘 지내셨습니까?"

금발의 알렉스가 깍듯이 인사를 하자, 지후는 덤덤히 고개를 끄덕였다. 미국에서 날아온 비서를 반가운 기색 하나 없이 맞이하는 지후와 그런 지후를 당연한 듯이 바라보는 알렉스의 사이에는 오랜 시간을 함께 한, 서로 잘 아는 사람들만이 가질 수 있는 익숙함이 깃들어 있었다.

"시차로 고생하진 않으셨는지요? 음식은 입에 맞으셨어요?"

미국에서 헤어질 때보다 조금 여위어 보이는 상관을 보며 알렉스가 걱정 가득한 목소리로 물었다.

"그럭저럭. 나보다 누나가 고생이었지. 누나 봤어?"

"네! 좀 전에 올라갔더니 주무시고 계셨습니다. 혈색이 많이 좋아지셨더라고요."

"응. 많이 좋아졌어. 거기다 새 친구도 사귀었다나 봐."

지후는 좋은 친구가 생겼다며 전에 없이 들떠 있는 누나를 떠올렸다. 갑자기 나빠진 건강 때문에 웃음을 잃었던 누나가 생기를 되찾은 것이 지후에게는 참으로 다행스러운 일이었다.

"친구라…… 아가씨껜 잘된 일이네요. 미셸에게 들어보니까 이웃 주민들이 반찬이며 김치 등을 많이 가져왔다면서요? 한국 사람들은 참 정이 많은 것 같아요."

"음. 그렇지……."

지후는 김치 보따리를 들고 찾아왔던 많은 사람들을 떠올렸다. 다들 친절하고 좋은 사람들 같았다. 그중에서도 내기를 하자며 떼를 쓰던 한지를 떠올리자, 굳어 있던 입매가 저도 모르게 부드러워졌고 숫기 많은 눈썹이 보기 좋은 곡선을 그리며 휘어졌다.

알렉스는 오랫동안 모셔왔던 상관의 얼굴을 유심히 바라보며 고개를 갸웃거렸다. 사장님이 어딘가 달라졌다. 분명히 눈에 띄는 변화는 없지만, 뭐라 딱 부러지게 말할 수 없는 묘한 분위기가 생겼다. 항상 딱딱하던 입매가 느슨해져서 그런 걸까? 아니면 차갑기만 하던 눈빛이 많이 누그러져서 그런 걸까? 어딘지 모르게 연해진 느낌으로 살짝 웃는 지후의 표정은 알렉스에게 있어 낯선 모습이었다.

"사장님?"

알렉스가 조심스레 부르자 기분 좋은 생각에 빠져 부드러워졌던 지후의 얼굴이 그를 향했다.

"응?"

"……지시하신 일은 잘 마쳤습니다. 어렵게 찾은 테이프는 증거자료로 입수해 놓았고 현재는 유사 사례들을 찾아보는 중입니다."

멀리 소풍 나가 있던 지후의 정신이 귀환한 듯 눈빛이 날카로워졌다.

"수고했어."

"아, 그리고 테마파크 부지 건에 마찰이 있다고 들었습니다."

"조만간 해결이 될 거야. 그건 내가 알아서 할 테니 자넨 백민기 건이나 신경 써. 오늘은 피곤할 테니 그만 쉬어."

"네."

벌써 5년째 지후의 비서 일을 하는 알렉스는 한국으로 먼저 들어온 지후 대신 미국에 남아 있던 사업체, 연구소 등을 정리하고 들어오는 길이었다. 겉모습은 영락없는 금발 외국인이었지만, 어머니가 한국 사람이라 한국어에 능통했고, 무엇보다 식성과 사상들이 지극히 동양적인 그는 누나인 지련 다음으로 지후를 가장 잘 아는 사람이기도 했다.

"기사를 구하셨다면서요?"

알렉스는 자신의 말에 오른쪽 눈썹이 살짝 올라간 지후를 보며 수다쟁이 미셸의 말이 맞았음을 직감했다.

"그리고 식성이 변하셨습니까?"

"무슨 말이야?"

지후가 차갑게 물었지만, 알렉스는 흔들리지 않고 여유롭게 미소 지었다. 사람들이 어려워하는 지후의 차가운 눈빛과 말투는 적어도 알렉스에게만은 통하지 않았다. 어쩌면 자신보다 서너 살 어린 지후를 친동생처럼 생각하고 있기 때문인지도 몰랐다.

"더는 복숭아를 드시지 않는다고 하시기에……."

"그런 수다까지 떨다니. 미셸이 고국이 그리운 모양이지?"

"큭큭. 그럴 리가요. 그보단 걱정스러워서 그런 거겠죠. 복숭아는 사장님이 제일 좋아하는 과일이시잖습니까."

가족 같은 미셸을 미국으로 돌려보낼 리가 없음을 잘 아는 알렉스가 짓궂게 대답했다.

"그만 웃고 가서 쉬어. 그리고 내가 지시했던 튼튼하고 안전한 차는?"

"내일 아침에 배달될 예정입니다."

지후는 고개를 돌리며 웃음을 참으려는 알렉스를 지그시 노려보았다.

"기사는 대체 어떻게 구하셨습니까?"

알렉스의 물음에 지후는 아무 말 없이 인상만 쓰고 있었다. 미국에서 지후의 차를 몰던 존은 알렉스와 미셸을 따라 함께 한국으로 오겠다는 의견을 내비쳤고 그렇지 않아도 한국에서의 교통문제를 걱정하던 알렉스는 흔쾌히 승낙을 했다. 그런데 지후가 기사를 구했다며 존에게 현지에 남아 있으라는 명령을 내린 것이다.

"여기서 제일 운전 잘하는 기사로 뽑았으니까 걱정하지 마."

"신원은 확실합니까?"

"여긴 조용한 시골 마을이라고."

지후의 말에 알렉스는 고개를 흔들었다. 연구와 개발, 책과 지식을 쌓는 일 외에는 다 무관심한 지후를 위해 자신이 더욱 세심하게 관리를 해야 했다.

"저희 할머니 말씀이 돌다리도 두드려 보고 건너라고 하셨어요. 매사 조심해서 나쁠 것은 없습니다."

"알았어. 나중에 자네가 확인해 봐."

"네, 그러겠습니다. 후우. 이곳이 참 좋긴 한가 봅니다. 아가씨도 많이 건강해 보이시고, 사장님도 한결 여유롭게 느껴집니다."

"여유롭다니?"

"글쎄요. 뭐라 표현할 순 없지만, 종전의 사장님과는 다른 느낌이 듭니다. 뭔가…… 남자다워진 느낌?"

의미심장하게 눈을 찡긋거리는 알렉스를 보며 지후의 눈썹이 산을 그리기 시작했다.

"여유로운 느낌이라…… 맞아. 내가 좀 여유롭긴 하지. 어때? 알렉스. 보아하니 피곤하지 않은가 본데, 그럼 우리 여유있게 밤새 밀린 서류나 검토해 볼까?"

"헉! 그럴 리가요. 전 이만 나가서 좀 쉬도록 하겠습니다."

재빨리 지후의 시야에서 벗어나던 알렉스는 터져 나오는 웃음을 참지 못하고 쿡쿡거렸다.

'분명히 달라졌어.'

지후의 무한한 능력에 대해 알렉스는 번번이 놀랄 수밖에 없었다. 그는 상상을 뛰어넘는 천재였으며, 한 번 본 것은 절대 잊어버리지 않는 대단한 사람이었다. 알렉스는 아직도 지후에게 받은 충격을 잊지 못한다. 두꺼운 책을 눈으로 훑고 나서 그 내용을 모조리 기억하던 지후의 천재성을. 하지만 상상을 뛰어넘는 천재의 삶은 단순하고 지루했다. 매사 짜인 틀에서 생활하며 계획대로 움직이는 지후를 볼 때마다 안타까웠다. 그런데 지후가 달라졌다. 미셸의 말에 의하면 '한쥐'라는 여기사가 원인 제공자 같았다. 풋. 두 사람이 함께 경주를 했다지? 아무튼, 무미건조한 천재의 삶이 조금씩 변하고 있다는 것은 대단히 반가운 일이다.

"젊은 여기사라……."

알렉스는 사시사철 변함없는 지후의 삶을 비집고 들어온 여기사에 대한 궁금증을 참을 수가 없었다.

"알렉스."

계단을 내려오던 알렉스는 주방 쪽에서 자신을 부르는 부드러운 목소리를 듣고는 걸음을 멈추고 돌아보았다. 휠체어에 앉은 아름다운 지련이 그를 바라보며 다정하게 웃고 있다.

장난기 가득하던 알렉스의 얼굴이 환하게 변했다.

"아가씨! 그동안 잘 계셨던 거죠? 제가 없어서 불편하진 않으셨어요?"

지련 앞에서 무릎을 굽혀 다정하게 속삭이는 알렉스의 두 눈에는 그녀에 대한 걱정과 함께 재회의 기쁨이 가득 들어차 있었다.

"응. 난 괜찮아. 알렉스는? 먼 길 오느라 피곤하지 않아?"

"저야, 아가씨 옆으로 오는 것만으로도 행복하죠."

"훗. 넉살은 여전해."

"그럼요. 저는 변치 않을 겁니다. 그나저나 아가씬 얼굴이 더 좋아지셨군요.”

“정말?”

“네.”

“다행이네. 나 이곳이 참 좋아. 공기도 좋고, 사람들도 좋고. 그리고 나 이곳에서 정말 좋은 친구를 만났지 뭐야.”

“오, 그래요?”

“응. 알렉스도 보면 놀랄 거야. 사실은 말이지. 그 아가씨를……”

귓가에서 소곤거리는 지련의 계획에 알렉스의 눈빛이 살짝 흐려졌다. 동생을 위해 거창한 계획을 세우는 지련과 자신의 마음과는 상관없이 아픈 누나의 뜻을 거부하지 않을 지후의 선택이 과연 두 사람을 행복하게 할 수 있을까 하는 진심 어린 걱정이었다.

“오늘 점심때 초대했으니까 알렉스가 봐줘. 알렉스는 사람을 잘 보잖아.”

“네, 그러죠. 아가씨.”

“고마워! 난 있지, 이 마을이 정말 좋아. 이곳의 겨울은 따뜻하고 포근해. 공기도 좋고, 새롭게 만나게 될 사람들도 참 좋을 것 같아. 알렉스. 난 봄이 오면 쑥을 캐러 갈 거야. 알렉스, 쑥 알아?”

“그럼요. 할머니가 해주신 쑥떡을 먹어보기도 한걸요.”

“오! 정말? 나도 내가 캔 쑥으로 떡을 만들어봐야겠어.”

기대에 찬 눈으로 말하는 지련을 보며 알렉스가 부드럽게 미소 지었다.

“그래요. 우리 사장님은 주지 말고 우리끼리 먹읍시다.”

"후후후. 지후가 삐칠지도 몰라."

어린아이처럼 즐거워하는 지련을 보며 알렉스도 따라 웃었다. 그는 몸이 아픈 지련도, 그런 지련을 바라보며 마음이 아픈 지후도 이곳, 민들레 마을에서 행복을 찾았으면 하는 간절한 염원을 하고 있었다. 다행히도 한결 여유로워진 지후와 초롱초롱한 두 눈을 빛내며 생기있게 변한 지련의 모습을 보며 기쁨을 감출 수가 없었다.

지련의 초대 손님은 약속 시간 10분 전에 도착했다.

"안녕하세요! 이경미입니다."

이경미가 알렉스의 앞에 당당하게 손을 내밀었다. 그녀의 이목 구비는 질서 정연하게 자리 잡고 있었고, 늘씬한 몸매와 부드러운 말투는 아무리 점수를 깎으려 해도 최상위권에 속하는 완벽한 미인이었다.

"반갑습니다. 저는 알렉스라고 합니다."

"지련 언니에게 얘기 많이 들었어요."

조금 어색한 웃음만 뺀다면 정말 예쁠 텐데…… 알렉스는 경미를 거실로 안내하며 흠잡을 데 없는 그녀의 눈빛이 과하게 반짝이는 것과 웃고 있는 입매가 부자연스럽다는 것을 깨달았다.

"안녕하세요. 또 뵙네요."

지후를 발견한 경미가 수줍게 인사를 건넸다.

"어머! 두 사람, 이미 알고 있었던 거야?"

지련이 반가운 듯 앞으로 나섰다.

"네. 지난번 시청에 오셨을 때 제가 안내를 맡았어요."

경미가 살갑게 말했다.

"정말 인연이란 게 있나 보다. 둘이 너무 잘 어울려. 우리 이러지 말고 들어가서 얘기하자."

그가 눈치 챈 것을 지후가 모를 리는 없다. 식사 시간 내내 지후를 의식하는 경미와 경미에게 무덤덤하게 구는 지후를 보며 알렉스는 안타깝지만 지련의 계획이 성공하지 못할 것이라고 예견했다.

"한지는 잘 있죠?"

지후가 경미의 물음에 반응을 보인 것은 한지라는 이름이 나왔을 때뿐이었다.

"네."

"한 번 만나서 밥이라도 먹어야 하는데……. 대신 전해주시겠어요?"

"그러죠."

"참, 언제 한번 시간 내주세요? 제가 언니 얘길 했더니, 저희 어머니께서 뵙고 싶어하셔서요."

경미가 지련과 지후를 번갈아 보며 물었다.

"나야 영광이지. 지후 넌 어때? 이왕이면 같이 가자."

"응. 시간 정해지면 말해."

누나에게 다정하게 고개를 끄덕이는 지후를 보며 경미의 얼굴에도 미소가 번졌다.

'흠……. 예쁜데다 영리하기까지 하네.'

알렉스가 보기에는 썩 괜찮은, 눈에 띄는 부족함이 없는 아가씨
였다. 저런 아가씨에게서 지후의 관심을 뺏어간 '서 기사'의 정체
가 더욱더 궁금해졌다.

알렉스가 그렇게 궁금해하던 여기사를 만난 것은 해가 뉘엿뉘
엿 넘어가기 전인 오후 5시경이었다. 잠깐 산책이나 해볼까 집을
나서던 알렉스는 상쾌하게 불어오는 바람과 정겨운 경치들을 구
경하며 마을 입구까지 걸어왔다.

마산슈퍼.

정겨운 모양의 슈퍼 앞에 다리가 달린 평평한 나무 매트 같은
것이 있었는데 그곳에 엉덩이를 걸터앉은 여자아이가 두 다리를
'들었다, 내렸다'를 반복하며 애국가를 흥얼거리고 있었다.

"대한 사람 대한으로 길이 보전하아아세에에에에. 대~한 민
국. 짝짝짝 짝짝!"

입으로 박수 소리를 내가며 열정적인 노래를 부르는 아이의 모
습에 알렉스는 피식, 웃음이 났다. 가까이 다가가 보니 노랫소리
의 주인공은 아이가 아니라 젊은 아가씨였다. 분홍색 추리닝을 입
은 깜찍한 아가씨는 자신의 어머니처럼 짙고 맑은 눈동자를 지니
고 있었다. 탐스러우리만치 찰랑거리는 검은 머리색과 깊은 눈이
잘 어울리는 첫눈에 호감이 가는 스타일이었다.

알렉스는 아가씨가 놀라지 않도록 살금살금 그녀의 옆으로 다
가갔다. 매력적인 입술을 귀엽게 오므려 가며 비닐 팩에 든 초콜
릿색 액체를 쭉쭉 빨아먹는, 신기하고 낯선 풍경을 넋이 나간 듯

바라보던 알렉스는 동그랗고 시원한 눈을 가진 아가씨와 눈을 마주치며 반갑게 미소 지었다. 살짝 윙크를 하는 것도 잊지 않았다.

"하이!"

"엄마야!"

알렉스가 오른손을 들어 올리며 밝게 인사를 하자, 무방비 상태로 앉아 있던 아가씨가 외마디 비명을 지르며 벌떡 일어났다.

"놀랐잖아요!"

두 눈을 동그랗게 뜨고는 자신을 쳐다보는 아가씨의 모습이 재밌었다. 알렉스의 입매는 주인의 의지와 관계없이 큰 포물선을 그리며 귓가로 벌어졌다.

" '무엇을 도와드릴까요?' 가 영어로 뭐더라, '어디서 오셨어요?' 는 뭐지? 아이씨. 왜 이렇게 기억이 안 나는 거야."

아가씨가 머리를 긁적거리며 작은 한숨을 내쉬었다. 갑작스러운 외국인의 등장에 당황한 나머지 단순한 회화조차 기억이 나지 않는 모양이다. 알렉스는 자신이 한국어를 한다는 것을 알리려 했지만 그녀의 말투가 재밌어 잠시만 더 두고 보기로 했다.

심각하게 고민을 하던 그녀는 결국 검은 비닐봉지에 있던 커피우유를 건네며 환영의 미소를 지었다.

"이거 드셔보실래요? 진짜 맛있어요."

그녀는 알렉스가 알아듣든지, 말든지 한국어로 이야기하기 시작했다.

"그래요. 뭐 그쪽이 한국말 못하는 거나, 내가 영어 못하는 거나 셈셈이죠. 헤헤헤. 그러니 우리 서로 부담감 없이 각자 나라 말로 이야기하자고요."

여자가 밝게 웃는 모습이 아이처럼 순수해 보였다.

"여기 앉을래요? 나 혼자서 심심했거든요."

그녀가 자신의 옆자리를 손으로 툭툭 쳤다. 알렉스가 알아들었다는 뜻으로 고개를 끄덕이며 그녀의 옆에 조심스레 앉았다.

"그런데 이 조용한 마을엔 어쩐 일로 오셨나요? 아! 혹시 시내에 새로 생긴 영어학원 강사예요? 아하, 그럴 수도 있겠다. 그 학원에 원어민 선생님들이 많더라고요."

그녀의 지레짐작에 알렉스는 어떻게 대답을 해야 할까, 잠시 망설였지만 결국 어깨를 으쓱거리며 대답을 회피했다.

"휴…… 학원에서 일하시려면 한국어를 조금은 하셔야 하는데. 사실 말이죠, 로마에 가면 로마법을 따라야 하는 것처럼 한국에 오시면 한국어를 익히셔야 된다고 생각하거든요. 전 영어를 고집하는 미국 사람들을 보면 조금 교만하단 생각을 해요. 아, 물론 댁이 그렇다는 게 아니라요, 따지고 보면 영어보단 한국어가 훨씬 뛰어나거든요. 영어에는 없는 말이 우리 한글에는 참 많아요. 노란색 하나만 봐도 노랗다, 노르스름하다, 노리팅팅하다, 누렇다, 누리 팅팅하다. 누리끼리하다. 영어로는 그렇게 다양하게 표현 못하죠?"

저 진지한 눈동자라니…… 열변을 토하는 여자를 보며 알렉스는 점점 죄책감에 빠져들었다.

"아, 그거 알아요? 제가 전에 라디오에서 들었는데 인도네시아의 어느 부족 사람들은 자기들의 언어를 기록하기 위한 문자로 한

글을 택했대요. 신기하죠? 한글은요, 세종대왕님이 만드신 우리나라 말이에요. 잘 모르셔서 그렇지 무지하게 과학적이거든요."

열심히 설명을 하던 여자가 잠시 숨을 고르는 사이 찬물을 끼얹는 걸걸한 목소리가 가게 안쪽에서 들려왔다.

"지럴을 한다. 그 코쟁이가 니 말을 알아듣냐?"

자신을 코쟁이라고 부른 할머니를 보며 알렉스는 미셸이 말하던 욕쟁이 슈퍼 주인임을 단번에 알아챘다. 아주 사납고 무서운 할머니라고 했었는데, 뜻밖에도 무섭기는커녕 정말 귀여운 생각이 들 정도로 작은 할머니였다.

"할매, 볼일 다 봤어? 난 지금 손님에게 한글의 우수성에 대해 설명을 하는 중이야."

여자가 뿌듯한 얼굴로 설명했지만, 주인은 잔뜩 찌푸린 눈빛으로 알렉스를 노려보았다.

"미친년. 가게 보라고 했더니 커피우유를 바닥내고 노닥거리고 있네. 난 뭐 땅 파서 장사하는 줄 알아? 네년 걸로도 모자라 저 코쟁이까지 퍼주냐?"

"할매, 외국에서 오신 손님에게 그럼 안 돼."

여자가 화들짝 놀라며 주인을 말렸지만, 주인은 콧방귀를 꼈다.

"지랄. 네 손님이냐?"

"아냐. 나도 오늘 처음 봤어. 시내에 있는 영어학원 선생님인가 봐."

"흥. 넌 처음 보는 사람이랑 나란히 앉아서 노닥거리냐? 난 하도 정다워서 니년 부랄 친군 줄 알았다."

“혁! 할매, 이게 무슨 냄새야? 방귀 뀌었어?”

코를 킁킁거리며 놀라는 그녀만큼, 아니, 그녀보다 더 놀란 사람은 바로 알렉스였다. 민망한 말을 아무렇지도 않게 쓰는 주인 할머니나 그 말을 듣고도 얼굴색 하나 변하지 않고 방귀 꼈냐며 타박하는 저 아가씨는 분명히 그가 아는 동방예의지국의 국민들이 아닌 듯했다.

“그래, 이년아. 내가 뀌었다. 왜? 꼽냐?”

“꼽다기보다는 손님도 계신데 그리 냄새를 풍기면 안 되지.”

“지랄한다. 니 앞가림이나 잘혀. 너 택시회사 관뒀다며?”

“어맛! 어찌 알았어?”

“낮에 박 기사 다녀갔었어. 이제 어쩔 거야? 엄만 뭐래?”

슈퍼 주인과 아가씨는 알렉스를 의식하지 못하고 심각하게 이야기를 나누기 시작했다. 알렉스는 여전히 그들의 말을 알아듣지 못하는 척, 주변만 두리번거리고 있어야 했다.

“헤헤. 걱정하지 마. 나 취직했거든.”

“취직을? 벌써?”

“내가 능력이 좋잖아.”

“지랄한다. 또 어디 이상한 데 취직한 거 아녀?”

욕을 하면서도 주인의 목소리에는 걱정이 듬뿍 묻어나고 있었다.

“아냐. 이상한 데 아니고 겁나 좋은 데야, 할매. 나 있지, 우리 동네에 새로 이사 온 그 과학자 개인기사로 취직됐다. 시간도 좋고 월급도 겁나 많아.”

'과학자? 기사? 그럼 저 아가씨가?'

스트로로 커피 우유를 맛보고 있던 알렉스는 사레가 들릴 뻔했다.

"그 멀건 놈 집에?"

주인이 눈살을 찌푸리며 물었다.

"응. 조건이 참 좋아. 헤헤헤."

"그놈이 뭐라면서 일하래? 월급도 제대로 안 주고 트집 잡아서 쫓아내고 그러는 거 아녀?"

"아니. 정정당당히 시험을 쳐서 입사한 거야. 채용계약서도 다 썼어. 4대 보험도 들어주고, 휴가도 주고, 보너스도 준대."

아가씨가 자랑스럽게 말했다.

"미친년. 세상에 공짜가 어디 있어? 그놈이 말여, 니가 순진해 보이니까 자빠뜨려서 이상한 짓 하려고 그러는 거 아녀?"

헉, 자빠뜨려서 이상한 짓…….

알렉스는 공연한 걱정을 하는 주인 할머니를 보며 절대 아니라고 말해주고 싶었다. 사장님은, 그가 아는 사장님은 절대 여자를 함부로 자빠뜨리고 하는 그런 사람이 아니라고…….

"아냐. 그분은 그럴 분이 아니야."

알렉스 대신 여자가 나섰다.

"니가 어떻게 알아? 이년이 너 혹시 벌써 넘어간 거 아냐?"

"아니라니까. 난 정정당당히 시험 쳐서 합격됐어. 그리고 할맨 내가 그렇게 호락호락해 보여?"

여자의 목소리 끝이 은근해지면서 두 뺨은 엷게 물이 들었다.

알렉스는 괜히 아쉬워졌다.

"뭐? 개인기사 하면서 시험도 쳤어?"

"응. 입사시험도 봤어. 내가 어떻게 됐냐면……."

여자가 자랑스럽게 말하려는데 가게 안에서 전화벨 소리가 들려왔다.

"너, 꼼짝도 하지 말고 기다려. 내 댕겨올 테니까."

주인이 전화를 받으러 들어가자 아가씨는 옆에 앉아 조용히 말을 듣고 있던 알렉스에게 씽긋 미소를 지었다.

"제가요, 어떻게 면접시험을 통과했는지 알아요?"

'제가 어찌 알겠어요.'

알렉스는 어깨를 으쓱거렸다.

"흐흐흐. 이거 하나 더 드실래요? 제가 취직 턱 쏘는 거예요."

무엇이 저리도 기분이 좋은지 여자는 웃음을 멈추려 하지 않았다. 어떻게 저리 해맑게 웃을 수 있을까? 그녀의 웃음에 기분이 좋아진 알렉스도 밝게 웃어주었다.

"그 사람이 말이죠……."

아가씨는 자신이 지후라는 천재를 엄청난 점수 차이로 이겨 취직된 이야기를 조잘조잘 잘도 들려주었다.

'사장님이 그랬단 말이지?'

즐거워하는 그녀를 보며 알렉스는 웃음을 감출 수가 없었다.

노래방 기계는 음정, 목소리, 노래 실력과 상관없이 박자만 잘 맞추면 무조건 100점이 나온다. 그리고 그것을 가르쳐 준 사람은 다름 아닌 사장님이었다.

　노래방에만 가면 점수가 낮아 속상해하는 알렉스의 어머니를 위해 사장님은 점수 잘 나오는 방법을 가르쳐 주었었다.

　"노래방 기기의 칩 속에는 가사의 글자 하나하나를 얼마나 오래 소리 내야 하는지에 대한 정보가 들어 있어. 여기에 맞춰 화면의 글자 색깔이 변하거든. 노래방에서 마이크를 잡고 소리를 내면 소리가 전기 신호로 바뀌지. 글자색이 바뀌는 데 맞춰 음정 없이 읽기만 해도 백 점을 받을 수 있어. 그러니까 글자 하나하나를 톡톡 끊어 발음하지 말고, 한 박자면 한 박자 내내 소리를 계속 내야 점수가 잘 나와. 노래할 때 고래고래 소리를 지르는 건 점수와 무관해. 그러니까 어머니께 낙심하지 말라고 전해줘."

　그 가르침 덕에 알렉스의 어머니는 한인 노래방에서 열리는 노래자랑대회에서 항상 높은 점수로 입상하곤 했었다.
　"큭큭큭. 완전 잘난 척하던 그 사람이 몇 점 받았는지 아세요?"
　여자가 다시 키득거리며 웃었다. 알렉스는 사장님을 이기고 기뻐하는 그녀를 보며 마음이 참 맑아지는 것을 느꼈다. 이상한 여자다. 특별나게 예쁘거나 섹시하거나 세련되진 않았지만, 왠지 사람을 편안하고 즐겁게 해주는 사람이다.
　"그 사람은 70점이 나왔지 뭐예요. 흐흐흐."
　70점이라는 말에 알렉스는 터져 나오는 웃음을 헛기침으로 삼켜야 했다. 사장님이 음치이긴 했지만 박자 감각 하나는 정확한 사람이었다. 그런 사장님이 학교 종이를 불러서 70점을 받았다면 그것은 스스로 승부를 포기한 것이나 다름없는 것이다.

"흠흠."

알렉스는 터져 나오는 웃음을 참아가며 그녀가 건네준 커피우유를 다시 들이켰다. 쭈르르륵, 입안으로 빨려 들어온 달디단 커피는 그의 온몸에 희열을 가져다주었다.

"알렉스! 안녕히 가세요."

볼일을 마친 한지는 시종일관 미소를 짓는 알렉스에게 작별 인사를 하며 사라졌다.

"그녀를 선택한 이유를 알겠네."

멀어지는 한지를 보며 알렉스가 혼자 중얼거렸다.

"……Bye!"

자신을 '알렉스'라고 소개한 미남자는 애틋함이 가득한 눈빛으로 그녀와의 헤어짐을 아쉬워했다.

"후유. 우리말도 모르는 사람이 어쩜 그렇게 말귀를 잘 이해하는 것처럼 보이는지."

한지는 여태 참아왔던 숨을 토해냈다. 근사한 남자의 배웅, 그것도 눈부신 금발의 남자가 열렬히 손을 흔들며 헤어짐을 아쉬워하는 뿌듯함은 겪어보지 못한 사람은 평생 모를 일이었다.

"그 총각, 참 바람직하게도 생겼네. 가만 보면 지후 사장보다 더 잘생겼나? 아니지, 지후 사장이 더 나은가? 암튼 우리 민들레 마을도 이제 점점 물이 좋아지고 있는 거야. 만날천날 수민이 같은 애덜만 보다가 저런 므훗남을 보니 어찌나 흐뭇한지. 눈이 완전히 정화되는 느낌이야.”

한지가 들뜬 음성으로 중얼거렸다. 사실 무엇보다 그녀를 기쁘게 한 것은 잘생긴 알렉스 탓이라기보다는 취직자리가 생겼다는 안도감 때문이었다. 차일피일 미루던 사표 문제와 취직 문제를 오늘에서야 속 시원히 말을 할 수가 있다는 생각에 이래저래 기분이 좋아진 한지는 발걸음도 가볍게 대문으로 들어섰다.

권 여사는 거실에 앉아 한철이의 양말을 기우고 있었다. 한지는 마당 한편에 서서 동생의 양말을 기우고 있는 엄마를 물끄러미 바라보았다. 바늘귀가 보이지 않는지 몇 번씩이나 헛손질을 하는 엄마를 바라보던 한지의 눈에 애틋함이 가득했다.

“엄마아!”

연해진 마음을 들키지 않으려 한지가 씩씩한 목소리로 엄마를 불렀다.

“두부 구하러 콩밭까지 다녀온 거야? 30분이면 다녀올 걸 왜 이렇게 늦어?”

“할매가 화장실 댕겨온다고 잠깐만 기다리라고 해서. 가게 봐주고 왔어.”

“그랬어? 갈수록 변비가 심해지시네. 큰일이다.”

“엄마!”

걱정스러운 표정으로 주방으로 향하던 엄마를 한지가 불렀다.

“왜?”

“나 할 말 있어.”

평소 같지 않게 진지한 딸의 태도를 말없이 보고 있던 권 여사가 두부가 든 비닐을 옆으로 밀어놓았다. 무슨 일인지 모르지만 한지의 표정을 보니 가벼운 이야기가 아닌 것을 느꼈다.

"무슨 일이니?"

한지는 조용하게 물어오는 엄마의 앞에 앉아 자신이 일을 그만 둔 것이며 지후의 개인기사로 취직하게 된 것을 간략하게 말씀드 렸다. 사실 아무렇지 않은 척, 담대하게 말했지만 엄마의 반응을 걱정하는 그녀의 목소리는 미세하게 울렁이고 있었으며, 눈빛은 불안하게 흔들리고 있었다.

"……그래서 지후 씨 개인기사로 취직을 하게 됐어. 잘됐지?"

억지로라도 미소를 잃지 않으려 애쓰는 딸을 잠자코 바라보던 권 여사의 모습은 평온해 보였다.

"잘했다. 그렇지 않아도 밤낮 바꿔가며 일하는 거 마음에 걸렸 었는데 잘됐다. 그만두길 잘했어."

'……못난 엄마라서 정말 미안하구나.'

권 여사는 딸 앞에서 미처 하지 못한 말을 꿀꺽 삼켜야 했다. 무덤덤해 보이던 겉모습과 달리 권 여사의 마음은 풍랑이 이는 밤바다처럼 심란했다. 한지는 스스로 사직서를 제출했다고 하지 만, 권 여사는 믿지 않았다. 열 달을 품고 있다 배 아파 낳은 딸이 다. 30년을 키워온 아이였다. 엄마 마음이 아플까, 없는 말 보태 가며 좋게 말하는 딸아이의 흔들리는 눈빛이 모든 것을 다 말해 주고 있었다. 어릴 때부터 미안하리만큼 책임감이 강하고 듬직했 던 아이. 아빠 대신, 엄마 대신 동생들을 위해 여린 어깨 내어준 아이였다. 못난 부모 대신 가족들의 생계를 책임지고 있는 아이가 스스로 회사를 그만둘 리는 없었다. 절대 그럴 리가 없다. 무엇인가 말하지 못할 사정이 있었음을 짐작한 권 여사는 한지의 결정을 적극적으로 지지하며 딸의 편이 되어주었다. 해줄 수 있는 게 고작 딸의 결정에 찬성하는 것밖에 없어 마음이 아팠지만, 행여나 티가 날까 맘 졸이며 변함없는 표정을 유지했다. 이럴 때일수록 더 강하고 굳세게 키워야 했다. 권 여사는 그것이 자신이 할 수 있는 최고의 사랑이라고 생각했다.

"헤헤. 그렇지. 엄마."

여태 엄마의 반응을 걱정스레 살피던 한지가 애교스럽게 웃었다. 잔뜩 걱정을 할 것으로 생각한 권 여사의 반응이 예상외로 싱거워 한지 자신도 얼떨떨한 눈치였다.

"됐다. 이제 새벽이나 밤늦게 나설 일도 없고, 엄만 한시름 놓겠네. 내일부터 출근이라며? 어서 가서 쉬어."

"오홀…… 알갔습니당."

기분이 좋아진 한지가 한결 가벼운 표정으로 2층으로 향하자, 여태 평온한 표정을 유지하던 권 여사가 재빨리 돌아서 손바닥으로 입을 막았다. 딸아이가 얼마나 마음을 졸이고 걱정했을까? 생각만으로도 가슴이 아팠다.

달이 뜨고, 별이 반짝이는 깊은 밤이 되었지만 잠이 오지 않는다. 내일부터 지후의 정식 기사가 된다는 생각에 한지는 이리저리 뒤척였다. 새로운 직장에 대한 불안감과 걱정이 뒤섞여 그녀를 혼란스럽게 만들었으며, 무엇보다 지후의 기사가 되었다는 기대감이 그녀를 들뜨게 만들었다.

다음날, 출근 시간인 8시보다 30분 일찍 지후의 대문 앞에 도착한 한지는 걸음을 멈춘 채 두 눈을 휘둥그레 떴다. 위풍당당한 크림색 크라이슬러가 한지를 환영이라도 하는 듯 반짝거리고 있었기 때문이다.

"오와! 크라이슬러다!"

회사택시인 소나타를 몰던 시절, 도로 위를 우아하게 달리는 크라이슬러를 보며 얼마나 부러워했던가. 한지는 들뜬 마음을 감추지 못하고 자신이 몰 차를 이리저리 둘러보았다. 풍성한 크림색 차는 그녀를 환영하기 위해 자르르한 윤기를 내보이고 있었다.

"일찍 왔군요."

익숙한 목소리가 들려왔다. 자동차에 정신이 팔려 지후가 오는 기척을 느끼지 못했다.

"아, 안녕하세…… 어?"

꾸벅 고개를 숙이려던 한지는 지후의 뒤에 서 있는 낯익은 인물 덕에 움직임을 멈추었다.

"알렉스? 알렉스 맞죠?"

"안녕하세요, 한지 씨!"

알렉스는 어찌 된 일인지 설명을 바라는 눈길로 자신을 노려보는 지후를 모른 체하며 한지에게 다정히 인사를 건넸다.

"헉! 한국말을 할 줄 알아요?"

"그럼요. 어머니가 한국 사람인걸요."

알렉스의 말에 한지의 입이 더 크게 벌어졌다.

"어머나! 그럼 어젠 왜 모르는 척하셨어요?"

"아하…… 어젠 그럴 기회가 없었습니다. 용서하십시오."

께름하긴 했지만, 가만히 생각해 보면 이해하지 못할 상황도 아니었다. 먼저 한글을 모른다 생각하고 말을 걸었으니 알렉스의 처지에서 그럴 수도 있겠다 싶었다. 한지는 너그럽게 고개를 끄덕였다.

"좀 쑥스럽긴 하지만 어쨌든 다시 봬서 좋으네요."

"알렉스!"

알렉스와 한지 사이에 흐르는 화기애애한 분위기를 못마땅한 눈초리로 살피던 지후가 퉁명스럽게 알렉스를 불렀다. 그는 무엇이 못마땅한지 심통 난 아이처럼 한지와 알렉스를 노려보고 있었다.

"네, 사장님!"

"오늘은 나 혼자서도 충분하니, 자넨 들어가서 어제 말한 서류나 살펴보라고."

"하지만 사장님, 목사님을 뵙고 설득을 하려면 제가……."

알렉스는 자신을 노려보는 지후를 보며 입을 다물었다.

"서류가 더 급해. 이건 내가 할 테니 자넨 어서 들어가 보라고."

"……알겠습니다. 한지 씨, 우리 또 봐요! 커피우유 이젠 제가 살게요."

할 수 없이 돌아서던 알렉스가 한지를 보며 멋쩍게 웃었다. 장난꾸러기 같은 미소가 남성적인 매력과 묘하게도 잘 어울린다.

"네. 나중에 봬요."

“뭐 하고 있습니까? 운전하기 싫으면 관두시든지요.”

알렉스의 미소에 홀린 듯 다정하게 인사하는 한지를 못마땅하게 노려보던 지후가 차갑게 내뱉으며 차에 오르자, 한지가 부리나케 쫓아갔다.

“앗! 그럴 리가요. 같이 가요!”

운전석에 오른 한지는 네모난 백미러로 지후를 힐끔거렸다. 요즈음은 많이 친해진 덕에 웃는 그의 얼굴을 종종 볼 수 있었는데 오늘은 처음 볼 때처럼 딱딱하게 굳어 있다.

“출발할게요.”

망설이던 한지가 스타트 버튼을 누르자 지후가 오른쪽 눈썹을 추켜세웠다. 어디로 갈지도 모르면서 누구 마음대로 시동을 걸고 있느냐는 무언의 질책이었지만, 차가운 그의 분위기 덕에 한지는 섣불리 말을 건넬 수가 없었다.

“저기, 사장님.”

“뭡니까?”

“어, 어디로 모실까요?”

차가운 기에 눌린 한지가 더듬거리며 물었다.

“교회로 가주십시오. 그런데 조금 전에 사장님이라고 하셨습니까?”

“네, 사장님. 저에게 월급을 주시니까 사장님이시죠. 왜요? 사장님! 호칭이 마음에 안 드세요? 그럼 뭐라고 불러 드릴까요. 사장님?”

작은 입을 벌려 종달새처럼 종종거리는 그녀의 입술이 붉은 앵두를 한입 머금은 것 같다. 순간 지후의 머릿속에는 윤기로 반짝거리는 앵두를 입에 문 채, 섹시하게 윙크를 하는 한지의 모습이 선명하게 그려졌다. 자연스럽게 풀어놓은 머릿결은 어깨 위로 촉촉하게 늘어져 있고, 잘 그은 피부는 티끌 하나 없이 깨끗했으며, 부드러운 곡선을 그리는 목과 어깨선이…….

'헉!'

상상만으로도 치명적인 유혹이었다. 지후는 갑자기 치솟는 단전의 열기에 적잖이 당황하며 한지를 바라보던 눈길을 휙 돌려 버렸다. 하지만 정체불명의 열기는 질기게도 그를 괴롭혀 댔다. 눈앞에 펼쳐진, 찬바람에 얼어 있는 풀들이며 앙상한 가로수가 즐비한 한겨울의 풍경도 그의 열기를 잠재우진 못했기 때문이다.

'이런 낭패스러운 일이…….'

철없던 사춘기 때도 겪어보지 않던 일이었다. 지후는 자신의 환상을 떨쳐 버리려 냉정히 사태 파악에 나섰다. 헛것이 보이는 증상은 신장이 좋지 않기 때문이다. 신장이 약하면 헛것이 보이며 헛소리가 들리기도 한다. 분명히 한 의학서에서도 그렇게 기재를 해놓았었다.

"신장도 나빠졌나?"

당황한 지후의 중얼거림을 잘못 알아들은 한지가 또다시 재잘거리기 시작했다.

"왜요, 사장님. 어디 나빠지셨어요? 어디가 안 좋으세요? 그러고 보니 안색도 어두워요. 사장님 컨디션이 안 좋으신가 봐요."

"그냥 지후라고 부르십시오."

지후가 귀찮은 듯 눈을 감으며 중얼거렸다.

"에이. 그래도 고용주시잖아요. 고용주에게 어떻게 지후 씨라고 불러요."

"그럼 고용주라고 부르시든가요."

그가 자포자기의 심정으로 뇌까렸다.

"어머나! 썰렁도 하셔라! 고용주님이라고 부르라고요? 고용주님! 용주, 용주님! 오호…… 거 괜찮은데……."

한지의 중얼거림이 지후의 귓가를 파고들자 지후는 가벼운 현기증을 느꼈다. 그녀의 재잘거림이 이젠 달팽이관까지 영향력을 끼치는 모양이다. 간이 나빠진 원인도, 신장이 나빠진 원인도 달팽이관이 제 기능을 하지 못하는 것도 모두 한지가 옆에 있을 때 일어나는 현상이었다. 모든 사고의 원흉은 바로 한지 때문이었다.

"젠장."

지후가 낮게 중얼거렸다. 그는 이런 낯선 감정이 거북하고 불편했다. 모든 것이 정돈되어 있어야 했고 모든 것이 제자리에 있어야 했다. 주인의 의지를 배반하며 뛰고 있는 이 버르장머리없는 심장은 자신의 것이 아닌 듯 낯설고 어색하기만 했다.

"용주님! 다 왔습니다."

민들레교회 앞에 도착한 한지가 천진난만한 표정으로 말했다.

"1시간 정도 소요될 겁니다."

"네에, 용주님!"

지후는 장난스럽게 대답하는 한지를 물끄러미 바라보았다. 가만 보면 참 깨끗하고 귀엽게 생긴 얼굴이다. 특히 지후의 시선이 오래 머문 곳은 변함없이 초롱거리는 눈동자와 소녀 같은 맑고 깨끗한 피부였다. 외모만으로는 도저히 짐작할 수 없는 그녀의 나이. 아무리 봐도 서른이란 나이는 거짓말 같다고 지후는 생각했다.

"용주님?"

자신을 뚫어지게 쳐다보는 지후를 의아한 듯 부르는 한지 덕에 지후는 겨우 눈길을 돌릴 수가 있었다. 하지만 그의 눈가에는 여전히 한지의 잔영이 남아 있었다. 하얀 피부를 손으로 쓸어보면 어떤 기분이 들까? 이런 생각만으로 또다시 열기가 치솟기 시작했다.

'젠장.'

지후는 나지막이 중얼거리며 한지에게 퉁명스럽게 내뱉었다.

"용주는 왕이 탄 배를 가리키는 말입니다."

"오홀. 왕이 탄 배를 용주라고 불렀어요? 멋지다. 그럼 지후 씨는 바다 위를 가르는 배들 중 가장 높은 배군요! 우와! 진짜 잘 어울린다."

"뭐가 잘 어울립니까?"

지후가 물었다.

"용주님의 지식이 또 바다와 같이 넓잖아요. 전 태어나서 용주님처럼 모르는 게 없는 사람은 첨이거든요. 아, 생선가시 바르는 거 빼고요. 그런데 말이죠, 정말 한 번 본 건 안 잊어버려요? 그게 다 기억이 나요?"

"……네."

한지를 보며 머뭇거리던 지후가 짧게 대답하고 돌아섰다. 그녀를 보면 온몸이 이상해지는 원인 분석을 해야 할 마당에 우스운 장단에 맞춰서 이런 멍청한 대답이나 하고 있다니…… 지후는 그녀에게 휘둘리는 자신의 모습이 한심스러웠다.

'당신을 어떻게 대해야 하는지를 모르겠습니다.'

지후는 그녀와 함께 있으면 자꾸만 멍청이가 되어버리는 자신이 답답하고 갑갑하게 느껴졌다. 목사님과 교회부지 문제로 상의하는 중에도 마찬가지였다. 이야기를 나누는 도중에 자꾸만 딴생각을 하는 자신을 다잡으며 집중을 하려 했지만 마음대로 되지 않았다. 이런 자신의 모습에 지후는 짜증이 났다.

정확하게 1시간 뒤, 차가 주차된 곳에 나타난 지후는 차 앞에서 발을 동동 구르는 한지를 발견하고는 인상을 찌푸렸다.

"어서 오세요. 꽤 춥죠?"

추위에 코끝이 빨개진 한지가 흰 김을 내뿜으며 그를 반겼다. 빨개진 그녀의 콧방울에 지후의 심장도 시려왔다.

"뭡니까?"

"네?"

"왜 밖에서 이러고 있습니까?"

지후가 퉁명스럽게 물었다.

"날이 춥잖아요. 발이 얼 것 같아서 운동 중이었어요."

"……히터는 장식품입니까?"

"히터를 켜려면 시동을 걸어야 하잖아요. 기름이 얼마나 비싼데……."

화를 참으려는 듯 지후가 짧은 한숨을 내쉬며 차에 올랐다. 한지는 고개를 갸웃거리며 운전석에 앉았다.

"어디로 모실까요?"

"찜질방으로 갑시다."

"에? 찜질방요? 저기 정말 찜질방이에요? 도서관이 아니고요?"

잘못 들은 것은 아닐까 되묻는 한지의 말에 지후는 귀찮은 듯 대꾸조차 없이 눈을 감아버렸다.

"……네. 알았어요."

지후가 갑자기 찜질방을 찾는 이유가 빨갛게 얼어 있는 자신 때문이라는 것을 알지 못한 한지는 의아해하면서도 차를 움직였다. 그의 기사가 되면 이런저런 이야기도 나누면서 서로 도움을 주고받는 좋은 고용주와 고용인의 입장이 되어보리라 마음먹었던 한지에게 지나치게 무뚝뚝하고 말이 없는 지후는 그다지 바람직한 상사는 아니었다.

"다 왔어요."

30분쯤 걸려서 도착한 찜질방은 평일 오전이어서 그런지 한산하고 조용했다.

"찜질방이 처음이죠?"

찜질방으로 가자고 서두르던 지후가 입구에서 머뭇거리자 한지가 장난스럽게 물었다. 당황한 듯 얼굴을 붉히던 지후가 겨우 고개를 끄덕이자 한지는 그럴 줄 알았다는 듯 씩 웃으며 손을 내밀었다.

"뭡니까?"

“입장료 이만 원이요.”

“아…….”

지후가 건네준 이만 원을 받은 한지가 매표소에 대고 큰소리로 외쳤다.

“어른 두 명이요.”

분홍색 유니폼과 잔돈, 빨갛고 꼬불꼬불한 고리가 달린 열쇠를 받아 든 한지가 탈의실과 샤워실을 가리키며 설명을 했다.

“이걸 갈아입으시고 보석방으로 오세요. 초보에게는 그 방이 젤로 좋거든요.”

“이걸 꼭 갈아입어야 합니까?”

“그럼요. 찜질방 안 가고 싶으세요?”

짓궂게 묻는 한지를 보며 지후는 찜질방으로 가자는 자신의 결정을 잠시 후회했지만, 곧 생각을 바꾸었다. 옷을 건네는 그녀의 손이 얼음장처럼 차가웠기 때문이다.

“그럼 나중에 봬요. 참 맥반석으로 할까요? 그냥 찐 걸로 할까요?”

지후는 또다시 미간을 찌푸렸다. 그녀가 지금 무슨 말을 하는지 이해가 되지 않았다.

“아, 모르시는구나. 알았어요. 그냥 제가 알아서 할게요.”

“무엇을 알아서 한다는 말입니까?”

“계란요. 잔돈으로 달걀이랑 식혜 사간다고요.”

지후는 마트에 있는 달걀이랑 식혜를 왜 찜질방에서 찾고 있느냐고 묻고 싶었지만 한지는 틈을 주지 않고 그의 눈앞에서 사라져 버렸다.

"휴."

빠르게 사라져 가는 한지를 보며 지후는 작은 한숨을 내쉬었다. 그리고 생전 처음 입어보게 될 분홍색 티셔츠를 뚫어지게 노려보았다.

"아줌마, 맥반석 계란이랑 식혜 두 잔요."

간식거리를 사 들고 보석방으로 향하는 한지의 발걸음은 춤을 추는 것처럼 가볍고 경쾌했다. 그녀의 가슴은 리듬을 맞추는 타악기처럼 두근거렸으며 머릿속에서는 드라마나 영화에서 보던 연인들의 찜질방 데이트를 그리고 있었다.

"미쳤어. 미쳤어. 서한지, 꿈 깨셔. 용주님은 분명히 한국의 새로운 문화를 체험하고 싶어서 그런 거야."

한지는 빨라지는 걸음을 늦추기 위해 애썼다. 그러다 문득, 이런 자신의 모습이 우습게 느껴졌다. 그가 자신과 엮이고 싶을 리가 없었다. 이건 분수를 몰라도 한참이나 모르는 멍청한 상상이었다.

"서한지! 정신 차리자. 이건 데이트가 아니라 일이라고."

중얼거리며 나무문을 열던 한지는 그곳에 얌전하게 앉아 있는 지후를 보며 머뭇거렸다. 다소 후줄근한 분홍색 찜질 복을 입은 지후가 반듯한 자세로 앉아 책을 보고 있었다. 옷을 갈아입느라 조금 헝클어진 머릿결이 그를 한결 부드러워 보이게 만들었다. 뽀얀 얼굴, 긴 그늘을 드리우는 속눈썹과 빨려들 것만 같은 눈동자,

반듯한 코와 한 번쯤 입 맞춰보고 싶은 입술. 거기다 옷 밖으로 드러난 긴 팔과 지적인 손가락을 보니 여태 잠자코 있던 가슴속의 열정이 미친 듯이 아우성을 치기 시작했다.

'그를 사랑하는 감정이 뭐가 어때서!'

'혼자 좋아하는 것도 죄야?'

'난 저 남자가 미치도록 좋아.'

'처음부터 그랬어. 저 남자가 좋아.'

한지의 가슴이 쿵! 내려앉았다. 전쟁 같은 혼란을 겪는 한지의 마음을 알 턱이 없는 지후가 갑자기 고개를 들어 그녀를 바라봤다. 깊이를 알 수 없는 그의 눈길에 숨이 가빠왔다.

"어머! 한지야!"

"앗! 깜짝이야."

느닷없이 들리는 경미의 목소리에 하마터면 들고 있던 쟁반을 놓칠 뻔하였다.

"서한지 맞지?"

평소 교류가 없던 경미의 호들갑에 한지는 눈살을 찌푸렸다. 언제나 차갑게 눈인사만 하고 지나치던 경미가 오늘따라 왜 이렇게 친한 척을 하는지 이해가 되지 않았다.

"정말 반갑다. 계집애, 연락도 좀 하고 그러지."

"약 먹었냐? 평소 하던 대로 하지. 적응 안 된다야."

한지가 떨떠름한 표정으로 묻자 경미의 큰 눈동자에 짜증이 확 치솟다 순간적으로 사라졌다. 한지의 뒤에 있던 지후를 발견했기 때문이다.

"기집애. 성격 좀 고치라니까. 너 싸움하다가 회사도 잘렸다며? 나이가 몇인데 아직 싸움을 하고 그러니."

"남의 일에 신경 쓰지 말고 니 일이나 잘해. 그나저나 대낮에 여긴 웬일이니?"

"어. 지련 언니가 찜질방에 오고 싶다 그러서서."

경미가 얄밉게 웃으며 뒤를 가리켰다. 경미의 뒤에는 지련이 새치름하게 앉아 있었다. 아마도 한지의 대꾸를 다 들은 모양이었다. 한지는 그제야 경미가 친절하게 구는 이유를 파악했다.

"아, 안녕하세요."

한지가 멋쩍게 인사를 하자 지련이 떨떠름하게 고개를 끄덕였다.

"누나! 누나가 여긴 어쩐 일이야?"

지후가 지련의 휠체어로 다가갔다. 정말 난감한 상황이었다.

"몸은 어때? 병원은 다녀온 거야?"

휠체어 앞에 자연스레 한쪽 무릎을 꿇으며 누나의 손을 잡는 지후의 모습은 사랑하는 여인을 대하듯 자상하고 다정해 보였다.

'애인에게도 저렇겠지?'

한지는 부러움을 느끼며 지련을 훔쳐보았다.

"응. 경미가 오자고 해서……. 그런데 너야말로 여긴 웬일이니? 저분과 같이 온 거야?"

지련은 동생을 바라보던 다정한 눈길을 거두고 한지에게로 시선을 돌렸다. 그 눈길이 차갑고 시렸다.

"기억나? 새로 채용한 기사님. 전에 내가 말했었잖아. 누나도 아는 사람일 거라고."

"아, 그분이 저분이니? 그런데 저분과 이곳엔 무슨 일로?"

한지를 향하던 지련의 불쾌감이 조금은 옅어졌지만 대신 경계의 빛이 나타나기 시작했다.

"으응. 내가 좀 데려다 달라고 부탁했어. 목사님께서 그러시는데 내가 많이 피곤해 보인대. 젊은 사람이 그렇게 피곤해 보이면 어떻게 하느냐고 찜질방을 권해주셨어. 피로를 푸는 데 최고라고 하셨거든."

영리한 지후는 누나의 눈길에 있는 불쾌감을 읽으며 지련이 이해할 만한 상황을 만들어냈다.

"아, 그랬구나. 잘했어. 여기서 푹 쉬다 가자."

지련은 남아 있던 찜찜함을 순식간에 다 날려 버린 듯 밝게 웃었다. 그리고 자신들의 뒤에서 사태의 추이를 살피고 있던 경미를 불렀다.

"경미 씨, 이리 와서 인사해."

얌전히 서 있던 경미가 지후의 앞으로 다가갔다. 그리고 화사하고 밝은 미소와 함께 희고 정갈한 손을 내밀었다.

"다시 뵙네요."

"그렇군요. 반갑습니다."

경미가 내미는 손을 잠자코 바라보던 지후는 어서 화답하지 않고 뭐 하냐는 누나의 독촉을 받고서야 마지못해 손을 내밀었다.

"두 사람 인연이 보통이 아닌가 봐."

지련이 들뜬 목소리로 동생과 경미를 이끌었다. 경미가 수줍은

듯 고개를 끄덕였다. 불그레한 그녀의 볼이 지후에 대한 호의를
고스란히 보여주고 있었다.

두 사람의 모습을 흐뭇하게 보고 있던 지련이 정중하지만, 차가
움을 잃지 않은 목소리로 한지를 불렀다.

"서 기사님! 죄송하지만 저 화장실 좀 데려다 주시겠어요?"

"누나, 내가……."

"언니, 제가……."

지후와 경미가 동시에 지련의 휠체어를 잡다 두 손이 마주쳤다.
겹쳐진 손을 보며 수줍게 웃는 경미와 그 시선을 피하지 않는 지
후가 보였다. 한지는 고개를 돌렸다. 가슴이 먹먹하다.

"아니야. 서 기사님이 해주실 거야. 그렇죠?"

서 기사…… 이것이 그녀의 현재 위치였다. 한지는 천천히 고개
를 끄덕였다.

"한지야, 계란은 주고 가야지."

경미가 한지의 손에서 쟁반을 가져갔다. '네까짓 게 감히 누굴
넘본 거야?' 라는 표정으로 미소 짓고 있는 경미의 두 눈은 승리의
기쁨으로 빛나고 있었다.

휠체어를 끄는 한지의 기분은 씁쓸했다. 하지만 앉아 있는 지련
의 모습은 더없이 가뿐해 보인다.

"한지 씨라고 하셨죠? 기억나요. 지난번 저희를 태워주셨던 택
시기사님. 늦었지만 그땐 정말 감사했어요."

지련이 말했다. 고맙다고는 하지만 아무 감정도 들어 있지 않은
사무적인 목소리였다.

“아니에요. 당연히 해야 할 일인걸요.”

“이렇게 또 뵙게 되다니 정말 기막힌 우연이네요.”

화장실에 도착한 지련이 말을 멈추었다. 장애인용 화장실 앞에서 기다리던 한지는 볼일을 본 후 밖으로 나서는 지련을 세면대로 데리고 갔다.

“닦으세요.”

휠체어에 앉은 채로 손을 씻기에는 턱없이 부족한 거리였기에 손수건에 물을 묻혀 지련에게 건넸다.

“……고마워요.”

한지가 건네는 손수건을 받아 든 지련은 거울을 통해 비치는 한지의 모습을 찬찬히 지켜보았다. 조금 거칠고 투박한 행동들을 하고는 있지만 불량스럽다거나 나쁜 사람처럼 보이지 않았다. 하지만 사람의 속은 아무도 모르는 일이다. 겉모습만으로 그 사람의 됨됨을 판단할 수 없다.

“제가 서 기사님 찾으려고 했었던 거 알고 계세요?”

“아, 아뇨. 몰랐어요.”

한지가 조금 당황스러운 목소리로 대답했다.

“그날 일이 참 고마웠었거든요.”

사실 지련은 경미를 통해 민들레 마을에 사는 여자 택시기사를 찾으려 했었다. 이 작은 마을에 여기사가 많지 않아 쉽게 찾을 수 있을 것이라고 생각했었다. 그런데 뜻밖에도 경미가 그 기사를 잘 알고 있다고 했다. 반가움에 한지에게 연락을 하려고 했던 지련은 경미를 통해 다정해 보이던 한지가 사실은 거칠고 난폭하며 상스럽기까지 하다는 것을 알게 되었다. 조금 전 경미에게 험악하게 대하는 것을 보니 한지에 대한 이야기가 진실임이 분명했다.

평생 온실 속의 화초처럼 곱게만 자라온 지련에게 있어 한지 같은 사람은 왠지 다가가기 어려운 부류였다. 더구나 그런 사람이 동생의 곁에서 일한다는 것은 대단히 내키지 않는 일이다. 하지만 지후가 결정을 했을 때는 그만한 이유가 있을 것이다. 매사 신중하게 결정을 하는 동생의 스타일을 잘 아는 지련이었기에 내키지 않는 일이지만 어쩔 수가 없었다.

"지후와는 어떻게 다시 만나게 된 건지 물어도 될까요? 우리 지후가 쉽게 사람을 들이는 성격은 아니거든요."

"네. 우연히 손님으로 타셨다가 제 사정을 듣고는 채용해 주셨어요. 제가 사정이 좀 급했거든요."

우습지도 않은 내기로 채용이 됐단 말을 차마 하지 못한 한지가 얼버무리듯 말했다.

"서 기사님의 사정을 듣고요?"

지련이 알겠다는 듯 고개를 끄덕였다. 겉으로 보기에는 차가워 보이지만 어려운 사람의 사정을 잘 이해하고 도와주려는 지후의 성격을 잘 알기 때문이다.

"그래요, 이왕 일을 하시기로 하셨으면 열심히 해보세요. 그리고 앞으로 우리 지후 잘 부탁해요."

"아니에요. 저야말로 잘 부탁합니다."

"그래요. 저기 그런데 초면에 죄송하지만 제가 부탁드릴 게 있어요."

한지를 받아들이기로 마음을 먹은 뒤라 그런지 딱딱하기만 하던 지련의 표정이 처음보다는 한결 부드러워졌다. 한지는 그런 지련의 반응이 고마워 열심히 고개를 끄덕였다.

"네. 말씀하세요. 제가 할 수 있는 일이면 성심성의껏 돕겠습니다."

"이미 짐작은 하셨겠지만 제가 몸이 좋지 않아요. 그래서 말인데 동생에게 꼭 어울리는 짝을 구해주고 싶어요. 그래요. 이왕 이렇게 된 거 솔직히 말하고 도움을 청할게요. 경미와 친구라고 하셨죠? 친구라니 잘 아시겠지만, 요즘에 경미 같은 아가씨가 어디 흔하겠어요? 착하고, 똑똑하고 지적이고, 거기다 아름답기까지 하니 어디 한군데 빠지는 데가 없잖아요. 그래서 말인데 우리 지후의 짝으로 경미를 염두에 두고 있거든요. 그러니 한지 씨도 그리 아시고 도와주세요. 아무래도 지후와 함께 보내는 시간이 많으실 테니 경미 얘기도 많이 해주시고, 둘이 만날 기회도 될 수 있는 대로 많이 만들어주세요."

용주님과 경미를……. 가슴이 와르르 무너지는 기분이었다. 한지는 어쩔 수 없이 고개를 끄덕이며 그러겠노라 대답을 했다.

휠체어를 끌고 돌아오는 내내 한지는 쓰라린 마음을 다스릴 수가 없었다. 보석방으로 들어서자 여전히 책을 보고 있는 지후와 그런 지후를 바라보는 경미의 모습이 들어왔다. 비참한 현실이지만 참 잘 어울리는 한 쌍이었다.

"언니, 오셨어요?"

두 사람의 기척을 느낀 경미가 미소로 지련을 반겼다.

"어머나, 지후야. 넌 어쩜 저렇게 아름다운 아가씨를 놔두고 책만 보고 있니?"

지련이 지후를 나무라자 경미가 수줍게 웃으며 도리질을 했다.

"아니에요, 언니. 저는 지후 씨에게 방해가 되지 않았을까 걱정이 되던걸요."

"어쩜. 경미는 마음 씀씀이도 이렇게 고울까."

지련이 사랑스러운 눈빛으로 경미를 바라보았다.

한지는 자신과 다른 그들…… 찜질방 옷을 입고도 우아한 세 사람. 지후와 지련, 그리고 경미를 보며 가슴 한구석이 쓰라린 것을 느껴야 했다.

"서 기사님."

지련이 한지를 불렀다. 지련의 부름에 한지는 자랑스럽던 자신의 직업이 부끄럽게 느껴졌다. 그래서 더 마음이 아팠다.

"네."

"저 마실 것 좀 부탁해요."

지련이 입가에 부드러운 미소를 띤 채 명령을 내렸다.

"……네."

"제가 갑니다."

한지가 몸을 돌리려는 찰나 지후가 그녀의 팔목을 잡았다.

"아니에요. 제가 다녀올게요."

"그럼 같이 갑시다."

한지를 따라나서던 지후가 갑자기 몸을 돌려 누나를 바라보았다.

"누나, 이 여자는 내 기사야. 아무리 누나라도 앞으로는 그런 심부름은 자제해 줘. 혹시 필요하면 사람을 붙여줄 테니까.”

부드럽지만 단호한 음성이었다. 지후에게 잡힌 팔목에서 올라오는 열기가 한지의 얼굴까지 화끈거리게 하였다.

“갑시다.”

하얗게 질린 지련과 경미를 남겨놓은 채, 지후는 한지를 데리고 방을 나섰다.

“용주님, 이거 좀 놔봐요.”

보석방을 나서며 그에게 잡힌 팔을 풀기 위해 애썼지만, 지후는 끄떡도 하지 않았다. 도리어 팔목에 더 힘을 주며 그녀를 끌고 가려 했다.

“이것 봐요. 용주님! 용주님! 용주…….”

한지가 그의 손을 떨쳐 내려 애쓰며 소리를 질렀다.

“아, 이것 좀 놔보라고요!”

그녀의 격렬한 반응에 드디어 그가 걸음을 멈추었다. 그리고는 한지를 뚫어져라 쳐다보며 천천히 다가오기 시작했다.

“사람이 왜 그래요? 갑자기 그렇게 끌고 나오면 나더러 어쩌라고 그러는 거예요?”

“잘하네.”

깜짝 놀란 한지는 그가 반말을 하고 있다는 것조차 깨닫지 못했다.

“뭐? 뭐요? 뭘, 내가 뭘 잘해요?”

점점 다가오는 그의 기세에 놀란 한지가 뒷걸음을 쳤다. 하지만 지후는 멈추지 않고 한지의 등이 벽에 닿을 때까지 바짝 다가왔다.

“성깔 부리는 거.”

그의 얼굴이 바로 눈앞까지 다가왔다. 꿀꺽. 침을 삼키며 빠져 나갈 길을 찾았지만, 불행히도 그가 그녀를 데리고 온 곳은 복도 끝부분이었다.

"왜 우리 누나 앞에서는 딴 사람처럼 굴어?"

"성, 성깔은 무슨…… 내가, 내가 어, 언제 성, 성깔을 부, 부렸 어요."

"다, 당신이 부, 부렸잖아. 성, 성깔을……."

빙그레 미소를 짓던 지후가 한지의 흉내를 내며 더 가까이 다가 왔다. 따스한 지후의 숨결이 한지의 코앞에서 부서지고 있었다. 한지는 이제 정말 더는 물러날 곳이 없었다.

"왜, 왜…… 반말을…… 헉!"

지후의 입술이 한지의 코끝에 닿았다 떨어졌다. 온몸에 자잘한 소름이 돋아났다.

"왜…… 왜 이러세……."

지후의 입술이 다시 다가오자 한지는 두 눈을 감아버렸다. 향기 를 머금은 지후의 입술은 한지의 매끄러운 이마를 시작으로 부끄 러움으로 꼭 감겨 있는 눈꺼풀과 수줍어 달아오른 두 볼을 향해 멈추지 않고 낙인을 찍고 있었다.

마지막 지후의 입술이 닿은 곳은 꽃잎처럼 파르르 떨고 있는 한 지의 입술이었다. 그의 입술이 자신의 입술에 닿는 순간, 한지의 코끝으로 부드러운 풀 향기가 번지기 시작했다.

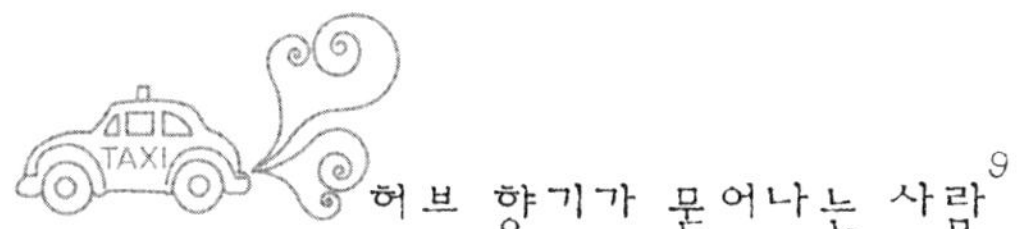

허브 향기가 묻어나는 사람[9]

　세상 물정과는 담을 쌓고 살아가게 생긴 원 목사는 알렉스가 조목조목 전하는 이야기를 경청하며 이마를 찌푸리기도 하고 고개를 끄덕이기도 하더니 잠시 생각에 잠겨 있었다.
　"형제님의 말씀은 충분히 이해를 하겠습니다. 그러니까 일성화학이 민들레 마을을 타깃으로 정했단 말씀이지요?"
　녹차가 반쯤 줄어들었을 때 원 목사가 차분한 음성으로 되물었다.
　"맞습니다."
　알렉스는 뜻밖에 쉽게 수긍을 하는 원 목사를 보며 열띤 목소리로 답했다.
　"마을 분들의 반대가 있을지도 모릅니다. 땅값이 오르면 마을

이 발전할 수도 있고요. 행여나 마을의 발전을 저해하는 일이 생기지는 않을까요?"

조심스레 묻는 원 목사의 질문에 알렉스는 미리 준비해 두었던 자료들을 꺼내 들며 설명을 이어나갔다.

"물론 마을의 땅값이 올라가 실제 거주민들의 형편이 나아진다면 참으로 바람직한 일입니다. 하지만 이번 경우는 절대 그렇지 않습니다. 준비한 서류를 보시죠."

원 목사는 안경을 만지작거리며 서류에 주의를 기울였고, 알렉스는 설명을 이어갔다.

"저희가 조사한 바로는 지금 민들레 마을을 노리고 있는 일성화학은 아주 악질적인 기업입니다. 절대 마을에 득이 될 리는 없을 겁니다. 서류를 보시면 지난 십 년간 그들이 머물렀던 지역이 얼마나 황폐하게 변했는지 잘 아실 겁니다."

"으흠. 그렇군요."

원 목사가 착잡한 음성으로 쓰게 대답했다.

"뿐만 아니라 부동산의 상승세도 큰 문제가 될 겁니다. 지금 현재 민들레 마을 거주민들의 주택 소유량은 30%가 채 못 됩니다. 나머지 70%는 전세를 살거나 월세로 살고 있습니다. 그 70%의 실소유주는 외부인들이지요. 아무것도 모르고 행복하게 살아가는 민들레 마을의 주민들은 땅값이 오르면 비싼 세를 감당하지 못해 살고 있던 집을 떠나 새로운 보금자리를 찾아야 할 겁니다. 좀 더 싼 집을 찾기 위해 이사를 하는 사람들이 점점 많아지겠지요. 하지만 이미 오를 대로 올라 버린 전세 값을 감당하기는 어려울 겁니다."

"그렇겠지요."

서류에 나온 통계를 유심히 살펴보던 원 목사는 골치가 아픈 듯 훤히 드러난 이마를 쓰다듬으며 말했다. 알렉스가 보기에 원 목사의 손동작은 깊은 생각에 잠기면 자신도 모르게 하는 버릇처럼 보였다.

"솔직히 제 생각으로는 목사님께도 알리지 않고 조용히 처리하는 것이 좋지 않겠나 싶었지만 저희 사장님께서는 이 마을의 실질적 어른이신 목사님께서 아시고 주민들을 설득해 주는 것이 좋겠다고 하셔서 이렇게 알리게 됐습니다."

알렉스의 말에 원 목사가 고개를 끄덕였다.

"만약 그 말이 사실이라면 제가 알아야죠. 그러니까 우리 장로님도 그 부동산 업자의 속임수에 넘어가신 거군요. 따님의 병원비로 돈이 급하게 필요한 마당에 땅값을 비싸게 부르니 잠시 혹하셨던 모양입니다. 마침 그때 지후 형제님께서 더 비싼 가격을 제시하는 바람에 지후 형제님에게 팔게 된 것이군요. 이것 참. 그들에게 교회 땅이 넘어가지 않은 것이 정말 다행입니다. 하나님께서 보호하셨군요."

"네, 맞습니다. 바로 그렇게 사람들을 유혹해서 땅을 팔게 하는 겁니다. 시세보다 아주 비싸게요. 그렇게 땅값이 오르면 그들은 더 비싸게 땅을 내놓지요."

"그걸 업자가 되사고, 그 업자가 또 다른 업자에게 더 비싼 값에 팔고, 그 업자는 또 다른 업자에게 더 높은 값에 팔고, 그렇게 몇 번을 되팔다 보면 이 동네 땅값이 엄청나게 치솟을 거고, 그사이 아무것도 모르는 땅 주인들은 땅값이 치솟은 줄 알고 팔려거나 사려고 마음을 먹겠지요.”

“맞습니다. 그러다 보면 돈이 급한 사람들은 땅을 빨리 처분할 것이고 전세 사는 사람들은 치솟는 전세 값을 감당하지 못해 이곳을 떠나게 되겠지요. 땅값이 들썩이니 욕심이 있는 사람들은 땅을 사놓으려 무리를 할 것이고, 그러다 보면 은행 빚이나 사채를 쓰게 되고 그사이 땅값은 천정부지로 올라 부동산 거래가 마비되다시피 합니다. 그러다 보면 실제로 이익을 얻는 사람은 작정을 하고 덤벼든 업자들뿐이지요. 물론 그 와중에 동네 사람 몇몇은 이익을 보겠지만 대다수 분들은 그 손해를 감당하기 힘들 정도일 겁니다.”

“실제로 땅을 보유하고 있는 사람들도 이미 값이 올라 정작 팔려고 내놓아도 팔 데가 없을 것이고, 땅을 내놓은 사람들이 많으니 경쟁이 붙어서 급매로 내놓은 땅이 늘어갈 것이고 그러다 보면 실제로 비싼 값에 땅을 사놓거나 팔려고 마음먹은 주민들에게 그 피해가 고스란히 오겠네요. 어허, 일성화학 측에서 그런 일을 벌이고 있었군요. 이것 참. 저희는 여태 화학 측이 들어와서 일으킬 환경오염에만 신경을 곤두세우고 있었습니다.”

“목사님이나 동네 분들은 모르시는 게 당연합니다. 일반인들도 잘 모르는 일이지요. 이렇게 전문업자들 몇몇이 작정을 하고 동네를 풍비박산으로 만들어놓는 것은 초기 한국의 부동산 재벌들이 엄청난 부를 축적한 방법이기도 합니다. 일성화학도 초기엔 부동산으로 돈을 벌었으니까요. 요즈음 중국 투자로 큰 손해를 본 일성화학 측이 돈이 급해진 모양입니다.”

“아, 그렇군요. 그래도 지후 형제님께서 이렇게 미리 알고 대처를 해주시니 얼마나 감사한지 모르겠습니다. 더구나 교회 땅도 돌려주시고, 돈이 급해서 땅을 내놓을 사람을 위해서 돈까지 빌려주시겠다니 저희로서는 이렇게 큰 신세를 져도 될는지요.”

“아닙니다. 저희 사장님께서는…… 이 마을이 아주 마음에 드시는 모양입니다. 자자손손 이곳에 살고 싶다고 하시더군요.”

“저희로서는 정말로 다행스러운 일입니다. 그런데 우리 알렉스 형제님께서는 예수님에 대해 어떻게 생각하십니까?”

여태 해맑던 원 목사의 눈빛이 먹이를 눈앞에 둔 맹수처럼 광채를 발하자 무방비 상태로 앉아 있던 알렉스의 등으로 식은땀이 흐르기 시작했다.

주르륵.

한지는 이마 위로 흐르는 땀방울을 닦으며 전화를 받는 지후를 훔쳐보았다. 알렉스에게서 걸려온 전화를 받는 지후의 표정이 무척이나 심각해 보인다.

“알았어.”

조각 같은 그의 입술이 살짝 움직였다. 그 작은 움직임만으로도 한지의 가슴은 대책없이 펄떡이기 시작했다.

‘뭘 먹으면 저런 외모를 갖게 될까?’

그늘을 드리울 정도로 길고 풍성한 속눈썹과 반지르르한 콧날,

앵두처럼 탐스러운 입술을 보고 있노라니 감탄이 흘러넘쳐 한숨으로 나올 정도였다.

"수고했어."

전화를 끊으며 자신을 찾는 지후의 시선을 느낀 한지는 마른침을 삼켰다. 아무리 침착하려 애를 써도 섹시한 그의 입술을 볼 때마다 조금 전의 키스가 생각났으며, 그 반사작용으로 손발이 후들거리고 심장이 벌름거리는 것을 막을 수가 없었다. 가까이 다가오는 지후를 보며 한지는 가시방석에 앉은 듯 안절부절 어쩔 줄을 몰라 했다.

"어디 불편합니까?"

지후가 당신의 속내를 다 안다는 듯 의미심장한 미소를 지으며 묻자 한지는 애써 아무렇지도 않은 척 당당하게 고개를 치켜들었다.

"불편하다니요? 그럴 리가요. 이렇게나 좋은데요. 아하하하!"

화통하게 웃으려 했으나 터져 나온 웃음소리는 어색하기 짝이 없었다.

"불편한 곳이 없다니 다행입니다. 그럼 어디 다시 한 번……?"

뒷말을 삼킨 지후의 입꼬리가 살짝 올라가더니 그녀의 입술을 삼켜 버릴 듯 바라보며 다가오기 시작했다.

'어쩌지? 또다시 키스를 할 모양이야.'

따귀를 날려 버릴까? 아니면 화끈하게 반응을 할까? 고민하던 한지는 대책없이 다가오는 그를 느끼며 저도 모르게 두 눈을 감았다. 하지만 예상과 달리 입술 위에 아무런 감촉이 없다. 한지는 살

포시 눈을 떠보았다.

"허걱!"

살짝 열린 시야로 사악한 미소를 짓는 지후의 모습이 나타났다.

"무슨 기대를 한 겁니까?"

"기, 기대라뇨?"

"좋습니다. 그럼 다시 한 번 휴게실로 가실까요?"

무엇을 기대했는지 다 안다는 듯, 미소를 짓고 있는 지후의 태도에 울컥 분노가 치솟아오른 한지는 그를 노려보며 쏘아붙였다.

"그럼요. 전화 때문에 못 갔던 길을 다시 한 번 더 가야죠."

한지는 그의 턱을 향해 자동 발사되려는 주먹을 애써 움켜쥐며 불편한 목소리로 말했다.

"목소리가 많이 불편해 보이는데……."

"불편하긴요. 의미 없는 키스 따위에 불편한 곳이 있을 턱이 있겠어요? 제 나이가 몇인데."

한지는 자신이 듣기에도 '키스 때문에 불편하다' 라는 뜻으로 들리는 망언을 다시 주워 담고 싶었지만, 이미 엎질러진 물이었다.

"그럼요. 나이가 몇인데 키스 따위에 불편할 턱이 있겠습니까. 혹시……."

그의 입가에 짓궂은 미소가 나타났다 사라졌다. 장난꾸러기 봄바람같이 상큼한 그의 미소는 지금까지 보지 못했던 모습이기도 했다. 그를 향해 주먹을 날리고 싶은 마음을 잊어버릴 정도로 매력적인 미소였다.

“혹시 뭐요?”

“혹시 말입니다. 아무렇지도 않았던 그 키스가 너무 밋밋해서 복습하고 싶다거나, 더 강렬한 걸 원한다거나 그럼 말씀하십시오. 제가 이 한 몸 희생해서…….”

더 강렬한 거라면…….

진지한 지후의 말에 애써 평온함을 유지하고 있던 한지의 얼굴이 새빨갛게 변해가기 시작했다. 만약 방해꾼이 나타나지 않았다면 빨갛게 달아오르다 못해 머리에서 김이 났을지도 모를 일이었다.

“지후야! 여기서 뭐 하니?”

지련이었다. 무슨 생각을 하는지 알 수 없는 표정으로 동생을 바라보는 지련과 한지를 쏘아보는 경미가 그들에게로 다가왔다.

“걱정이 돼서 나와봤어.”

“알렉스에게 전화가 와서 통화 중이었어. 많이 기다렸어?”

거만하거나, 쌀쌀맞거나, 예의가 없는 지후는 오직 한 사람, 그의 누나에게만은 설탕처럼 달콤하고 다정했다.

“식혜 먹어볼래?”

아무 일도 없었다는 듯 누나에게 식혜를 건네며 휠체어를 끌고 가는 지후의 뒷모습을 바라보며 한지는 가슴을 쓸어내렸다.

“휴…….”

아무리 참아보려 해도 밑 빠진 독에서 새어 나오는 물처럼 한숨이 나왔다. 한지는 그의 뒷모습에서 눈을 떼지 못하느라, 경미가 자신을 잡아먹을 듯 노려보고 있는 것조차 눈치 채지 못했다.

“야! 서한지. 너 대체 무슨 속셈이야?”

“속셈이라니? 그런 거 없어.”

“흥. 너 정신 차려. 네가 지금 무슨 꿈을 꾸고 있는지 모르겠지만 네가 지후 씨랑 가당키나 하니?”

차갑게 비웃는 말에 한지가 경미를 돌아보았다.

“이경미, 너 무슨 소리야?”

“내가 무슨 소리를 하는지는 네가 더 잘 알 거야.”

쌀쌀맞게 내뱉는 경미를 보던 한지가 피식 웃으며 쥐고 있던 계란을 내밀었다.

“자, 맥반석 계란.”

“이, 이게 뭐야?”

경미가 앙칼지게 쏘아붙였다.

“먹으라고. 맛있어.”

“야! 서한지!”

“먹어. 쓸데없는 데 신경 쓰지 말고 이거나 드셔.”

“이게 진짜. 야!”

“나도 알아. 내 처지가 어떤지 아니까, 그러니까…… 허황된 꿈 안 꿔.”

풀이 죽은 한지의 말에 날카롭게 쏘아붙이던 경미의 목소리가 한풀 꺾여들었다.

“그러니까…… 이거나 드셔.”

한지는 축 늘어져 있는 경미의 손에 맥반석 계란을 쥐어주고 뒤돌아섰다.

“저게 정말…… 야.”

“…….”

자신의 부름에 아무런 대답이 돌아오지 않자 경미는 서둘러 한지를 따라잡았다.

“야, 서한지!”

“아, 왜? 나 귀 안 먹었으니까 살살 말해도 돼.”

“부, 부탁이 있어.”

“뭐?”

생전 남에게 아쉬운 소리를 안 하는 경미의 부탁이란 말에 한지는 자신의 귀를 의심할 수밖에 없었다.

“지후 씨 말이야. 네가…… 좀 도와줘.”

“내가?”

“항상 같이 있잖아. 온종일 뭐 하는지 잘 알고 있을 거 아냐? 그 사람이 혼자 있는 시간이며…….”

한지는 경미를 유심히 바라봤다. 이기적이고 못됐긴 하지만 남에게 해를 끼치거나 손해를 가하진 않는, 지극히 현대적이고 개인적인 동창생.

“네가 잘 알 거 아냐. 나 그 사람에게 호감 있어. 잘해보고 싶거든. 너도 알다시피 내가 지후 씨에게는 많이 모자라지만, 내가 부족한 모든 건 그 사람이 넘치게 가지고 있고…….”

잠시 망설이던 경미가 자조의 미소를 보였다.

“……아니다. 내가 네게 뭘 숨기겠니. 솔직히 말할게. 내가 일반적인 신붓감으로는 빠지지는 않잖아. 난 그렇게 생각해. 어디

든, 어느 자리든 최선을 다할 자신이 있어. 그런데 솔직히 지후 씬 버거워. 지련 언니가 도와주긴 하지만 부족하고. 그러니까 네가 도와줘. 네 도움으로 잘되기만 한다만 은혜는 잊지 않을게."

경미의 눈빛은 흔들림이 없었다. 하는 말도 조목조목 다 맞았다. 그의 수준에 어울리는 현명한 여자를 추천하라면 경미가 적임자였다. 학벌 좋고, 지혜롭고, 영리하고, 거기다 얼굴까지 김태희 뺨치게 예쁘게 생긴 경미는—비록 민들레 마을 안에서이긴 하지만—지후의 짝으로 가장 잘 어울렸다. 얄밉긴 하지만, 다 맞는 말이다.

나도, 나도 그 사람이 좋아. 가슴이 터져 버릴 것처럼 좋아.

입 밖으로 낼 수 없는 고백에 한지의 심장은 전에 없이 욱신거리며 열을 뿜어내고 있었다. 이대로 두면 활활 타버릴 것처럼 고통스럽다고 항의를 해대고 있었다. 하지만 한지가 할 수 있는 말은 없었다. 고작 삐딱한 어조로 '은혜를 어떻게 갚을 건데……' 라는 물음밖에 할 수가 없었다.

"네 동생, 한일이 얘기 들었어. 한일이, 한철이 내가 다 도울게."

비장하게 말하는 경미를 보며 한지는 쓰게 웃을 수밖에 없었다.

"저녁 열 시경에 혼자 공원에서 조깅을 해. 그때 나가보던가. 그리고 내 동생들은…… 내가 건사해. 그런 도움은 안 받아도 돼."

"고마워. 오늘 저녁에 꼭 나올 건지 확인하고 문자 넣어줘. 나머지는 내가 알아서 할게."

한지는 자신의 손을 잡은 경미를 물끄러미 바라보았다.

"알았어. 물어볼게."

말을 마친 한지가 먼저 걸음을 옮겼다. 경미는 앞서 가는 한지를 보며 못마땅한 듯 한숨을 뱉어냈으나 곧 뒤를 따라 일행이 기다리는 방으로 향했다.

"한지 씨, 어서 와요. 나 할 말 있어요."

경미보다 먼저 보석방으로 들어선 한지를 지련이 반겼다.

"네."

"토요일 점심 어때요?"

지련의 초대는 조금 의외였다. 시종일관 거리를 유지하고 있던 지련이 갑자기 점심 초대를 한 것도 놀라운 일이지만 그 목소리가 무척이나 호의적이라 한지는 잠시 혼란스럽기까지 했다.

"경미도 같이 와. 알았지?"

당연한 일이겠지만 지련이 뒤따라 들어온 경미를 초대하자 한지는 왠지 맥이 빠졌다.

어쩐지 이상하더라니……

한지는 부드럽고 호의적이던 지련의 태도가 경미와의 연결고리를 부탁하기 위해서였음을 깨달았다.

"저야 아주 고맙죠. 언니의 초대를 감사하게 받아들이겠습니다."

자신있게 초대하고 응하는 그들과 달리 한지는 선뜻 대답을 하지 못했다. 지후와 경미를 이어주려는 자리에 자신이 가서 앉아 있겠다는 것이 내키지 않았기 때문이다.

"한지 씨?"

지련이 다시 물었다. 대답을 기다리는 지련에게 한지는 어색하게 고개를 끄덕일 수밖에 없었다.

"예에…… 감사합니다."

"잘됐다. 우리 그날 맛있는 것도 먹고 얘기도 많이 나눠요. 한지 씨는 뭐 좋아하세요?"

"저는…… 뭐, 아무거나 주는 대로 잘 먹어요."

세 명의 여자들이 어색한 대화를 나누는 사이 지후는 찜질방 벽에 등을 기대고 앉아 여전히 책에만 시선을 묻고 있었다. 그만 보면 심장이 쿵쾅거리는 자신과 달리 아무 일도 없었다는 듯, 평온하게 책에 심취해 있는 그의 모습을 보며 한지는 가슴 한구석이 아리는 것을 느꼈다.

지련, 경미와의 어색한 시간은 다행히 오래가지 않았다. 가져온 식혜가 바닥이 날 즈음 마지막 장을 덮은 지후가 집에 갈 기색을 내비쳤기 때문이다.

"누나, 이제 그만 집으로 갈까?"

지후의 말에 지련은 아쉬운 듯 고개를 흔들었다. 한지와 달리 그녀는 새로운 문화인 찜질방의 매력 속에 흠뻑 젖어 있는 듯 보였다.

"난 조금 더 있다 가면 좋겠는데. 여기 너무 재밌어. 경미, 괜찮지?"

"그, 그럼요."

경미는 내키진 않은 모양이지만 지련에게 동의했다.

"잘됐다. 지후야, 너 먼저 가. 난 경미 씨랑 조금 더 있다 갈 테니까. 한지 씨, 토요일 날 봐요."

"알았어. 그럼 나 먼저 간다. 갑시다!"

지후가 한지에게 눈길을 주더니 앞장서 방을 나갔다.

"쉬시다 오세요. 먼저 갈게요."

불편한 자리를 벗어나 탈의실로 들어선 한지는 안도의 한숨을 내쉬었다. 처음과 달리 자신을 바라보는 지련의 눈길이 이상하게 부담스러웠다.

"오늘은 두 남매가 진짜 이상하네."

옷을 갈아입고 차에 오르기까지 한지의 두근거리는 심장은 진정되지 않았다. 이제 지후와 단둘이 있게 되면 무슨 말을 해야 할지 어떤 태도를 보여야 할지 자꾸 걱정이 됐다.

지후는 주차장에 먼저 나와 한지를 기다리고 있었다. 한지가 주차장으로 들어오는 것을 본 그는 자신도 모르게 피식 웃음을 터트렸다. 추위에 떠는 한지의 손과 발을 녹여주려 했던 계획이 이상하게 흘렀지만, 볼이 빨갛게 달아올라 어쩔 줄 모르는 한지를 보는 것도 또 하나의 즐거움이었다.

"빨리 하셨네요."

한지가 그의 시선을 피하며 중얼거렸다.

"문이나 열죠. 춥습니다."

운전을 하는 한지의 주위로 무거운 공기가 흘렀다. 그녀는 찜질방에서 나온 뒤로 아무 말도 없었다. 평소에는 날씨 얘기며, 주변 사람들 얘기, 궁금하지 않은 이야기까지 죄다 하더니 오늘은 웬일인지 조용하기만 하다.

"어디 아파요?"

지후는 평소와 다른 한지의 반응을 걱정하며 물었다.

"아뇨."

"그런데 왜 그렇게 조용해요."

"아니에요."

"키스 때문에 그래요?"

핵심을 꿰뚫는 지후의 말에 한지는 숨을 삼켰다. 그리고 가까스로 대답을 이어갔다.

"아, 아뇨. 내 나이가 몇인데…… 그냥 가벼운 키스로……."

……흔들리거나 하지 않아요, 라고 세련되게 말하고 싶었지만 지후는 의미심장한 웃음으로 그녀의 말문을 막아버렸다.

"……왜, 왜 웃어요?"

"나 그렇게 가벼운 사람 아녜요. 충동적이지도 않아요. 지극히 책임감도 강하고 신의를 중요하게 생각하며 사는 사람입니다. 그러니까 그렇게 걱정스러운 눈빛으로 이 위기를 어떻게 벗어날까 궁리하지 않아도 돼요."

지금 뭐 하자는 거예요? 나랑 연애라도 하려고 그러는 거예요? 죄송하지만 난 가볍고 쿨한 연애 따위 관심 없어요. 그것도 정말…… 정말 좋아하게 된 사람이랑 그러고 싶지 않아요. 그러니까 제발 날 흔들지 말라고요. 한지는 감히 입 밖으로 내지도 못할 말들이 행여나 튀어나올까 신경을 곤두세웠다.

"그, 그래서요? 그래서 나더러 어쩌라고요?"

그녀는 이 모든 상황이 불안했다. 거리낌이 없이 솔직한 것이 장점이던 자신이 이 남자 덕에 소심하게 변한 것도 마음에 들지 않았고 그의 눈치를 살피며 그가 자신을 어떻게 생각할까? 가슴 졸이는 일도 마음에 들지 않았다. 행여나 그가 자신의 감정에 대해 실없는 농담이라도 할라 치면 정말 들이박을지도 몰랐다.

"그쪽이 맘에 들어요."

그가 흔들림없는 목소리로 말했다. 백미러를 통해 한지의 얼굴을 바라보는 눈빛에서 장난기라고는 전혀 찾아볼 수가 없었다.

농담인지 진담인지 모를 그의 말에 한지는 아무런 대꾸를 할 수가 없었다. 머릿속이 하얗게 변해 버려 아무것도, 무엇도 할 수가 없었다. 그저 운전대만 움켜쥔 채 앞만 보고 나갈 뿐이었다. 딱딱하게 굳어 있는 그녀를 물끄러미 바라보던 그가 한숨을 내쉬고는 입을 다물었다. 긴장으로 어찌할 바를 모르던 한지는 그의 침묵이 고마울 정도였다.

"조심해서 가요."

집 앞에 도착한 지후가 다정한 목소리로 말했다.

"자, 잠시만요."

뜻밖의 고백에 정신이 팔려 있어서 경미의 부탁을 잊을 뻔했다.

"뭡니까?"

"오늘 운동하러 나오실 거죠?"

"오호……. 지금 데이트 신청하는 겁니까?"

그가 기분 좋게 웃었다.

"그렇다기보다는 그냥 바람이나 쐴까 하고."

"바람직한 일이군요. 좋습니다. 몇 시까지 볼까요?"

"열 시에 운동하시잖아요."

그가 고개를 끄덕였다.

“그러죠. 그럼 이따 봅시다.”

“네.”

한지는 기분 좋게 사라지는 지후에게 아무런 말도 하지 못했다.

마산슈퍼까지 오는 동안 한지는 비몽사몽, 안갯속을 헤매는 기분이었다.

“할매, 나 왔어. 휴우우우.”

깊은 한숨을 내쉰 한지가 창밖을 보고 앉았다.

“너 요새 왜 그랴? 어째 젊은 년이 하루가 멀다 하고 한숨질이야.”

물건을 정리하고 있던 마산할매가 툴툴거리며 그녀를 맞았다. 힘이 없어 보이는 한지가 못마땅한지 곱지 않은 눈초리로 그녀를 훑어보았다.

“휴우우우.”

“잘헌다. 아주 잘혀. 그래 갖고 땅이 꺼지겠냐? 동네가 좁아서 슬프고, 서른이나 처먹어서 슬프고, 이번엔 뭐야? 뭔데 그렇게 매가리없이 다녀?”

“그냥 속이 답답하고 기분이 엿 같아. 휴우우우.”

“미친년. 비싼 밥 먹고 또 헛질이지?”

거듭되는 한지의 한숨에 할매는 물건을 옆으로 치워두고 옆으로 다가왔다.

“너 왜 그랴? 늙은 할매 앞에 앉혀놓고 뭐 하는 짓이냐? 다 죽어가는 모습으로 들어와서는 왜 아무 말 없이 한숨만 쉬고 그래?”

“……..”

“아이고, 답답혀. 죽은 아들내미 부랄을 만지는 것도 아니고. 속이 터지것다. 말을 하던가, 집에 가서 발 씻고 자빠져 자던가.”

할매의 채근에도 한지의 입은 좀처럼 벌어지지 않았다.

“요즘 들어 예뻐졌다 했다. 너 연애하쟈? 그래 뭐가 잘 안 되냐? 그래서 그렇게 세상 고민 혼자 다 짊어지고 앉았어?”

“할매, 나도…… 나도 사랑을 할 수가 있을까?”

한숨처럼 내뱉는 한지의 말에 할매의 눈길이 매섭게 변해가기 시작했다.

“이게 뭔 소리랴? 니가 왜 연애를 못햐? 또 누가 이상한 소릴 지껄여 쌌더냐? 앞장서라. 내가 아주 요절을 내놓을 테니. 내 이것들을 가만두지 않을 것이여. 어여 앞장서.”

흥분한 할매가 소맷부리를 걷어 올리며 노기를 터트렸다.

“아냐. 아냐. 할매. 누가 그런 게 아니라. 나 스스로. 스스로 그런 생각이 드는 거야. 나 같은 여자도 번듯한 남자 만나서 남들처럼 그렇게 알콩달콩 살아갈 수 있을까?”

넋이 나간 듯, 읊조리는 한지의 목소리가 젖어 있었다. 분명히 울고 있는데…… 소리 죽여 울고 있는데 눈물은 흘리지 않는 한지를 보며 마산할매는 가슴이 아려 차마 말을 잇지 못했다.

“남들 다 있는 고등학교 졸업장도 없고, 아빠도…… 아빠도 죽게 만들고, 겨우 정신 차리고 살아보려니 줄줄이 딸린 동생들 뒷바라지하기에는 턱없이 부족하고. 뭐 하나 잘하는 것 없는 무식하고 못난 나 같은 여자도 반듯하고 잘난 남자 만날 수 있을까? 앞으로 태어날 내 아이들에게 떳떳한 엄마가 될 수 있을까? 그냥 막 그런 생각이 드는 거야. 에이.”

할매는 코맹맹이 소리를 내면서도 울지 않으려 애쓰는 한지를 꼭 안아주었다. 약한 지어미와 어린 동생들을 위해 눈물을 참아가며 살아온 여린 아이를 생각하니 할매의 가슴은 그저 먹먹하기만 했다.

“쓸데없는 소리 하고 자빠졌다. 넌 틀림없이 남들 다 부러워하는 잘난 남자 만날 거여. 그라잖으면 내 손에 장을 지지마. 그러니까 절대 걱정하지 마.”

“그래도, 그래도 할매…… 난 남의 차나 운전하는 기사라고. 어느 반듯한 집안에서 나를 받아들이려 하겠어. 나 좋다고 하는 수민이도 결혼하잔 소린 안 하잖아.”

“그것들이야 사람 보는 눈이 없어서 그러는 게야. 흙 속의 진주를, 아니, 다이아몬드를 모르는 거야.”

할매의 품 안에 안긴 한지가 어깨를 들썩였다. 우는 건지, 웃는 건지 모르지만 그렇게 한참 동안 어깨를 흔들어대는 한지를 할매는 오랫동안 다독여 주었다.

「오늘 운동 나간대. 치즈 샌드위치를 좋아하니까 싸가보든지.」
경미는 한지의 문자를 받고 회심의 미소를 지었다.
“치즈 샌드위치라……. 풋! 귀엽긴.”
엄마를 졸라 치즈 샌드위치며 과일주스를 챙긴 후, 피부가 밝아 보이는 BB크림을 바르고, 예쁜 운동복도 챙겨 입었다.

운동을 끝내고 그와 함께 차 안에서 간식을 나눠 먹으며 이야기를 나눌 상상을 하자 기분이 좋아졌다.

"시간이 왜 이렇게 안 가는 거야."

운전석에 앉아 시간이 가기만을 기다리던 경미는 아홉 시 오십 분이 되자 심호흡을 하며 차에서 내렸다. 공원 입구에서 천천히 준비운동을 하다 지후가 나타나면 자연스럽게 아는 체를 하고 함께 운동을 할 계획이었다.

"시간관념이 정확한 사람이야. 깔끔하고 엉뚱한 면도 있고, 가끔 보면 유머감각도 있고, 성질은…… 성질은 디게 드러. 그래도 속내는 깊은 것 같고…… 단 걸 싫어라 하고, 책을 읽을 때면 옆에서 빨개 벗고 춤을 춰도 모를 정도로 집중해서 읽어."

경미는 지후의 이야기를 하며 눈가가 그윽해지던 한지를 떠올리며 고개를 흔들어댔다.

한지는…… 객관적으로 봤을 때 좋은 여자이고 좋은 사람이긴 했지만, 지후와는 너무 격차가 났다. 한지의 처지에 감히 지후를 넘보는 것은 어불성설이었다. 한 가지 다행이라면 한지가 스스로 주제를 알고 있다는 것이었다.

"바보 같은 게. 꼭 감정을 질질 흘리고 다녀. 신경 쓰이게."

아무리 보는 둥 마는 둥 하는 사이라 해도 한 동네 사는 친구이자 동창이었다. 함께 한 세월이 몇 년인데 아무렇지 않을 리는 없다. 경미는 한지로 인한 찝찝함을 떨쳐 버리려 지후를 생각했다.

비록 우연을 가장한 만남이지만 그와 만나 둘만의 시간을 가질 것을 상상하자 뿌듯함과 행복감이 밀려왔다.

열 시 오 분 전, 드디어 지후가 모습을 드러냈다.

"왔다!"

경미는 평정심을 유지하려 애썼다.

'뜻밖의 만남처럼 보여야 해. 절대 긴장하지 말고.'

조마조마한 가운데 지후가 점점 다가오고 있었다. 허리를 굽힌 채 준비운동을 하던 경미는 마음속으로 하나, 둘 박자를 세어가며 그가 자신의 옆을 지나갈 타이밍을 맞추고 있었다.

'셋, 둘, 하나!'

박자를 맞춘 경미가 허리를 들어 올렸다. 완벽한 타이밍!

"어머! 지후 씨!"

주위를 두리번거리며 지나치던 지후가 그녀의 목소리에 걸음을 멈추었다.

'뭐야? 지금 날 못 알아보는 거야?'

그의 무심한 눈빛을 보며 경미는 그가 자신을 알아보지 못하고 있다는 직감을 받았다. 짧은 순간이었지만 그는 생각을 더듬었고, 잠시 후 그녀를 기억해 낸 듯 가볍게 목례를 했다.

"또 뵙는군요."

한 번 보면 모든 것을 기억한다는 천재가 자신을 알아보지 못했다는 것이 경미를 비참하게 만들었다.

"그러게요. 근데 이 늦은 시간에 어쩐 일이세요?"

경미는 애써 감정을 추스르며 미소를 지었다.

“아, 사람들 없는 시간이 좋아서요. 운동 나오셨나 봐요.”

그가 경미의 운동복을 훑어보며 물었다. 경미는 자신의 계획이 순조롭게 진행되는 것에 만족하며 고개를 끄덕였다.

“네.”

“그러시군요. 그럼 열심히 하십시오. 전 이만.”

처음과 마찬가지로 의례적인 인사를 한 지후가 그녀를 뒤로하고 앞서 나가기 시작했다. 한지를 찾는 건지 여기저기를 두리번거리는 모습이 그녀를 더 비참하게 만들었다.

“이, 이런……..”

홀로 남은 경미는 황당한 기분으로 사라지는 지후의 뒷모습만 멍하니 바라보았다.

“에이씨!”

열 시 삼십 분. 한지는 이불을 덮어썼다. 지금쯤 함께 운동을 하고 있을 지후와 경미를 생각하니 가슴이 쿡쿡 쑤시기 시작했다.

“그쪽이 맘에 들어요.”

용주님은 왜 그런 말을 해서 사람을 힘들게 하는 걸까? 아무리 애를 써도 그가 내뱉은 말이 지워지지가 않는다.

“괜히 이상한 소릴 해서는…….”

한지는 거침없이 대시하는 경미와 달리 그의 마음을 기쁘게 받아들일 수 없는 자신의 처지가 한심하고 괴로웠다.

"난 정말로 당신이 행복했으면 좋겠다고요."

한지는 베개에 얼굴을 묻으며 나직이 속삭였다. 지후 씨를 정말로 위한다면 그에게 어울리는 사람이 누구인지 생각해 보라는 경미의 말이 가슴속에 무겁게 남았다.

전화 왔다. 전화 왔어!

늦은 밤, 휴대전화 벨소리가 울리자 한지는 벌떡 일어나 액정을 살폈다. 젠장……. 그가 아니다.

"왜 그러시오, 친구?"

[목소리가 왜 그렇소? 고뿔에 걸렸소?]

현숙이었다.

"피곤하오."

[오호, 피곤하시오? 그날도 아니잖소? 혹시 지후님이 까탈스럽게 굴었소? 그 냥반이 막 승질도 부리고 그러오?]

"아니오. 그 냥반과 상관없이 힘도 없고, 몸도 나른하고 그렇소."

[어허. 계절 타나 보오. 흑염소라도 한 마리 잡아야 하는 것 아니오?]

"친구!"

한지는 한숨을 내쉬며 현숙을 불렀다.

[왜 그러시오?]

"내가 어떤 사람이오?"

[오호. 그것이 왜 궁금하시오?]

"내가 막…… 매력적이고 섹시하고 그렇소? 남정네들이 혹, 넘어갈 그런 뇨자요?"

[뭔 일이 있으시오? 어머님께서 시집가라 한소리 하셨소?]

"문득 생각해 봤소. 내가 몇 점이나 될까, 궁금하더이다. 내가 남정네들 눈에는 어떻게 비칠까? 가진 것도 없고, 친구처럼 좋은 직장이 있는 것도 아니고, 배운 것도 없고, 아무리 후한 점수를 줘도 하위권을 벗어날 수가 없는 것 같소."

현숙은 한동안 침묵을 지켰다.

"왜 대답이 없소? 내가 그렇게 아니요?"

[솔직히 말해도 돼?]

현숙의 말투가 진지하게 바뀌었다.

"하시오."

[너 90점이야.]

"풋. 친구라고 후하게 주는 것이오?"

[아니. 친구라서가 아니라, 너 정말 멋져. 솔직히 100점 주고 싶은데, 너무 후하게 주면 안 믿을까 봐 10점 깠다. 니가 입이 좀 험하잖아. 거기서 마이너스 먹었어.]

"고마우이, 친구."

[지난번 말했던 이혼남…… 선보려고 그러는 거야?]

현숙의 목소리가 조심스러워졌다.

"아니오."

[잘 생각했어. 조금만 더 기다려 봐. 너의 진가를 알아볼 현명한 남자가 짜쟌 하고 등장할 거니까.]

"그럴 것이라 생각하오. 나에게 맞는 사람이 꼭 나타날 것이오."

[그렇지. 긍정적인 마인드! 멋지다, 서한지!]

"역쉬, 친구! 자네밖에 없소."

[하하하. 고맙긴. 친구! 피곤해 보이는데 그만 잠자리에 드시게.]

"자네도 편히 주무시게."

현숙과의 통화를 마치고 한지는 스스로에게 다짐했다.

그래. 나에게도 좋은 사람이 생길 거야. 너무 차이가 나서 엄두도 못 낼 그런 사람 말고……. 이렇게 혼란스러운 상태로 그를 볼 순 없잖아. 어서 감정의 정리를 마쳐야 해.

"서한지, 너 맺고 끊는 거 잘하잖아."

한지는 3년 전, 자신을 찾아왔던 수민의 엄마를 떠올렸다. 수민이 한지 때문에 맞선 자리를 거절한다며, 두 사람이 무슨 사이냐고 불안한 눈빛으로 물었었다.

아무 사이도 아니라는 한지의 말에 가슴을 쓸어내리며 안심하던 수민 엄마의 모습이 생각났다. 가슴 한구석이 아릿하던 느낌이 생생하게 떠올랐다.

어차피 수민이를 이성으로 생각한 적은 없었다. 하지만 아들을 좋아하지 않는다는 말에 가슴을 쓸어내려야 할 정도로 못난 자신의 처지가 괴로웠다.

가족들이 알게 될까 봐 아무렇지도 않은 척했었지만, 사실은 상처받은 것을 드러내고 싶지 않은 우스운 자존심 때문이기도 했다. 아무것도 모르는 척, 괜찮은 척하고 있었지만 주변에서 자신을 어떻게 보는지 한지 스스로 더 잘 알고 있었다. 서글프고 비참

했었다.

"아니야. 아니야. 다 지난 일이잖아."

지후 덕분에, 그가 일깨운 감정 덕분에 오랜 시간 묻어왔던 해묵은 상처들이 봉인 풀린 마법처럼 빠져나와 버렸다. 지후를 많이 좋아하지만, 그래서 더욱 상처받고 싶지 않았다. 마지막 자존심이었다. 그저 혼자서 바라보는 지금 이대로가 좋았다.

한지는 책상 서랍 속에 수첩을 꺼내 들었다. '행복예감' 이라고 적힌 작은 수첩을 펼치자 아빠가 돌아가실 때 적어놓은 메모가 눈에 들어왔다.

좋은 생각만 하자. 모든 것이 다 잘될 거야.

행복 예감. 행복 예감. 행복 예감.

"그래. 다 잘될 거야. 할매도, 엄마도, 한일이도, 한철이도, 현숙이도, 나도……. 그리고 지후와 경미도."

눈을 감고 주문을 외우듯 중얼거리는데, 문밖에서 인기척이 났다. 한철이가 독서실에서 돌아오는 모양이었다.

"한철이니?"

문을 열고 내다보니 한철이 도둑걸음으로 방으로 가고 있었다.

"에이, 깜짝이야. 안 자고 뭐 해?"

"문명인이 열두 시 전에 자면 쓰것냐? 조국 통일과 인류의 미래를 고민 좀 하고 있었다. 왜?"

"조국 통일과 인류의 미래를 걱정하기 전에 누나 눈가에 주름이나 걱정하셔. 불면증은 피부의 적인 거 몰라? 가뜩이나 사납고 거칠어서 누가 데려갈까 걱정인데 주름까지 자글자글하면 누난 증말 시집 못 간다."

한철이 퉁명스럽게 말했다. 안 좋은 일이 있었는지 무뚝뚝하기 짝이 없다.

"그러거나 말거나. 야, 동생. 잠도 안 오는데 누님이랑 라면이나 한 사발 할까?"

"피곤해."

"에이. 그러지 말고 한 사발 하자. 누나가 긴히 할 말도 있고."

긴히 할 말이 있다는 말을 들은 한철이 마지못해 주방으로 들어섰다.

"한 개 반만 끓여. 나머진 생으로 먹을래."

"오케바리."

"엄만? 또 기도하러 간 거야?"

"응. 기척없는 거 보면 가셨나 보다."

"칫. 빌어봐야 응답도 없는 기돈 뭘 그리 열심히 한데."

한철이 비꼬자 한지는 피식 웃음을 터트리며 물을 올렸다.

"응답이 있을지 없을지 네가 어떻게 알아?"

"벌써 3년째 기도하잖아. 누나 좋은 데 시집가고, 나 공부 잘하게 해달라고. 그런데 이게 뭐냐? 누난 여태 남친 하나 없고 난 죽어라 공부 못하고. 이게 기도빨이야?"

"앞일은 모르는 법이지. 한밤중에 라면 먹으면 진짜 맛있다. 저

한테 안 좋은 걸 몸이 아는가 봐.”

삐딱한 한철을 달래기 위해 한지가 화제를 돌리자 조금 누그러진 한철의 목소리가 들렸다.

“왜 잠이 안 와? 등만 대면 주무시는 양반이.”

“그러게. 나도 늙었나? 잠이 없어지는 모양이야. 넌? 여태 공부한 거야?”

물을 올리고 식탁에 앉은 한지가 동생의 모습을 물끄러미 바라보며 물었다.

“그렇지 뭐.”

“에고. 우리 한철이가 고생이 많네.”

한지는 어느새 훌쩍 커버린 동생의 모습이 대견스러워 손을 뻗어 꼭 안아주었다. 갑작스러운 누나의 행동에 한철이 바동거리며 벗어나려 했지만, 곧 포기한 듯 누나의 품에 얌전히 안겨 있었다.

“왜 이러셔? 불안하게스리.”

“쪼그맣던 우리 막둥이가 언제 이렇게 컸냐?”

한철의 머리를 쓰다듬던 한지의 목소리에 울컥, 물기가 묻어났다.

“누나 시집가? 안 하던 짓까지 하고. 오늘 진짜 이상해.”

“시집 안 갈 거야. 안 가고 너랑 오래오래 살 거야.”

“말은 바로 하시지. 안 가는 게 아니고 못 가는 거지.”

“이놈의 자식이…….”

한지가 껴안고 있던 한철의 얼굴을 떼어내 꿀밤을 날리려다 미간을 찌푸렸다. 희미하긴 했지만, 눈가에 있는 노란 자국들이 눈에 띄었기 때문이다. 멍이 옅어져 가는 모습이 분명했다.

"뭐야? 너 또 맞았니?"

"아니……."

한철이 눈빛을 피하는 것을 보니 그녀의 짐작이 틀림없었다.

"아니긴 뭐가 아냐. 너 또 얻어맞았지? 아무리 바빠도 체육관 다니면서 몸 챙기라 그랬잖아."

"아니라니까 진짜 왜 그래? 그냥 야구공에 맞았어. 됐냐?"

"되긴 뭐가 돼. 어떤 놈이니? 누가 이랬어. 내 이놈의 자식들을……."

"제발 내 일에 신경 좀 꺼. 내가 한두 살 먹은 애야? 내 일은 내가 알아서 한다고."

한철이 거칠게 한지의 팔을 떼어내며 소리쳤다.

"이게 어디서 구라를 치고 있어. 야, 너 똑바로 말 안 해? 야구공에 맞은 상처가 아니잖아. 눈탱이에 야구공을 맞으면 눈알이 튀어나오지 겨우 이렇게 끝나?"

"제발, 누나. 제발!"

갑자기 한철이 소리를 질렀다. 느닷없는 외침에 놀란 한지가 아무 말도 못하고 동생을 바라보았다.

"제발…… 고운 말 좀 써라. 구라는 뭐고, 눈탱이는 뭐야? 누나가 깡패야? 왜 맨날 그런 말만 쓰고 그래. 예쁘고 좋은 말은 뒀다 뭐 해. 누나 말처럼 곰국 끓여 먹냐? 그러니까 사람들이……."

억눌린 목소리로 중얼거리던 한철이 차마 말을 잇지 못하고 머뭇거리자 한지가 대신 물었다.

"······사람들이 뭐? 사람들이 뭐라고 하는데?"

"사람들이 누나를 업신여기잖아."

툭! 한철을 향해 뻗어 있던 한지의 두 손이 힘없이 떨어졌다.

한지가 비틀거리는 모습을 본 한철은 두 눈을 감았다. 상처가 난 자리에 왕소금으로 문지르듯 쓰리고 아팠다. 미친놈처럼 생각 없이 지껄인 자신의 말을 주워 담고 싶었다. 그런 소문쯤이야, 그 따위 헛소리쯤이야 누나를 잘 모르는 사람들이 하는 소리란 것을 잘 알고 있었지만, 아직 고등학생인 한철은 분노를 다스리는 방법을 한지만큼 익히지 못했다.

"미안하다. 어서 들어가서 자."

힘없는 한지의 목소리가 들렸다. 화도 내지 않고 수긍하는 누나의 모습이 그의 죄책감을 더하게 했고, 그만큼 더 화가 났다.

"누난 항상 그런 식이야. 누나만 희생하고. 누나만 힘든 척해."

"······그만 하자."

한지가 뒤돌아서며 속삭였다. 돌아서는 한지의 어깨는 생각보다 작고 약했다. 항상 강한 줄만 알았던 누나의 연약한 모습에 한철은 가슴이 아파왔다. 그러면서도 누나를 힘들게 하는 일등공신인 자신에게 환멸감마저 느껴졌다.

"아픈 엄마를 위해서, 공부하는 동생들을 위해서 항상 누나만 희생하는 것 같지? 하지만······ 하지만 우리도 힘들어. 누나에게 생활비 타 쓰는 엄마도 힘들고, 누나에게 학비 얻어 쓰는 나 도······ 나도 내가 비참해서 죽을 지경이야. 아마 형도 그럴걸. 그 거 알아? 형이나 나나, 우리도 누나만큼······ 누나만큼 힘들고 아프다고."

누구보다 더 믿었던 동생의 외침은, 누구보다 의지했었던 한철의 분노는 한지에게 고통과 아픔을 안겨주었다.

그랬었나? 내가 그랬었나? 가족들 앞에서 항상 힘들어하고 희생하는 것처럼 그렇게 불행해 보였었나? 한지는 스스로를 돌이켜보았다. 그리고 동생의 말이 맞는다는 것을 깨달았다.

"내…… 내가 그랬었니? 나 혼자 희생하는 것처럼, 그렇게 힘들어하는 것처럼 보였었어? 그래서, 그래서 넌 나를 그렇게 부담스러워하고 있었었니?"

한지의 중얼거림이 끝나기도 전에 안방에서 분노한 외침이 들려왔다.

"서한철! 너 이놈의 새끼! 누나에게 무슨 짓이야?"

분노에 찬 권 여사의 외침에 한지와 한철이 동시에 뒤를 돌아보았다. 노기를 띤 채 비틀거리며 다가오는 사람은 분명히 교회에 있어야 할 엄마였다.

"어, 엄마."

하얗게 질린 한지가 엄마를 불렀지만, 한철은 반항적인 눈빛으로 엄마를 노려보았다.

"왜요? 가서 남이나 돕고 기도나 하시지 집엔 왜 있어요?"

"그만두지 못해? 엄마에게 무슨 말버릇이야?"

"한심해. 정말 다들 한심해. 엄마나 누나나 정말 지긋지긋하게 한심하다고."

짝! 날카로운 소리가 주방 공기를 갈랐다. 버릇없는 동생의 뺨을 때린 한지는 자신의 손바닥으로 느껴지는 따뜻한 물기에 심장이 죄어오는 아픔을 느껴야 했다.

"너 이놈의 새끼. 이리 들어와!"

"어, 엄마!"

한지가 엄마를 말렸지만, 소용이 없었다.

"서한지, 넌 들어오지 마."

권 집사가 한철을 끌고 방으로 들어갔다. 안방에서는 철석철석 회초리 소리가 들렸다. 한철의 억눌린 신음 소리가 들렸지만 잘못했다는 소리는 들려오지 않았다.

"엄마. 엄마. 그만 해. 한철이 아무 말도 안 했어. 내가 험한 소리 한다고, 고운 말 쓰라고 그냥 충고한 거야."

한지가 눈물을 삼키며 소리쳤지만, 안방에서 들리는 회초리 소리는 멈추어지지 않았다.

"이놈이. 그래도 잘못했단 말 안 하지?"

안방에서는 한참이 지나도록 엄마의 분노한 외침과 회초리 소리만이 들려올 뿐이었다. 애가 타 억지로라도 문을 열고 들어가려 할 즈음, 드디어 회초리 소리가 멈추더니, 눈가가 촉촉이 젖어 있는 한철이 절뚝거리며 모습을 드러냈다. 한지의 가슴은 미어지는 것 같았다.

"괘, 괜찮아?"

걱정스레 물었지만 한지를 노려보던 한철은 어떤 대꾸도 없이 2층으로 올라가 버렸다. 피멍이 든 한철의 다리가 보였다. 한지는 차오르는 눈물을 삼켜가며 엄마가 계신 안방으로 시선을 돌렸다.

한철이 입은 상처가 연고로 나을 수 있는 것이라면, 가슴속 깊은 곳을 다친 엄마는 쉽게 나을 수 없을 것이다.

"엄마, 괜찮아? 괜찮은 거지?"

"피곤해서 잘 테니 들어오지 마."

젖어 있는 권 여사의 목소리에 안방 문을 열려던 한지가 멈칫거렸다.

"엄마…… 미안해."

한지가 문을 사이에 두고 속삭였다.

"쓸데없는 소리 한다. 니가 뭐가 미안해. 어여 올라가."

"알았어. 안녕히 주무세요."

"한지야."

"……응."

"내가 태어나서 가장 잘한 일은 너를 낳은 거야."

조용히 돌아서던 한지의 귓가에 속삭임처럼 작은 엄마의 목소리가 들려왔다.

"흡……."

가슴이 아팠다. 너무 아파서 숨을 쉴 수가 없었다.

떨리는 다리를 이끌고 2층으로 올라가려는데 식탁 위에 있던 휴대전화가 드르륵거리며 몸을 떨어댔다. 한철이 두고 간 모양이었다. 휴대전화를 들고 나서던 한지는 본의 아니게 액정에 떠 있는 글을 보고야 말았다.

「자식! 괜찮냐? 네 누나 얘긴 미안하다. 하지만 일부러 그런 말 꺼낸 건 아냐. 그냥 나도 무심코 나온 말이야. 오해하지 마라. 젠장, 네 누나 운짱이라고 놀릴 때마다 그렇게 죽일 듯이 야단을 떤다며? 인마, 그렇게 살벌하게 구니까 친구가 없지. 암튼 너희 누나 무시한 건 아니니까 오해 풀어라.」

철퍼덕. 주방 바닥에 주저앉은 한지는 숨죽여 눈물을 쏟아냈다. 고맙게도 언제나처럼 소리없는 울음이 나와주었다.

토요일 아침, 지련이 점심 초대를 한 날이었다.

경미와 지후를 위한 자리. 그곳에서 한지는 두 사람을 이어주는 메신저 역할을 해야 했다.

한지는 거울 앞에서 분주하게 움직였다. 지난밤 밤잠을 설쳐 가며 내린 결론은 모든 것을 내려놓는 것이었다. 욕심을 버리는 것, 가질 수 없는 것은 탐내지 않는 것. 언제나 그랬던 것처럼 포기가 빠르면 빠를수록 상처도 덜 받게 된다. 고등학교도, 태권도 사범도, 여군인도 밤이 새도록 울며 미련을 가졌었지만 그럴수록 그녀만 더 아팠었다. 깨끗이 잊고 현실을 직시할 때, 현실에 적응하며 욕심을 버릴 때 비로소 편안해질 수 있었다. 가끔 가슴이 아프고 서글픈 생각이 들긴 하겠지만 금방 괜찮아질 것이다.

"그래. 까짓것 훌훌 털어버리고 새롭게 시작하자. 오르지 못할 나무는 쳐다보는 게 아니야. 적당한 거리를 두고 대하면 돼. 그런데 뭘 입고 가지? 이럴 줄 알았으면 야시시한 드레스라도 하나 사 놓는 건데……."

혼잣말을 중얼거리던 한지의 눈에 지난번 선을 볼 때 사 입었던 검정색 원피스가 들어왔다. 한지가 가진 옷 중에서 유일하게 단정

하면서도 여성스러워 보이는 옷이었다. 거기다 하나밖에 없는 검정 재킷을 걸치니 꼭 맞춘 것처럼 한 벌이 되었다.

"역시. 인물이 좋으니까 뭘 걸쳐도 작품이네."

거울을 보며 억지로 미소를 만들었다.

무겁게 가라앉은 집을 나선 한지는, 화원에 들러 지련을 위한 허브와 작은 선물을 사는 것도 잊지 않았다. 자꾸 한숨이 새어 나오고 다리에 힘이 빠졌지만, 그럴 때마다 숨을 들이마시며 아랫배에 힘을 줬다.

"현실에서도 동화처럼 그렇게 행복한 결말이 있진 않을까?"

혼자 중얼거리던 한지는 부질없는 생각에 곧 쓸쓸하게 웃고 말았다. 형편이나 처지를 떠나서도 그와 자신의 거리는 너무 멀었다. 아니, 애초에 닿을 일이 없는 극과 극의 사람이란 것을 스스로 잘 알고 있었다.

한지는 자꾸만 약해지려는 마음을 다잡으려는 듯 힘주어 걸음을 옮겼다. 휘이잉. 살을 에는 찬바람이 애써 빗어 넘긴 머리를 자꾸만 헝클어뜨리고 있었다.

"어서 오세요!"

호숫가 집에서 한지를 가장 먼저 반겨준 이는 알렉스였다. 그는 식당으로 향하는 내내 친근한 미소로 한지의 긴장을 풀어주려 노력했다.

"오늘 정말 근사해 보이시는 거 아세요?"

알렉스는 아름답게 꾸민 한지를 아래위로 훑으며 미소를 감추지 못했다.

“농담이시죠?”

한지가 못 미더워 물었지만, 알렉스의 말처럼 오늘 그녀는 보이시했던 다른 날과 달리 무척이나 여성스러워 보였다. 찰랑거리는 머리는 단정하게 묶어 정갈했으며 매끈거리는 피부는 윤이 났다. 무릎을 살짝 올라가는 검은색 원피스와 같은 색 재킷을 걸친 그녀는 평소와 달리 신비스럽고 고혹적으로 보이기까지 했다.

“전혀요. 정말 아름다우세요.”

감탄의 눈길로 바라보는 알렉스를 보며 한지가 쑥스럽게 웃었다.

“저에게 뭐 부탁할 일 있으시죠?”

“오! 절대, 절대 아닙니다. 제 말 믿으세요. 오늘은 정말 모델 같아요.”

“에이, 설마요?”

“진짜라니까요. 기네스 펠트로우보다 예뻐요.”

알렉스가 두 손을 심장 위에 대며 억울한 듯 외쳤다.

“그 말이 정말이라면…… 4대까지 복을 받으실 거예요.”

“오, 할렐루야!”

한지의 장난스러운 대꾸에 알렉스는 두 팔을 들어 올린 채 크게 소리쳤다.

“나무아미타불 관세음보살.”

한지 역시 장난기 가득한 목소리로 염불을 외웠다.

한지와 알렉스가 동시에 웃음을 터트리며 하이파이브를 하는데 등 뒤에서 날카로운 웃음소리가 들렸다. 두 사람은 움직임을 멈추고 뒤를 돌아보았다. 거실로 들어서는 아치문에 경미와 지련, 지후가 그들을 바라보고 있었다.

"서한지, 너 지금 무슨 쇼를 하는 거니?"

"한지 씨, 역시 활기차서 좋으네요. 어서 오세요."

비웃는 경미와 달리, 지련은 웃음기 가득한 눈빛으로 한지를 반겼다.

"아, 안녕하세요."

멋쩍게 인사를 하던 한지는 자신을 쏘아보는 지후를 보며 겁을 먹었다.

따르르릉.

숨 막히는 긴장감을 깬 것은 요란하게 울려대는 지후의 전화벨 소리였다. 한지에게서 눈을 떼지 않은 채로 전화를 받은 지후가 '알았다' 라고 짧게 대답하더니 전화를 끊었다.

"누나, 미안하지만 오늘 식사는 못하겠어. 다른 날로 미루던지. 아니면 여자분들끼리 드시던지."

누나에게 양해를 구한 지후가 차갑게 돌아섰다. 당황하며 서 있는 한지의 귓가에 서릿발 같은 지후의 목소리만 들릴 뿐이었다.

"서 기사는 나 좀 봅시다! 알렉스, 모셔와."

"지, 지후야!"

당황한 지련이 지후를 불렀지만 빈 복도에는 공허한 메아리만 맴돌았다.

"한지 씨, 어서 가보세요. 긴히 하실 말씀이 있는 모양이네요."

남아 있는 사람 중 느긋한 사람은 알렉스뿐이었다.

"미안해요. 손님을 불러놓고 이게 무슨 일인지…… 일단 지후 보고 오시겠어요?"

지련이 난처한 얼굴로 말했다. 휠체어 뒤에 서 있는 경미는 이 모든 사태가 한지의 책임인 듯 사나운 눈빛으로 노려보고 있었다.

"가시죠!"

알렉스가 한지를 재촉했다. 한지는 무슨 영문인지도 모른 채 알렉스의 뒤를 따랐다.

똑똑!

서재 앞에 선 한지가 힘없이 노크를 했다. 지후의 냉랭한 눈초리가 생각나 문을 두드리는 손에 힘이 실리지 않았다.

"네!"

"저예요. 서 기사!"

"들어오세요."

문을 열자 냉랭한 모습의 지후가 보였다. 그에게서는 전에 없이 차가운 기운이 느껴졌다.

"지금 보스 기분이 별로예요. 그래도 한지 씨가 오셔서 다행입니다."

나지막이 속삭이는 알렉스에게 한지는 살짝 웃어 보였다. 지켜보던 지후의 눈초리가 험상궂게 변해갔지만 한지와 알렉스는 미처 깨닫지 못했다.

"알렉스, 거기서 노닥거리지 말고 어서 일이나 마치지."

"넵!"

알렉스가 서둘러 자리를 뜨고, 홀로 남은 한지는 살얼음판을 걷는 것처럼 조심스럽게 그의 앞으로 다가갔다. 긴장한 탓에 등허리가 다 아플 지경이었다.

"어제 공원은 왜 안 나왔습니까?"

지후가 물어왔다.

"피, 피곤해서요."

"피곤? 정말 피곤해서 그런 겁니까? 절 피하는 게 아니고요?"

그가 예리하게 물었다.

"그, 그럴 리가요."

"그럼, 경미 씨는 왜 내보냈습니까?"

"……그건."

"좋습니다. 별로 중요한 일도 아니니 넘어가죠. 그럼 한 가지만 더 묻겠습니다. 혹시 알렉스에게 관심 있습니까?"

"아, 아뇨. 그럴 리가요. 알렉스를 잘 알지도 못하는걸요."

"잘 알지 못해도 좋아하는 감정이 생길 수 있죠. 특히 알렉스처럼 매력적인 남자는 쉽게 끌리지 않겠습니까."

"매, 매력적이긴 하지만 끌리진 않아요. 그리고 알렉스보다는 사장님이 훨씬 더 매력……."

지금 내가 무슨 얘길 하고 있는 거야. 자신도 모르게 속내를 털어놓던 한지는 입을 다물어 버렸다. 조개처럼 입을 다물어 버리는 한지를 물끄러미 바라보던 지후의 얼굴이 조금씩 이완되기 시작했다.

"알렉스보다 제가 훨씬 더 매력적이란 말이죠? 흠."

흐뭇한 미소를 짓는 그를 보며 한지는 그가 화난 이유를 알 수 있을 것 같았다. 한지는 피식 웃음을 터트렸다. 긴장이 풀린 한지의 눈가에 반달 모양의 작은 선이 생겼다.

"그 웃음……."

말을 멈춘 지후가 미간에 주름을 잡으며 긴 손가락으로 그녀의 눈가를 가리켰다.

"네?"

"그 웃음 말입니다. 그 고약한 웃음."

"고, 고약한 웃음이라뇨?"

"그 웃음이 참 고약합니다. 그러니까 절대 다른 사람 앞에서는 그렇게 웃지 마십시오. 특히 알렉스나 그 형사 친구 앞에서는."

지후의 말이 끝나자 이상한 분위기가 흘렀다. 뭔가…… 야릇하고 어색한 느낌. 손발이 오글거리는 쑥스러운 느낌이 들었다. 한지는 가렵지도 않은 목덜미를 쓰다듬으며 원인불명의 열을 식히려 애썼고 그런 한지를 뚫어지게 바라보던 지후가 약간 흥분된 목소리로 다시 이야기를 시작했다.

"흠흠. 사내연애를 어떻게 생각합니까?"

"사, 사내연애라뇨? 갑자기 사내연애는 왜요?"

"질문은 제가 합니다. 어떻게 생각합니까?"

"별다른 거부 반응은 없어요. 그런데 왜 그런 질문을?"

"됐습니다. 사내연애에 별다른 거부 반응이 없다면 우리 이참에 진지하게 사귑시다."

그의 말에 한지의 두 눈이 휘둥그레졌다. 사내연애라니…….

"사내연애요?"

"같은 직장에 근무하잖습니까? 전 J Convergence의 사장이고, 한지 씬 직원이니까요."

"……."

말문이 막힌 한지는 아무런 말도 하지 못하고 그의 얼굴만 쳐다보았다.

"묵비권은 긍정적인 대답이라고 생각해도 되겠습니까?"

혼란스러워하는 한지를 바라보던 지후가 쐐기를 박듯 말했다.

"갑자기 왜 그런 제의를 하세요?"

"왜라뇨? 당연히 관심이 가니 제의를 하는 거죠. 한지 씨는 뭐랄까…… 그래요. 좀 신경이 많이 쓰이는 타입입니다. 본인이 더 잘 알겠지만, 여러모로 이율배반적인 존재이기도 하고요."

"이율배반적이라뇨. 제가요?"

"당신은 내가 본 사람 중에 가장 따뜻하고 열려 있는 사람이면서도 자신을 감추는 방어기제가 강한 존잽니다. 얼핏 보면 모두에게 친절하고 따뜻한 마음을 가진 것 같지만, 우습게도 자신을 오픈하진 않아요."

거만하게 결론을 내리는 지후의 모습이 새삼스레 낯설어 보였다.

"방어기제라뇨? 그게 무슨 뜻이죠?"

"두렵거나 불쾌한 일에 맞닥뜨렸을 때 스스로를 방어하기 위하여 자동으로 취하는 행위죠. 한마디로 상처받지 않으려고 스스로를 감추고 도피하려는 성향이죠."

지후가 마음에 들지 않는다는 듯 인상을 쓰며 말했다.

"게다가 주는 건 잘하는데 받진 않아요. 받는 부분. 그 부분을 꽁꽁 잠가놓은 채, 그렇게 산단 말입니다. 그래서 좀 골치가 아프긴 하지만, 뭐…… 나름 그 부분도 맘에 듭니다."

"그, 그러니까, 제가 그 방어기제가 강하고, 게다가 줄줄만 알고 받을 줄은 몰라서…… 그래서 신경이 쓰이고 맘에 든다, 그 말씀인 거예요? 이것 보세요. 그건 이성에 대한 호감이 아니라 호기심이죠. 이상한 사람에 대한 호기심."

천재가 내린 멍청한 결론에 한지는 기가 막혔다.

"호기심일 수도 있죠."

순순히 동의하는 지후의 모습에 한지는 실망감을 느꼈다. 하지만 그는 멈추지 않고 계속 말을 이어갔다.

"하지만 호기심만으로 간에 치명적인 손상을 가져오진 못합니다."

"간이라뇨? 정말 간이 안 좋아진 거예요?"

"아마도요. 당신이 다른 사람 앞에서 그 고약한 웃음을 짓는 모습을 보면 엄청난 피로가 밀려옵니다. 간이 나빠진 것처럼…… 아, 한지 씨 덕분에 신장에도 이상이 생긴 것 같습니다. 현기증이 핑핑 도는 것이 몸의 균형을 잡아주는 달팽이관도 이상이 생긴 것 같고요."

도무지 알아들을 수가 없어. 정작 현기증을 느끼는 것은 그가 아니라 한지였다. 그의 말이 계속될수록 맥박은 주체할 수 없이 빨라지고 핑글, 현기증까지 돌았다.

"심장도 이상합니다."

“시, 심장은 왜요?”

“조그만 올챙이가 한 마리 크는 것 같습니다. 그 조그만 놈이 심장 속을 이리저리 헤집고 다닙니다. 그놈의 움직임이 느껴지지 않으면 걱정이 되고, 또 어느 때처럼 쉴 틈 없이 꼬무락대고 다니면 간지럽고 아픕니다. 그래서…….”

“그래서?”

“여러 가지 증상을 종합해 볼 때, 제가 내린 결론은 결코 호기심 때문만은 아니란 겁니다. 솔직히 저도 처음 겪는 감정이라 잘은 모르겠지만 아마도 누군가를 사랑하면 나타나는 증상이 아닐까 생각됩니다.”

지후의 고백에 한지의 가슴은 터질 것만 같았다. 설레다 못해 숨을 쉴 수조차 없을 지경이었다. 지금 자신이 무슨 말을 들은 것일까? 머릿속이 백지장처럼 하얗게 변해 버렸다. 강한 충격을 받은 사람처럼 멍해졌다.

“마, 말이 안 돼요. 이건, 아니에요.”

한지가 멍하게 중얼거렸다. 정지후와 자신이라니……. 굳이 끝을 보지 않아도 뻔한 결과가 예상되는 사이였다. 한지는 잠시 숨을 고르며 시간을 벌었다. 뜨거운 지후의 시선이 신경 쓰이긴 했지만 개의치 않았다.

“안 들은 걸로 할게요.”

냉정한 한지의 말에 지후의 눈빛이 흔들렸다. 마치 상처를 받은 사람처럼.

“하아…… 올챙이가 또 헤엄을 치는가 봅니다. 그래서 한지 씨의 대답은 그게 답니까?”

“네.”

한지는 심장에 올챙이를 키우듯 자신에 대한 관심을 키워온 바보 같은 남자를 가만히 바라보았다. 쉽지 않게 내린 결론을 무참히 무시한 자신의 처지가 서글펐다. 이대로 그의 마음을 받아들이고 싶었다. 하지만 더 나가다간 그에게 바닥을 보이며 무너질 것이 분명했다. 아무리 생각해도 그럴 순 없었다.

“…….”

“…….”

무거운 침묵이 이어졌다. 아슬아슬한 긴장감도 더해졌다. 한참을 이어진 긴장감을 깬 것은 깊은 한숨과 함께 머리를 쓸어 넘기는 지후였다.

“한숨 쉬는 거…… 그거 전엔 하지 않던 버릇인데, 당신에게 물들었습니다. 좋습니다. 한지 씨의 마음은 잘 알았습니다만, 전 이해할 수 없습니다. 일단 오늘부터 일주일간 제가 자릴 비울 겁니다. 테마파크 부지 승인이 연기되었거든요. 누군가가 개입을 해서 차질이 생겨 버렸습니다. 서울에 가서 그 문제를 해결하고 올 테니까 당신은 그동안 마음을 추스르십시오. 다녀와서 다시 얘기합시다. 장담하건대 저를 떼어내기가 쉽진 않을 겁니다.”

그의 눈에 있던 흔들림이 흔적도 없이 사라져 버렸다. 대신 거침없고 제멋대로인 지후가 돌아온 모양이었다.

“자, 자리를 비우신다고요?”

월요일부터 그를 어떻게 봐야 할까 내심 걱정에 휩싸여 있던 한지의 숨통이 조금이나마 풀어지는 일이었다.

"섭섭하군요. 내가 없다고 지나치게 좋아하는 거 아닙니까?"

"그, 그게 아니라……."

"홋. 일주일간 휴가라고 생각하고 푹 쉬십시오."

"……그럴게요."

그의 부재 덕에 일주일간의 여유가 생겼다.

"정말 다행이야!"

지후가 없는 동안 마음의 정리를 마치고 그만두면 모든 일이 다 제자리로 돌아올 것이다. 찢어질 듯이 아픈 마음 따위는 조금만 지나면 깨끗이 치료될 것이다. 언제나 그랬던 것처럼.

"이번엔…… 조금 길게 가긴 하겠지만……."

한지는 그의 체취가 가득한 정원을 벗어나며 나지막이 속삭였다.

지후가 서울로 떠난 사이, 지련은 적막한 저택에서 홀로 시간을 보냈다. 미셸과 개인 간호사 갑숙이 항상 옆을 지켰지만, 지후와 알렉스의 부재는 그녀의 일상에 큰 구멍이 뚫린 것처럼 허전하기만 했다. 게다가 민들레 마을에서 처음 맞는 겨울 신고식을 치르느라 그런지 그만 감기에 걸리고 말았다.

"오 선생님, 저 물 한 병만 사다 주세요."

갑숙과 함께 병원을 다녀오는 길에 갈증을 느낀 지련이 물을 찾았다.

"네, 아가씨."

갑숙이 차를 세우고 근처 슈퍼로 들어갔다. 경미의 주선으로 지련의 개인 간호를 맡은 갑숙은 40대 중반으로 차분하고 깔끔한 성

격이었다. 경미의 부탁을 단단히 받은 모양인지 지련이 불편하지
않도록 이것저것을 신경 쓰는 것이 빈틈없고 야무진 편이었다.

"아가씨, 주인 할머니께서 가게를 십 분간만 봐달라고 하시는
데요."

가게에서 나온 갑숙이 황당한 얼굴로 말했다.

"네? 왜요?"

"속이 안 좋으셔서 화장실 다녀오신대요. 풋."

말을 하는 자신도 어이가 없는지 갑숙이 웃음을 터트렸다.

"어머나. 재밌는 분이시네. 그래요, 그럼. 전 여기서 기다릴 테
니까 물이나 좀 가져다주세요."

"할머니가 국화차 주셨어요. 따뜻한데 들어와서 드시겠어요?"

"그럴까요?"

지련이 승낙을 하자 갑숙이 휠체어를 내렸다. 가게로 들어선 지
련은 좁은 공간 안에 꽉 들어차 있는 물건들을 신기한 듯 둘러보
았다. 스무 평 정도의 가게는 훈훈하고 따뜻한 느낌이었다. 국화
차가 놓여 있는 나무 테이블과 플라스틱 의자로 말미암아 더 좁게
느껴졌지만, 장사가 잘되는 편인지 빈틈없이 재워진 물건들은 깨
끗하고 정갈해 보였다.

"할머니 혼자 가게를 보시나 봐요."

"그러게요. 저도 이 동네 사람이 아니라서 잘 모르겠어요."

입가에 미소를 띤 갑숙이 차분하게 말했다.

"전 이곳이 고향이에요."

"어머나. 그렇군요."

"아주 어린 시절이라 잘 기억이 나진 않지만 태어나고 자랐던 고향이에요. 그러고 보니 저 어릴 적에, 7살쯤인가? 기억이 가물가물하긴 하는데 그때는 다 허허벌판이라, 어디가 어딘지 모르겠지만, 저희 동네에도 이런 슈퍼가 있었어요. 아주머니 혼자 하시던 슈퍼였는데……."

"그때는 작은 슈퍼가 대부분이었죠."

"벌써 이십칠 년이 넘었네요. 그때는 참 행복했는데. 정말 엊그제 일 같아요."

"그렇죠? 요즘은 시간이 물 흐르듯이 흐른단 말이 피부에 와 닿아요. 차 드세요."

지련은 향기 그윽한 차를 한 모금 마셨다. 따뜻한 온기가 온몸으로 퍼져 나갔다.

"으흠. 따뜻하니 좋으네요. 감기가 낫는 느낌이에요."

"다행이에요. 그렇지 않아도 사장님이 걱정이 많으신데."

"제가 못난 누나라서 그래요. 동생 걱정이나 시키고."

"두 분이 우애가 참 깊으세요. 제가 복이 많은가 봐요. 두 분처럼 좋으신 분들을 모시게 돼서 참 다행이다 싶어요."

"저희야말로 오 선생님처럼 좋은 분을 보내주셔서 경미에게 얼마나 고마운지 모르겠어요."

지련의 말에 갑숙이 수줍게 웃었다. 그녀는 지련을 간호하는 틈틈이 지후에 관한 사항들을 전해달라며 웃돈을 건네는 경미의 부탁을 거절하지 않았다. 경미가 지후와 잘된다면 자신의 공도 무시하지 못할 것이다.

“이경미 선생님 사람이 참 괜찮죠? 싹싹하고 똑똑하고 게다가 예쁘기까지 하니 어디 한군데 빠지는 데가 없어요.”

갑숙이 지련의 옷깃을 매만져 주며 은근슬쩍 운을 떼었다.

“네. 저도 그렇게 생각해요. 요즘 경미 씨 같은 사람 없죠.”

“주제넘지만 이 선생님과 사장님 참 잘 어울려요.”

“그러게요. 저도 두 사람이 잘됐으면 좋겠어요. 그런데 후우우.”

“왜요? 무슨 일 있으세요?”

“지후가 아무래도 다른 사람을 마음에 두는 눈치예요.”

놀란 갑숙이 잠시 멈칫거리다 조심스레 물었다.

“다른 사람이 있었군요. 대체 어떤 분이 지후 씨의 마음을 사로잡았을까요? 정말 궁금한데요.”

“그게 정말, 이상하게도 걔가 서 기사에게 마음이 있는 눈치예요.”

지련이 착잡한 듯 한숨을 내쉬었다.

“네에? 사장님 차를 운전해 주는 그 서 기사요?”

지련이 고개를 끄덕였다.

“어머나, 말도 안 돼요. 어떻게 서 기사랑. 잘못 아신 거예요. 길을 막고 물어보세요. 두 사람이 어울리기나 하나요.”

그럴 리 없다며 코웃음을 치는 갑숙을 보며 지련이 고개를 끄덕였다.

“그렇겠죠?”

“그럼요.”

“제발 그랬으면 좋겠어요.”

“그럼요. 사장님이 워낙 공부만 하신 분이라 순진하셔서 잠시 호기심이 생긴 거예요. 솔직히 우리끼리 말이지만 서 기사도 참, 사람이 우습네요. 감히 사장님을 넘보다니. 어디 가당키나 한가요.”

“사람을 겉모습으로 판단하면 안 되지만, 저도 어쩔 수 없는 속물인가 봐요. 서 기사 같은 사람이 동생이랑 사귄다고 생각하니 참 불쾌하더라고요. 저 너무 속이 좁죠?”

“속이 좁다니요. 현실을 바로 보는 거예요. 나이를 먹음과 동시에 점점 지혜로워지는 거죠.”

“지럴들을 떤다.”

등 뒤에서 들리는 비웃음은 혼란에 빠져 있던 지련을 현실로 돌아오게 했다.

“새파랗게 젊은 년들이 어째 그러고들 앉아 있어?”

연이어 들리는 투박한 말투에 뒤를 돌아본 지련이 두 눈을 동그랗게 뜨며 놀라움을 감추지 못했다.

“어머나! 아주머니? 혹시 마산댁 아주머니 아니세요?”

자신을 알아보는 지련을 보며 마산할매는 눈살을 찌푸렸지만, 기억이 나지 않는 눈치다.

“누구여? 나를 알아?”

“지련이요, 지련.”

“지련이고, 지랄이고 아가씨가 누군지 내가 어찌 알아. 처음 보는구만.”

“아이참. 어릴 때 아주머니가 많이 업어주고 하셨잖아요. 연이. 정 박사 집 딸 정지련.”

“정 박사? 정 박사라면 아! 혹시 대학 교수하던 그 사람? 미국 이민 갔던?”

“네. 맞아요. 그 정 박사요. 제가 그 집 딸 지련이에요. 아주머니, 정말 마산댁 아주머니 맞죠?”

“그 조그맣던 꼬맹이가 이리 컸어?”

마산할매가 반가운 얼굴로 지련의 두 손을 마주 잡았다.

“세상에나. 그래, 어쩐 일이야? 잠시 다니러 온 거야? 부모님은? 부모님은 안 왔어?”

지련은 가슴 아픈 기억을 떠올리며 고개를 숙였다.

“부모님은 먼저 떠나셨어요.”

“그 착하고 어진 사람들이 왜 먼저 갔누?”

마산할매는 정 박사의 소식에 자신의 일처럼 가슴 아파하며 눈시울을 붉혔다.

“교통사고였어요.”

“쯧쯧. 그랬구나. 그래서 다리도 이렇게 된 겨?”

마산할매가 지련의 휠체어를 보며 물었다.

“네.”

“그래, 그래. 그래도 됐다. 이리 살아줘서 얼매나 고마워. 그럼 지금 혼자 있는 겨?”

“아뇨. 동생이랑요. 동생이랑 이 마을로 이사 왔어요.”

“동생? 동생이 있었어?”

“네. 미국에서 입양한 동생이에요.”

“그 양반들이 이리될 줄 알았구나. 하나밖에 없는 딸 외롭지 말라고 동생을 만들어줬어.”

마산할매는 연방 눈가를 찍어내며 지련의 손을 다독였다.

“네. 정말 그런가 봐요. 동생 덕분에 힘든 시기도 잘 이겨냈고, 지금까지 잘 지냈어요. 사고로 힘들어하는 저를 위해 고향으로 데리고 온 것도 동생이에요.”

“그랬구나, 그랬어. 그래, 어디로 이사를 왔어? 예전에 살던 집은 없어졌을 텐데.”

“호수 옆집으로 이사했어요.”

“호수 옆에 새로 지은 집? 그 대궐 같은 하얀색 이층집?”

“네. 그 집이요.”

“오라. 우리 한지가 일하는 그 집에 네가 이사를 왔구나. 그럼 한지랑 같이 다니던 과학잔가 뭔가 하는 양반이 네 동생이겠구나.”

“어머나, 한지 씨를 아세요?”

“그람. 잘 알고말고. 내가 갸를 잘 알지. 갸는 내 손녀여. 아니, 정확하게 말하면 손녀나 진배없어. 내가 가슴으로 낳은 아가거든.”

한지를 말하는 할매의 눈가가 부드럽게 휘어졌다. 평생을 억척스럽게 살아온 할매와 어울리지 않는 고운 미소는 할매가 얼마나 한지를 좋아하고 있는지 잘 나타내 주었다.

“한지 씨는 정말 좋겠어요. 주변에 한지 씨를 사랑하는 사람들이 참 많은가 봐요."

"갸가 그렇지? 갸랑 있으면 기분이 좋아져."

지련은 한지에 대해 더 혼란스러웠다. 경미는 한지가 거칠고 사납다고 했었는데, 다른 사람들은 그렇게 말하지 않는다. 지후에, 알렉스에, 슈퍼 아주머니까지. 더구나 여자 문제라면 정통한 알렉스까지 그렇게 본다면 뭔가 자신이 모르는 매력이 그녀에게 있는 것이 분명했다. 지련은 이참에 궁금증을 풀기로 마음을 먹었다.

"오 선생님, 죄송하지만 먼저 가시겠어요? 전 아주머니랑 좀 더 있다 갈게요. 오랜만에 봬서 헤어지기가 아쉽네요."

"네, 아가씨. 그럼 나중에 전화주세요. 제가 모시러 올게요."

멀뚱멀뚱하게 서 있던 갑숙이 나가자 지련은 한지에 대해 본격적으로 묻기 시작했다.

"한지 씨 어떤 사람이에요?"

"어떤 사람이냐니? 그게 무슨 말이야?"

"좀 이상해요. 한지 씨에 대한 소문을 들었거든요. 거칠고 난폭하고 싸움을 잘 일으킨다고 하더라고요. 그래서 동생이 잘못 걸려든 건 아닐까 걱정을 했었어요. 그런데 동생이랑 잘 지내는 것 보면 그렇지 않은 것 같기도 하고, 또 어떨 때 보면 거친 것 같기도 하고. 그 사람을 잘 모르겠어요."

"갸가 너나 네 동생에게 거칠게 하더냐?"

"아뇨. 그렇진 않죠. 뭐랄까, 재밌고 좋은 사람 같긴 했어요. 그래도 소문을 무시할 순 없잖아요."

할매가 지련을 바라보았다. 주름 속에 감추어진 지혜롭고 깊은 눈이 유난히 반짝이고 있었다. 지련은 문득 지혜의 눈빛이 이런 것이 아닐까 생각을 했다.

"집이 호수 옆이라 그랬지?"

"네."

"잘됐다. 그럼 너 호수와 옹달샘의 차이를 잘 알겠구나?"

"호수와 옹달샘의 차이요?"

"그래. 호수와 옹달샘의 차이."

의도를 알 수 없는 질문에 지련은 아는 대로 대답했다.

"글쎄요. 호수는 크고 옹달샘은 작지 않나요?"

"오냐. 그렇지. 호수는 크고 옹달샘은 작아. 호수는 예쁘게 잘 가꿔져 있고 사람들도 자주 찾는 곳이야. 그런데 그 물은 어떠냐? 호수의 물을 마실 수 있더냐?"

"……아뇨. 마시진 못해요."

"그래. 호수의 물은 고여 있어서 마실 수가 없어. 그 뭐시냐. 스스로 깨끗하게 하는 능력을 뭐라고 하던데……."

"정화요. 정화 능력."

"맞다. 정화 능력. 제 한 몸 건사하기 바쁜 호수는 지 능력으로 감당하기 힘든 쓰레기가 들어오면 정화를 못해 썩어버리고 말지. 그런데 옹달샘의 물은 안 그렇다. 작고 볼품이 없어서 지나가는 산짐승들이나 찾고 말지만 옹달샘에 있는 물은 사람이 마셔도 돼. 시간이 흘러도 썩지 않아. 왜 그런고 하니 옹달샘의 물은 끊임없이 흐르거든. 항상 새 물이야."

지련은 이해가 되지 않았다.

"아주머니, 제가 궁금한 건……."

"한지가 그런 아이야. 꼭 옹달샘 같아. 갸는 아주 깊은 산속에 있는 옹달샘 같은 아이야. 고여 있는 법도, 썩는 법도 없어. 누가 쓰레기를 버리면 그걸 품고서도 새 물을 만들어내. 그렇게 살자니, 그 어린것이 얼매나 힘들것어."

지련의 두 팔 위로 자잘한 소름이 돋았다. 정말 한지 씨가 옹달샘 같은 사람일까? 자신이 깨닫지 못한 것을 지후와 알렉스는 이미 알고 있었던 걸까? 그래서 그렇게 그녀에게 호의적이었던 걸까?

"학교는 어떻게 된 거예요? 고등학교도 제대로 졸업을 못했다고 들었어요."

지련이 다시 물었다.

"근데, 넌 뭣 때문에 한지에 대해 그래 꼬치꼬치 캐물어? 설마 고등학교 중퇴라고 쫓아내려고 그런 건 아니지?"

지련이 착잡한 마음으로 고개를 흔들었다.

"아뇨. 그런 게 아니라 제가 꼭 알고 싶은 게 있어서 그래요."

"갸 아빠가 돌아가시고, 엄마가 병이 들었어. 밑으로 어린 동생이 둘이나 있었고."

"형편이 어려웠군요. 그렇지만 나중에라도 공부를 계속할 수 있지 않았을까요? 야간 학교나……."

"갸가 그럴 틈이 어딨어. 엄마가 자리보전하고 누워 있는데, 회사 마치자마자 집에 와서 밥하고, 엄마 병수발에 한창 커가는 머슴아들 뒤치다꺼리해야지. 갸 꿈이 태권도 사범이랑 여군이었는데, 그 꿈을 포기 못하고 일주일에 몇 번 체육관 다니면서 운동한 게 다야.”

“그렇게 된 거군요.”

“그람. 형편만 아니면 우리 한지가 그리될 일이 뭐가 있어. 남 아픈 거, 슬픈 거 못 보고, 그저 지 것 나눠주면서 욕심 안 부리고 그렇게 사는 아가야. 처음에는 작은 회사 경리로 있다가 그 회사가 망하는 바람에 운전대를 잡게 됐지. 밤낮이 바뀌는 생활하면서 맘 졸이게 하더니, 그래도 네 동생 덕에 이젠 출퇴근 시간이 정확하다며 좋아하더만. 동생이 그렇게 똑똑하다고? 천재라며?”

“네.”

“돈도 많다던데?”

“네. 아주 부자예요.”

“그래, 그래. 그럼 우리 한지 월급 좀 많이 주라고 네가 얘기 좀 해라.”

“네.”

지련이 고개를 끄덕였다. 갑자기 눈가가 시큰거리며 눈물이 흘러내렸다.

“왜 그랴? 응? 아가, 왜 울어? 어디 아프냐?”

정겨운 말투에 더 눈물이 났다.

“아뇨, 할머니. 그냥 동생이 보고 싶어졌어요.”

“쯧쯧. 덩치는 어른인데 영락없이 아기구나.”

“아주머니. 제가요, 다리 말고도 마음이 아팠었나 봐요. 그래서 진실을 보는 눈이 없어졌나 봐요.”

"에구머니나. 가심도 아파?"

마산할매는 눈물을 줄줄 흘리며 울다 웃는 지련의 머리를 쓰다듬으며 포근히 안아주었다. 그 품이 너무 따뜻해 지련은 오랜만에 속 시원히 울 수가 있었다.

"고마워요, 할머니. 딸꾹. 딸꾹."

한참을 울던 지련이 딸꾹질을 하며 할매의 품에서 벗어났다.

"다 울었어?"

"네."

"울어서 배고프지? 내 라면 끓여줄까?"

"네. 아주머니, 이번 주 토요일 시간 있으세요?"

지련이 눈물을 훔치며 물었다.

"토요일은 왜?"

"그때 제가 파티를 열거거든요. 그 파티에 마을 주민들을 초대하고 싶어서요."

"파티라고? 우리 마을 사람들을?"

"네. 오셔서 맛난 것도 잡수시고, 가수 노래도 듣고 하세요."

"정말이야? 나훈아도 오는감?"

"나훈아 좋아하시는군요. 제가 초대해 볼게요."

마산할매의 얼굴이 어린아이처럼 환하게 밝아졌다.

지련이 파티를 연다는 소문은 바람을 타고 재빨리 퍼져 나갔다. 그 덕에 크리스마스를 일주일 앞둔 민들레 마을은 예년과 달리 들떠 있었다.

“소문 들었어?”

“뭔 소문?”

“새로 이사 온 그 양반 말이야. 지훈가 뭔가 하는 그 양반.”

“그 사람이 왜?”

“그 사람 집에서 크리스마스 파티를 한다네. 동네 사람들 죄다 초대를 했다는데?”

“정말? 그럼 우리도 가는 건가?”

“그렇지. 민들레 마을 주민들은 무조건 다 와도 된대. 먹을 것도 많고 선물도 준다 하고. 가수도 나온다 그러더라고.”

“에이. 설마 가수까지?”

“아니야. 내가 그 집에서 일하는 그 미셸인가 뭔가 하는 아줌마를 식육점에서 만났는데 그 사람이 그랬다니까.”

“옴마야. 이런 변두리에서 뭔 일이래?”

조용하기만 하던 동네 사람들은 지련이 여는 파티와 새로운 해를 맞는 기대에 들떠 있었다.

주민들은 저마다 부푼 기대를 안고 그날을 기다렸다. 하지만 모두 다 그 파티를 기다리는 것은 아니었다. 지련이 여는 성대한 파티에 한지의 도움이 필요하다며 부탁을 했다. 그녀의 간절한 부탁을 거절할 수 없었던 한지는 어쩔 수 없이 승낙을 하고야 말았고, 지후가 없는 사이 조용히 그만두고 싶었던 한지의 바람은 헛된 희망이 되어버렸다.

“고마워요, 한지 씨.”

지련이 활짝 웃으며 말했다.

“아닙니다. 제가 해야 할 일인걸요.”

“한지 씨가 도와주겠다고 해서 얼마나 다행인지 몰라요. 음식 이랑 인테리어는 이벤트 회사가 한다고 해도 제 손이 가야 할 부분들이 많거든요. 일단 오늘은 꽃 시장에 좀 데려다 주실래요? 오 선생님은 댁에 급한 일이 생겨 다녀오시겠다고 했거든요. 지금 부탁할 사람은 한지 씨밖에 없어요.”

하필이면 지후도, 알렉스도, 오 선생님도 없을 때 연말파티를 계획한 지련을 위해 한지는 울며 겨자 먹기로 파티 준비를 도와야 했다.

“한지 씨, 클라이세이지(Clary sage) 알아요?”

꽃 시장의 꽃을 거의 다 주문하고도 양에 차지 않는 듯, 아쉬움 을 보이던 지련이 돌아오는 차 안에서 물었다.

“아뇨. 처음 들어봐요.”

“풋. 한지 씨가 제게 선물한 허브요. 그거 이름이 클라이세이 지(Clary sage)잖아요. 여자들에게 좋죠. 신경을 안정시켜 주고 긴장을 완화시켜 주거든요.”

“아, 네. 그렇다고 들었어요.”

“어머, 우습다. 그럼 이름은 모르지만, 효능은 알고 있었던 거 예요?”

“네.”

거리감 있게 행동하던 지련이 오늘따라 허물없이 굴고 있었다. 조금 뜻밖이었지만 기분이 나쁘지는 않았다. 한지는 긴장을 풀고 지련과의 이야기를 즐겼다.

“어떻게 알고 산 거예요?”

“네?”

“제가 신경쇠약이랑 불면증이 있다는 거요. 그거 알고 그 화분
이랑 안개꽃이랑 산 거 아니에요?”

지련의 예리한 질문에 한지가 얼굴을 붉혔다.

“아, 눈 밑 때문에.”

“제 다크서클을 보고 사신 거예요?”

“네.”

“사람에 대한 배려가 대단하구나, 한지 씨.”

“아, 아니에요.”

“아니긴요. 덕분에 저 잠 잘 자요. 그래서 정말 고마워하고 있어
요. 우리 이제부터라도 친구 하지 않을래요?”

뜻밖의 제의에 한지는 잠시 망설였다. 지련의 의도가 궁금했지
만, 그녀의 눈은 진실하게 빛나고 있었다.

“……네.”

“그럼 우리 밥 먹고 갈래요? 혹시 잘 아는 한식집 알아요? 생선
구이 같은 거 잘하는 집.”

지련의 말에 한지는 작게 웃음을 터트렸다.

지후의 부재기간 동안 얻은 것이 있다면 지련과 조금은 가까워
진 것이었다.

6일, 그가 없는 하루는 생각보다 길고 길었다.

5일, 식탁에 생선이 보이자 그가 떠올랐다.

4일, 서점을 지나다 책을 읽는 그의 모습이 보이는 듯해서 걸음

을 멈추고 한참을 바라보았다.

3일, 라디오에서 들리는 낮고 부드러운 웃음소리를 들으며 지후의 것이 아닌가, 착각이 될 만큼 그의 목소리가 그리워졌다.

2일, 어느 순간부터 날짜를 세는 자신을 발견한 한지는 지련이 파티를 연 것이 고맙게 느껴졌다. 만약 지련의 파티 문제로 정신없이 바쁘지 않았다면 그가 오는 날을 손꼽아 기다리며 울고 있을지도 모를 일이었다.

1일, 하루만 참으면 그를 볼 수 있다.

지후가 돌아오는 날이자, 지련의 파티가 열리던 날은 어스레한 새벽부터 눈이 흩날리기 시작했다. 동이 틀 즈음은 온 천지에 하얀 융단이 깔린 듯 순백의 세상이 되었다. 시리도록 아름다운 눈꽃들은 뾰족한 2층 지붕과 저택을 시작으로, 커다란 나무들마저 빈틈없이 뒤덮더니 급기야 한지가 좋아하는 정원의 잔디밭마저 점령해 버렸다.

한 폭의 그림처럼 평화롭고 여유로운 외관과 달리, 파티가 열릴 실내에는 올림픽이라도 준비하는 듯 활기차고 역동적으로 움직이고 있었다. 열 명이 넘는 용역업체 직원들이 1층 가구들을 모두 들어내고 새롭게 꾸민 파티장은 크고 화려했다.

휠체어를 타고 다니는 지련을 위해 애초부터 충분한 동선을 확보하게 만든 커다란 홀의 중앙에는 나이 많은 어른들이 편히 식사를 할 수 있도록 커다란 식탁이 정렬되어 있었는데 그 위에는 유럽에서나 어울릴 듯한 화려한 은촛대와 은그릇들이 조명을 받아 반짝거리고 있었다.

지지직. 짜르르르르.

파티 시간이 가까워짐에 따라 전쟁이 벌어진 듯 분주한 주방에서는 불고기 스테이크를 굽는 냄새와 각종 버섯, 소시지들을 굽는 냄새가 끊임없이 새어 나오고 있었고, 이미 데커레이션을 마친 갖가지 음식들은 미셸의 진두지휘하에 신속하게 식탁으로 옮겨지고 있었다.

하나, 둘, 셋, 넷, 다섯 층의 계단을 올라가면 흑석 벽면이 나오는데, 얼굴이 비칠 정도로 반질거리는 벽 앞에는 지련이 직접 꽃꽂이한 아름다운 꽃들이 탐스럽게 늘어져 있었으며, 그 앞에는 잠시 앉아서 휴식을 취할 수 있는 티 테이블도 준비되어 있었다.

반나절이 넘는 동안 소요되던 준비가 끝이 나고 드디어 오후 6시가 되었다.

뿌우우웅!

파티의 시작을 알리는 웅장한 음악 소리가 커다란 홀에 가득 울려 퍼지기 시작하자 예정 시간보다 먼저 파티장에 도착한 부지런한 주민들의 들뜬 환호성이 열기와 뒤섞여 후끈 달아오르고 있었다.

한지는 지련의 부탁으로 초대 손님들의 명단을 파악하는 중이었다. 지난번과 마찬가지로 검은 정장을 빼입은 한지의 의상은 흰 눈과 절묘한 조화를 이루며 반짝반짝 빛이 나고 있었다.

"어서 오세요!"

"어머나, 한지구나? 택시 일 그만뒀다더니 놀러 온 거야?"

이웃집 영철 엄마가 한지를 보며 아는 체를 해왔다.

"네, 일이 좀 있어서……."

머뭇거리는 한지를 바라보던 영철 엄마의 두 눈은 호기심으로 가득했다. 마을 제일의 수다쟁이인 그녀는 자신이 알지 못하는 소식에 촉각을 곤두세우며 바짝 다가왔다.

"일이라니? 너 혹시 여기 집주인, 그 천재라는 사람 밑에서 비서일이라도 하는 거야?"

"후후. 영철 엄마도 어쩜 농담을 그리 잘해? 비서라니. 한지 특기가 운전이잖아. 여기서도 차 몰아. 지후 씨 운전기사."

어디선가 나타난 엄 여사가 한지의 아래위를 비웃듯 훑었다.

"어머나, 사모님 오셨어요?"

엄 여사와 한지를 번갈아 보며 상황파악을 끝낸 영철 엄마가 엄 여사의 기분을 맞추듯 혀를 찼다.

"아휴. 너도 참…… 시집도 가야 하는데 계속 이런 일만 해서 어쩌니."

걱정보다는 한심스럽다는 느낌이 전해지는 영철 엄마의 걱정에 한지는 억지로 웃음을 지었다. 솔직히 마음 같아서는 동네 양아치로 소문난 영철이 단속이나 잘하라고 말하고 싶었지만, 오늘은 특별한 날인만큼 참아야 했다.

"요즘 세상에 직업의 귀천이 어디 있어? 운전도 큰 기술이지. 우리 경미야 할 줄 아는 게 공부밖에 없어서 저러고 있다지만 얘야 체력 좋겠다, 싸움 잘하겠다, 남자 일도 거뜬하지 뭐."

엄 여사가 한지의 손등을 잡고 토닥였다. 우월함이 가득한 미소를 짓고 있던 엄 여사는 지련과 함께 나타난 경미를 보며 자랑스럽게 웃었다.

"우리 딸이네."

"어휴. 이 선생님은 어쩜 저리 예뻐요. 이 선생 같으면 정말 입
댈 필요도 없지. 근데, 이 선생은 여기 주인 아가씨와 친한가 봐
요?"

선천적으로 자신보다 잘난 사람들 비위를 잘 맞추는 영철 엄마
가 엄 여사의 기분을 맞추며 살갑게 굴었다.

"으응. 여기 아가씨가 언니 동생 하자고 했다네. 동생이랑 밥도
먹고 그러나 봐."

딸에 대한 자랑스러움과 뿌듯함은 엄 여사를 활짝 피어나게 하
였다. 정말이지 그녀는 평소보다 더 우아하고 당당해 보였다.

"하긴, 우리 마을에서 지후 씨 상대가 될 여자는 이 선생님밖에
없죠."

영철 엄마가 호들갑을 떨며 큰소리로 말하자 주변의 시선이 모
두 경미에게로 쏠렸다. 한지 역시 휠체어를 끄는 경미에게로 시선
을 돌렸다. 일찍 도착해 지련의 옆을 지키는 경미의 모습은 봄 햇
살을 머금은 장미처럼 화사하고 아름다웠다. 늘씬한 몸매를 여과
없이 드러내는 붉은 드레스는 경미와 한 몸처럼 잘 어울렸으며 자
신감있는 미소와 우아한 몸놀림은 파티의 주인이라도 된 듯 여유
로워 보였다. 파티장에 있던 사람 중 음식에 시선이 빼앗겨 있지
않은 절반은 경미를 바라보고 있다고 해도 과언이 아닐 정도로 경
미는 모두의 이목을 집중시켰다.

"이 선생님!"

영철 엄마가 호들갑을 떨며 경미에게로 다가갔다.

“엄마, 영철 어머니 오셨어요?”

“어휴. 선생님은 어쩜 이렇게 예쁘세요? 꼭 하늘에서 내려온 선녀 같아요.”

다정하게 인사를 하는 경미에게 영철 엄마는 유난스레 친한 체를 했다.

“감사합니다. 오늘 많이 드시고, 재밌게 노시다 가세요.”

평소와 달리 싹싹하게 인사를 하는 경미를 보며 영철 엄마의 두 눈이 휘둥그레졌다.

“선생님 정말 많이 변하셨어요. 여자는 자고로 사랑을 하면 변한다더니…… 혹시 여기 주인이랑 연애하는 거 아니에요? 어쩜 이렇게 상냥해졌을까?”

“어머, 아니에요. 아주머니는…….”

얼굴을 붉히며 부정하는 경미를 보며 영철 엄마의 두 눈이 빛났다. 그녀는 수줍어하는 경미를 보며 자신의 짐작대로 이 집 주인과 경미 사이에 뭔가가 있다는 것을 알아챘고, 파티장에 참석한 사람들에게 이 특종을 전하기 위해 재빨리 자리를 떴다.

영철 엄마가 사라지자 싹싹하던 경미의 눈빛은 금세 쌀쌀맞아졌다.

“지후 씬? 오늘 온다더니 왜 여태 안 오는 거야? 마중 나오란 연락 없었어?”

“없어.”

“야, 서한지.”

경미가 돌아서는 한지를 불렀다.

"왜?"

"너…… 내가 한 부탁 잊지 않았지?"

"……."

대답하기가 싫어진 한지는 입을 꼭 다문 채 경미를 바라보았다.

"괜히 일 크게 만들지 말고 내 충고 잘 새겨들어. 내가 그랬지? 넌 그 사람이랑 안 어울린다고. 네가 정말 지후 씨를 생각한다면 그 사람에게 어울리는 사람이 누군지 생각해 봐. 아, 그리고 현관에 눈이 많이 쌓였더라. 혹시 어른들 들어오시다가 넘어지면 안 되니까 눈 좀 치워줘."

"난 바빠. 니가 해."

경미가 한지를 쏘아보았다.

"언니가 부탁했어. 너더러 치워 달래. 너 청소 잘한다며?"

"지련 언니가?"

"그럼. 지련 언니 말고 누구 다른 언니가 있어?"

경미의 말이 거짓일 거라고 생각지 못한 한지는 잠시 허망한 기분에 휩싸였다. 앞으로 친하게 지내자는 지련의 말에 잠시 자신의 신분을 망각했었다. 자신은 그저 기사에 지나지 않는다.

파티장을 빠져나온 한지는 입구와 계단에 쌓인 눈을 보며 빗자루를 찾았다. 경미의 말처럼 눈이 제법 쌓여 있어 가만두면 위험할 것 같았다. 그녀는 꽁꽁 얼어 있는 빗자루에 힘을 주며 계단을 쓸어나가기 시작했다.

금방 끝이 날 줄 알았던 눈 치우기를 20분째 하고 있던 한지는 대문으로 들어서는 엄마와 마산할매, 엄마와 함께 무리를 이루며 다니는 교회 집사님들을 보며 잠시 멈칫거렸다.

"에이씨, 하필이면 이때 들어오냐."

자리를 피해 버릴까 갈등을 하는 사이 한지를 발견한 엄마의 무리들이 서둘러 다가오고 있었다.

"추운데 여기서 뭐 하냐?"

치마를 입은 채 눈을 치우고 있는 딸의 모습에 속이 상한 듯 입을 꼭 다물고 있는 권 여사 대신 마산할매가 퉁명스럽게 물었다. 엄마의 교회 친구들 역시 안타까운 눈초리로 그녀를 바라보고 있었다.

"헤헤. 안녕들 하세요? 엄마, 할매, 왔어? 제가요. 또 한 오지랖 하거든요. 여러분들 다칠까 봐 눈 치우고 있었어요. 저 착하죠?"

한지는 평소보다 더 씩씩하게 웃으며 빗자루를 들어 올렸다.

"어휴. 추워. 어서 들어가자."

방앗간 순복 이모가 한지의 어깨 위로 외투를 걸쳐 주며 말했다.

"아니에요. 저 이거마저 하고 들어갈게요. 어서 가서 식사하세요. 9시부터 가수 온대요."

"정말?"

사람들이 웅성거리며 권 집사의 눈치를 살피기 시작했다. 먼저 들어가고 싶지만 딸 때문에 속이 상할 권 집사를 생각하니 먼저 들어갈 수도 없는 노릇이었다.

"자기들 먼저 들어가. 나 얘랑 얘기 좀 하다 들어갈게."

권 여사가 애써 아무렇지도 않은 척 그들을 들여보내자 남은 사람은 권 여사와 마산할매, 그리고 한지와 쌓여 있는 눈 더미뿐이었다.

"엄마, 먼저 들어가세요. 전 한지랑 좀 있다 들어갈게요."

"너나 들어가. 난 얘랑 있다 갈 거야. 이리 내, 지야. 할매가 도와줄게."

마산할매가 한지의 손에서 빗자루를 빼앗으며 말했다.

"큰일 날 소리 하지 말고 어서 들어가. 할매, 여기 있다 감기 걸려."

한지가 빗자루를 다시 빼앗으려 했지만 할매는 어느새 계단 밑으로 내려가 있었다.

"넌 옷이 이것밖에 없냐? 밖에 일하려면 좀 두툼하게 입고 오지."

권 여사가 딸의 치마를 보며 퉁명스럽게 물었다.

"헤헤. 좀 전까지 안에 있다 나와서 그래."

빨갛다 못해 검붉어진 딸의 코끝을 보며 권 여사는 눈길을 돌려 버렸다. 그러자 꽁꽁 얼어 있는 귀가 들어왔다. 떨어져 나갈 듯이 시릴 텐데도 미련하게 웃는 딸을 보니 속이 상하고 허망했다.

"지야."

가슴속에서 자꾸만 치밀어 오르는 울컥거림에 권 여사는 마른 침을 삼켜야 했다. 입안이 까끌까끌해 침마저 제대로 넘어가지 않았다.

"……가자."

"으응. 먼저 들어가서 맛난 거 먹고 있어. 금방 뒤따라갈게."

한지가 엄마의 말을 알아듣지 못한 것처럼 천연덕스럽게 웃으며 계단을 내려가려 했다.

"……지야."

"아이참. 금방 따라간다니까."

"엄마랑 집에 가자."

한지는 권 여사를 볼 수가 없었다. 엄마의 눈빛이 따뜻해서, 너무 따뜻해서 눈물이 터져 버릴 것만 같았다.

"……제발. 엄마, 그냥 들어가. 나 잠시만 혼자 있다 갈게."

도저히 참을 수가 없어 한지는 결국 엄마에게 등을 보이고야 말았다. 뒤돌아선 한지의 등에 엄마의 따뜻한 가슴이 느껴졌다.

"우리 아가 몸이 다 얼었네. 어여 집에 가자. 엄마가 따뜻한 수제비 해줄게."

권 여사가 다정하게 말했다. 엄마의 가슴이 너무 따뜻해 꽁꽁 얼어 있던 한지의 몸이 조금씩 녹기 시작했다.

"우리 딸. 정말 대견하고 자랑스럽다. 힘든 일 마다하지 않고 부딪치는 우리 딸이 장하고 대견해. 엄마 춥다. 이제 그만 하고 집에 가자, 지야."

엄마의 재촉에 한지는 고개를 끄덕였다. 가족이…… 엄마가 나를 믿어준다면 이 고비 또한 넘어갈 수 있을 것이다. 갑자기 추위가 느껴지지 않았다.

"가방 가져올게."

한지가 현관문을 열자 열기로 후끈 달아올라 있던 파티장에 찬

바람이 들어왔다. 왁자지껄한 분위기에서 먹고 마시며 웃고 즐기던 사람들의 시선이 약속이라도 한 듯 한지에게로 향했다.

"수고했어. 현관에 쌓인 눈 다 치웠으면 미안하지만, 주방 일도 좀 거들어줘."

마을 주민들 틈에서 웃고 있던 경미가 한지를 발견하고는 거만하게 말했다. 안쓰러움과 동정의 수군거림이 파도처럼 퍼져 나가기 시작했다. 곳곳에서 동정의 눈길이 느껴졌지만, 한지는 의연하게 다용도실로 향했다. 그리고 구석에 처박혀 있던 자신의 가방을 챙겨 밖으로 나왔다.

"다 챙겼어?"

입구에 서 있던 권 여사가 다정하게 물었다.

"응."

"그럼 이제 가자."

이젠 정말 끝이야. 마지막이라 생각하니 못 견딜 정도로 지후의 목소리가 듣고 싶어졌다. 하지만 이젠 정말 지쳤다. 더는 버틸 힘이 없었다. 한지는 차오르는 눈물을 삼켜가며 지후의 흔적이 남아 있는 그의 집을 둘러보았다.

"그래. 지금은 모든 것을 내려놓아야 할 때야."

미련없이 떠나야 한다며 스스로를 다독거릴 때, 휘이잉거리는 소리와 함께 또 한 번 찬바람이 불어왔다.

"죄송합니다만…… 한지는 제 파트너입니다."

지후의 목소리. 숨찬 지후의 목소리가 들려왔다. 깜짝 놀란 한지는 고개를 돌려 목소리의 주인공을 찾았다.

지후였다. 먼 길을 걸어온 모양인지 온통 눈에 뒤덮여 있는 지
후가 들어서고 있었다. 곧이어 알렉스가 따라왔고 또 그들의 뒤로
긴 빗자루를 든 마산할매가…… 위풍당당하게 들어서고 있었다.

"요, 용주님……."

"늦어서 미안해요. 많이 기다렸죠."

성큼성큼 다가온 지후가 한지를 꼭 껴안았다.

"헉!"

충격과 놀라움, 경악과 호기심의 물결이 파티장 구석구석까지
빠르게 번져 가기 시작했다.

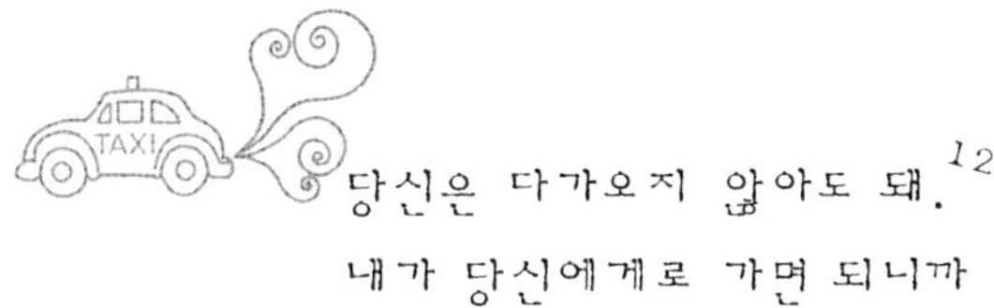

꽁꽁 얼어붙은 눈길을 뚫고 민들레 마을 입구까지 가까스로 도착한 지후는 막혀 버린 길로 인해 더는 움직일 수 없는 차에서 내려 무작정 뛰기 시작했다.

"사장님, 좀 천천히 갑시다. 이러다 다칩니다."

"시끄럽고 얼른 뛰어."

지후는 뒤따르는 알렉스의 투덜거림도 무시한 채 부지런히 걸음을 옮겼다. 파티 시간에 늦지 않겠다는 누나와의 약속도 중요했지만, 자꾸만 눈앞에 아른거리고 그리워지는 그 누군가 때문이었다.

"고작 일주일 못 보셨다고 이러시면 앞으로 큰일 납니다."

지후의 마음을 훤히 아는 알렉스가 그를 놀렸지만, 지후는 눈썹

하나 까딱하지 않고 미끄러지듯 달려나갔다. 드디어 익숙한 대문이 지척에 이르자, 반가운 미소를 지으며 달려가던 지후가 갑자기 멈춰 섰다.

"사장님?"

"기다려!"

앞서 가려는 알렉스에게 주의를 준 지후는 꼭 껴안고 있는 한지 모녀를 조심스럽게 바라보았다.

"무슨 일일까요?"

"따라와."

추위에 꽁꽁 얼어 있던 한지가 집 안으로 들어서고 나서야 조심스레 걸음을 옮기는 지후의 모습은, 날개를 단 것처럼 뛰어올 때와는 전혀 다른 모습이었다.

"이제 그만 가자."

문 너머로 권 여사가 재촉하는 소리가 들렸다.

지후는 재빨리 집 안으로 들어서며 한지의 앞을 가로막았다. 지후의 두 눈에는 그 누구도 한지를 데려갈 순 없다는 확고한 의지가 엿보였다.

"죄송합니다만, 한지는 저의 파트너입니다."

놀라는 사람들이나, 호기심 어린 눈빛 따위는 들어오지도 않았다. 지후의 눈에는 오직 한지만이 보일 뿐이었다. 지후는 놀란 한지가 숨을 삼키는 모습을 보며 온화하게 미소 지었다.

"오래 기다리게 해서 미안해요."

지후가 조심스레 한지의 머리카락을 쓰다듬었다.

"코끝도 빨갛고, 눈가도 빨갛고, 귓불도, 볼도 빨가네. 그래도 예뻐요."

눈물이 맺히는 한지의 눈동자를 보며 지후는 가슴속 깊은 곳에서부터 올라오는 애틋한 사랑을 주체할 수가 없었다. 그는 바들바들 떨고 있는 한지를 품에 꼬옥 안았다.

"왜 이래요? 사람들 봐요."

한지가 몸을 비틀며 말했지만, 지후는 두 손을 풀지 않았다. 도리어 바동거리는 한지를 더 힘주어 껴안았다. 얼마나 밖에서 떨었던지 한지의 몸에서는 아직도 차가운 냉기가 느껴졌다.

"……감기 걸리겠다."

지후가 나지막이 속삭였다.

그의 음성이 진하고 달콤했다. 그의 온기는 한지의 가슴속 깊은 곳까지 따뜻하게 만들고 있었다. 두 눈을 감은 채 그가 주는 훈훈함을 음미하던 한지가 눈을 뜨자 아무 말도 하지 못하고 자신을 바라보는 권 여사의 놀란 얼굴이 제일 먼저 눈에 들어왔다. 충격 속에 빠진 엄마의 눈빛은 마약과도 같은 지후의 품에 있던 한지의 정신을 번쩍 들게 했다.

"잠시만요. 잠시만요. 이것 좀 놔봐요."

지후는 자꾸만 몸을 비틀어 자신의 품을 벗어나려 하는 한지를 다시 한 번 꼭 껴안은 후, 낮은 한숨과 함께 자유를 허락해 주었다. 하지만 눈동자에 깃든 소유욕은 강렬하고 짙어, 평소 차갑고 냉정하던 그와는 어울리지 않는 거친 분위기를 내고 있었다.

"왜 이래요? 뭐 잘못 먹었어요?"

민망함과 부끄러움에 목소리가 퉁명스럽게 나왔다. 그런 한지를 사랑스럽게 바라보던 지후가 입꼬리를 살짝 올리며 웃어 보였다.

"추운데 왜 밖에 나와 있었어? 내가 그렇게 보고 싶었나?"

"지금 무지 이상한 거 알죠?"

"그러게. 내가 생각해도 오늘 내가 이상하긴 하지만 당신이 너무 보고 싶었으니까 이해하라고. 당신을 보는 순간 이성이 마비된 느낌이 들었어."

지후의 입술이 한지의 귓불에 닿을 정도로 가까운 거리였다. 귓가에 그의 입김이 부서지는 느낌은 한지의 등에 자잘한 소름이 돋게 했다.

"허헉!"

한지의 심장은 걷잡을 수 없이 뛰고 있었다. 이대로 놔두다간 터져 버릴 것만 같았다. 하지만 지후의 돌발 행동은 끝이 아니었다. 그는 손에 끼고 있던 가죽 장갑을 벗어 알렉스에게 건넨 뒤, 두 손으로 한지의 볼을 감쌌다.

"꽁꽁 얼었네. 내가 녹여줘야지."

그의 손길이 닿자 뺨에서 불이 나는 것 같았다.

"창피해요. 그만 해요."

"창피하긴, 우리 용인님이 언제부터 그렇게 사람들 시선을 신경 썼다고."

"요, 용인님?"

한지는 그의 손에 의해 붕어처럼 튀어나온 입을 우물거렸다.

"나더러 용주라며? 고용주. 그럼 당신은 용인이지. 고용인!"

"미, 미쳤어요? 서울에서 무슨 일 있었던 거 아녜요?"

한지는 이 난처한 상황을 벗어나기 위해 지후를 밀어내려 했지만, 뜻대로 되지 않았다. 이글거리는 시선으로 한지를 바라보는 지후와 그런 지후에게서 벗어나려 바둥거리는 한지를 바라보던 사람들은 저마다 놀람과 충격을 감추지 못하고 있었다.

"오마야. 저, 저게 뭐 하는 짓이야."

"쉿! 보면 몰라."

"그럼 이 선생은 어찌 되는 거야? 뭔가 있는 것 같더니."

"거기가 아니라 한지구만."

숨죽인 웅성거림은 멈춰지지 않고 끊임없이 이어졌다. 파티에 초대된 사람들은 한 편의 영화를 보는 듯 지후와 한지를 주시했다. 그중에는 방광이 터질 것 같은 영철 엄마도 있었다. 화장실에 가기 위해 몸을 일으키던 영철 엄마는 영화의 한 장면처럼 눈 속을 헤치고 온 지후가 한지를 껴안으며 다정하게 속삭이는 모습을 보고 초인적인 인내심을 발휘하며 자리를 지키고 있는 중이었다.

"흠흠. 사장님! 먼저 손님들에게……."

집단 최면에 걸린 듯 꼼짝도 하지 못하던 사람 중에 가장 먼저 정신을 차린 사람은 알렉스였다.

"알았어."

지후는 얼떨떨해 있는 한지의 손을 잡고 아름다운 꽃장식이 늘어져 있는 계단 위로 올라갔다. 그가 계단 위에 서자 웅성거리던 속삭임이 일순간에 흔적도 없이 사라져 버렸다.

"안녕하십니까."

지후는 여유로운 인사로 포문을 열었다. 눈길을 달려와 반쯤은 젖은 모습이었지만, 그는 존재 자체만으로도 주변을 압도하고 있었다.

"……우리 가족을 따뜻하게 맞아주신 여러분의 호의에 깊이 감사드립니다. 오늘 밤은 근심 걱정 다 내려놓으시고 맛있는 음식, 즐거운 음악과 함께 뜻 깊은 시간 보내시길 바랍니다."

짤막한 인사가 끝이 나자 엄청난 박수 소리와 "고마워요!", "멋지다. 멋져!" 등의 환호가 쏟아졌지만, 그중에는 마음 편히 손뼉을 치지 못하는 사람도 있었다.

"이건 말도 안 돼."

경미는 자신의 눈으로 본 광경이 믿기지가 않았다. 한지와 자신. 도대체가 비교가 되지 않는 게임이라 생각했었다. 그런데 지후의 관심이 한지에게로 향한 것이 틀림없어 보인다. 다른 사람도 아니고 한지라니. 천하의 지후가 한지에게 마음을 빼앗겼다는 사실이 도무지 실감이 나지 않았다. 경미는 망가진 자존심 때문에 휘청거렸다.

"경미야, 너 괜찮니? 괜찮은 거야?"

경미의 눈치만 살피고 있던 엄 여사가 딸을 부축하며 물었다. 엄 여사와 함께 온 영철 엄마의 집요한 시선이 계속 경미를 좇았다. 사람들의 시선을 의식한 엄 여사는 애써 태연한 척 굴었지만 사실, 경미와 지후가 잘되기를 내심 기대하고 있던 그녀로서는 한지를 알뜰살뜰 챙기는 지후를 보는 것이 생각지도 못했던 충격이었다.

"한지가 지후 씨랑 언제 저렇게 가까워졌는지 모르겠구나."

"아직은 모르는 거지. 밥 먹으러 가요."

"경미야."

조소를 띤 경미가 한지와 함께 있는 지후에게로 다가가자 엄 여사는 위태로워 보이는 딸의 뒤를 쫓았다.

경미 모녀의 조바심이 최고조에 달하고 있을 때, 그들 모녀에 대해서는 아무런 관심도 없는 지후는 아직도 얼떨떨해 있는 권 여사의 앞에서 자상하게 웃고 있었다.

"어머니, 식사는 하셨어요?"

어머니란 말에 당황한 권 여사가 저도 모르게 고개를 흔들었다.

"저런, 한지 씨가 잘못했네. 뭐 하고 있었어요? 어머니 식사부터 챙겨 드렸어야지. 알렉스, 우리 식사 준비 좀."

지후가 한지를 보며 꾸짖듯 말했다.

"이놈아, 나도 못 먹었어."

이 모든 소란 가운데서도 유일하게 표정 변화가 없던 마산할매가 퉁명스럽게 나서자, 알렉스가 활짝 웃으며 고개를 끄덕였다.

"우리 할머니도 드셔야죠. 저와 함께 가실까요?"

"오냐, 이놈아!"

마산할매는 만족스러운 미소를 짓고는 알렉스가 내민 손 위로 자신의 손을 올렸다.

"그럼 우리도 갈까요?"

이번에는 지후가 한지와 권 여사를 에스코트하기 위해 양손을 내밀었다. 한지와 권 여사는 지후의 에스코트를 받으며 걸음을 옮길 수밖에 없었다.

"어서 오세요. 저는 지후의 누나 지련이랍니다."

먼저 와 식탁을 준비하던 지련이 권 여사에게 다정하게 인사를 했다.

지후는 권 여사와 한지의 사이에 앉아 근사한 음식들로 가득해진 식탁을 흐뭇하게 바라보았다.

"어머니, 한식 괜찮으시죠? 전 외국 생활을 오래해서 그런지, 나물이며 전 같은 한식들이 좋더라고요."

지후가 먹음직스럽게 버무려진 탕평채를 들어 권 여사의 앞 접시에 담아주며 물었다.

"그, 그럼요."

"말씀 낮추세요. 부담스럽습니다."

"아무리 그래도."

"한지 씨는 제게 특별한 사람입니다. 한지 씨의 어머니도 제겐 특별한 분이세요."

지후의 말에 수줍게 웃는 권 여사를 지켜보던 사람들의 입에서는 부러움의 탄성이 흘러나왔다. 식탁에 앉아 밥을 먹는 내내 지후는 한지와 권 여사를 알뜰살뜰 보살폈다.

"가시 발라 드려요?"

조기 접시를 훑어보는 지후를 보며 한지가 물었다. 지후가 고개를 내젓더니, 권 여사를 보며 미소 지었다.

"어머니, 저 조기 발라주세요."

"헉!"

"지, 지후야!"

숨을 삼키는 한지와 동생의 이름을 부르는 지련의 두 눈에 놀라움과 민망함이 나타났지만 권 여사는 활짝 웃으며 흔쾌히 승낙을 했다.

"그, 그래. 내가 발라줄게."

권 여사는 알뜰살뜰 생선을 바르기 시작했고, 그 모습을 흐뭇한 눈으로 바라보는 지후와 그런 지후를 당혹스럽게 바라보는 한지를 보며 지련이 미안한 듯 미소 지었다.

"죄송해요. 우리 지후가 어릴 때부터 생선을 그렇게 좋아하더라고요."

"어렴풋하긴 하지만, 누군가 생선가시를 발라줬던 기억이 나요. 그 사람이 누군지는 모르겠지만, 그렇게 맛있는 생선을 먹어본 적이 없었던 것 같아요."

옛 기억을 더듬는 지후의 말에 모두들 고개를 끄덕였다.

"그런 일이 있었네요. 자, 먹어봐요."

권 집사가 생선가시를 발라 지후의 앞 접시에 놓아주었다.

"고맙습니다, 어머니."

권 여사에게 인사를 한 지후는 그 생선살을 다시 한지의 밥 위에 올려주었다.

"예에? 지, 지후 씨 드세요."

한지는 난처하고 당황스러웠다. 서울로 가기 전에 마음의 준비를 하고 있으라고 엄포를 놓긴 했지만, 그의 노골적인 애정 표현은 도가 지나칠 정도였다.

"먼저 먹어요."

"아, 아뇨. 제가 먹으면 돼요."

"어허. 이것도 먹고 이것도 먹어봐요."

지후가 두툼한 스테이크 살점을 한지의 앞 접시에 또 옮겨놓았다.

"감사합니다."

한지가 마지못해 인사를 하자 지후가 짓궂게 웃음을 흘렸다.

"음식 다 식겠습니다. 어서들 드시죠."

보다 못한 알렉스가 나서자 식탁 위의 사람들은 하나둘, 수저를 들기 시작했다.

한지를 가시방석에 앉힌 지후는 식사가 끝날 때까지 알뜰살뜰 한지를 챙겼고, 그런 지후의 모습을 바라보던 권 여사는 자신의 마음에 남아 있던 아픔과 속상함이 눈 녹듯 사라지고 없어진 것을 느꼈다.

"우하하하. 하하하!"

화장실을 핑계 삼아 혼자 있을 만한 곳을 찾던 한지의 귓가에 익숙한 웃음소리가 들려왔다. 서재 문틈으로 삐져나오는 목소리는 식사를 마치고 자취를 감췄던 알렉스의 것이었다.

"알렉스."

문을 열고 살며시 그를 불렀지만 보고 있는 책에 빠져 있던 알렉스는 한지의 존재를 알아채지 못한 채 얼굴이 빨갛게 변하도록 웃음을 터트리고 있었다.

“뭐가 그렇게 우스워요?”

살며시 그의 옆으로 다가가자 경기를 일으킬 만큼 놀라던 알렉스가 벌떡 일어났다.

“하, 한지 씨. 여, 여긴 어떻게 오셨어요?”

“다들 온실 구경하러 가셨어요. 전 잠시 쉴 곳을 찾느라고.”

대답을 하던 한지는 알렉스가 들고 있는 초록색 노트를 유심히 바라보았다.

“그 노트를 보고 그렇게 웃었던 거예요?”

“흠흠. 네.”

알렉스는 민망한지 얼른 노트를 가리려 했으나 한지가 조금 더 빨랐다. 재빨리 알렉스의 노트를 빼앗아 읽던 한지의 얼굴이 새빨갛게 붉어지기 시작했다.

“이, 이게 뭐예요?”

“한지 씨, 이러시면 저 죽습니다. 사장님께서 가만두지 않으실 겁니다.”

“그러니까 이걸 지후 씨가 다 썼단 말이에요?”

노트를 읽어 내려가던 한지는 알렉스처럼 웃을 수가 없었다. 조금 전까지 갈등과 번민으로 고민하던 한지는 어깨를 들썩일 정도의 큰 숨을 삼켰다.

감기 걸리겠다! 당신이 추우면 나도 추워.

밥 먹었어?

내가 그렇게나 보고 싶었어? 나도 당신이 그리웠어.

당신은 다가오지 않아도 돼. 내가 당신에게로 가면 되니까　351

어머니, 식사는 하셨어요?

한지 씨는 제게 특별한 사람입니다.

어머니, 저 이거 먹고 싶어요!

"이게 다 그 사람이 쓴 거란 말이죠? 어쩐지, 오늘따라 너무 이상하다 그랬어요. 왜 그렇게 닭살스러운 말만 골라 하는지 이상하다 그랬는데……."

휴식을 취하던 그녀의 심장이 다시 뛰기 시작했다.

"……그 사람. 이렇게 적어놓고 연습까지 했던 거예요?"

"일주일 출장 동안 무려 일곱 권의 연애 비법서를 읽으셨습니다. '사랑받는 남자의 비결', '그녀의 마음을 공략하는 백 가지 방법', '열 번 찍어 안 넘어가는 여자 없다' 등의 책들을 정독하셨어요. 정말 놀라운 일이죠."

알렉스가 자랑스럽게 대답했다.

"그, 그렇군요."

한지의 심경은 복잡했다. 대체 지후가, 아쉬울 것 없는 지후가 왜 이런 우스운 노력까지 하면서 자신을 좋아하는지 한지로서는 도무지 이해되지 않는 일이었다.

"그럼 쉬고 계십시오. 전 사장님이 찾으시기 전에 내려가 보도록 하겠습니다."

"네. 그러세요."

지후의 책 정리를 마치고 나가던 알렉스가 갑자기 멈춰 섰다.

"한지 씨의 인간미에 우리 사장님이 푹 빠지신 모양입니다. 그러니까 자꾸만 밀어내지 마시고 용기를 내서 사장님을 잡아주십시오. 우리 사장님…… 알고 보면 참 외로운 분이십니다. 전……우리 사장님이 참 부럽습니다.”

알렉스가 사라지고 홀로 남은 한지는 그의 의자에 앉아 두 눈을 감았다. 급류에 휘말린 것처럼 정신이 없다. 그가 오면 모든 것을 끝내려고 했건만 일이 너무 커지고 있었다.

“정말 내가 욕심내도 될까?”

조용히 중얼거리자, 차가운 비웃음이 들려왔다.

“웃기지 마.”

깜짝 놀라 눈을 뜨니 경미가 있었다.

“여기 있는 걸 어떻게 알았니?”

“알렉스가 그러더라. 너 여기서 쉬고 있다고. 여긴 지후 씨 서재야. 아무나 들어올 수 없는 곳이라고. 니가 왜 여기서 쉬는 거니?”

경미의 두 눈은 불안과 초조, 분노로 번득이고 있었다.

“경미야…… 진정해.”

조급하고 불안한 자신과 달리 여유만만한 한지를 보며 경미는 더 화가 났다.

“진정하라고? 지금 내가 진정하게 생겼니? 하, 정말 말은 쉽구나. 지후 씨가 너를 바라본다 그거지? 그래서 그렇게 여유가 생기니? 내가, 내가 먼저 좋아했단 말이야. 너만 아니면 내게도 기회가 있었을 거야. 그리고 난 그 기회를 놓치지 않았을 거라고. 너 때문이야. 네가, 네가 내 앞길을 망치고 있어.”

“경미야.”

"그렇게 다정하게 부르지 마. 난 네가 싫어. 너만 아니면…… 너만 아니면……."

"나만 아니면 지후 씨랑 잘됐을 거라고? 어떻게 나만 아니면 너랑 잘될 수가 있어? 사람 감정이 그렇게 단순하니? 이것 아니면 저것, 이렇게 단순하게 정해지는 거야? 아니잖아. 아니란 거 네가 더 잘 알잖아. 저도 모르게 관심이 가고, 끌리는 게 사람 감정이야. 그게 좋아하는 감정이고 사랑이란 거야."

"아하! 서당 개 삼 년이면 풍월을 읊는다더니, 무식한 서한지가 지후 씨 기사 노릇하더니 말솜씨만 늘었구나. 그래서? 그래서 너랑 지후 씨도 그런 사랑이라도 하겠단 말이야? 너 같은 게. 네 주제에. 지후 씨를 욕심이라도 내겠단 말이야?"

악에 받친 경미가 소리를 높였다. 그사이 아주 조심스레 서재의 문이 열렸지만 두 사람 모두 알아채지 못했다.

"그만들 하세요."

흥분으로 가득하던 그녀들 사이에 차분한 목소리가 끼어들었다. 놀라 뒤돌아보니 휠체어에 앉은 지련이 그녀들을 바라보고 있었다.

"언니!"

경미가 격렬한 감정을 억누르며 어색하게 웃었다.

"의견 충돌이라도 있었던 거야?"

"아니에요."

지련의 말에 두 사람 모두 고개를 내저었다.

"그런데 분위기가 왜 이렇지?"

"그런 게 아니라 그냥 얘기를 나누고 있었어요."

한지가 어색하게 웃자 지련이 한지를 물끄러미 바라보았다. 그 눈빛에는 여러 가지 복잡한 감정이 뒤섞여 있었다.

"난 지후가 한지 씨를 좋아하는 마음을 이해하지 못했어요. 하지만 지금은 생각이 달라요. 어쩌면 조금은 이해할 수도 있을 것 같아요."

지련의 말에 경미의 얼굴이 하얗게 질려갔다.

"언니가 모르셔서 그래요. 한지는……."

"난 지후가 한지 씨의 과거를 모른다고 생각하지 않아. 지후는…… 사람을 곁에 두기 전에 충분히 조사를 하거든."

자신을 조사했을 거라는 말에 한지가 놀라는 표정을 짓자 지련이 달래듯 말했다.

"오해는 마세요. 지후 같은 사람들은 위험에 노출될 가능성이 많기 때문에 사람을 함부로 들이지 않아요. 그래서 전 지후가 한지 씨의 과거를 알고 있을 거라고 생각해요. 아니, 만에 하나 모른다고 해도 별로 문제 삼을 것 같진 않아요."

지련이 자신의 마음을 다 알고 있었다는 사실에, 한지는 놀라 숨을 삼켰다.

"어, 언니."

지련과 한지 사이에 오가는 훈훈한 눈빛을 바라보던 경미가 도저히 참지 못하겠다는 듯 끼어들었다.

"아니에요. 그것도 그렇지만 사실 한지는…… 좋아요. 언니도 아셔야 하니까 제가 말씀드릴게요. 저도 이런 말씀드리긴 싫었지만 이렇게 된 거 다 말씀드릴게요."

"혹시, 아버지 때문이니?"

지련의 말에 한지의 얼굴을 하얗게 질리기 시작했고, 경미는 눈살을 찌푸렸다.

"어릴 적 사고로 돌아가신 한지 씨의 아버지. 그런데 그 사고의 원인 제공자가 한지 씨라고…… 그래서 한지 씨가 상처가 많다고. 그냥 우연히 듣게 되었어."

담담하게 말하는 지련 앞에서 경미는 뭐라고 대답할 말을 찾지 못했다.

"난 한지 씨가 참 대단하다고 생각해. 그 일로 오랜 시간 고통받으며 살아왔잖아. 스스로에 대한 원망과 자책을 잘 견딘 한지 씨가 대견하기도 하고."

지련은 마산할매의 깊은 한숨을 기억하며 창가로 다가갔다. 캄캄한 하늘과 달리 눈으로 뒤덮인 세상은 환히 빛나고 있었다.

"그런 한지 씨라서…… 그래서 지후가 좋아하게 된 걸 거야."

지련의 말은 상처투성이 한지에게 잘 스며드는 연고가 되어 묵은 아픔을 감싸주었다. 한지의 두 눈 가득 눈물이 고이기 시작했다.

순간의 실수였다. 누구나 다 할 수 있는 불장난……. 인적이 드문 폐교의 창고에서 장난삼아 시작한 불장난은 걷잡을 수 없이 커졌고 신고를 받고 달려온 아빠는 불 속에 갇힌 딸과 자신의 목숨을 맞바꾸었다. 한지는 아빠의 품속에서 안전하게 나왔지만 심한 화상을 입은 아빠는 그러지 못했다. 그 일이 있은 뒤로 한지는 남편을 잃고 괴로워하는 엄마나 동생들에게 큰 빚을 지고 살아가고 있었다.

"저 때문에…… 저 때문에……."

한지의 두 눈에서 눈물을 흘러내렸다. 그 모습을 바라보던 지련 역시 눈물을 글썽이며 한지의 손을 잡아주었다.

"많이 힘들었을 거야. 많이 아팠을 거야. 말 못할 아픔을 안고 그렇게 살아왔을 거야. 이제는 자신을 용서하고 털어버리면 안 되겠니?"

지련의 말에 한지는 입술을 깨문 채 고개를 돌렸다. 한지의 눈에서도, 지련의 눈에서도 뜨거운 눈물이 쉬지 않고 흘러내리고 있었다.

우아, 아아!

멀리서 사람들의 비명이 들려오더니 곧이어 초대가수인 나훈아의 구성진 노랫소리가 흘러나왔다. 커다란 환호성과 요란한 음악이 들려왔지만 서재 안의 그녀들은 아무도 움직이지 않았다.

"쇼가 시작되는데 여기서 뭐 하는 거야?"

묵은 감정의 찌꺼기들을 늘어놓은 채 혼란스러워하는 그녀들의 정적을 깬 사람은 지후였다. 한지를 찾아 헤매다 서재까지 온 지후는 눈물을 훔치는 세 명의 여자들을 심각한 눈으로 둘러보고 있었다.

"경미, 우린 이만 나가보는 게 어떻겠니?"

지련이 경미의 옆으로 다가갔다. 미련을 버리지 못하던 경미는 결국 지련의 휠체어를 따라 걸음을 옮겨야 했다.

“한지 씨, 다 털어버리고 와요.”

지련은 긴장으로 굳어 있는 한지의 손을 꼭 쥐어주고는 밖으로 나가 문을 닫았다.

“드디어 둘만 남았네.”

지후가 한지의 어깨를 눌러 소파에 앉히고 나서 자신도 그녀의 옆에 앉았다. 그의 뜨거운 눈빛에 한지는 조금 전 읽었던 그의 노트를 기억해 냈다. 시험을 앞둔 아이처럼 줄을 긋고 반복해서 연습하던 말들…….

한지는 보석처럼 반짝이는 그의 눈동자를 물끄러미 바라보았다. 그의 아름다운 눈동자 안에 자신이 온전히 들어 있었다.

“내게 할 말 없어?”

지후가 낮은 목소리로 물었다.

“무슨 할 말이 있어야 하는데요?”

“우리 정식으로 사귀기로 한 거. 대답을 해야지.”

“…….”

“침묵은 긍정적인 대답이라고 생각해도 되지? 좋아. 이쯤 했으면 사람들이 다 눈치를 챘을 만도 한데 아예 공식적으로 발표할까?”

지후가 한지의 팔목을 잡으며 자리에서 일어나려 했다.

“하나만 물을게요. 대체 무슨 맘으로 이러는 거예요?”

“무슨 마음이라니? 내가 그랬잖아. 당신이 좋다고.”

“나 같은 여잘…… 왜?”

“지금 튕기는 거야? 나 같은 킹카를?”

한지는 긴장으로 침조차 삼키기 어려운 자신과 달리 여유로운 지후가 부럽기까지 했다. 그녀는 깊은숨을 삼키며 힘겹게 입을 열었다.

"나를 잘 모르잖아요. 내가 어떻게 살아왔는지…… 지금 내가 어떤 형편인지……."

"말했지? 당신보다 내가 당신을 더 잘 안다고. 못 믿겠으면 달리기 한 판 어때?"

지후의 입가에 따뜻한 미소가 떠올랐다. 그 미소가 너무 따뜻해 한지의 두 눈에서 뜨거운 눈물이 흘러내렸다.

"의심 많고 눈물 많은 서한지. 운전도 잘하고, 싸움도 잘해. 어리바리한 똘마니들 자장면도 잘 사주고, 할머니들과도 잘 지내지. 작고하신 서경일 선생님과 권숙희 여사의 1녀 2남 중 장녀에다가 어릴 때부터 주변 사람들의 사랑과 귀여움을 독차지하며 자랐고, 또 소방관이신 아버지가 이곳으로 발령이 나 온 가족이 이사를 왔어. 육 개월 후…… 아버지가 돌아가셨지."

잠시 머뭇거리던 지후가 다시 말을 이어갔다.

"열한 살 때, 당신의 실수로 마을 폐교에 불이 났고 마침 그곳에 아버지가 계셨어. 아버지는 그날 그 사고로 돌아가셨고 어린 꼬맹이는 그때부터 아버지를 돌아가시게 했다는 죄책감에 기죽어 지냈지. 그래도 당신을 잘 아는 사람들은 당신을 감싸고 위로했어. 물론 당신은 돌아가신 아버지를 대신해서 끊임없이 노력을 했지."

그녀는 아무런 대꾸도 하지 못하고 지후의 말을 듣고 있었다. 눈물이 쉴 새 없이 흘러내렸다. 행복하기도 했고 서럽기도 했다.

기쁘기도 했고 무섭기도 했다.

잠시 침묵이 흐르더니 탄식 같은 지후의 한숨 소리가 들려왔다.

“……더 할까?”

“아, 아뇨.”

지후가 조심스레 손을 뻗었다. 그의 엄지가 다가와 한지의 눈물을 부드럽게 닦아주었다.

“무늬만 씩씩한 서한지. 겁쟁이, 소심한 서한지. 그렇게 두려우면 당신은 내게 다가오지 않아도 돼. 내가 당신에게로 다가가면 되니까.”

그의 입술이 긴장으로 잘게 파도 치고 있는 한지의 입술에 살며시 닿았다. 순간, 한지는 새로운 세상을 경험한 듯 행복한 전율을 맛보았다.

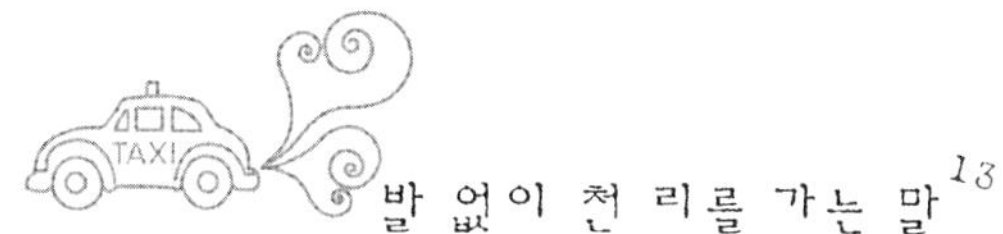

시끌벅적하던 연말이 가고 새해가 되었다.

'발 없는 말이 천 리를 간다'라는 속담처럼 한지와 지후의 핑크빛 소문은 민들레 마을 구석구석으로 퍼져 나갔고, 일 년 365일 이냥저냥 변화없이 되풀이되던 마을의 일상은 모처럼 활기를 띠고 있었다.

따르르릉. 따르르릉.

딩동! 딩동!

소문의 주인공인 한지는 집 전화로, 휴대전화로, 직접 방문으로 쉴 틈 없이 이어지는 축하인사와 호기심에 가득 찬 질문 공세에 시달려야 했다.

드르르륵. 드르르륵.

괴로워도 슬퍼도 울지 않던 일명 '캔디폰'이 요즈음은 몸살을 앓을 정도로 떨고 있었다. 오전 열 시가 되기도 전에 열 번째로 부르르거리고 있는 휴대전화를 노려보던 한지는 드디어 집 밖으로의 탈출을 결심했다.

"권 여사님, 안 되겠어. 나 잠시만 나갔다 올게."

"너 찾는 전화는? 사람들에게 뭐라 그래?"

북적거리는 사람들의 왕래가 싫지 않은지 권 여사의 두 볼이 불그스름하게 달아올라 있었다.

"나갔다 그래. 언제 들어올지 모른다고."

"알았어. 일단 바람 좀 쐬고 와서 엄마랑 얘기 좀 하자."

엄마의 말에 한지는 고개를 끄덕였다. 지금의 감정과 상태를 뭐라고 정의 내려야 할지는 모르겠지만 일단 엄마와의 대화는 피해 갈 수 없는 문제였다.

집을 나선 한지는 현숙에게 전화했다. 두 사람은 드넓은 하늘이 고스란히 보이는 창 넓은 카페에서 만나기로 했다.

한지는 폭신한 의자에 기대고 앉아 달콤한 모카라떼와 코끝을 자극하는 커피 빵이 자신의 지친 신경을 달래줄 것을 믿어 의심치 않았다.

잘 갈린 칼날처럼 시린 쪽빛 하늘이 고스란히 보이는 통유리 앞에 앉아 막 나온 커피의 거품을 물끄러미 바라보던 한지가 갑자기 한숨을 내쉬며 속에 말을 뱉어냈다.

"서글퍼."

한지의 말에 현숙은 푸하하 웃음을 터트렸다.

“복에 겨워 요강에 똥 싸는 소리 하고 자빠졌다. 니가 왜 서글 퍼? 지금 니 입장에서 서글프면 안 되지. 야! 넌 지금 기뻐해야 한 다고. 다른 사람도 아니고 지후님의 사랑을 한 몸에 받는 몸이시 잖아. 니가 아마도 전생에 나라를 구했나 보다.”

머리가 복잡했지만 또랑또랑한 눈망울을 빛내며 심각하게 말하 는 현숙을 보며 한지는 웃음을 터트리고야 말았다.

“풋. 지후님의 사랑을 한 몸에 받아서 지금 내가 기뻐해야 하는 거야?”

“그래. 머리에 꽃 꽂고, 헤헤거리며 동네방네 다녀도 아무도 이 상하다 안 그럴 거야. 마산할매도 ‘그래. 니가 그럴 만도 허지’ 이 러면서 이해할 거라고.”

“그 사람의 관심을 받는다고 해서 달라지는 건 하나도 없어. 난 여전히 운전기사 서한지라고. 다달이 들어가는 엄마 병원비며 약 값에다, 줄줄이 딸린 남동생들 때문에 결혼은 엄두도 못 내는 장 녀 서한지라고. 그러니까 현숙, 너까지 이럼 안 돼. 넌 냉정하게 사태를 짚어줘야지.”

“아! 진짜. 또 땅 파고 앉아 있네. 니 사정 다 알면서도 너 좋다 고, 좋아 죽겠다고 그러는데 뭐가 문제야. 내가 너라면 이참에 아 주 자빠뜨려서 도장을 팍 찍겠구만. 걱정하지 마. 이제 정말 좋은 일들만 가득할 테니까. 어머니도 좋아지실 거고, 동생들도 잘될 거야. 다들 자기 앞가림 잘할 아이들이잖아.”

현숙의 말에도 한지의 마음은 좀처럼 가벼워지지가 않았다.

“부담스러워. 이렇게 말 나서 퍼지는 것도 싫어. 이러다 잘

못…… 되기라도 하면…….”

“잘못되면 어때서?”

“응?”

“잘못되면 어때서? 원래 연애라는 게 그런 거잖아. 사귀다 헤어지고, 또 사귀다 헤어지고. 다들 그러고 산다고. 왜 시작도 하기 전에 끝날 걱정부터 하니? 세상 사람 누구나 열심히 사귀다 아니면 헤어지고 그러는 거야. 그냥 이 상황을, 지금 이 순간들을 즐겨. 무거운 짐 바리바리 지고 살아온 너도 조금은 행복해질 권리가 있다고. 겨울이 아무리 길고 추워도 봄날은 오는 것처럼. 그니까 자꾸 염장 지르지 말고 그 노랑머리나 어떻게 연결해 보라고.”

현숙의 말을 듣던 한지가 웃음을 터트렸다.

“현숙 양이 안 계시면 내가 어쩔 뻔했어.”

“그러니까. 고마우면 그 노랑머리를 나에게 넘길 계획을 짜보란 말이야. 그 사람 좋아하는 음식이 뭐래? 나도 가서 생선이나 좀 발라줄까? 아님, 김치?”

“현숙아.”

한지가 진지하게 친구의 이름을 불렀다.

“응? 왜?”

“나 커피 좀 마셔도 돼? 커피 거품이 점점 사라져 가고 있거든.”

탁! 현숙이 한지의 손을 팽개치듯 내려놓으며 매섭게 노려보았다.

“이게 진짜. 지금 거품이 문제야? 이 중대한 시점에 커피 거품 사라진다고 한숨이나 내쉬다니 니가 제정신이니?”

"그럼. 지금 당장 내게 중요한 건 달콤한 커피를 마시고 기분이 좋아지는 일이야."

한지는 친구의 말에 고개를 끄덕이고는 커피를 마셨다. 비록 식기는 했지만, 입안 가득 퍼지는 달콤한 향기에 저도 모르게 '으음' 만족스러운 신음을 뱉어냈다.

"얼씨구."

"지금 기분이 말이지. 한마디로 정의하기가 어려워. 기분 좋은 꿈을 꾸는 것처럼 설레고 좋아졌다가, 갑자기 악몽으로 돌변한 것처럼 기분이 나빠지기도 하고, 얼떨떨했다가 초조하고, 붕 뜨는 것처럼 기뻤다가 갑자기 불안하기도 하고……. 아무튼 좀 이상해."

현숙은 시시각각으로 변하는 친구의 표정을 살피며 슬며시 미소 지었다.

"기집애, 너 진짜 그 사람 좋아하는구나?",

"……응."

"진작 그럴 것이지. 축하한다, 서한지. 너무 부러워서 배가 슬슬 아플 기미가 보이지만 우리의 오래된 인연을 생각해서 일단 축하 인사는 건넬게."

자신의 일처럼 기뻐해 주는 친구의 축하에 한지의 마음이 뭉클해졌다.

"근데 오늘은 데이트 없어? 명색이 민들레 마을 공식 커플인데 만나서 영화도 보고 밥도 먹고 해야지. 출근도 안 했으니까 나중에 따로 만나기로 한 거니?"

"아니."

"뭐야? 공식 연인 발표한 지 며칠이나 됐다고 이리 심심해."

"으응. 테마파크 부지 문제로 처리할 게 많다던데."

"아. 우리 마을에 들어온다는 그 테마파크?"

"응."

작년 말부터 일성화학의 이전 부지로 민들레 마을의 뒷산이 낙점되었다는 소문이 돌았었다. 마을 주민들 공동명의로 되어 있는 산을 팔 경우 주민들에게 넉넉한 보상금을 주겠다는 내용이었지만 주민 중 아무도 그 제의에 승낙하겠다는 뜻을 비친 사람은 없었다. 지후가 더 많은 보상금을 제공하고 산을 사겠다며 나섰기 때문이다. 주민들 처지에서야 화학 공장이 들어서는 것보다 지후에게 파는 것이 낫다는 결론을 내렸지만, 정작 궁금한 것은 지후의 의도였다. 굳이 일성화학보다 비싼 값을 지급하고 살 이유가 없다고 생각했지만, 그 의도가 주민들을 위한 의료 테마파크였다니.

"대단한 사람이야. 지후 씨는⋯⋯."

현숙의 말에, 한지는 열정적으로 일을 처리하던 지후를 떠올렸다. 워낙 집중력이 좋은 사람이란 건 알고 있었지만, 무엇인가에 빠져 그 일에 매진할 때의 그는 엄청난 에너지를 뿜어내는 사람이었다.

"서한지!"

"응? 왜?"

"멍 때리면서 뭐 하냐? 전화 오잖아. 어서 받아."

정신을 차리고 보니 가방 앞 포켓에 있던 전화가 또다시 부르르 거리고 있었다. 축하 전화가 아닐까 머뭇거리던 한지는 액정에 '용주님'이라는 글자가 떠오르자 얼른 전화를 받았다.

"여보세요."

[영화 봅시다.]

익숙한 지후의 목소리가 전화기로 들려왔다.

"지금요?"

[네.]

"지금 친구랑 있어요."

전화기 너머의 불편함이 한지에게까지 흘러들더니 곧이어 느릿한 목소리가 들려왔다.

[친구라면…… 그 형사 친구?]

못마땅한 기색이 역력하다. 한지는 자신도 모르게 삐져나오는 웃음을 참으며 현숙의 존재를 알렸다.

"현숙이요."

[아, 그 친구 분. 그럼 나중에 시간 날 때 전화해요.]

다시 부드러워지는 지후의 목소리에 한지의 가슴이 훈훈해지기 시작했다.

"……그래요."

전화를 끊던 한지는 자신을 빤히 쳐다보는 현숙을 보며 쑥스럽게 웃었다.

"왜?"

"서한지가 이렇게 예뻤었구나."

“뭐?”

“니가 이렇게 예뻤었는지 예전엔 미처 몰랐거든. 지금 니 모습이 얼마나 예쁜지 몰라.”

“야. 너 자꾸 놀릴래?”

“진짜라니까. 그나저나 너 가봐야 하는 거 아냐? 지후 씨가 찾나 본데.”

“으응.”

지후의 이야기를 하며 얼굴에서 빛이 나는 한지를 보며 현숙은 자신도 덩달아 행복해지는 것을 느꼈다.

그 시각, 운봉시에 관한 국정보고서를 검토하고 있던 백 의원은 급한 전갈을 가지고 온 이 비서를 보며 인자하게 미소를 지었다.

충성스러움으로 자신을 보필하던 이 비서의 얼굴이 평상시와 다르게 어두운 것이 마음에 걸렸지만 백 의원은 그가 가져온 소식이 낭보임을 믿어 의심치 않았다.

“의원님, 김성주 자치회장으로부터 연락이 왔습니다. 마을회의 결과가 나왔답니다.”

백 의원은 보고 있던 서류를 덮고 안경을 벗었다.

“오, 그래? 뭐라던가?”

“……거절하기로 했답니다.”

“……뭐? 자네 방금 뭐라고 했나?”

“마을회의 결과 대다수의 주민들이 반대를 했다고 합니다.”

“으음.”

백 의원은 끓어오르는 울화를 참지 못하고 낮은 신음을 흘렸다. 그로서는 생각지도 못했던 일이었다. 마을 주민들의 일자리 창출을 위해 주도했던 일성화학의 이전을 본인들이 반대를 하다니. 그 안을 주도한 사람은 바로 자신이었다. 그 일만 해결되면 처남의 명의로 되어 있는 그의 산은 엄청나게 값이 오를 것이고, 국회에서의 입지도 더 굳건해질 것이었다. 어리석은 것들에게 은혜를 베풀려 했더니 원수로 갚는 격이다. 백 의원은 불편한 심기를 숨기지 못하고 서류를 거칠게 내팽개쳤다.

"멍청한 것들. 땅값을 올려서 돈을 벌게 해주겠다는데도 싫다고 하다니. 대체 거절하는 이유가 뭐야?"

계획했던 일이 틀어져 버리자 항상 인자한 모습으로 일관하던 백 의원의 인상이 무섭게 일그러졌다.

"자치회장의 말로는 배후에 정지후가 있다고 합니다. 정지후가 테마파트를 조성하는 곳이 하필이면 그곳이라고 합니다. 그리고 지난번……."

머뭇거리는 이 비서를 날카롭게 쳐다보던 백 의원의 두 눈이 음산한 빛을 띠며 깊어졌다.

"지난번이라니?"

"그러니까 지난번 의원님이 추진하시던 금천산 터널 문제가 백지화됐던 것도 정지후의 개입이 있었던 모양입니다."

"뭐라고? 그건 환경단체 놈들이 도마뱀인지 뭔지를 살려야 한다며 단식을 하네, 마네 하면서 반대를 했던 것 아닌가? 그 일에 어찌 정지후가 거론이 돼 있어?"

"그러니까 그 일에 자문을 했던 사람이 정지후라고……."

백 의원은 화를 참지 못하고 숨을 시근거리며 이 비서를 노려보았다.

"정지후? 그놈이 왜? 그놈이 왜 내 앞길을 막는 거지?"

"지난번 일도 그렇고 이번 일도 그렇고 아무래도 뭔가 있다는 느낌에 조사를 해보니 민기와 정지후의 양부모와 관련이 있는 모양입니다."

"뭐라고? 우리 민기와 그놈의 양부모가 왜?"

"민기가 미국에서 일으켰던 사고가……."

머뭇거리는 이 비서의 말에 백 의원의 송충이 같은 눈썹이 꿈틀거렸다.

"어허. 이 사람이. 입조심하지 못해? 우리 민기가 무슨 사고를 냈다고."

백 의원이 이 비서를 꾸짖었지만 그의 눈빛은 당혹감으로 흔들리고 있었다. 라스베이거스 외곽에서 일어났던 새벽녘의 교통사고는 목격자도 단서도 없이 조용히 무마되었다. 그 사고로 교포 부부는 목숨을 잃었고 뒷좌석에 있던 딸은 의식불명으로 아무것도 기억하지 못한 사건이었다. 그 사건이 있은 지 얼마 되지 않아 민기는 급히 한국으로 귀국을 했다. 그 일은 아무도, 그 누구도 모르는 은밀한 사건이었다.

붉으락푸르락 변하는 백 의원의 안색을 살피던 이 비서는 심상치 않은 분위기를 느끼고 재빨리 말을 이어갔다.

"……그 사고로 정지후의 양부모가 죽었다고 합니다."

"뭐, 뭐야? 그, 그때 그 사람들이 놈의 부모였다고? 미국 경찰들조차 포, 포기했던 일을 그놈이 어찌 알고?"

백 의원의 얼굴이 새빨갛게 달아올랐다.

"놈이 자체적으로 조사를 한 모양입니다. 경찰의 조사 범위보다 더 넓은 반경 내의 주유소, 편의점의 CCTV를 죄다 사들였다고 합니다. 아무래도 민기의 차가 그중 어느 카메라에 찍혔을 테고요. 놈의 치밀한 성격상 오가는 시간을 계산해서 일일이 대조를 했을 테고, 의심이 가는 차량들을 죄다 조회했을 겁니다. 그런 일쯤이야 식은 죽 먹기겠지요. 그중에 민기가 있었을 가능성이 있습니다. 거기다 학기 중에 귀국까지 했으니 더 의심을 샀겠지요."

이 비서의 침착한 설명에 백 의원의 얼굴은 당혹과 놀라움에 사로잡혀 괴롭게 뒤틀리기 시작했다.

"노, 놈이……."

"너무 걱정하지 마십시오. 놈은 짐작으로 움직일 뿐입니다. 정확한 증거가 없습니다. 민기가 우연일 뿐이라고 끝까지 잡아떼면 절대 어쩌지 못할 겁니다. 물론 놈도 그걸 잘 알고 있고요. 그래서 이런 방법으로 우릴 옥죄어올 모양입니다. 의원님을 밀어주고 있는 일성화학과 틀어지면 금전적으로도 어려울 것을 예상했을 것이고 운봉시에서의 신임도도 떨어지겠지요."

"치밀한 놈. 우리 쪽 대책은?"

"내일 12시 마을회관에서 계약을 하기로 했다더군요. 그 계약을 막고 우리가 가서 주민들을 설득하면 됩니다. 일자리 창출과 부동산 거래의 활성화를 위해 일성화학의 이전이 필요하다고요."

“계약을 막을 방법은? 만만치 않은 놈이니 쉽지 않을 텐데.”

“그게 의외로 일이 쉬워질 것 같습니다. 놈이 요즘 연애를 한답니다. 놈의 애인을 미끼로 잡아놓을 예정입니다.”

“납치를 하잔 말인가? 그럼 일이 더 커질 텐데……?”

“아닙니다. 사고인 것처럼 위장해서 반나절 정도만 가둬놓을 생각입니다. 놈이 돌아왔을 때는 모든 계약이 끝난 후일 겁니다.”

자신있게 대답하는 이 비서를 보며 백 의원은 겨우 안심을 했다.

“역시 자네군. 알았어. 빈틈없이 처리하도록 하게. 그리고 민기는 일이 잠잠해질 때까지 중국으로 보내도록 하고. 뭐, 공부도 괜찮고 요양도 괜찮고.”

“네. 모든 일은 제가 알아서 할 테니 의원님은 마을 주민들을 설득할 준비만 하시면 됩니다.”

백 의원이 만족스럽게 고개를 끄덕였다. 다시 인자한 얼굴로 돌아온 백 의원이 시원스럽게 미소 지으며 이 비서의 어깨를 두드려 주었다.

“사랑해요!”

커다란 눈동자 가득 물기를 머금은 여자가 말했다.

“얼마만큼?”

치명적인 매력을 가진 남자가 냉소 섞인 미소를 지으며 묻자 여자는 깊은숨을 삼켰다.

“표…… 표현할 수 없을 만큼이요.”

“이리 와!”

여자에게는 영원처럼 긴 몇 초간의 시간이 흐르고, 남자가 명령을 내리자 여자는 주저하지 않고 침대로 향했다.

남자는 다가온 여자에게 손을 뻗어 드레스의 단추를 끄르기 시작했다. 놀란 여자는 손을 들어 남자를 막았다. 그녀는 놀라움과 당혹감으로 어쩔 줄을 모르고 있었다.

“뭐, 뭐 하시는 거예요?”

“사랑을 하려고…… 당신이 잊지 못할 근사한 밤을 만들어주겠어.”

금방이라도 집어삼킬 듯 뜨겁게 빛나는 남자의 눈동자가 다가오자 여자는 두 눈을 감았다.

황급히 옷을 벗으며 침대에 쓰러진 남녀는 열정에 뒤섞인 숨소리를 계속 쏟아냈다.

“아아악!”

남자의 입술이 아래로 향하자 여자는 숨이 넘어갈 듯 자지러지는 비명을 질렀다.

“여자들은 저런 걸 좋아하나 보지?”

커다란 브라운관에 시선을 고정한 지후가 흥미로운 목소리로 물었다.

“꼭…… 그렇다고 볼 순 없죠.”

낯 뜨거운 정사 장면이 계속되자 민망해진 한지는 팝콘 상자에 얼굴을 묻으며 웅얼거렸다. 자신이 우겨서 보고 있는 로맨스 영화는 그녀를 민망하게 만들기에 충분했다. 한지는 영화가 시작되고 채 30분이 되기도 전에 자신의 선택을 후회하기 시작했지만, 지금 나가자고 하기에는 너무 늦은 감이 있었다. 그렇다고 이렇게 앉아 팝콘만 축내는 것도 편치 않다. 지금이라도 나가자고 할까? 갈등에 휩싸여 고민하던 그녀는 겨우 용기를 냈다.

"우리 나, 나갈래요?"

"왜?"

지후가 브라운관에서 그녀에게로 시선을 옮기며 물었다.

"그러니까…… 그게……."

더듬거리는 그녀를 빤히 보는 그의 눈빛 속에 짓궂은 웃음기가 느껴졌다. 한지는 문득, 그가 안절부절못하는 자신의 상태를 즐기고 있었음을 깨달았다.

"아, 증말!"

"쿡쿡. 알았어. 그만 나가지."

그가 자리에서 일어나며 손을 내밀었다. 피아니스트의 손가락처럼 약간 마른 듯하면서도 긴 그의 손을 물끄러미 바라보던 한지의 얼굴 위로 행복한 미소가 번지기 시작했다.

손을 잡고 극장을 빠져나온 두 사람은 근처 카페로 자리를 옮겼다. 지후를 따라 창가 자리로 향한 한지가 쑥스럽게 웃었다.

"손…… 좀……."

"응?"

"손을 놔주셔야 자리에 앉죠."

"아."

지후는 1인용 안락의자를 아쉬운 듯 쳐다보더니, 꼭 잡고 있던 한지의 손을 겨우 풀어주었다. 그의 손이 떨어지자 한지 역시 아쉬웠다. 허전함을 들키지 않으려고 한지는 부러 더 과장되게 말했다.

"금세기에 다시없을 격정적인 영화라고 하더니만 허위광고였네요."

"그러게."

선선한 웃음으로 동의하던 지후의 눈가가 갑자기 찌푸려졌다. 웬일인지 싶어 그의 시선을 쫓으니 창밖으로 지나던 수민을 발견한 까닭이다.

"당신 친구가 오는군."

지후는 성큼성큼 다가오는 수민이 보고 못마땅한 듯 눈살을 찌푸렸다.

"한지야!"

수민이 달려와 한지를 껴안으려 들자 지후가 재빨리 앞을 막아섰다. 갑작스레 앞이 가로막힌 한지는 당황했으나 곧 터져 나오는 웃음을 참지 못하고 그의 등에 얼굴을 묻었다. 지후의 질투심에 기분이 좋아져서인지 웃음소리도 경쾌하고 밝았다. 등 뒤에서 느껴지는 한지의 웃음소리에 지후의 얼굴에도 미소가 번졌으나 수민은 못마땅한 듯 지후를 노려보았다.

"지금 이게 무슨 짓입니까?"

수민이 미간을 찌푸리며 짜증스러운 목소리로 물었다.

"제 여자에게 손대는 걸 막는 중입니다."

소유욕이 가득한 지후의 목소리에 수민의 두 눈이 튀어나올 듯 커졌다. 수민은 놀란 눈으로 지후를 노려보았다.

"내 여자? 한지가 왜 당신 여잡니까?"

수민이 분기탱천한 목소리로 물었다.

"모르셨나 보군요. 우리 두 사람, 사귀기로 했습니다만……."

지후가 등 뒤에 있던 한지의 어깨를 감싸며 마치 제 것인 양 소유욕을 드러냈다.

"뭐, 뭐라고요?"

튀어나올 듯 커지는 수민의 눈을 보며 한지는 어색하게 웃을 수밖에 없었다.

"정말이야? 정말 저 사람이랑 사귀기로 한 거야?"

"응. 어떻게 하다 보니 그렇게 됐어."

"허…… 정말 말이 안 나온다."

한지는 오랜 시간 자신의 곁을 지켜준 고마운 친구를 바라보았다. 그의 마음을 알고 있으면서도 받아들이지 못했던 미안함과 행여나 아들을 어떻게 할까 노심초사하던 그 어머니의 감시의 눈초리에서 벗어날 수 있다는 후련함이 뒤엉켜 뭐라 표현할 수 없는 감정이 밀려왔다.

"저 인간 좋아하냐? 아니, 사랑하냐?"

수민이 물었다. 원망이 가득한 말투였다. 한지는 옆자리에 앉아 미간을 찌푸리며 자신과 수민을 노려보는 지후를 보았다. 그를 보는 것만으로도 행복감이 밀려왔다. 한지의 얼굴에 떠오른 행복한 미소를 읽은 수민이 기분 나쁜 듯 내뱉었다.

"사랑하는구나?"

"응. 많이."

"저 사람 어디가 좋아? 나보다 더 잘해줘? 나보다 너에 대해서 더 잘 알아?"

수민이 원망 섞인 목소리로 물었다.

"그냥 좋아. 뭐라고 꼬집어 말할 순 없지만, 그냥 좋아. 무뚝뚝하고, 인간미도 없고, 매정하고, 차가운데…… 그래도 좋아. 저 사람이 나를 선택해 줘서 난 참 고마워."

"……."

수민이 말없이 자리에서 일어났다.

"수민아!"

한지는 불안한 마음에 그를 불렀다.

"한지, 얼마큼 좋아합니까?"

퉁명스러운 그의 물음에 지후는 아무런 대답을 하지 않았다. 수민과 함께 있는 한지를 못마땅한 듯 바라보기만 할 뿐이었다.

"사랑하긴 하는 겁니까?"

"댁이 상관할 바가 아니라고 생각합니다만."

잔뜩 심술이 난 수민이 차갑게 묻자 지후가 불쾌한 듯 자리에서 일어났다.

"뭐야? 이봐요."

수민이 갑자기 말을 멈추고 지후를 바라보았다. 지후가 무릎을 굽힌 채 한지의 앞에 앉았기 때문이다.

"뭐, 뭐 하시는 거예요?"

당황한 한지가 물었다. 지후는 아무 말 없이 풀어져 있는 한지의 운동화 끈으로 손을 뻗었다.

"제가, 제가 하면 돼요."

"다 했어."

씩씩거리는 수민을 옆에 두고, 지후는 정성스럽게 한지의 운동화 끈을 묶었다.

"끄응…… 나 먼저 간다. 전화할게."

벌겋게 달아오른 수민이 인사말을 남기고 사라졌다.

"다 됐다."

운동화 끈을 다 묶은 지후가 천천히 고개를 들었다. 빙그레 웃는 그의 얼굴이 환하게 밝아 보였다.

"우리 저녁 먹자. 뭐 먹고 싶어요?"

"밥이요? 지금?"

"응. 지금."

자신이 수민의 심기를 얼마나 긁었는지 눈곱만큼의 신경도 쓰지 않는 지후가 아무 일도 없었다는 듯 천연덕스럽게 고개를 끄덕였다.

"밥 먹고, 쇼핑도 하고, 또 근사한 바에 가서 칵테일도 한잔하고."

그가 줄줄줄 읊어댔다. 아마도 비법서 중 인상 깊었던 데이트 코스를 대고 있는 것이리라. 한지는 피식 웃음을 터트렸다.

"큭큭."

왜 웃지? 하는 표정으로 지후가 그녀를 바라봤다. 맑고 깨끗한 눈동자에 떠오른 정직하고 순수한 열정이 한지의 눈에 들어왔다.

알렉스의 말처럼 익숙지 않은 감정에 대해 열심히 연구하고 노력하는 그의 진심이 전해져 와 가슴이 훈훈해졌다.

"밥 먹고, 쇼핑하고, 칵테일도 마시고요?"

"응. 아, 잠시만 기다려요."

벌떡 일어나 밖으로 나갔던 그가 커다란 상자를 들고 다시 들어왔다. 무척이나 무거운지 비틀거리며 다가온 그는 샛노란 상자를 테이블 위로 힘겹게 내려놓았다.

"이게 뭐예요?"

"선물."

"선물?"

"풀어봐요."

먹을 건가?

무겁게 들고 오던 그의 모습을 상상하며 한지는 조심스레 상자를 열었다. 그리고 의아한 눈으로 그를 바라보았다.

"이게…… 이게 다 뭐예요?"

"과거."

지후는 색색의 돼지 저금통들이 빼곡히 들어차 있는 상자 안을 보며 자랑스럽게 말했다. 대략 봐도 스무 개는 훨씬 넘어 보였다.

"과거?"

"응. 나의 과거. 정확하게 말하면 내가 본격적으로 돈을 벌기 전의 가난했던 과거. 부모님이 한국에 다녀오실 때마다 사다 주신 돼지 저금통들이야. 용돈을 받으면 항상 저금을 하곤 했어. 하이스쿨부터 대학을 다닐 때까지 모은 것들이야. 정확히는 모르지만 아마도 중고차 정도는 살 수 있을걸.”

그가 자랑스럽게 말하며 ‘14세’ 라고 적힌 빨간색 돼지를 흔들어보았다.

짤랑! 짤랑!

묵직한 소리와 함께 동전들이 부딪치는 소리가 들려왔다. 그 소리들이 한지의 마음도 요란스럽게 흔들어놓았다. 한지는 저금통을 선물이라고 내놓는 그의 의도가 무엇일까 궁금하기도 하고 우습기도 했다.

“용돈을 안 쓰고 다 모았어요?”

“응.”

순순히 대답하는 그를 보며 한지는 유럽의 고성 같은 거대한 저택에서 왕자님처럼 자란 지후를 그려보았다. 몸에 꼭 맞는 영국식 정장을 입은 채 작고 통통한 손으로 동전을 집어넣는 꼬마 지후를 떠올리자 미소가 저절로 떠올랐다.

“용돈을 너무 많이 받았나 봐.”

“아니, 그 반대야.”

한지의 말에 지후가 고개를 흔들었다. 한지로서는 뜻밖이었다.

“반대?”

“난 몹시 가난한 꼬맹이였어. 돌아가신 양부모님을 만나기 전까지 두 번 파양을 당했었다고.”

그의 놀라운 고백에 한지는 충격을 받았다. 그가 입양아라는 사실도 놀라웠고, 더구나 한 번도 힘든 파양을 두 번이나 당했다는 사실은 더 큰 충격이었다. 그가 학대를 받았거나, 무관심으로 고통당하지는 않았는지 걱정이 된 한지가 되물었다.

"왜, 왜요? 왜 파양을 당했어요?"

"다른 아이들과 달랐거든. 무슨 생각을 하는지, 기쁜지, 슬픈지, 아픈지, 무서운지, 표현하지 않는 아이였어. 다들 나를 자폐아로 생각하더군. 난 그저 다른 사람들보다 많이 느꼈을 뿐이었어. 빨리 기억하고 빨리 깨우치다 보니 말로 표현하기가 어려웠을 뿐이었는데 말이지."

지후가 자폐아로 취급받았다니…….

한지는 울컥 올라오는 울음 덩어리를 억지로 삼켜야 했다.

"세 번째 부모님, 돌아가신 부모님 말이야. 그분들께 입양이 되었을 때부터 돈을 모았어. 언제 또 버림받을지 몰랐거든. 그때를 대비해서 부지런히 저금했지. 그런데 다행히도 부모님들은 내가 남들과 다른 것을 이상하게 생각하지 않으셨지. 오히려 더 많은 애정을 쏟아주셨었어. 글을 가르쳐 주시고, 공부도 가르쳐 주시고 학교도 보내주셨지. 덕분에 내가 남들보다 뛰어난 것을 발견할 수도 있었고."

그가 상자 안의 저금통들을 보며 무덤덤하게 말했지만 한지의 가슴은 파도가 밀려오는 듯 심하게 울렁거리다가도 어느 한군데가 막힌 듯 먹먹해지기도 했다.

"버, 버림받을 때를 대비해서 이 돈들을 모았다고요?"

"응."

아무렇지도 않게 대답하는 그의 음성이, 쉽게 흥분하지 않는 그의 눈빛이 어떻게 완성되고, 어떤 과정으로 형성되었는지 알게 되자 한지의 눈가가 시큰해졌다.

한지는 상자 속에 있는 가장 작은 통을 꺼냈다. 삐뚤삐뚤한 글씨로 '8'라고 적힌 작고 낡은 돼지를 가슴에 품고 흔들리는 목소리로 물었다.

"이…… 이걸 어떻게 받아요?"

"받아. 내 과거를 고스란히 다 줄게."

어린 지후는 얼마나 과자가 사먹고 싶었을까? 한지가 쥐어짜듯 힘겹게 물었다.

"이걸로 과, 과자 사…… 사먹어도 돼요?"

"그럼."

"자, 장난감도 사…… 살게요."

"응."

싱긋 웃으며 대답하는 지후의 모습 속에 장난감 가게를 지날 때마다 주먹을 꼭 쥐고 모른 체하던 꼬맹이의 모습이 자연스레 그려졌다.

"이, 이걸로 내가 하고 싶은 거 다 할 거야. 헤헤."

참으려고 해도 눈물이 자꾸만 새어 나왔다. 한지는 그에게 들키지 않으려 고개를 숙이며 눈물을 훔쳤다.

"다 해. 모자라면 더 줄게. 다만, 한 가지만은 안 돼."

그가 잠시 말을 끊으며 큰 숨을 들이켰다.

"나를…… 내 곁을…… 떠나고 싶다는 생각이 들 때마다 이걸 생각해 줘. 난…… 더 이상 버림받는 거 싫거든."

그의 목소리에 묻어 있는 물기를 느낀 한지는 그에 대한 애정과

연민과 고마움을 도저히 참을 수가 없었다. 거품처럼 부글부글 끓어오르는 감정들을 이기지 못한 그녀는 자리에서 일어나 그의 옆으로 다가갔다. 그리고 그의 등 뒤로 팔을 둘러 그를 껴안아주었다.

"안 떠나요. 절대 안 떠나요. 평생 달라붙어 있을 거야. 거머리처럼."

꼭 껴안은 그의 몸통이 기분 좋은 울림으로 흔들렸다.

"거머리?"

"응. 거머리."

"그거 마음에 드는데."

"응."

다정한 미소와 함께 그의 어깨에 얼굴을 묻고 있던 한지의 코끝으로 기분 좋은 그의 체취가 느껴졌다. 바람을 닮기도 하고 풀을 닮기도 한 그의 냄새.

둥둥 둥둥…….

물결치는 심장 소리가 그의 목덜미에 있는 파란 힘줄에서 들려왔다.

"지후 씨, 냄새 참 좋아!"

충만함에 깊은숨을 들이마시며 눈을 뜨던 한지의 시야에 자신들을 바라보는 손님들의 노골적인 시선이 들어왔다. 그제야 한지는 자신이 취하는 민망한 현실이 인식되었다.

'젠장.'

어떻게 하면 자연스럽게 그에게서 벗어날 수 있을까? 머리를 굴리던 그녀는 어둑어둑해지는 창밖을 보며 회심을 미소를 지었다.

“그러고 보니 배가 고프네요. 우리 생선구이 집으로 갈래요?”

“밥? ……아, 밥!”

따뜻하게 자신을 품어주던 한지의 온기가 사라지자 지후가 허전한 표정을 지으며 고개를 끄덕였다.

“내가 좋아하는 거 말고, 당신이 좋아하는 걸로.”

“음. 나도 생선구이 좋아해요.”

그가 눈을 가늘게 뜨며 그녀를 보았다. 속내를 꿰뚫는 그의 눈빛에 그녀는 마지못해 진심을 토해냈다.

“……살아 있는 회는 더 좋고요. 대신 오늘 밥값은 내가 쏠게요. 이렇게 좋은 선물도 받았는데…….”

“콜! 갑시다!”

그가 머리를 까딱거리며 말했다.

“쿡쿡.”

한지는 자꾸만 새어 나오는 웃음을 참지 못하고 작게 웃음을 터트렸다.

방실거리며 눈빛을 빛내는 그녀의 모습이 얼마나 예쁘고 사랑스러워 보이는지 지후는 사람들이 많은 카페인 것을 까맣게 잊어버리고 그녀를 잡아당겼다. 그리고 영롱하기만 한 그녀의 웃음소리가 대기 중으로 채 퍼져 나가기도 전에 자신의 입술로 그녀의 입술을 훔쳤다. 그녀의 웃음소리를 다른 사람이 듣게 하기 싫었다. 오직 자신만이 가질 수 있는…… 자신만의 웃음이고 싶었다.

Kiss and Kiss [14]

서둘러 카페를 나선 두 사람은 차에 올랐다.

한지는 운전을 하는 내내 자신의 손을 꼭 쥔 지후를 힐끔거리다, 미소 짓기를 반복했다.

"다른 사람들 앞에서는 웃지 마. 특히 그놈 앞에서는……."

키스를 나누고 나서 그가 귓불을 살짝 깨물며 속삭인 말이었다. 평소 같으면 부끄러워 얼굴도 못 들 텐데도 한지는 씩씩하게 고개를 끄덕였다. 사람들이 많은 곳에서 나눈 키스가 쑥스럽거나 민망하지 않았다. 그와 함께 나누는 모든 것들이 그녀를 스스로 당당하게 만들었다.

"다 왔어요!"

한지는 자연산 횟감만 취급한다는 횟집 앞에 차를 세웠다. 워낙 비싸 엄두도 못 낼 곳이었지만 자신의 아픈 과거를 선물한 지후를 위해서라면 한 달치 용돈 따위는 조금도 아깝지 않았다.

넓은 홀을 지나 복도를 따라가니 아베크족들을 위한 아늑한 별실이 있었다. 창 넘어 대나무들이 인상적인 별실로 안내된 두 사람은 서로 마주 보고 앉았다.

"화장실 다녀올게요."

"응."

모둠회를 시켜놓고 화장실을 가기 위해 자리에서 일어나는 한지의 손을 그가 꼭 잡았다.

"엥?"

지후는 놀라 쳐다보는 한지의 눈길에도 아랑곳하지 않고 잡은 손에 더욱더 힘을 주었다.

"얼마 전 읽었던 책에 이런 표현이 있더라고. 사랑하는 여자와 잠시라도 헤어져 있기 싫어서 주머니에 넣고 다니고 싶다고. 지금 내가 그래."

"허허허. 왜, 왜 이래요?"

노골적인 그의 말에 한지의 입에서 아저씨 웃음소리가 터져 나왔다.

"얼른 다녀와."

지후도 씨익 웃으며 말했지만 잡고 있는 그녀의 손을 놓진 않았다.

"어허. 이것 참. 손을 놔야 가죠."

"그냥 다녀와."

“어떻게요? 주머니에 넣고 가요?”

그가 눈을 가늘게 뜨며 듣기 좋은 목소리로 웃었다. 흔하진 않지만 지후가 한 번씩 웃음을 지을 때마다 살짝 내려가는 눈꼬리와 보기 좋은 입술 사이로 살짝 보이는 흰 치아가 한지의 가슴을 일렁이게 만들었다.

“키스해 주면 놔줄게.”

“헉! 이젠 농담도 아주 진하게 하시네. 출장 가서 읽은 책들이 죄다 19금이었어요?”

또다시 그의 웃음이 터졌다. 그는 오늘 하루 동안 너무 많이 웃어 다른 사람처럼 느껴질 정도였다.

“다섯 셀 동안 하지 않으면 월급 10% 삭감한다.”

“헉! 있는 놈이 더 무섭다더니. 치사하게스리.”

“하나, 둘, 세에엣……..”

그가 눈을 감고 숫자를 세기 시작했다.

“아, 알았어요. 하면 되잖아요.”

한지는 뜨끔거리는 가슴 언저리의 통증을 무시하고 천천히 그의 입술로 다가갔다. 까칠하면서도 부드러운 입술이 닿는다고 느낀 순간, 그가 팔을 뻗어 한지를 꼭 껴안았다.

“여, 여기서…….”

‘여기서 이러면 안 돼요. 누가 올지도 몰라요’ 라고 말하려 했다. 하지만 한지의 뒷말은 지후의 입속으로 영영 사라져 버렸다. 얼른 키스만 하고 일어서려던 한지는 엉거주춤한 상태에서 강하게 잡아당기는 지후의 품으로 빨려 들어갔다.

삼켜 버릴 듯한 격렬한 키스가 계속 이어졌다. 허리를 감싸 쥔 뜨거운 손과 입안을 휘젓는 뜨거운 혀에 정신을 차릴 수가 없었다. 놀란 심장은 터져 버릴 것처럼 달아올라 쉴 새 없이 북을 울려 대고 있었다. 요의는 진작 사라져 버렸지만 한지는 맑은 공기가 필요했다.

"……이제, 이제 그만……."

그녀는 지후를 밀쳐 내며 가까스로 숨을 고르려 했지만 그는 더욱 세게 한지를 끌어안으며 그녀의 목덜미에 코를 묻었다.

"조금만 더……."

낮게 갈라진 그의 음성과 뜨거운 입김이 목덜미 위로 자잘하게 부서졌다. 눈에 보이지 않는 작은 파편들은 한지의 온몸에 전류를 흐르게 했다. 그 나른함에 저절로 신음이 새어 나올 것만 같았다. 이대로 가다간 두 사람 다 이성을 잃을지도 몰랐다.

"가, 가봐야겠어요."

한지는 가까스로 그의 품을 빠져나왔다.

억지로 일어나 별실의 문을 열자 화끈거리는 열기가 재빨리 빠져나가 버렸다. 차츰 진정된 호흡과 함께 정신도 맑아지는 것 같았다.

"다녀올게요."

별실을 나서며 화장실로 향하는 내내 한지의 열기를 사그라지지 않았다.

"둘만 있는 장소를 피해야 해."

거울 속에 비친 자신의 모습을 보며 한지가 중얼거렸다. 헝클어진 머리와 충혈된 눈동자, 퉁퉁 부어오른 입술과 붉어진 목덜미를 보니 꼭 독감을 앓는 사람처럼 보였다. 익숙지 않은 자신의 모습에 서둘러 화장실을 벗어나던 한지는 어깨에 와 닿는 무거운 손길에 고개를 돌렸다.

"서 기사!"

"염 과장님."

택시회사의 염 과장이었다. 윗선의 지시라며 그녀를 자르던 염 과장이 술을 마셨는지 검붉어진 얼굴로 부담스럽게 웃고 있었다.

"긴가민가했는데 서 기사가 맞구만. 그렇지 않아도 많이 궁금했었는데. 어떻게 잘 지내고 있었어?"

"네. 과장님도 잘 지내셨죠?"

좋지 않은 기억이 떠오른 한지가 떨떠름한 웃음으로 인사를 했다.

"나야 뭐. 항상 그렇지. 어떻게…… 일자리는 구했나?"

"네."

"오호. 잘됐구먼. 그래, 어디에?"

"예. 개인기사로…….."

"개인기사? 뭐 하는 사람인데? 회사 사장이야?"

"아뇨. 과학 하는 사람이에요."

염 과장의 얼굴 위로 그러면 그렇지…… 하는 표정이 떠올랐다.

"과학자? 어허. 월급은 제때 받나?"

"아직 안 받았어요."

"흠흠. 그렇군. 아무튼, 이렇게 만난 것도 인연인데 가서 옛 동

료들에게 인사나 하자고. 시장님도 계시고 사장님과 이사님도 계
셔. 혹시 아나? 오늘 잘 보이면 다시 취직시켜 주실지. 하하하. 어
서 가자고.”

내키진 않았지만, 옛날 친하게 지냈던 박 기사님과 오 기사님이
떠올라 마지못해 그를 따랐다.

“하하. 여러분, 여길 봐주세요!”

주목받기 좋아하는 염 과장이 문을 힘차게 열어젖히며 소리
치자 방 안 가득히 들어서 있던 사람들의 시선이 한지에게 쏠렸
다.

“어라? 저게 누구야? 서 기사!”

“서 기사! 오랜만이야. 그동안 잘 지냈지?”

한지와 친하게 지냈던 몇몇 기사들이 그녀를 반겼다.

“잘들 지내셨죠?”

한지 역시 반갑게 인사를 나눴다.

“어허. 참 요란스러운 등장이네요. 대체 저 여자는 누굽니까?”

상석에 앉아 있던 시장이 눈살을 찌푸리며 묻자 박 사장이 안절
부절못하며 시장의 눈치를 살폈다.

“아, 회사에서 문제를 일으켜서 쫓아냈던 기삽니다. 눈치없이
이런 중요한 자리에…… 죄송합니다.”

“아닙니다. 옛 동료를 만났으니 다들 반갑겠군요. 그냥 놔두십
시오.”

“역시 너그러우신 시장님이십니다.”

재임을 위해 기업체들을 돌며 인사를 하던 시장이 인자한 미소

를 지으며 말하자 박 사장이 황송한 듯 머리를 조아렸다.

"그런데 자네, 여긴 어쩐 일로 왔나?"

백 의원과 절친한 강 이사가 노골적인 적대감을 드러내며 한지에게 물었다.

"예, 이사님. 제가 데려왔습니다. 아시다시피 서 기사가 가장 아닙니까? 사장님과 이사님께서 지난날의 잘못은 너그럽게 용서를 하시고 우리 서 기사를 다시 받아주십사 하고 부탁하러 왔습니다. 서 기사, 뭐 해? 어서 한 잔씩 올려 드려."

한지를 위해서라기보다 시장의 앞에서 부하들의 어려움을 잘 살피고 회사를 위해 충성하는 직원으로 호감을 사고 싶었던 염 과장이 동정심 가득한 사람인 양 말을 이어갔다.

"어허. 저 마음씀씀이하고는……."

여자를 밝히는 시장이 못 이기는 척 술잔을 들었다. 그는 젊고 건강한 한지를 보며 입맛을 다셨다. 운이 좋다면 오늘 2차는 한지와 함께 나갈 수도 있겠다는 생각이 그의 머리를 스쳐 갔다.

"좋아. 이리 와서 한잔 따라보라고."

"싫습니다만……."

당당하게 말하는 한지를 보며 놀란 사람은 염 과장이었다. 백민기와의 폭행 시비가 있는 기사를 받아줄 곳은 이곳뿐임을 뻔히 알고 있을 텐데도 주제도 모르고 설치는 한지의 행동에 염 과장은 화가 났다.

"이것 봐, 서 기사. 지금 상황 파악이 안 되는 모양인데……."

"아뇨. 저 상황 파악 잘하고 있습니다."

"당신 뭘 믿고 그렇게 당당한 거야? 아직 배가 덜 고팠구만."

"염 과장! 시끄러워. 어서 저 여자 내쫓아. 술맛 떨어지게스리."

사장이 술잔을 내려놓으며 소리치자, 염 과장이 엉거주춤 일어나 한지에게로 다가갔다.

"지금 제 여자에게 뭐 하시는 겁니까?"

"뭐야? 누구야?"

웅성웅성하는 소란과 함께 방 안 가득하던 몽롱한 알코올의 기운을 몽땅 사라지게 만든 차가운 목소리였다.

"아니, 이게 누군가?"

성큼성큼 다가와 한지의 어깨에 팔을 두르는 지후를 보며 한지보다 놀란 사람은 바로 시장이었다.

운봉시의 자랑. 운봉시의 보물이라 칭찬해 마지않았던 지후의 심기 불편한 표정은, 흥겹던 술자리에 찬물을 끼얹은 것이나 다를 바가 없었다.

"지, 지후 군! 여, 여긴 어떻게……."

시장이 더듬거리며 벌떡 일어났다.

"사귀는 사람과 식사하러 왔습니다."

지후가 굳어 있는 시장을 보며 싸늘하게 말했다. 눈빛으로 사람을 벨 수도 있을 것 같은 차가운 기운에 곳곳에서 숨을 삼키는 소리가 들려왔다. 아무리 봐도 아들 정도밖에 되어 보이지 않는 연배의 청년에게 시장이 쩔쩔매는 모습을 보이자 다들 지후를 궁금하게 쳐다보았다.

"자, 자네 여자친구라고? 이분이?"

시장이 한지에게 존칭을 쓰며 친근한 웃음을 지어 보이려 노력했지만, 그 어색함은 감출 수가 없었다.

"네, 그렇습니다만."

시장은 놀라 서 있는 한지에게 다급하게 인사를 했다.

"이거 실례가 많았습니다. 하하하. 우리 민들레 마을에 이렇게 훌륭한 아가씨가 있었다니 정말 자랑스러운 일이 아닙니까. 하하하."

과장되게 웃음을 터트리는 시장을 보며 숨죽이고 앉아 사태를 살피던 강 이사가 조심스럽게 물었다.

"시장님, 아시는 분이십니까?"

"아, 제가 전에 말씀드렸었지요? 우리 운봉시에 세계적인 천재 과학자가 이사를 오셨다고. 이곳에 의료 테마공원이며 여러 가지 첨단 의료 단지를 열어 우리 운봉시를 세계적인 의료도시로 이끌어가실 장본인이 바로 이 청년입니다. 정지후 씨예요."

자랑스럽게 지후를 소개하는 사장을 보며 박 사장과 강 이사의 얼굴이 흙빛으로 변해갔다. 저렇게 대단한 사람이 어째서 서 기사 같은 여자와 사귀는 것인지 믿어지지 않는 표정이었다. 그들은 지후가 한지의 어깨에 손을 두르고 조심스럽게 데려 나가는 것을 멍하니 바라보아야만 했다.

"미안해요. 저 때문에 회도 못 먹고."

한지가 미안한 듯 속삭였다. 한지를 업신여기는 회사 임원들의 태도에 분개한 지후는 택시회사의 회식 자리에서 불쾌감을 유감

없이 드러낸 후, 횟집을 나와 버렸다.

"당신이 무슨 잘못이야. 저 인간들이 나쁜 거지. 기분은 괜찮아? 마음 상한 건 아니지?"

"괜찮아요. 너무 화내지 말아요."

운전을 하던 한지는 아직도 굳어 있는 지후를 보며 부드럽게 말했다.

"화나지 않았어."

"이런 말 하면 어떻게 들릴지 모르지만, 난 오늘 진짜 행복했어요."

"행복하다니?"

"당신이 있어서 세상을 다 얻은 거 같아요. 그러니까 화내지 말아요."

지후가 손을 뻗어 한지의 손을 잡아주었다. 따뜻한 온기가 그들 사이로 전기처럼 통했다. 강한 힘으로부터 보호받는 느낌이 한지를 든든하게 만들었다. 그녀의 느낌이 그에게도 전해졌는지 그도 빙그레 미소를 지었다.

전화 왔다! 전화 왔어!

민들레 사거리를 지날 때 한지의 휴대전화가 울렸다. 이곳을 지날 때면 어김없이 걸려오는 엄마의 전화. 한지는 피식 웃음을 터트리며 지후를 향해 '엄마' 라고 벙긋거린 후 전화를 받았다.

[언제 들어올 거야?]

권 여사의 트레이드마크인 걸걸한 목소리가 오늘따라 조신하게 들려오자 한지의 미소가 좀 더 커졌다.

“어, 이년아! 는 어디 갔어?”

[지랄…… 헛헛. 목이 왜 이렇게 아프니?]

옆에 지후가 있는 것을 알고 있는 엄마가 조심스럽게 기침으로 무마를 하자 한지는 억지로 웃음을 삼켜야 했다.

“엄마 방금 뭐라 그랬어?”

[뭘, 뭐라 그래. 그냥 헛기침한 거야.]

“헛기침이 아니던데. 방금 들었어요? 지랄이라 그랬죠?”

한지가 윙크를 하며 전화기를 그의 입가에 대자 지후의 웃음이 터져 나왔다. 그 소리에 당황스러운 권 여사의 외침이 들려왔다.

[너, 너 빨리 들어와.]

“큭큭. 평소 하던 대로 하세요. 지금 들어가는 길이에요.”

[너…… 들어와서 보자.]

“네.”

전화를 끊으며 당황해하실 엄마를 떠올리며 큭큭거리는 한지를 물끄러미 바라보던 지후가 편안한 목소리로 말했다.

“아주 오래전에 몇 살인지 기억도 나지 않는데, 누군가 내 밥 위에 잘 발린 생선살을 올려줬어. 장소가 어디였는지, 무슨 종류의 생선인지, 또 생선을 발라줬던 사람이 누구인지 아무것도 기억나지 않는데…… 생선을 부지런히 발라주던 흰 손은 기억이 나.”

“돌아가신 어머니 아니었어요?”

“아니. 그보다 훨씬 더 오래전에.”

그럼 몇 번째 양어머니였을까? 생각하던 한지는 그의 양모들이 모두 미국 사람이었다는 것을 떠올렸다.

“그럼…….”

“응. 아마도…… 나를 낳아주신 분이었을 거야.”

“몇 살 때 입양이 되었는지 기억나요?”

“서류상으로는 3살이라고 되어 있어.”

“부모님…… 찾아봤어요?”

“응.”

한지는 아무 말도 할 수가 없었다.

“두 사람 다 각자의 가정을 가지고 잘살고 있더군. 그래서 가뿐한 마음으로 돌아왔어.”

한지는 어떻게 그를 위로해야 할지 몰라 그저 고개만 끄덕였다.

“괜찮아. 난 아무렇지도 않으니까 울지 마.”

그의 목소리가 너무 따뜻해서 자꾸만 눈물이 흘러내렸다. 우는 모습을 보이기 싫어 고개를 들 수가 없었다.

“내가 당신을 사랑하게 된 이유 알아?”

“그야 물론 제 미모 때문에요.”

그녀가 코맹맹이 소리로 대답했다.

“아하. 그 미모는 다른 데 가서 알아보시죠.”

“제 재력? 제가요, 누군가의 저금통을 왕창 선물 받았거든요. 저 엄청 부자예요.”

코맹맹이 소리를 하면서도 그의 기분을 풀어주려 노력하는 한지를 보며 지후는 웃음을 터트렸다.

“음, 건 타당한 이유이긴 하군.”

“또 노래 실력? 그때부터 당신의 눈빛이 묘했거든요. 그리고 조신하고 차분한 성격도 좋죠?”

그녀의 농담에 지후가 연신 웃음을 터트렸다. 낮고 그윽한 웃음이 계속 터져 나왔다.

“내가 당신을 사랑하는 이유는 당신이 서한지이기 때문이야.”

한지의 눈가가 또다시 붉어지기 시작했다.

“당신이 서한지라서. 이 약한 손으로 가족을 위해 열심히 살아가는 당신이라서. 모순되고 이상한, 불합리한 세상을 사랑하려 노력하고, 약한 이웃을 보면 도와주려 안달이고, 항상 웃음을 잃지 않으려 애쓰는 당신이라서 그래서 당신을 사랑하지 않을 수가 없어요.”

세상을 다 얻은 것 같은 행복이 또다시 밀려왔다. 한지는 큰 숨을 들이쉬며 그가 주는 감동에 젖어들었다.

“하난 틀렸어요. 용주님과 함께 있다 보면 웃음 대신 눈물이 버릇이 될 것만 같아요.”

“내 앞에선 맘껏 울고, 웃어도 돼요. 난 당신의 모든 것을 사랑하니까.”

그가 자랑스럽게 말했다.

“감동스러워요.”

“그럼 어머님과 언제 정식으로 인사시켜 줄 거예요?”

“우리 엄마랑요?”

“응.”

“우, 우리 엄마랑 만나서 뭐 하시게요?”

“뭐 하긴. 결혼 문제도 상의해야 하고……”

결혼이란 말에 눈물이 쏙 들어가 버렸다.

결혼이라니. 아무리 생각해도 사귄 지 일주일도 안 된 시점에서 나올 말은 아니었다. 멍해 있던 한지가 가까스로 정신을 추슬렀다.

"결혼이라뇨? 사귄 지 얼마나 됐다고……."

난처해하는 한지의 태도에 지후의 검은 눈동자가 더 깊어졌다. 또 버림받았다고 생각하는 걸까? 그의 눈에 깃든 처연함을 보며 한지의 가슴이 따끔거리기 시작했지만, 자신의 처지에서 당장 결혼을 하자고 덤빌 수도 노릇이었다.

'막내가 대학을 졸업할 때까지만이라도 기다려 달라고 할까?'

잠시 생각도 해보았지만, 신데렐라처럼 남자에 의해 모든 것이 바뀌는 삶은 결코 행복해질 수 없다는 것을 너무나 잘 알고 있다.

침묵이 이어졌다. 물먹은 아스팔트 위로 번지는 어둠처럼, 어색함과 두려움이 차 안 공기를 빠르게 잠식해 갔다.

"거절…… 하는 건가?"

감정을 숨긴 건조한 목소리가 들렸다.

"아뇨, 거절이 아니라…… 조금만 시간을 주세요."

한지는 지후를 어떻게 이해를 시켜야 할지, 무슨 말을 해야 할지 알 수가 없었다.

풀이 죽은 지후는 '잘 자'라는 인사와 함께 대문 안 어둠 속으로 사라졌고, 한동안 운전대만 뚫어지게 쳐다보던 한지는 짧은 한숨을 내쉬며 동그란 핸들에 얼굴을 묻어버렸다.

"휴우우우."

한지는 마산슈퍼까지 오는 내내 한숨을 수십 번도 더 내쉬었다. 감정을 차단한 듯 어두워지던 지후의 눈빛 때문에 발목에 돌덩이를 매단 것 같았다. 불우한 어린 시절과 파양당했던 과거들을 생각해 보면 빨리 가정을 가졌으면 하는 그의 바람을 충분히 이해할 수 있었다.

"나도 하고는 싶다고요. 하지만 내 처지가 이런데……."

"미친년! 혼자 뭐라고 씨부렁거리는 거야?"

투박한 목소리가 한지의 상념을 깨버렸다.

"앗. 깜짝이야. 할매! 애 떨어지것어."

"이년이. 시집도 안 간 년이 떨어질 애가 어딨어?"

"요즘 혼수품 목록에 애도 들어가는 거 몰라?"

"지랄들하고 자빠졌다."

"시대가 변했어, 시대가."

"그래서 니년도 시대에 발맞추느라 그놈 애라도 뱄냐?"

할매의 갑작스러운 질문에 한지는 할 말이 없어졌다. 지후의 애를 가지면 어떤 기분이 들까? 상상만으로도 온몸의 피들이 앞을 다투며 얼굴로 몰려들고 있었다.

"얼굴 벌게지는 거 봐라. 그럼 그렇지. 니년 주변머리에 그럴 리가 있것어. 촌스런 년!"

"아, 할매. 내가 떨어질 애가 없는데 할매가 보태준 거라도 있어?"

"시끄러, 이년아. 할매를 생각하는 마음이라고는 개미 오줌만큼도 없는 년이."

"이건 또 무슨 소리래? 내가 얼마나 할매를 좋아라 하는데 개미 오줌이 뭐야? 적어도 코끼리 오줌은 넘어."

"시끄러운 년. 할매가 한마디 하면 아…… 그렇습니까? 앞으로 잘하겠습니다. 이럼서 고분고분 꼬랑지를 내릴 것이지, 어디서 따박따박 말대꾸야."

투정을 부리듯 툴툴거리는 마산할매의 모습이 너무 귀엽다.

"아, 네. 그렇습니까? 앞으로 잘하겠습니다. 됐어?"

한지는 할매의 말을 그대로 따라 하며 히죽거렸다.

"그래. 됐다. 이년아! 근데 공사가 다망하신 년이 이 밤에 여긴 왜 왔어?"

"우헤헤. 왜 오긴. 할매 보고 싶어서 왔지."

할매는 변죽 좋게 너스레를 떠는 한지를 노려보았다.

"실없는 년. 한철이 간식 사러 와놓고 입에 발린 소리 하긴."

"우와! 우리 할매 완전 도사네. 아무래도 직업을 잘못 선택한 거 아녀? 아까운 재능 썩히지 말고 미아리로 가. 옛정을 생각해서 돗자리는 내가 사줄게."

"이년이…… 연애를 하더니 눈치만 늘어서는……."

"아하. 우리 할매 승질 난 이율 알았다. 내가 연애한다니까 샘나서 그러는구나?"

"미친년. 아, 어서 살 거 가지고 가. 너 오면 정신없어."

"헤헤. 알았어."

투게더와 코카콜라, 새우깡과 양파링을 사 들고 슈퍼를 나서던 한지는 낯익은 누군가의 인사에 발걸음을 멈췄다.

"안녕하세요, 누님!"

한철의 친구인 인수였다. 그새 머리를 깎았는지 모양새가 꼭 밤

송이 같았다.

"인수구나? 너도 잘 지내지?"

"네. 헤헤. 누난 더 예뻐지셨네요. 그런데 한철인 오늘 어디 아 픈가요?"

"응? 어디 아프다니? 우리 한철이가 어디 아프데?"

"아뇨. 그게 아니라, 오늘 학원을 안 나왔기에……."

"학원을 안 나왔다고? 그럴 리가 없는데?"

"어, 오늘 한철이 학원 안 왔는데요. 피시방에도 없고, 걱정돼 서 문자했는데 문자도 씹고, 전화도 쌩까고요. 새끼가 레알로 너 무한 거죠."

"아, 알았어. 내가 집에 가서 혼내줄게. 잘 가라."

"네. 안녕히 가세요."

인수와 헤어진 한지는 집으로 전화를 걸었다. 걱정했던 대로 한 철은 아직 들어와 있지 않았다. 한지는 동생이 갈 만한 곳을 두루 다녀보았지만 한철의 흔적은 보이지 않았다. 왠지 불안한 느낌이 들었다. 정신없이 동생을 찾아다니던 한지는 어느 순간부터 자신 을 뒤따르는 존재를 느끼게 되었다.

'용주님은 아닌데…….'

한지는 뒤를 돌아 주변을 살폈지만 아무도 없었다. 이리저리 둘 러보던 한지는 나무 뒤로 튀어나온 불룩한 배를 발견하고 미간을 찌푸렸다.

"너, 내가 따라다니지 말라 그랬지?"

차가운 그녀의 목소리에 나무 뒤에 숨어 있던 형동이 움찔거리는 것이 느껴졌다.

"자, 잘 지내셨죠?"

쭈뼛거리며 나타난 형동을 보며 한지는 깊은숨을 내쉬었다.

"누나가 지금 좀 바쁘거든. 그니까, 나중에 보자."

"저기, 누나. 저 누나가 한철이 찾는 거 다 알아요."

한지가 숨을 들이켰다.

"우, 우리 한철이를 봤니?"

"지금 당구장에 있어요."

"뭐야? 이 녀석이. 죽으려고…… 거기가 어디니?"

형동은 한지의 불호령에 움찔거릴 뿐 대답을 하진 않았다.

"안 돼요."

하얗게 질린 채 두려움에 떨고 있는 형동을 눈여겨보던 한지는 불길한 느낌에 눈살을 찌푸렸다.

"우리 철이에게 무슨 일 있는 거지?"

"아뇨. 아뇨. 무슨 일이 있는 게 아니라……."

머뭇거리던 형동은 한지의 눈치를 살피며 어쩔 수 없이 자신이 본 것을 털어놓았다.

"학원 근처에서 놀고 있는데 한철이가 지나가는 거예요. 오랜만이라서 인사라도 하려고 다가가는데, 어떤 아저씨 두 명이 한철이를 데리고 갔어요. 한철인 안 가려고 버텼는데 아저씨들이 차에 태워서는 데리고 갔어요. 제가 놀라서 경찰에 신고하려고 하는데, 그만…… 아저씨들에게 들켜 버려서……."

한지의 얼굴이 하얗게 질려가기 시작했다.

“그래서?”

“아저씨들이 경찰에 신고하면 한철이를 가만두지 않겠다고요. 누나에게 당구장으로 오라고 했어요. 혼자서…… 근데, 누나 가지 마세요. 누나도 세시지만 그 아저씨들은 정말 무서워 보였어요.”

“알았어. 고맙다.”

서둘러 걸음을 옮기려던 한지는 자신의 앞을 가로막는 형동을 빤히 쳐다보았다. 형동의 눈빛이 비장하게 변해 있었다.

“저희랑 같이 가요. 재식이랑 준아랑 홍칠이도 다 불렀어요. 저희가 도와드릴게요.”

“너희들이? 안 돼. 너무 위험해.”

“저희들도 도와드릴게요. 누나는 저에게 여러모로 특별한 분이거든요. 처음이었어요. 여자에게 그렇게 맞아본 것도, 따끔하게 야단맞은 것도요. 누나의 꾸중은 다른 사람들과 달랐어요. 왠지 공감이 간다고 해야 하나…… 암튼, 자장면도 사주시고, 용돈도 주셨잖아요.”

형동이 얼굴을 붉히며 수줍게 말했다. 동생 걱정으로 굳어 있던 한지의 입가에 잠시 미소가 깃들었다.

“고마워. 니 마음이 정말 고맙다. 하지만 안 되는 건 안 되는 거야. 정 도와주고 싶으면 밖에서 기다려 줘. 그리고 누나가 들어간 뒤, 소란이 일어나거나 싸움이 나는 소리가 나면 이 번호로 즉시 연락해 주고.”

한지는 형동에게 수민의 전화번호를 건넨 후, 걱정하고 있을 엄마에게도 전화를 했다. 한철과 들를 곳이 있으니, 걱정하지 말라고 안심시켰다.

모든 준비를 마친 한지는 형동이 말한 당구장으로 달려갔다.

대체 무슨 이유로, 어떤 놈들이 동생을 데려갔을까? 겉으로는 까칠한 척하지만 한철이 얼마나 여리고 겁 많은 아이인데…… 한지는 끓어오르는 분노를 억누르며 계단으로 올랐다. 허름한 지하 계단을 내려가자 음습한 곰팡내가 코를 찔렀다.

끼이익. 낡은 철문을 열자 당구대에 걸터앉아 책을 보고 있던 이 비서가 한지를 발견하고 야릇한 웃음을 지었다.

"아이쿠. 서 기사님, 어서 오십시오."

또 백 의원과 연관된 일이구나. 한지의 두 눈에 분노가 떠올랐다.

"또 당신이군. 내 동생은?"

"어허. 성격도 급하시긴. 동생분은 여기 없습니다만……."

"뭐야?"

"아하. 너무 놀라실 건 없어요. 여길 불편해하시기에 자리를 좀 옮겼습니다."

이 비서의 말에 한지는 눈살을 찌푸렸다.

"당신, 대체 뭐 하는 사람이야? 변호사란 직업은 뭐고, 의원 비서라는 직함은 뭐 하려고 달고 다니는 거야? 망나니 같은 백민기 뒷수습이나 하려고 납치까지 해? 그러려고 그 어렵다는 고시까지 친 거야?"

"납치라뇨. 무슨 그런 말씀을. 저흰 다만 서 기사님과 깊은 대화를 나누고 싶어서 자리를 마련한 것뿐입니다."

“대화라…… 대화 좋지. 그럼 백민기 딱갈이, 당장 내 동생에게 안내하시죠.”

한지의 말에 이 비서는 비릿한 웃음을 지으며 그녀에게로 다가 왔다. 수민이보다 더 큰 덩치를 가진 남자 둘도 이 비서를 따라왔 다.

“그러기 전에 한 가지 약속을 하셔야겠습니다. 저희가 서 기사 님의 무술 실력은 익히 알고 있는 바, 사고 예방 차원에서 잠시만 안내 말씀드리겠습니다. 혹시라도 일을 크게 만드실 요량으로 경 찰에게 연락해 놨다던가, 무력을 행사하실 생각이라면 접으시는 것이 좋을 겁니다. 동생분의 안전을 위해서라도 말이죠.”

“지금 협박하는 거야?”

“협박이 아니라 사고 예방 차원이라고 해두죠. 그리고 지금 가 시는 곳은 어디까지나 동생을 걱정하신 서 기사님 스스로 가는 것 입니다. 그러니 납치니, 협박 따위가 성립될 수는 없습니다. 저흰 모두 평화를 원하고 있을 뿐입니다.”

이 비서의 말에 한지는 고개를 끄덕일 수밖에 없었다.

“좋습니다. 그럼 출발하실까요? 이쪽입니다.”

이 비서가 가리킨 곳은 출입구 쪽이 아니라 뒷문이었다. 한지는 건물 밖에서 기다리고 있을 형동이를 생각하며 입술을 깨물었다. 뒷문으로 나간다면 아무것도 보지 못한다. 밖에서는 무슨 일이 일 어나도 알 턱이 없을 것이다. 치밀한 이 비서가 그것까지 계산에 넣었던 것이 분명했다.

“좋아요. 갑시다!”

한지는 이 비서와 두 명의 남자를 따라 뒷문으로 향했다.

이 비서가 그녀를 데려간 곳은 좋지 않은 기억이 가득한 곳……
폐교였다. 낡고 허름한 교문을 지나 음산한 운동장을 지나는 동
안, 어떤 인기척도 느껴지지 않았다. 한지는 쉴 새 없이 두근거리
는 심장을 거친 호흡으로 조절하며 그들을 따라갔다. 한 걸음 한
걸음이 가시밭길을 걷는 것 같았다. 이 비서가 창고 앞에 섰을 때,
한지의 등은 식은땀으로 흠뻑 젖어 있었다.
“들어가시죠.”
창고로 들어가란 말에 한지의 안색이 하얗게 질리기 시작했다.
“…….”
“두렵습니까?”
조롱하는 이 비서의 말에 한지는 두 눈을 질끈 감았다 떴다. 발
목에 시멘트라도 매단 것처럼 걸음이 무거웠다.
끼르르륵. 오래된 문은 음산한 비명을 지르며 아가리를 벌렸다.
“한철아!”
“누나!”
한철의 목소리가 들였다. 한지는 재빨리 뛰어가 동생의 모습을
살폈다. 겁을 먹은 듯 하얗게 질려 있었지만 다친 곳은 없어 보였
다.
“다행이야. 안 다쳐서 다행이야.”
“이 바보야, 여긴 왜 왔어?”
한철이 숨죽인 목소리로 말했다.

"안 오면 돼? 니가 있는데. 이제 걱정하지 마. 내가 지켜줄게."

한지의 말에 한철이 피식거렸다.

"나도 이제 스물이야. 내 앞가림은 내가 한다고. 난 누나가 여기 있다기에 따라온 거란 말이야."

한지는 두 명의 남자들과 입구를 막은 이 비서를 노려봤다.

"비겁하게. 이게 뭐 하는 짓이야?"

"잠시만 더 기다리시면 됩니다. 한 분만 더 오시면 되거든요."

"뭐야? 누굴……?"

"정지후 씨 말입니다. 이제 정지후 씨만 오시면 됩니다. 그러니 조그만 더 기다려 주십시오."

'지후 씨를 왜?'

한지의 입술이 바짝 타 들어가기 시작했다.

"세 분이서 사이좋게 내일 오전까지만 계시면 됩니다."

"대체…… 무슨 일 때문에 이러는 거지?"

"그건 잘 모르겠습니다만, 그냥 세 분은 아무 생각 마시고 이곳에서 오붓한 시간을 보내시기만 하면 됩니다."

남자들이 다가와 한지의 손과 발을 묶었다. 청테이프를 몇 번이나 칭칭 동여맸는지 묶인 곳이 얼얼할 정도였다. 한지가 움직일 수 없다는 것을 확인한 그들은 한철의 손목과 발목도 꽁꽁 묶어버렸다.

"왜, 왜 이래요? 이것 놔요, 이거 놔!"

한철의 반항에도 남자들은 움직임을 멈추지 않았다. 한지는 이 비서를 노려보았지만, 섣불리 반항을 하진 않았다. 전문적인 어깨들과 싸우다가 한철이 다칠까 봐 염려스러웠다.

"자, 그럼 잠시만 계십시오."

두 남매가 묶인 것을 확인한 이 비서가 만족스럽게 웃으며 사라져 버렸다.

"어, 어쩌냐?"

한철이 풀죽은 목소리로 물었다.

"어쩌긴…… 기회를 엿보다가 감시가 소홀해지면 탈출해야지."

한지는 겁에 질려 있는 한철을 안심시키기 위해 밝은 표정을 지으려 애썼다.

"탈출이라고? 밖에서 감시하고 있을 거야."

"이제 곧 날이 밝아지면 더 춥고, 배고프고, 힘들 거야. 저놈들이 잠시 쉬러 들어갈 때를 이용해서 탈출하면 돼."

"괘, 괜찮을까?"

한철이 겁에 질린 목소리로 물었다.

"누나가 누구야? 넌 누나만 믿어."

재깍, 재깍. 시간이 요란하게 흐르고 있었다.

제법 오랜 시간이 지난 것 같았지만 문 앞에서 얼쩡거리는 기척은 쉽게 없어지지 않았다. 밖이 점점 밝아오고 감시원이 사라지기를 기다리는 동안, 한지는 속이 바짝바짝 타 들어갈 것 같았다. 자신과 동생이 잡힌 것도, 이곳을 빠져나갈 일도 걱정이었지만 지후에게 무슨 일이 일어나지는 않을까? 그가 다치지는 않을 까? 그것이 더 염려스러웠다.

제발 오지 않았으면…….

제발 모른 체했으면…….

간절히 빌어보았지만 그를 잘 알게 된 한지로서는 절망스러울 수밖에 없었다. 답답함이 탄식으로 터져 나왔다.

"……누나."

한숨 소리를 들은 한철이 나지막하게 누나를 불렀다.

"응?"

"미안해."

동생의 말에 한지는 바스락거리던 몸을 멈추었다.

"뭐가?"

"그냥 다. 그리고 고마워. 이렇게 와준 것도 고맙고, 든든한 누나로 있어준 것도 고마워. 지난번에 화내서 미안해. 내가 철이 없어서 그랬나 봐."

한철이 부끄러운 듯 재빨리 말했다. 열악한 상황 속에서 들을 고백은 아니었지만, 동생의 진심을 듣게 된 한지의 마음이 훈훈해졌다.

"별소릴 다 하네. 우린 가족이잖아. 우리 사이엔 그런 말 안 해도 돼."

"아무리 가족이라도, 누나가 이렇게 희생할 필요 없었어. 그냥 다른 집 누나들처럼, 누나도 하고 싶은 일 하면서 살 수 있었는데…… 부모님도 원망하고, 동생들도 지겨워하면서. 적당히 눈치 보면서 그렇게 쉽게 살 수도 있었잖아. 그래도 아무도 뭐라 안 그랬을 거야. 스트레스 많이 쌓이면 여행도 다니고, 비싼 화장품, 좋은 가방 들고, 친구들이랑 쇼핑도 하고…… 그런 거 누난 한 번도 안 했었잖아. 누난 지금까지 한 번도 휴가 다녀온 적도 없지?”

무심한 척, 모르는 척하면서도 어린 동생이 다 알고 있었다는 사실이 그녀를 부끄럽게 만들었다. 또한, 뭉클하게 만들기도 했다. 반갑지 않은 눈물이 주르륵 흘러내렸다.

“희생…… 아냐. 세상에 그 어떤 일도 동생을 위해서, 엄마를 위해서 하는 거면 다 기쁜 거야. 절대 희생 아니었어. 내겐 기쁨이었어.”

한지의 말에 한철의 눈시울도 붉어지기 시작했다.

“누나…….”

“한철아…….”

애틋한 기류가 낡은 창고를 훈훈하게 만들 즈음, 또다시 문이 열렸다. 찬 기운이 익숙한 목소리와 함께 창고 안으로 침입했다.

“한지! 서한지!”

지후의 몸이 보이기도 전에 다급한 목소리부터 들려왔다.

“젠장. 당신 어디 있어?”

걱정이 가득한 음성에서 그가 얼마나 마음 졸이며 이곳까지 따라왔을지 짐작이 되었다.

“여, 여기 있어요.”

기어코 왔구나. 그를 보자 반가움과 죄책감이 함께 밀려왔다.

“괜찮아? 다치진 않았어?”

지후가 다가와 한지의 얼굴을 쓰다듬었다. 아무 상처가 없는 것을 확인한 그가 한지를 조심스레 껴안았다. 가슴을 통해 울려오는 세찬 심장 소리가 그녀에게 전달되었다. 금방이라도 튀어나올 듯이 뛰는 심장과 부들부들 떨리는 그의 몸은 지금 그가 얼마나 놀랐는지, 얼마나 애를 태웠는지를 고스란히 전해주는 듯했다.

"오지 말지. 왜 왔어요?"

그녀의 부드러운 목소리에 지후의 몸이 부르르 떨렸다.

"당신이 있다는 데 오지 않을 수가 없잖아."

그는 큰 숨을 몰아쉬며 그녀의 머리에 코를 묻었다.

"누, 누나!"

한철의 다급한 목소리가 들리고 두 사람이 고개를 돌렸을 때는 이미 늦었다. 어디선가 다가온 각목이 지후의 머리를 내리쳤고, 지후는 잠시 멍한 눈으로 그녀를 바라보다 허물처럼 스르르 쓰러져 버렸다.

"아아악!"

한지는 쓰러진 지후의 이마에서 피가 흐르는 것을 보고 비명을 질렀다.

"이게 무슨 짓이야?"

"참으로 안타깝지만, 이러지 않으면 더 큰일이 벌어질 것 같아서 말입니다. 그냥 가볍게 기절만 시켰습니다. 전문적인 친구들이라 뒤탈은 없을 겁니다. 죄송스럽지만 이대로 12시까지만 계셔주십시오."

"대체 왜 이러는 거야?"

"글쎄요. 그건 정지후 씨가 일어나면 물어보시고, 그럼 잠시만 더 고생해 주십시오."

이 비서가 사라지고 다시 문이 닫혔다. 손발이 묶인 한지는 엉금엉금 기어 지후에게 다가갔다.

"지후 씨, 이봐요, 정신 차려요."

애타게 그를 불렀지만 지후는 꼼짝도 하지 않았다.

"누나…… 누나. 괜찮아?"

"응. 괜찮은 거 같아."

"대체 저 사람은 무슨 일로 잡아온 거지?"

"모르겠어. 12시까지 이곳에 있으라는데……."

"12시? 왜 12시까지 있으라는 거지?"

미간을 찌푸리며 물어보는 동생을 보며 한지의 머릿속에 한 가지 기억이 떠올랐다.

"맞다! 계약! 계약날이구나. 지후 씨가 오늘 동네 사람들과 계약을 한다고 했었어."

"뭐? 그런데 저놈들이 이 사람을 왜 잡아두는 거야?"

"계약을 막으려고 그러나 봐. 일성화학이 뒷산을 탐내고 있다 그랬거든. 교회 부지를 사서 그곳에다 일성화학을 지으려고 작정했었나 봐. 그런데 그걸 지후 씨가 중간에 가로채서 지후 씨 명의로 바꿔놨어. 그 나머지 땅들은 오늘 계약을 하기로 했고. 그걸로 테마파크를 만들어서 동네에 기증할 거라 그랬어. 일성화학이랑 백 의원이 그걸 막으려고 그러나 봐."

한지의 말에 한철이 고개를 끄덕였다.

"누나, 우리가 막자. 나에게 좀 다가올 수 있겠어?"

비장한 표정의 한철은 벌써 움직이고 있었다. 한지도 엉덩이를 움직여 동생에게로 다가갔다. 창고 바닥의 먼지들이 풀풀 날리며 기침이 터져 나왔지만 두 사람 다 멈추지 않았다. 어렵게 만난 두 사람은 서로의 묶인 손을 풀기 위해 노력했으나 꽁꽁 묶인 청테이프의 접착력은 예상외로 강력했다.

"안 되겠어. 풀리지가 않아."

한철이 절망스럽게 말했다.

"할 수 있어. 다시 해보자."

한지는 한철을 다독여 가며 주위를 둘러보았다. 날카롭거나 뾰족한 것이 있으면 훨씬 더 잘 풀릴 텐데. 하지만 그녀의 바람처럼 창고에는 날카로운 것은 보이지 않았다.

"아! 라이터!"

한철이 기쁜 듯, 외치다 '아차' 하는 눈빛으로 흠칫거렸다.

"누, 누나. 내 윗주머니에……."

한지는 한철을 쏘아보며 손을 놀렸다. 그리고 동생의 윗주머니에서 라이터를 꺼내 들었다.

"너 나가서 보자. 대가리에 피도 안 마른 어린놈이 벌써 담배를 펴?"

"나도 이제 스무 살이야."

"이 새끼가…… 야! 스무 살은 폐도 안 썩는 줄 알아?"

한지가 버럭 소리를 지르자 한철이 움찔거렸다.

"누나, 지금은 여길 빠져나가는 게 더 급하잖아. 일단 나가서 얘기합시다."

화가 나긴 했지만 한철의 말이 맞았다. 지금은 지후를 데리고 여기서 빠져나가는 것이 더 급한 문제였다. 한지는 꽁꽁 묶인 두 손으로 라이터를 동생의 손에 쥐어주었다.

"내 손부터 풀어."

한지의 말에 한철이 고개를 흔들었다.

"아니, 내 손부터 하자."

"까분다. 어서 내 손부터 풀어."

"안 돼. 누난 여자잖아. 혹시라도 잘못해서 손목을 데이기라도 하면 어떻게 하냐. 그 얼굴에 팔목에 흉까지 나면 누나 시집 못 가."

한철이 고집스럽게 거절을 하자 한지는 어쩔 수 없이 라이터를 켰다. 혹시라도 잘못해서 동생의 팔목에 흉터라도 나면 안 된다는 일념으로 고도의 집중력을 발휘해서 조심스레 불을 갖다 댔다.

지지직!

요란한 소리와 함께 한철의 표정이 일그러졌지만, 한철은 작은 신음조차 내지 않고 손목에 힘을 주며 약해진 테이프를 끊기 위해 힘을 모았다.

"됐어. 이제 힘줘봐."

겹겹이 둘러싼 테이프가 빠르게 녹아가자 한지는 라이터를 거두었다.

비장하게 고개를 끄덕인 한철이 힘을 주자 쉽게 청테이프가 끊어졌다.

"됐다!"

"다행이다."

한철은 자유로워진 손을 놀려 재빨리 누나의 팔과 발에 감긴 청테이프를 풀기 시작했다. 두 손이 자유로워진 한지가 지후의 이마를 만져 보았다.

"끄으응."

아직도 정신을 차리지 못한 지후가 낮은 신음을 흘렸다.

"지후 씨, 지후 씨, 일어나 봐요."

자유로워진 한지가 조심스레 그를 흔들자 지후는 힘겹게 눈꺼풀을 들어 올렸다.

"괜찮아요?"

"……네."

한지는 동생과 함께 그를 부축해 일으켰다.

"당신은, 당신은 다치지 않았어요? 괜찮아?"

지후가 한지의 머리를 쓸어보았다. 조심스레 누나를 만지는 지후를 보며 한철은 미소를 지었다. 두통으로 고통받는 와중에도 누나를 챙기는 것을 보니 누나를 많이 사랑하는 것처럼 보였다.

"안녕하세요. 서한철입니다."

"동생?"

한철 쪽으로 고개를 돌리던 지후가 아픔으로 끄응 신음 소리를 냈다.

"네."

"반가워. 나 좀 일으켜 줘."

한지와 한철이 조심스럽게 그를 일으키자, 그는 주위를 두리번거리기 시작했다.

"뭘 찾아요?"

"빠져나갈 만한 구멍."

"여기서 나갈 구멍이라고는 저 창문밖에 없어요. 그것도 아주 작은 창문."

"그렇군요. 지금 몇 시쯤 됐죠?"

지후의 질문에 한지는 입술을 깨물었다.

"……9시 10분이요."

"시간이 얼마 없군. 이것들은 뭐죠? 학교 비품들 같은데?"

그가 제멋대로 뒤엉켜 있는 책걸상들을 보며 물었다.

"폐교예요. 오래된 창고. 그런데 왜요?"

한지의 말에 그가 미소를 지었다.

"천만다행이군. 과학실험실에서 쓰던 물건들을 좀 찾아봐 줘요."

"네? 실험실에서 쓰던 물건요?"

"알코올램프나, 시약품들."

그의 의도를 어렴풋이 알 것도 같았다. 그녀는 걱정스레 물었다.

"여길 빠져나가게요?"

"네."

"와우!"

한철이 비명을 질렀다.

"그런데 그런 것들이 지금까지 있을까요?"

"위험한 독극물들은 함부로 버리지 못하도록 되어 있습니다. 법으로 금지되어 있으니 과학실이나 이런 창고 구석에 처박아두는 경우가 많아요. 더구나 요즘 학교 실험실에서는 위험한 실험을 못하게 하니, 그런 물품들은 더더욱 쓸 일이 없겠죠. 이런 오래된 학교라면 충분히 남아 있을 가능성이 있어요.”

“그럴 수도 있겠네요.”

세 사람은 제각각 흩어져 창고 구석구석을 살펴 나갔다.

이것저것 한참을 뒤지던 지후가 갑자기 움직임을 멈춘 채 꼼짝도 하지 않자 한지가 걱정스레 물었다.

“왜 그래요? 머리가 아파요?”

한지의 물음에도 한참 동안 대답이 없이 바닥만 살피던 지후가 의미심장한 미소를 지으며 고개를 들었다.

“한지 씨라면 무엇인가를 감춰야 할 때, 아주 부피가 큰 걸 감춰야 할 경우에요. 그걸 어디에 숨길 것 같아요?”

“아주 큰 거? 얼마큼요?”

“아주 커요. 이를테면…… 자동차나, 그런 부속품들. 다른 사람들에게 발각이 되지 않도록 꼭꼭 숨기려면 어떻게 할 거 같아요?”

“아하. 뺑소니 차 같은 거 말이죠?”

한지의 물음에 지후가 고개를 끄덕였다.

“수리센터나 그런 데서 차를 고치면 증거가 남을 거고, 차고에 숨겨놓으면 될 텐데, 용의자의 집은 의심을 받으니 안 되겠고…… 그럼 창고 같은데 숨겨놓으면 되겠네요. 이렇게 사람들의 발길이 드문 창고.”

“그것도 이렇게…… 산산조각으로 분해를 해서 말이죠.”

지후가 분해된 자동차의 엔진 조각을 들어 보이며 말했다.

"어머나. 학교 창고에 자동차 엔진도 있어요? 정말 없는 게 없
네."

두 사람이 두런두런 이야기를 나누는 사이 혼자 열심히 창고 안
쪽을 뒤지던 한철이 비명을 질러댔다.

"찾았어요! 황산이라고 되어 있는데 이거면 되죠?"

두 사람은 한철의 신난 외침이 들려오는 곳으로 고개를 돌렸다.

"보세요!"

한철이 알코올램프와 작은 약품통을 들어 보이며 자랑스럽게
웃었다.

마을 대표들이 하나둘, 마을 회관에 모여들었다.

안부를 주고받으며 지후를 기다리고 있던 그들은 푸짐한 음식과 함께 묵직한 선물상자를 안고 들어서는 백 의원과 이 비서를 보며 놀라움을 감추지 못했다.

"아하하! 안녕들 하십니까?"

마을 대표들은 땅값을 들쑤셔 마을을 시끄럽게 만들려는 백 의원을 곱지 않은 눈으로 보았으나 백 의원은 기분 나쁜 기색 없이 일일이 인사를 나누고, 눈도장을 찍어나갔다.

"제가 여러분께 막걸리 한 잔씩 올리겠습니다. 여러 가지 불미스러운 일에 휩싸이게 돼서 여러분의 심기를 흐리게 한 점 대단히 송구스럽습니다."

백 의원이 허리를 굽힌 채 열 명의 마을 대표들에게 잔을 돌렸고, 이 비서는 잔칫상이라도 차리려는 듯 막걸리와 회, 수육, 과일과 떡 등을 담아 나르기 시작했다.

"흐흠. 도대체 뭐가 어떻게 된 거여? 백 의원이 일성화학이랑 짜고 우리 동네를 망치려고 한다던데."

"망치다뇨. 오해십니다. 저는 일성화학을 민들레 마을에 유치해 이곳의 경제와 환경을 발전시키려는 것뿐입니다. 다들 아시겠지만, 저 머릿속에는 온통 여러분들을 잘살게 해드리겠다는 생각밖에는 없습니다. 저의 마음을 의심치 마시고 믿어주십시오. 자자, 존경하는 여러 어르신들. 이상한 사람들이 퍼트리는 유언비어와 오해를 푸시고 제가 올리는 술 한 잔씩 드십시오."

"어허. 사람이 참……."

마지못해 막걸리를 한두 잔 들이켜던 마을 대표들의 눈매가 조금씩 부드러워져 갔다.

"정직과 신의는 제 삶을 지탱해 주는 반석과도 같은 것입니다. 존경하는 민들레 마을 주민 여러분. 저를 믿어주십시오."

백 의원이 진심이 깃든 눈빛으로 그들에게 연거푸 허리를 굽혔다. 생김생김이 숭고하고 웅장한 그가 짓는 다정한 미소는 마치 온 인류를 포용하고도 남을 것만 같았다. 함께 있는 사람의 마음을 방어 해제시키는 그의 인상은 정치를 할 때 참으로 유용하게 쓰이는 장점이었다.

"어험."

"어허…… 이것 참."

난처한 듯, 서로의 눈치를 보며 헛기침을 하고는 있지만 마을 사람들의 표정은 하나같이 흐뭇하게 변해가고 있었다. 국회의원이, 그것도 운봉시의 대표적인 국회의원이 이렇게 머리를 조아리는 모습은 흔한 광경이 아니었다. 대표들은 자신들이 뭔가 대단히 중요한 사람이라도 된 것처럼 기분이 좋아졌다.

"우리는 정 사장에게 산을 넘기기로 했는데…… 우리야, 뭐 마을이 발전한다면 손해 볼 건 없지만서도."

"그래도 약속을 했는데 그리 쉽게 뒤집으면 안 되지."

마을 대표 중 가장 귀가 얇은 박 씨가 욕심이 나는지, 입맛을 다시자 머리가 하얗게 센 송 씨가 굳은 표정으로 반대하고 나섰다.

"어허. 우리끼리 이럴 것이 아니라 조금 있으면 그 사람이 올 테니까 그 사람 설명도 좀 들어보자고."

"네. 참으로 현명하신 말씀입니다. 정지후 씨가 말한 것처럼 여러분을 위해 그 산을 사려 한다면, 아마도 여러분을 위해 무엇이 좋은 판단인지 잘 이해해 주리라 생각합니다. 그분이 나타나면 제가 허심탄회하게 이야기를 나누어보도록 하겠습니다. 그러니 너무 염려하지 마시고 마음껏 드시기나 하십시오."

회의실에 둘러앉은 대표들을 향해 백 의원이 다시 머리를 조아렸다.

"허험. 그렇다면야……."

찜찜해하던 마을 사람들이 하나둘 상 앞에 놓인 음식들을 먹기 시작했다.

"술은 많으니 천천히 드십시오."

이 비서는 주민들의 잔이 비워지기가 무섭게 술을 따라주며 마을 주민들의 마음을 조금씩 녹여갔다.

회의를 위해 모인 자리는 점점 흥이 돋았고, 잔칫집처럼 떠들썩해졌다. 그 모습을 흐뭇하게 바라보던 백 의원이 이 비서에게 은밀한 목소리로 물었다.

"시끄러운 문제들은 잘 처리했지?"

"네. 문제없도록 조치했습니다."

"잘했어. 이제 30분 남았군. 놈이 오지 않으면 바로 계약을 해야겠어. 준비하도록 해."

"네."

백 의원은 만족스러운 미소 주위를 둘러보았다.

"녹여야 한다고요? 그러니까, 영화에 나오는 것처럼 폭발이나, 빵! 뭐, 그렇게 거창하게 터지는 게 아니라 녹인단 말이죠? 모냥 빠지게스리."

한철이 김빠진 목소리로 묻자 지후가 담담한 표정으로 고개를 끄덕였다.

"응."

"레알로?"

한철이 다시 묻자, 지후가 눈살을 찌푸렸다.

"레알? 브라질 화폐단위를 말하는 건가?"

"헐! 누나, 저 형이 뭐래? 브라질 화폐단위?"

한철이 웃음을 참지 못하고 키득거리자 한지는 동생을 쏘아보며 대신 대답했다.

"아뇨. 브라질 화폐단위 말고 요즘 애들이 쓰는 인터넷 용어예요."

"쿡쿡. 'Real'을 소리 나는 대로 말하는 거죠."

"인터넷 용어. 재밌군. 나중에 새로운 용어에 대한 가르침을 받도록 하지."

흥미를 나타내던 지후가 한철의 손에서 황산을 가져가며 말했다.

"그럼요. 언제든지요. 그런데 형, 녹이는 거 말고 간지나게 폭파시키면 안 될까요? 황산을 알코올램프에 집어넣고 불을 붙이면 문이 폭발할 거예요."

"영화를 너무 많이 봤군."

한철의 바람과는 전혀 먼 대답을 하던 지후가 황산이 든 작은 통을 살피며 눈살을 찌푸렸다.

"한철아! 지금 그게 중요한 게 아니잖아. 우린 어떻게든 이곳만 나가면 돼."

동생의 바람을 떠나 이곳을 탈출할 수 있다는 생각에 그녀의 얼굴은 한껏 고무되어 있었다.

"에잇. 멋지게 탈출해서 친구들에게 자랑하고 싶었는데. 에이 형, 그러지 말고요, 라이터도 있겠다. 펑! 하고 멋지게 나가죠?"

"펑? 그건 자폭할 때나 쓰는 거고. 갇힌 상태에서 그런 위험한 방법을 쓸 수는 없어. 더구나 황산은 불보다 물과 궁합이 맞아. 그것도 네가 원하는 펑이 아니라 부글부글 정도겠지만."

한철의 얼굴에 실망감이 드러났다.

"할 수 없죠. 그럼 이제 어떻게 해요?"

"다행히도 네가 찾은 황산은 원액이야."

"네?"

"이 정도 원액이면 가능할 것 같아. 이걸로 이음새를 녹이고 나서 문을 부수자고. 할 수 있겠지?"

지후의 물음에 한철이 고개를 끄덕였다.

"저도 도울게요. 저도 할래요."

두 사람의 모습을 지켜보던 한지가 앞으로 나서자, 지후가 빙그레 웃으며 그녀의 얼굴에 묻은 티끌을 닦아주었다.

"당신이 없으면 안 되지. 고마워."

"므흣한 장면이긴 한데, 시간이 없으니 시작하시죠?"

한철의 말에 두 사람은 멋쩍은 듯 멀어졌고, 지후는 조심스레 문가로 다가가 걸쇠가 있는 네 모퉁이에 조심스레 황산을 붓기 시작했다.

지지직.

이상한 냄새와 함께 이음새 부분이 녹아내리기 시작했다. 상황을 살펴던 지후가 두 사람을 보며 고개를 끄덕였다.

"하나, 둘, 셋!"

지후의 신호로 세 사람은 문으로 돌진했고, 단단하기만 하던 문은 우당탕하는 소리와 함께 별 어려움 없이 떨어져 나갔다.

"이, 이게 뭐야?"

문밖에서 보초를 서던 두 명의 감시원들이 벌떡 일어나 그들을 막으려 했지만, 손과 발이 풀린 한지와 지후를 잡기란 쉬운 일이 아니었다.

"다 죽었어!"

한지가 외마디 소리를 지르며 달려들었고, 지후 역시 나머지 한 명에게 달려들며 발차기를 날렸다.

불과 10분도 되기 전에 자신들이 묶였던 청테이프로 감시원들을 꽁꽁 묶은 한지는 되찾은 휴대전화로 수민에게 전화를 걸어 이곳의 상황을 알렸다.

"자, 이제 계약이나 하러 가볼까요?"

탁탁. 손을 털며 말하는 지후에게 한지와 한철이 환하게 웃어 보였다.

그들이 마을 회관으로 향하고 있을 때, 이 비서는 회관에 있던 주민들에게 마지막 설득을 펼치고 있었다.

"여러분, 약속 시간은 벌써 30분이나 지났습니다. 정지후 씨는 아직 나타날 기미도 보이지 않고 있습니다. 아니, 늦어진다는 연락조차 없습니다. 여러분을 무시하는 것이 아니라면 어찌 이렇게 무책임할 수가 있겠습니까? 어떻습니까? 이런 사람과 거래를 하시겠습니까?"

"그렇지. 우리를 무시하는 게 아니라면 젊은 사람이 어른들을 이렇게 오래 기다리게 할 리가 없지."

한창 흥이 오를 대로 올라 있던 대표들은 이 비서의 말에 고개를 끄덕였다.

"모름지기 사람과 사람 사이에 가장 중요한 것은 신의입니다.

가장 기본적인 믿음을 이렇게 쉽게 어기는 사람과 어떻게 거래를 하시겠습니까?”

“으흠. 그 말도 맞긴 하지.”

“사실, 우리가 그 사람을 어찌 믿겠나? 아무리 유명하다 한들 한낱 뜨내기에 지나지 않는 사람을.”

쉽사리 동요하는 대표들을 보며 백 의원은 의미심장한 웃음을 흘렸다.

어리석은 사람들이란…….

사람들이 말하는 믿음, 의리는 눈앞의 이익에 따라 빠르게 변하는 것들이었다. 쉽게 흔들리고, 쉽게 변절하는 것. 이것이 사람들이 말하는 신의라는 것이었다.

백 의원은 코웃음이 터져 나오려는 것을 참아가며 진실 어린 표정을 유지하기 위해 애쓰고 있었다.

“어르신들, 아무 걱정 마시고 저희를 믿으십시오. 거래만 성사되면 여기 계신 분들의 은혜는 잊지 않겠습니다. 그뿐입니까? 마을을 살린 영웅으로 기억되실 겁니다. 자, 이곳에 도장만 찍으시면 됩니다. 제가 제 이름을 걸고 약속드립니다. 절대 잊지 않고 보답을 하겠습니다.”

“까짓것 그럽시다. 우리야 땅값 올라가고 마을 발전되고 좋지 뭐.”

“그럼. 환경이 나빠져 봐야 얼마나 나빠지겠어. 정부에서 그런 것도 안 따지고 공장을 지으라고 하겠어?”

“좋습니다. 우리 마을의 뒷산을 일성화학에 넘기도록 합시다!”

사람들이 가져온 도장을 꺼내려고 할 때였다. 웅성거리는 소리와 함께 회의실 문이 열리며 경찰들이 들어서기 시작했다.

"이게 뭐 하는 짓입니까?"

눈살을 찌푸리는 이 비서의 앞에 눈부신 금발의 남자가 나타났다.

"인터폴 공조하에 한국으로 도망친 뺑소니범을 찾고 있습니다. 백민기라고…… 아시죠?"

금발의 외국인이 또박또박 구사하는 한국어는 전혀 어색함이 없었다. 외국인의 한국어 구사 실력에 놀라 수군거리던 사람들은 그의 입에서 나온 '백민기'란 말에 약속이라도 한 듯 눈을 마주치며 입을 다물어 버렸다.

"뺑소니범이라뇨? 증거가 있습니까? 증거도 없이 이러시면 어떤 처벌을 받게 되는지 아시지요?"

이 비서가 코웃음을 치며 금발의 외국인을 노려보았다.

"그럼요. 증거도 없이 이렇게 자신만만하게 나서진 못하죠. 그렇지 않습니까, 백 의원님? 아드님을 어찌나 꼭꼭 숨겨놓으셨는지 영영 못 찾을 뻔했습니다."

"다, 당신 누구야? 대체 무슨 증거로 이러는 거야?"

하얗게 질린 백 의원이 뒷걸음질치며 물었다.

"3년 동안 애꿎은 폐차장이나 수리센터만 다녔지 뭡니까? 그리잘게 조각내서 이곳까지 들고 오셨으리라고는 생각도 못했습니다. 배를 이용해서 컨테이너 박스로 들여오셨더군요. 감사하게도 스스로 안내를 해주셔서 용케 찾았지 뭡니까. 고맙습니다."

외국인의 말에 창백하게 변해가던 백 의원이 옆에 있던 이 비서를 노려보았다.

"혹시, 그들을 가두어놓았다는 곳이 폐교인가?"

"의, 의원님."

새하얗게 질린 이 비서가 더듬거릴 때, 금발의 외국인 뒤로 지후와 한지, 한철이 나타났다.

"오셨습니까, 사장님!"

"수고했어, 알렉스."

알렉스에게 고개를 끄덕인 지후가 백 의원을 보며 정중히 인사를 했다.

"백 의원님, 이렇게 뵙게 돼서 유감입니다만, 방금, 가두어놓았다고 하셨습니까? 스스로 감금하신 것을 시인하셨군요. 증인도 이렇게나 많네요."

지후가 나타나자 백 의원과 이 비서가 숨을 삼켰다. 특히 백 의원은 충격을 받았는지 아무런 말도 하지 못하고 절망스런 눈빛으로 그저 입만 벌리고 서 있을 뿐이었다.

"납치 감금에다, 자동차 부품을 폐기물과 함께 섞어 들여오셨으니 위장 수입이 추가되고, '범인 은닉', '증거 인멸 교사' 거기다 일성화학으로부터 뇌물 수수까지. 아, 일단 여기까진 의원님의 작품이고, 중국으로 도피 중이신 아드님도 만만치 않습니다. 거기다 이 비서님까지. 완전 범죄의 종합 백화점이십니다."

지후의 말은 그 자리에 있는 사람들을 충격으로 몰아넣기에 충분했다. 숨을 삼키는 소리와 경악에 찬 외침이 흘러나왔다.

"그…… 그만!"

백 의원이 휘청거리자 경찰들이 재빨리 양팔을 붙들었다. 그들 중 누군가가 의무적으로 미란다 원칙을 읊기 시작했고 절망에 빠진 백 의원과 이 비서는 두 눈을 감았다.

"다 끝났네요."

겸연쩍어하며 나가는 사람들을 바라보던 한지가 한숨을 돌리며 말했다.

"아직은 아니지."

"네?"

"이제 진짜 중요한 게 남았잖아."

"진짜 중요한 거?"

"응."

자신을 뚫어질 듯이 바라보는 지후를 보며 한지는 목울대가 간질거리는 것을 느꼈다.

"그, 그게…… 뭐, 뭐예요?"

"글쎄요. 그게 뭘까요?"

지후가 장난기 가득한 표정으로 되물었다. 점점 다가오는 그의 입술을 보며 한지는 두 눈을 감았다. 그의 얼굴이 바짝 다가오자 심장이 터질 것만 같았다. 그가 청혼하면 못 이기는 척 받아주리라…… 한지는 그의 키스를 기다리는 듯 입술을 살짝 내밀며 수줍게 대답을 했다.

"그, 그야 나, 나도 모르죠."

잠시 동안의 침묵이 흐르더니, 킥킥거리는 작은 웃음소리가 들려왔다. 한지는 두 눈을 떠 자신의 코앞에 있는 지후의 눈을 보았다.

"왜, 왜요."

"갑시다!"

"어, 어딜요."

"일단 나가요."

지후가 한지의 손을 잡고 달려간 곳은 호텔이었다.

"여, 여긴 왜요?"

한지는 그에게 잡힌 자신의 팔목을 쳐다보며 머뭇거렸다. 서른이 넘도록 남자와 관계를 가져본 적이 없는 한지로서는 가슴 철렁한 일이었다.

"갑시다."

과감하게 호텔로 향하는 지후를 보며 한지는 깊은숨을 들이마셨다.

그래. 사랑하니까…….

그녀는 터져 나올 듯 뛰는 심장 박동을 의식하며 고개를 끄덕였다.

"조, 좋아요. 대, 대신 난 처음이니까…… 서툴러도 이, 이해…….

뚜벅뚜벅 걸어가던 지후가 걸음을 멈추고 그녀를 바라보았다.

"처음이라고? 정말?"

"……네."

한지가 수줍게 시선을 내렸다.

“처음이라니. 그럼 서른이 넘도록?”

“……네.”

“충격이군. 서른이 넘은 여자가 목욕이 처음이라니…….”

지후의 말에 한지는 찬물을 뒤집어쓴 듯 정신이 화들짝 돌아왔다.

목, 목욕이라니.

민망함 때문인지 열기가 올랐다.

“모, 목욕이라뇨? 그, 그럼 그 중요한 일이란 게…….”

“그럼 목욕을 해야지. 밤새 갇혀 있었으니 목욕보다 중요한 일이 있겠어?”

“허헉!”

놀라 할 말을 잃어버린 한지를 바라보던 지후의 눈가에 웃음이 번지기 시작했다. 그가 또 장난을 친 것이다.

“진짜 못됐어!”

그녀의 외침이 대기 중으로 울려 퍼졌다. 그녀와 함께라면, 그녀만 있다면 언제나 행복할 것만 같은 멋진 예감이 지후를 미소 짓게 했다.

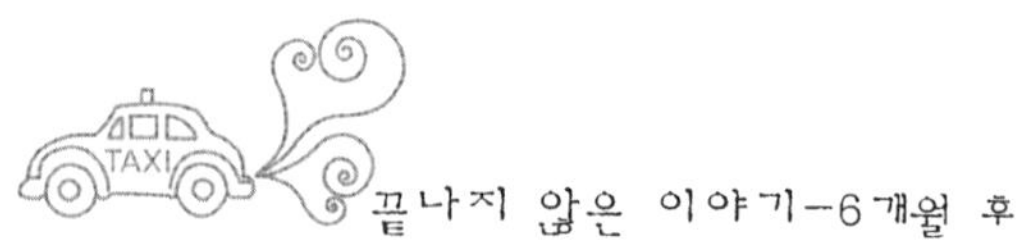

끝나지 않은 이야기—6개월 후

한지가 휴대전화의 전원을 켜자 손바닥만 한 보라색 전화기가 '드르르르. 드르르르' 몸을 떨어댔다.

부재중 전화 12통. 호출 문자 5통. 모두 한 사람에게서 온 전화였다. 한지는 휴게실 의자에 앉으며 통화 버튼을 눌렀다.

[후유. 왜 이제 전화하십니까?]

휴대전화의 주인공 대신 알렉스의 목소리가 들려왔다.

"알렉스? 지후 씨 전활 왜 알렉스가 받아요? 무슨 일이에요?"

[흐음. 휴가 중에 죄송한데 지금 좀 급히 오셔야겠어요.]

"왜요?"

[사장님 상태가 많이 안 좋으세요.]

"상태가 안 좋다뇨? 또 여름감기에 걸렸어요? 아님, 혈압이 떨어졌대요?"

[뭐, 그런 건 아니지만, 오늘은 완전 최저기압입니다. 저흰 살얼음을 걷는 기분이고요. 아무래도 직접 오셔서 해결을 해주셔야……. 저기, 도서관 밖에 유 기사가 대기하고 있을 겁니다.]

휴, 한지는 한숨을 내쉬었다.

"알겠어요."

한지는 허겁지겁 가방을 챙겨 도서관을 벗어났다. 그녀는 8월 초에 있을 검정고시를 준비하는 중이었다. 이제 한 달 남은 시험을 위해 휴가를 냈지만, 틈만 나면 불려가는 신세였다.

"누나!"

도서관 계단을 내려오자 그녀 대신 임시 기사 직을 맡은 유재식이 손을 흔들며 그녀를 반겼다.

"오늘 컨디션이 무지 안 좋다면서?"

"알렉스가 5번 쫓겨났고요, 전 4번이요."

지후의 컨디션이 별로라는데도 재식은 흥얼거리며 시동을 걸었다.

"무슨 일이래?"

"저야 모르죠. 그리고 사장님 기분이 왜 그런지 아는 사람은 세상에서 누나 한 분뿐일걸요. 아, 오늘 날씨 정말 좋다. 죽이죠?"

재식의 말에 한지는 하늘을 올려다보았다. 구름 한 점 없는 맑은 하늘이 보였다. 문득 지후를 처음 태운 날이 떠올랐다. 그날은 구름이 잔뜩 낀 우중충한 날이었는데도 날씨가 좋다며 그에게 말을 걸었었다.

"좋긴 하다."

"이런 날 공부하시려면 정말 힘드시겠어요? 휴가도 아직 못 가 셨죠?"

"응. 시험 끝나면 가야지."

"근데, 누나. 이건 제 생각인데요, 툭하면 불려 가실 거, 차라리 사장님 옆에서 공부하심 되잖아요. 그럼 시간 낭비도 없고, 또 사 장님이 어련히 잘 가르쳐 주시겠어요."

재식이 고개를 갸웃거리며 물었다.

그러게 말이다. 그럼 될 텐데, 그 사람 옆에만 있으면 도무지 공 부에 집중을 할 수가 없으니 그게 문제지…… 한지는 피식거리며 대답을 회피했다.

"그리고 결혼을 미루신 것도 그래요. 그건 너무 이기적이시잖 아요. 누나가 사장님의 입장을 조금이라도 이해하신다면 그러시 면 안 되죠. 남자들은…… 그러니까 남자들은 여자들처럼 인내심 이 많지 않다고요."

재식이 잘난 체를 하며 계속 떠들어댔다. 쉬지 않고 이어지는 그의 말을 흘려들으며 한지는 올 초, 그에게서 프러포즈를 받던 날을 떠올렸다.

"8월까지만요. 네? 저 정말 시험 치고 싶다고요."

"쳐요, 쳐. 결혼하고 치면 되잖아."

"제가요, 누구처럼 그렇게 머리가 좋지 않아요. 그래서 두 가지 일을 못한다니까요. 결혼이면 결혼, 공부면 공부. 딱 하나만 해야 해요. 으으응, 제발요.”

　그녀의 고집을 이기지 못한 지후가 어쩔 수 없이 허락을 하자 그때부터 틈만 나면 도서관을 향했다. 자연히 지후와 함께 있을 시간이 줄어들었다. 처음에는 관대하게 봐주던 지후도 차츰 짜증이 늘어갔고 급기야는 자신을 사랑하지 않는 것이 아니냐며 틈만 나면 그녀를 불러들여 공부를 방해하는 만행을 저지르고 있었다.
　“전 그렇게 생각해요. 사람이 사는 게 다 그렇지 별게 있나. 삶이란 게 가만 보면 다 그게 그거고, 똑같은 거지 싶어요.”
　차가 지후의 집에 다다를 때까지도 재식의 수다는 끊임없이 이어지고 있었다.
　“재식아!”
　“네.”
　“너 말 많다고 사장님에게 혼나지?”
　“어, 어떻게 아셨어요? 사실은 오늘도 말 많이 한다고 혼났어요. 그런데 누나, 우리 사장님 진짜 웃겨요.”
　“뭐가?”
　“사장님이요. 어느 땐 묻는 말에 죄다 답해주시면서, 어느 땐 완전 생까거든요. 제가 곰곰이 생각해 봤는데 아무래도 천재라서 그런가 봐요. 왜, 천재는 일반 사람들과 많이 다르다고 하잖아요.”
　끊임없이 재잘거리는 재식의 입담에 한지는 웃음을 터트렸다.
　“어, 누나. 저기 사장님이세요.”
　한지는 재식이 가리키는 곳으로 시선을 돌렸다. 호숫가를 가로 지르는 다리 위에 팔짱을 낀 채 서 있는 지후가 보였다.

"잘하세요. 괜히 싸우지 마시고요, 누나가 사장님 심기 건드리면 그 불똥이 우리에게 다 튄다고요."

"알았어."

이미 한지의 귀에는 재식의 당부 따윈 들어오지 않았다. 그녀는 지후에게 시선을 고정한 채 천천히 그에게 다가갔다.

뚜벅뚜벅, 투박한 돌다리를 건널 때마다 가슴이 두근거렸다. 그와 연애를 시작한 지 6개월, 지후는 지금 서 있는 모습처럼 한결같은 남자였다. 바람이 부나, 비가 오나, 태풍이 부나 변함없는 한결같은 사람. 그를 바라보는 것만으로도 행복감이 밀려왔다.

"저 왔어요."

한지가 생글거리며 다가가 인사를 했지만, 지후는 아무 말도 없이 고개를 돌려 버렸다.

"무슨 일 있었어요? 기분이 안 좋아 보이네요."

"됐습니다. 어차피 관심도 없으면서 왜 물어봅니까?"

지난 6개월간 반복된 말싸움. 승자가 누구인지 아는 한지는 한없이 너그러울 수밖에 없었다.

"어맛! 무슨 그런 소릴. 제가 지후 씨께 관심이 없다뇨? 오늘도 지후 씨가 보고 싶어서 도서관에서 혼자 울었다고요."

굳어 있던 지후의 얼굴근육이 조금씩 이완되는 것이 느껴졌다.

"그런 사람이 김수민 씨와 커피 마실 시간은 있고 저에게 전화할 시간은 없습니까?"

아, 한지는 오늘 아침 수민과 함께 커피를 마신 것을 떠올렸다.

"수민이랑 커피요? 그거야, 다 지후 씨를 위해서……."

"날 위해서?"

지후가 믿기지 않는다는 듯 물었다.

"네. 지후 씰 위해서. 실은 말이죠, 수민이가 지련 언니에게……."

소곤거리던 두 사람이 한참 만에 화해를 한 뒤, 손을 잡고 내려오는 모습을 찬란한 태양은 소리없이 주시하고 있었다.

"공부 잘돼?"

방금, 급한 전화가 왔다며 나갔다 들어온 지후가 한지의 목덜미에 얼굴을 묻으며 속삭였다.

자꾸만 반복되는 호출에 어쩔 수 없이 그의 집에서 함께 공부를 하기로 했지만, 한지의 우려대로 지후와 함께 공부하는 것은 많은 인내를 필요로 하는 일이었다. 그는 틈만 나면 그녀의 옆으로 다가와 키스를 하거나 정신을 혼란스럽게 만들며 공부를 방해하고는 했다.

"후유. 자꾸 이러면 집중이 안 돼요. 지후 씨는 모르겠지만, 보통 사람들은 한 오십 번은 봐야 외워진다고요. 정말 나 검정고시 떨어지는 거 보고 싶은 건 아니죠?"

"난 당신이 이렇게까지 졸업장에 집착하는 이유를 모르겠어. 누구나 다 공부를 잘하는 건 아니라고. 당신처럼 기계 다루는 재능이 뛰어난 여자가 아무짝에도 쓸모없는 졸업장에 왜 목을 매는 거지? 그럴 시간에 차라리 나랑 시간을 보내는 것이 훨씬 더 생산적일 거야."

그가 그녀의 납작한 배를 보며 억울한 듯 말했다.

"쓸모없는 졸업장이라뇨. 지후 씨, 그건 말이죠. 당신이 수도 없이 많은 졸업장에, 몇 개나 되는 박사학위를 가졌기 때문에 그런 말을 할 수 있는 거라고요. 고등학교도 졸업하지 못한 나에게는 그게 무지무지 중요한 거니까 자꾸 신경 건드리지 말아요."

"신경을 건드리다니. 그러는 당신이야말로 요즘 얼마나 날카로운지 알아? 사람을 옆에도 못 오게 하면서. 당신 혹시 딴 남자가 생긴 건 아니야?"

"당신이 운전면허 딸 때를 생각해 봐요. 그럼 내 기분을 이해할 테니까."

"……"

한지의 말에 지후의 말문이 막혀 버렸다. 지난 달, 운전면허시험을 치르면서 얼마나 신경이 날카로워졌었는지 그때는 정말 한지 외에 어느 누구도 그의 옆으로 올 생각을 하지 못했었다.

"후유. 나도 모르겠어. 예전엔 이런 적이 한 번도 없었는데, 당신이 있으니까 자꾸 당신이랑 이렇게 있고 싶은걸."

그녀를 꼭 껴안으며 투정을 부리는 지후를 보며 한지는 결국 웃음을 터트리고 말았다.

"배고파요? 과일이라도 줄까요?"

"아니. 그보다 당신이 좋아할 만한 소식을 가져왔어."

"응? 내가 좋아할 만한 소식이라뇨?"

"이 비서를 조사하던 과정에서 흥미로운 걸 발견했다는 거야."

"조사 과정에서 이상한 점이 발견됐다니요? 그게 무슨 말이에요?”

“이 비서 말이야, 양아버지가 돌아가시기 전에 민들레 마을로 찾아가라고 한 모양이야. 이곳에서 친할머니를 찾으라고 했대.”

“어머나, 정말이요? 그래서요? 찾았대요?”

“법대생 시절이었으니까 그럴 겨를이 없었을 거야. 그러다 고시에 패스하고, 백 의원의 사람이 되었고, 백 의원의 신임을 받기 시작하고는 찾기를 포기한 모양이야.”

“아하. 이 비서도 참 외로운 사람이었군요. 그런데 뭐가 흥미롭다는 거예요?”

“유전!”

“응? 유전?”

“지난번에 당신이 부탁했던 할머님 아들 말이야. 그분을 찾다가 알게 됐는데, 그분의 머리가 반백이었었대. 불과 삼십대 초반이었을 텐데 말이지. 약을 잘못 쓴 게 아니라면 유전이 확실하지.”

“그분은 돌아가셨다고 했잖아요?”

지난 달, 할매의 아들을 찾던 중 그분이 돌아가셨다는 것을 알게 되었다. 오매불망 아들이 돌아오기만을 기다리는 할매는 한동안 자리를 보전하고 누워 있어야 했었다.

“아드님과 동거녀의 사이에서 낳은 아이가 있다는데, 아드님이 죽고 얼마 안 돼서 보육원으로 보내졌다고 하더군. 보육원에서 쭉 지내다가 8살 때 입양이 됐대.”

“어머. 그 손자를 찾을 수가 있겠어요?”

반가운 소식에 놀라던 한지의 머릿속으로 반백의 이 비서가 떠올랐다.

"설마……."

"확실한 건 아니야."

"그럼 당장 유전자 검사나 그런 거, 해서 알아보면 안 되나요?"

"애석하게도 검사 가능한 부계 혈족 중에 할머니는 포함되지 않아. 할머니와 친손자일 경우는 검사해도 평균 이하인 23% 정도가 나올 뿐이야."

"어휴……. 어떻게 해요?"

한숨짓던 한지의 머릿속에 아들의 옷이며, 물건들을 챙겨놓았던 할매의 장롱이 떠올랐다.

"그럼, 아주 어릴 때 잘라놓았던 머리카락이나 이빨 같은 건요?"

"그런 게 있어?"

"네."

"그럼 일단 그걸 가져올 수 있을까? 실망하실지 모르니까 말씀은 드리지 말고."

지후의 목소리에도 활기가 느껴졌다. 한지는 밝아지는 그의 얼굴을 보며 그가 지금 버려졌던 자신의 모습을 생각하고 있을지도 모른다고 생각했다. 할매가 손자를 찾게 된다면 그것은 할매만의 기쁨이 아닐지도 몰랐다.

"네."

한지가 고개를 끄덕였다.

지후의 계획대로 할매 몰래 유전자 검사가 진행되었고, 다음날 오전에 결과가 나왔다. 이 비서가 할매의 아들인 이동철 씨의 친자일 가능성은 '99.3%' 였다.

부들부들 떠는 할매의 손을 잡고 이 비서를 찾아간 한지는 손자를 보며 하염없이 눈물을 흘리는 할매를 보며 몇 번이나 울음을 삼켜야 했다.

"이름이 뭐냐?"

한참 동안 눈물만 흘리고 있던 할매가 떨리는 목소리로 물었다.

"이기광입니다."

이 비서가 고개를 떨어뜨리며 대답했다.

"기광이……. 기광이. 아주 좋은 이름이구나. 으흐흑. 내 새끼."

할매의 입에서 신음 같은 울음소리가 터져 나왔다.

"하, 할머니……."

그사이 조금 마른 듯한 이 비서의 눈에도 눈물이 차올랐다. 할머니와 손자가 마주 잡은 두 손이 울음소리와 함께 흔들리고 있었다.

"이거 드실래요?"

곰같이 생긴 남자가 지련의 앞으로 다가왔다. 아이스크림을 내미는 손이 솥뚜껑처럼 크고 단단해 보였다. 한지의 친구라고 했던가? 이름이 수민이라며 인사를 한 그는 매일 교회 앞에 서서 그녀가 기도를 마치고 돌아갈 때면 아이스크림을 내밀고 사라졌다.

"괜찮아요."

“드세요.”

얼굴이 빨개진 남자가 그녀의 손에 초콜릿아이스크림을 쥐어주고는 도망가 버렸다. 지련은 멀어지는 남자의 뒷모습을 보며 웃음을 터트렸다.

“참 순수한 청년이죠.”

어느샌가 다가온 목사님이 인자하게 웃었다.

“오셨어요, 목사님.”

“오늘은 날씨가 참 좋죠? 우리 동네는 봄이 참 아름답습니다.”

“네. 그런 것 같아요. 특히 교회 앞마당에서 내려다보는 민들레 마을의 풍경이 참 좋아요.”

지련이 멀리 내다보이는 호수와 민들레 마을의 풍경을 보며 말했다. 그녀의 얼굴에는 예전에 찾아볼 수 없었던 평화와 여유가 깃들어 있었다.

“이게 다 지후 씨 덕분입니다. 허허허. 테마파크 안에 이렇게 좋은 교회를 지어주셔서 저희 모두 이렇게 좋은 경치를 구경할 수 있게 되었지요.”

인자하게 웃는 원 목사가 아직 공사 중인 테마파크 중앙에 자리 잡은 교회를 만족스럽게 바라보았다. 갈 곳을 잃었던 민들레교회는 지후의 배려로 테마파크에서도 가장 전망이 좋은 곳에 새롭게 세울 수 있었다.

“점심 안 하셨으면 같이 하시겠습니까? 집사람이 수제비를 빚었다는군요.”

“아쉽지만 오늘은 선약이 있어요. 경미와 점심을 하기로 했거든요.”

“아, 이 선생이 출국하는 날이 내일이었던가요?”

“네. 당분간 보지 못할 것 같아서요.”

지후를 좋아했던 경미는 마음의 상처를 달래기 위해 먼 곳으로 여행을 떠난다고 했다. 잠시 세상을 둘러보면서 많은 것을 보고, 배우고 난 뒤 돌아오겠다고 했다. 떠나기로 결심을 굳힌 경미의 얼굴은 예전보다 훨씬 편안해 보였다.

“여러분 덕분에 저희는 참 많은 것을 배운 것 같아요.”

지련이 흐뭇한 얼굴로 멀리 보이는 호숫가 이층집을 바라보았다. 지련의 말에 원 목사도 고개를 끄덕였다.

“민들레 마을은, 사람들이 어울려 살아가기 안성맞춤인 그런 동네죠.”

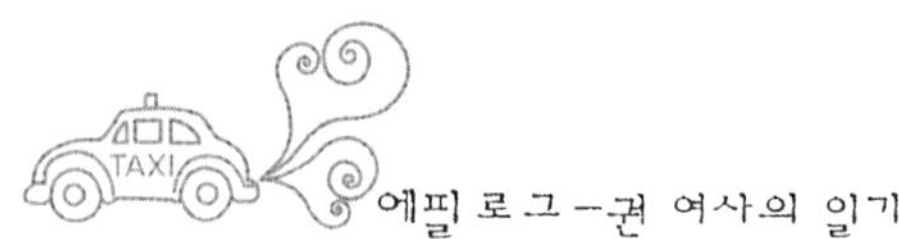

에필로그—권 여사의 일기

여보, 잘 지내지?

우리 한지 남편감 보고 있수? 당신처럼 목소리가 그윽하고 멋진 사람이야. 한지에게 그 남자 어디가 좋으냐고 물었더니 당신을 생각나게 하는 목소리랍디다. 그 목소리가 그렇게 좋더래요. 나도 그래. 나도 당신 목소리가 참 좋았거든.

아휴…… 이렇게 좋은데도 자꾸 한숨이 나네. 이럴 때 당신이 있었으면 얼마나 좋을까.

긴 겨울이 끝나고 봄이 오려나 봐요. 우리 집 마당에도 예쁜 꽃이 피었네요. 당신, 그거 알아요? 저 꽃이 피기까지 내가 얼마나 마음을 졸이고 안절부절못했는지. 우리 집 마당에 있는 꽃은 왜 그렇게 어렵게 피는 지…… 다른 집 꽃들은 참 수월하게도 피는데 유독 우리 집 꽃은 필 생각을 안 합디다. 매일 아침 닫혀 있는 봉오리를 보면서 '이제나 필까, 저제나 필까' 노심초사했어요. 하도 답답해서 매일 아침 봉오리를 보며 말을 걸었지요.

"넌 언제쯤 필 거니? 활짝 좀 피어나렴."

그럼 신기하게도 내 말을 알아듣는 것처럼 봉오리가 흔들려요. 우습죠? 그 모습이 예뻐서 포기를 못하고 기다렸어요. 오랜 기다림으로 지쳐 갈 즈음, 그제야 꽃이 필 준비를 합디다.

이제 됐구나. 꽃이 피겠어. 안심을 했지요. 그런데 말이지요, 꽃잎이 벌어지면 끝날 줄 알았는데 그게 끝이 아니었었어요. 비바람이 치고, 폭우가 쏟아지고, 강한 바람이 어찌나 불던지……. 여린 봉오리가 다치기라고 할까 봐 얼마나 마음을 졸였는지 몰라요.

그래도 그렇게 힘든 난관을 뚫고 꽃이 핍디다. 애간장을 태우며 피어난 꽃이 이제는 온 집 안을 환히 밝혀줄 정도로 만개했어요. 얼마나 예쁘고 귀한지 몰라요. 향기는 또 어떻구요. 그 향긋함이 온 집 안에 진동합니다.

가만 생각해 보면 참 장해요. 거름도 없이, 영양제도 없이 그리 곱게 피어준 걸 보면요.

이제 매년 꽃이 피겠네요. 그동안 안타깝게 속을 썩이고, 애달파했던 거, 이젠 다 내려놓을래요.

당신…… 사랑하는 당신……. 지금도 보고 있는 거죠?

※참고서적 및 동영상물

『바보스러운 천재들』 / 동화문학사 / 게르하트 프라우제

『알쏭달쏭한 절대 상식』 / 미네르바 / 이광호

『스펀지』 (KBS)

『빅뱅이론』 (CBS)

※참고문헌 번역 및 과학상식 도움주신 분들

정희 선생님.

명순 선생님

moon님.

야옹이님.

삵쓰리님.

『행복 예감』 THE END

행복 예감을 마감하며 제일 먼저 떠오른 생각은 '감사함'이었습니다.

먼저 아름다운 사랑 이야기를 들려주심으로, 이 책이 나올 수 있도록 영감을 주신 김 목사님.

전혀 다른 개성의 언니들. 게르 언니, 사랑 언니, 조영 언니, 향기 언니.
함께 있어 고마운 벗. 취련.
언니 같은 동생 여러분. 화령, 유경, 재양.
언제나 옆에 있어줘서 고마운 CCR카페 가족 여러분.
부족한 제게 큰 힘을 주시는 '비결' 회원 여러분.

아직은 낯설지만 새로이 둥지를 틀게 된 글쟁이 마을주민 여러분들.

늦은 시간, 시도 때도 없는 질문 전화에 친절하게 응답해 주신 여러분들.
의학 상식을 가르쳐 주신 김 간호사님,
과학 상식을 가르쳐 주신 정 선생님과 그 외 과학 선생님 여러분들,
화학실험에 관한 영어 번역을 해주신 moon님,

좋은 자료를 소개해 주시고 찾아주신 여러분들. 쏭쏭이님, 야옹이님, 삵쓰리님.

부족한 작가, 끊임없이 격려하고 도와준 유경화 팀장님과 청어람 식구 여러분.

사랑하는 가족들.
게으르고 불규칙한 생활의 아내를 이해해 주고 격려해 주는 신랑님.
기도해 주시는 부모님.

사랑하는 나의 아버지 하나님.

모두모두 감사합니다.